Y PATRWM AMRYLIW

(Cyfrol 1)

Golygydd:

Robert Rhys

Cyhoeddiadau Barddas 1997

Argraffiad Cyntaf: 1997

ISBN 1 900437 04 X

Y mae Cyhoeddiadau Barddas yn gweithio gyda chefnogaeth ariannol Cyngor Celfyddydau Cymru, a chyhoeddwyd y gyfrol hon gyda chymorth y Cyngor.

Cyhoeddwyd gan Gyhoeddiadau Barddas
Argraffwyd gan Wasg Dinefwr, Llandybïe

CYNNWYS

RHAGAIR

Dyma'r gyntaf o ddwy gyfrol a fydd yn cyflwyno gwaith detholiad cynrychioliadol o feirdd yr ugeinfed ganrif trwy lygaid amrywiaeth o feirniaid cyfoes. Beirdd a anwyd rhwng 1867 a 1920 a drafodir yn y gyfrol hon; bydd y mwyafrif o wrthrychau'r ail gyfrol yn feirdd a anwyd ar ôl y dyddiad hwnnw, gydag ambell eithriad amlwg fel Euros Bowen, a anwyd ym 1904 ond na ddechreuodd farddoni o ddifrif tan ail hanner y pedwardegau. Ysgrifau a luniwyd o'r newydd ar gyfer y gyfrol hon yw'r rhan fwyaf o'r cynnwys, ac fe ddylid nodi bod y fenter wedi bod ar y gweill ers rhai blynyddoedd, a bod llawer o'r ysgrifau wedi'u llunio yn ystod ail hanner yr wythdegau a'r nawdegau cynnar. Cynhwysir yn ogystal bedair ysgrif a gyhoeddwyd o'r blaen, ac rwy'n ddiolchgar i'w hawduron am y cyfle i'w hailgyhoeddi; cyhoeddwyd 'Hedd Wyn' gan Gwyn Thomas yn *Efrydiau Athronyddol*, 42 (1979); ymddangosodd ysgrif John Rowlands ar R. Williams Parry dan y teitl 'Bardd y Gaeaf' yn *Taliesin*, 50 (1984). Traddodwyd cyfraniad R. Geraint Gruffydd ar ffurf darlith yng Ngŵyl Waldo, 1986, ac fe'i cyhoeddwyd yn *Taliesin*, 57 (1986). Yn *Taliesin*, 90 (1995) yr ymddangosodd fersiwn wreiddiol ysgrif Gerwyn Wiliams ar Cynan.

Mae golygu cyfrol amlgyfrannog yn medru bod yn waith llafurus a thrafferthus; mawr yw fy niolch, felly, i'r cyfranwyr hynny a ymatebodd yn gadarnhaol ac yn brydlon i'r gwahoddiad i fod yn rhan o'r arolwg hwn o farddoniaeth cyfnod. Dylwn ddiolch iddynt hefyd am eu hamynedd yn disgwyl i'w hysgrifau weld golau dydd. Ni fyddai'r gyfrol hon wedi gweld y golau dydd hwnnw o gwbwl heb gefnogaeth a phenderfyniad Alan Llwyd, Swyddog Gweinyddol Cyhoeddiadau Barddas. Rwy'n dra diolchgar iddo am gymwynasau gweinyddol a golygyddol sylweddol iawn.

Robert Rhys

EIFION WYN

(Elizeus Williams, 1867-1926)

Robert Rhys

Ym 1901 cynhaliwyd cyfarfod coffa i'r Frenhines Victoria yn nhref Porthmadog. Yn ystod y cwrdd canwyd emyn newydd sbon o waith clerc cyfrifon o'r Port a wnaethai eisoes enw iddo'i hun fel bardd eisteddfodol llwyddiannus iawn. Mae'n rhoi mynegiant i ymddiriedaeth gwerin anghydffurfiol ym mhenarglwyddiaeth warchodol Duw ar ddechrau canrif newydd, ac yn gwneud hynny gyda'r rhwyddineb ymadrodd naturiol a nodweddai waith y bardd, Eifion Wyn, yn y mesurau rhydd bob amser.

Hollalluog! nodda ni,
Cymorth hawdd ei gael wyt Ti;
Er i'n beiau dy bellhau,
Agos wyt i drugarhau;
Cadw ni o fewn dy law,
Ac nid ofnwn ddim a ddaw:
Nid oes nodded fel yr Iôr,
Gorfoledded tir a môr!

Gellir dychmygu'r teimladau a gynhyrchid wrth ganu'r geiriau hyn ar dôn boblogaidd Joseph Parry, 'Aberystwyth', a dychmygu'r balchder a deimlai trefolion Porthmadog fod ganddynt fardd yn eu plith a wyddai'n well na'r un arall o feirdd cyfoes Cymru sut i roi mynegiant i deimladau a dyheadau ei dref a'i genedl.

Er ein bod wedi ein hen gyflyru i ddatgan mai gydag Eisteddfod Bangor 1902, a chydag awdl Gwynn Jones yn yr eisteddfod honno yn benodol, y mae hanes barddoniaeth y ganrif newydd yn dechrau o ddifrif, mae rhesymau cryf dros ddadlau mai Eifion Wyn yw bardd amlycaf neu fwyaf poblogaidd, o leiaf, blynyddoedd cynnar y ganrif. Nododd Williams Parry mewn ysgrif goffa i'r bardd ym 1926 arwyddocâd ei awdl ar destun 'Y Bugail', awdl a ddaeth o fewn ychydig i ennill cadair Eisteddfod Genedlaethol Lerpwl ym 1900. (Ffafriai un o'r beirniaid awdl Eifion Wyn, ond Pedrog a gadeiriwyd.) Dyma sylwadau Williams Parry ar bwysigrwydd yr awdl: 'Pan sonnir am gamp yr Athro Gwynn Jones yn torri ar draws traddodiad canrif gyfan drwy ganu hanes syml Ymadawiad Arthur a gwrthod gwneuthur ei arwr yn flaenor parchus, tueddir i anghofio i Eifion Wyn gyflawni'r ungamp ddwy flynedd yn gynt pan wrthododd yntau wneuthur gweinidog parchus o'i fugail naturiol. Nid hawl fain i safle barchus ymysg beirdd ei gyfnod yw honno'. Gyda'r awdl honno, meddai Williams Parry, y dechreuodd y bardd dorri llwybr iddo'i hun, hynny ar ôl bwrw prentisiaeth eisteddfodol mor ystrydebol â phawb o'i gyfoeswyr. (Cyhoeddwyd cyfrol o'i gynhyrchion eisteddfodol cynnar, *Ieuenctyd y Dydd,* ym 1894). Symlrwydd telynegol yr awdl, ynghyd â'r modd y gwnaed y gwerinwr yn destun mawl, a apeliai at gynifer o ddarllenwyr, O. M. Edwards yn eu plith. Y mae'r agoriad yn wir yn ddatganiad hyderus o fwriad y bardd i ailgyfeirio'r traddodiad mawl Cymraeg, i ddisodli hen wrthrychau'r beirdd llys:

Canu i fonedd, ar fedd eu gwleddoedd,
Bu'r hen awenau, yn nhai brenhinoedd;
Canu i ryfel a glew canrifoedd,
A chanu gweniaith yng nghrechwen gwinoedd
A chlyw rhwysg – uchelwyr oedd – eu duwiau,
Yn nhywyll oesau defion y Llysoedd.

* * *

Am wehelyth ymholynt,
A gwaed gwell fawrygid gynt –
Gwaed eneiniog dynionach
Heb haeddiant ond haeddiant ach.

Wfft i Gymru bendefigaidd a fu yw byrdwn y bardd felly! Prin y dychmygai fod yna grwtyn ysgol yn Wallasey a geisiai weddnewid yr agwedd gyffredin hon at fyd yr hen feirdd ymhen chwarter canrif. Llais y rhyddfrydwr dirwestol, anghydffurfiol sydd gan Eifion Wyn, llais hyderus ar ôl degawdau o lwyddiannau gwleidyddol, llais a gredai y gwelai'r ganrif newydd y werin yn dod i'w theyrnas. Ac mae i'r bardd ei le yn yr oes newydd:

Ond oes well ar ganiad sydd, – daeth honno
Â doethineb newydd
Un-wyneb. Cân awenydd
Wirionedd aur newydd ddydd.

Am ogoniant amgenach – y myn sôn,
Geir mewn seml gyfathrach;
Gwêl fawrddyn mewn bwthyn bach,
Yntau'n wron – tynerach.

* * *

Nid gwaedlas dras rhodresol – a rydd bwnc
I gerdd bardd mor ddynol;
Ei arwr ddaw o'r werdd ddôl,
O fysg gwerin foesgarol.

Ac yna ymlaen i ganu mawl i'r bugail naturiol, 'dihunan', nad yw'n caru 'ffug na'i chwarae ffôl', y gwerinwr difoethau a difaldod sy'n ymgorfforiad dyrchafol o rinwedd ei ddosbarth a'i genedl. Er bod yr awdl yn ymddangos i'w darllenwyr cyfoes fel pe bai'n gymharol rydd o'r math o bregethu ymwthiol a ddifethai awdlau blaenorol, fydd gan ddarllenydd ar ddiwedd yr ugeinfed ganrif ddim unrhyw amheuaeth bod ideoleg bendant iawn yn llywio meddwl y gerdd, a chaiff e drafferth yn y byd chwaith i leoli'r ideoleg yn erbyn y cefndir syniadol a fapiwyd ar ein cyfer gan Hywel Teifi Edwards ac eraill. Felly cyfunir gweriniaeth wleidyddol wrthuchelwrol, delweddau amddiffynnol o burdeb moesol y gweithiwr ynghyd â phwyslais ar ragoriaeth moesol y wlad ar y ddinas. Dyma ddetholiad nodweddiadol:

Er hwyred y cwsg rhywrai,
Golud tud ymgasgl i'w tai;
Ŷd a gwin – pob digonedd,
Y gwŷr mawr segur a'i medd.

Ond *haeddu*'i bryd diweddill – wna f'arwr –
Rhaid i werinwr frwydro i'w hennill.

* * *

Wedi popeth, beth mor bur, – beth laned
A diniweitied mewn bod â Natur?

Hyd heol dinas, yn anadl dynion
Heibio y rhodia plâu fel ysbrydion;
Yma mae encil a gâr gwehilion –
Bywyd helaethwych y byd a'i lithion:
Yma mae pebyll Mamon – a phleser,
A maswedd ofer amheus ei ddefion.

Y ddinas ddiddaioni, – anhawdded
Byw'n rhinweddol ynddi;
Mae twymyn yn ei hynni,
A thwymyn waeth o'i mewn hi.

* * *

O, lân fab, cenedl ni fedd
Fab arall sydd fwy'i buredd;
Gwynnir ei oes ef gan rin,
Gan foes rhagora' gwerin:

Ac fe ddwyseir hyn i gyd gydag arolwg o le anrhydeddus y bugail yn yr ysgrythurau sanctaidd, o ddyddiau Abel hyd at enedigaeth Crist.

Yn yr awdl hon fe roes Eifion Wyn i'w gyfoedion ideoleg dderbyniol mewn arddull sydd, at ei gilydd, yn rhwydd a swynol, fel y tystia ambell berl o gwpled disgrifiadol fel 'Tir a'i awel yn felys/Gan rug llaith, gan arogl llus.' Doedd ryfedd yn y byd i O. M. Edwards ddotio ar awdl a gydymffurfiai mor glòs â'i weledigaeth lenyddol-wleidyddol ef, a doedd fawr ryfedd felly iddo wahodd y bardd o'r Port i gyfrannu'n gyson i'w gylchgrawn *Cymru*. Ac ar dudalennau'r cylchgrawn hwnnw y blodeuodd Eifion Wyn fel bardd yn ystod blynyddoedd cynnar yr ugeinfed ganrif.

Pedwar bardd amlycaf *Cymru* yn ystod y blynyddoedd hyn oedd W. J. Gruffydd, I. D. Hooson, T. E. Nicholas ac Eifion Wyn. Mae Eifion Wyn ddeng mlynedd a mwy yn hŷn na'r lleill, yn aeddfetach ei ddatblygiad ac yn sicrach ei drawiad fel bardd telynegol. Rhwng 1901 a 1905 lluniodd Eifion Wyn amryw gerddi a ddeuai'n rhan o gynhysgaeth ddiwylliannol gyffredin miloedd o'i gydwladwyr, gan eu swyno fel y'u swynwyd gan Ceiriog, y bardd y mae Eifion Wyn yn olynydd naturiol iddo. Dyma'r cerddi a gyhoeddwyd yn y casgliad ysgubol boblogaidd *Telynegion Maes a Môr* ym 1906. (Gwerthwyd yr argraffiad cyntaf o dair mil yn fuan a gallai mab y bardd frolio yn ei gofiant iddo ym 1980 na fu'r gyfrol allan o brint o gwbl ers yr argraffiad cyntaf.) Yn yr un flwyddyn y cyflawnodd y gamp o ennill chwe gwobr gyntaf yn Eisteddfod Genedlaethol Caernarfon, yr englyn ar y testun 'Blodau'r Grug' yn un ohonynt. Bu'r englyn pert hwn (fe'i cynhwysir yn y detholiad cynnil braidd o waith y bardd a geir yn *Blodeugerdd o Farddoniaeth yr Ugeinfed Ganrif*) yn destun dadleuon ffyrnig ac abswrd braidd ar dudalennau'r wasg Gymraeg, ac fe adroddir yr hanes yn llawn yng nghofiant Peredur Wyn Williams i'w dad, *Eifion Wyn*. Ond yn y telynegion y clywir awen arbennig Eifion Wyn, awen a ddenodd gyfeiliant cerddorol arhosol boblogaidd yn achos 'Hwiangerdd Sul y Blodau', 'Ora Pro Nobis', a 'Mai'. Yn ddiweddarach yn ei yrfa lluniodd ddwy gerdd arall a ddaeth yn unawdau poblogaidd, sef 'Mab y Mynydd' a 'Cwm Pennant'.

Sut mae cyfrif am ei lwyddiant fel telynegwr ysgafn? Pa ddylanwadau a fu arno? Elfed a'r cyfieithiadau o waith Heine i ryw fesur, ond Ceiriog, mae'n debyg, yn anad neb. Anodd credu na ddarllenodd Eifion Wyn yr ymdriniaeth hynod graff honno â chrefft ysgrifennu geiriau ar gyfer cerddoriaeth a gyhoeddodd Ceiriog yn *Y Bardd a'r Cerddor*. Yn sicr, mae pertrwydd a chymhendod cytbwys ei delynegion yn awgrymu iddo wrando ar gynghorion Ceiriog, a'r un modd ei ddealltwriaeth o effeithiau cymharol cytseiniaid a llafariaid; ceir clystyrau cytseiniol trwchus, er enghraifft, ym mhenillion 'Ora Pro Nobis' wrth i'r bardd ddarlunio storm ym mis Tachwedd, ond mewn cerddi eraill gŵyr sut i arafu rhediad a rhithm trwy gyfrwng llafariaid. Gellid cyfeirio hefyd at ddylanwad rhai o fesurau a dyfeisiau llenyddol yr emynwyr – y nhw, wedi'r cyfan, a boblogeiddiodd y canu rhydd mewn difri ar ôl gwaith arloesol Williams. Gafael gadarn, bwrpasol ar y dyfeisiau cyfarwydd a gawn yn ei waith, ailadrodd, cyflythreniad, cyfochredd, ynghyd â chlust ddi-ffael at sigl a swae y canu. Mae ail bennill 'Medi' yn enghreifftio'r nodweddion hynny i'r dim:

> Croeso Medi, fis fy serch,
> Pan fo'r mwyar ar y llwyni,
> Pan fo'r cnau'n melynu'r cyll,
> Pan fo'n hwyr gan ddyddiau nosi:
> Tlws yw'th loergan ar y môr,
> Yn ymsymud ar y tonnau:
> Tlws yw'th loergan ar y maes
> Ym mhriodas yr ysgubau.

Ond rhaid dod at yr 'ond' yn achos Eifion Wyn, yr un 'ond' sy'n mynnu torri ar draws gwaith cynifer o'i gyfoedion llenyddol. 'Dallineb sentimental' oedd yr ymadrodd a ddefnyddid gan Saunders Lewis i egluro'r ymatal rhag edrych ar fywyd yn ei gyfanrwydd a geid yng ngwaith telynegwyr dechrau'r ganrif. Yr oedd ef yn priodoli'r diffyg i ddylanwad moderniaeth grefyddol a fychanai'r athrawiaeth draddodiadol am bechod dyn, ac fe'i esboniwyd gan haneswyr diwylliannol diweddar yng nghyd-destun yr ymateb amddiffynnol i adroddiadau'r Comisiynwyr Addysg ym 1847. Mabwysiadu safle barddol anghymhleth a chysurus a wna Eifion Wyn, heb ddim o hunanholi angerddol yr emynwyr mawr, heb ddim chwaith o asbri cyhyrog Ceiriog yn ei hwyliau. Oherwydd, er cyfeirio ato fel olynydd naturiol i Ceiriog, prin ei fod yn yr un cae fel bardd â'r pynciwr hwnnw. Mae'n dda na wrandawodd Ceiriog bob amser ar bob un o'i 'awgrymiadau' ei hun yn *Y Bardd a'r Cerddor*; er rhagored llawer o'r cynghorion technegol, mae ei sylwadu yn drwm dan ddylanwad yr awydd am adloniant poblogaidd chwaethus a llednais i blesio cynulleidfaoedd y neuadd gyngerdd. 'Y mae cymdeithas' meddai Ceiriog, 'wedi esgyn ris yn uwch, nes mae lliaws o'r hen gerddi wedi myned yn anaddas i chwaeth bresennol y bobl.' Ac y mae'n ymddangos wedyn bod 'dallineb sentimental' yn amod anhepgor ar gyfer y telynegwr poblogaidd. 'Hyd y gellir creder fod pob peth yn hardd, pob peth yn annwyl, a phob dyn yn dda.' O bryd i'w gilydd mae Ceiriog y dychanwr yn mynnu dianc fel Houdini o gaethwregys confensiwn, ac mi fyddai'n dda petasai Eifion Wyn, a fedrai ganu'n hwyliog ddychanol ar achlysuron anffurfiol, wedi gwneud yn debyg. Prin y cawn ni ddim yn ei waith tebyg i'r ysgythriad priddlyd hwn gan Ceiriog, 'Diwrnod Ffair':

> Moch, bustych, deunawiaid, a heffrod,
> Saeson a biswail, a theirw gwyllt:
> Fferins, almanacs, Gwyddelod,
> Asynnod, a merlod, a myllt.

Na, naws mwy llywaeth o dipyn sydd i delynegion maes a môr. O'r saith adran yn y gyfrol mae'n debyg mai rhai o delynegion y misoedd sydd wedi dyddio orau, hynny mae'n debyg am fod yr is-destunau ideolegol ymwthiol yn llai amlwg nag yn yr adrannau eraill. Llai boddhaol o lawer yw 'Telynegion Serch' a 'Telynegion Men' sy'n cynnwys cerddi y gellir dychmygu beirniaid ffeministaidd yn mynd ati'n eiddgar i'w trin, ac amlwg yw gwendidau 'Telynegion Cymru' hwythau, er eu bod yn gloddfa ddifyr i'r hanesydd diwylliannol. Y mae pennill cyntaf cyfarwydd 'Os Wyt Cymro' yn enghreifftio'r math o Gymreictod Gŵyl Ddewi a gyhoeddir yn ei gerddi:

> Os wyt Gymro hoff o'th wlad,
> A hoff o'th dadau dewrion,
> Cadw ŵyl er mwyn dy had –

Ni waeth beth ddywed estron, –
Gwisg genhinen yn dy gap,
A gwisg hi yn dy galon.

Yr enwocaf un o'r telynegion gwlatgarol yw 'Paradwys y Bardd', ac y mae cynnwys y pennill cyntaf a'r olaf yn esbonio llwyddiant ysgubol Eifion Wyn ymysg ei gyfoedion yn ogystal â'r adwaith diweddarach mwy beirniadol i'w waith.

Cymru fach i mi –
Bro y llus a'r llynnoedd,
Corlan y mynyddoedd,
Hawdd ei charu hi.

* * *

Cymru fach i mi –
Cartre crwth a thelyn,
Cysegr salm ac emyn,
Porth y nef yw hi.

Yn erbyn cefndir y delweddau cyfyng hyn y mae gwerthfawrogi orau ergyd cerddi 'cenedlaethol' y beirdd hynny a ymwrthodasai ag ideoleg wleidyddol ynghyd ag estheteg Eifion Wyn erbyn y tridegau, ac a fynnai ddarlunio Cymru fach, er enghraifft, fel 'butain fudr y stryd', 'hunllef yn dy wlad dy hun', a 'hen wrach, a chortyn am ei gwddf'.

Cyhoeddwyd dwy gyfrol arall y bardd, *Caniadau'r Allt* (1927) a'r gyfrol o ganu caeth *O Drum i Draeth* (1929) ar ôl marw'r bardd ym 1926. Nid yw ei waith yn datblygu yn ystod ugain mlynedd olaf ei oes, ac nid yw'n cael ei anniddigo fel rhai o'i gyfoedion gan gyfyngiadau ei idiom a'i gywair. Teg dweud na chafodd fel beirniad na bardd 'ryfel da'. Ym 1915 y mynnodd na ddylid coroni'r bardd galluocaf yng nghystadleuaeth y Bryddest, T. H. Parry-Williams, a hynny ar dir moesol. Bai mawr Parry-Williams, yn eironig ddigon, oedd mynnu gwneud 'y ddinas ddiddaioni' y cyhoeddodd Eifion Wyn farn uwch ei phen yn awdl 'Y Bugail' bymtheng mlynedd ynghynt, yn destun ei ganu. Ac nid oedd dinas y bardd ifanc o Ryd-ddu yn brydferth nac yn annwyl, na'i phobl yn dda. 'Hi yw'r alluocaf a'r huotlaf yn ddiameu', meddai Eifion Wyn am y bryddest, ond ni wna ei darllen les i ben na chalon neb. Nid yw ei chynnwys yn llednais na'i dysg yn ddiogel, na'i thôn yn ddyrchafedig, ac am hynny ni fedraf fi ei dyfarnu'n deilwng o urddas Coron Eisteddfod Genedlaethol Cymru.' Ond fel mwy nag un o'r beirdd telynegol, roedd e'n ei chael hi'n haws stumogi rhyfel, gan sefyll yn sgwâr gyda'i arwr, Lloyd George, a'i ddilynwyr: yn yr un flwyddyn ag y barnodd fod Parry-Williams yn brin o ledneisrwydd dyrchafedig cyhoeddodd gerdd fach annifyr o'r enw 'Dos' sy'n annos llanc ifanc i ymuno â'r fyddin. Fe'i lleferir gan gariad y llanc, honno yn edliw i'w chariad ei lyfrdra:

Cymer dy darian, a dos
Fel llanciau dy dref i'r drin;
Ni rof fy llaw i un a fo llwfr,
Na'm calon, na moeth fy min.

Uchel yw cri y cyrn,
A thaerach na chyrn erioed:
A thithau yn fodlon ar sisial serch
Yn nhawel encilion coed.

Cymer dy wayw, a dos
Yn enw y marw a'r byw:
Nid dyn ond y dewr: bydd dithau yn ddyn,
A chymer dy siawns gyda Duw.

* * *

Ai ofni yr ing yr wyt,
Ac ofni fferdod y ffos?
Mae mwy na digon o'th epil di –
Cymer dy fodrwy, a dos.

Gwell fuasai i'r llanc druan, yng ngeiriau un arall o benillion adnabyddus y bardd, aros yn 'faban yn ei grud, – Perl ei fami – gwyn ei fyd'!

Ond erys melystra'r telynegion a'r englynion a luniwyd 'mewn cywair is' chwedl Williams Parry, rhai o delynegion y misoedd yn arbennig. Ac er mwyn gwerthfawrogi ei reddf lenyddol, greddf a briodolai Williams Parry i synnwyr cyffredin yn hytrach na diwylliant, ac er mwyn deall y blas a gafodd ei gyfoedion ar ei newydd win, gadewch i ni gloi trwy gyfosod darn nodweddiadol o gynnyrch eisteddfodol dechrau'r ganrif, y stwff a gyhoeddwyd wrth y llath yn y *Geninen*, ac englyn telynegol Eifion Wyn i Flodau'r Grug.

Dyn – Enaid – Bywyd – onid awgrymiadau
Aneglur ydynt hwy o gyfrinachau
Annatguddiedig y Meddyliwr Dwyfol,
Sydd yn ymgolli mewn rhyw niwl trag'wyddol?
Pa beth yw'r byd ond plentyn gwan, anniddig,
A chanrif o'i orchestion namyn orig
Ar lin ei Dad, gan wenu'n myw Ei lygad
A'i flino gan holiadau di-atebiad?
Pa beth yw'r cread maith, ond cryd i siglo
Y baban diymadferth sy'n breuddwydio?

(Agoriad pryddest Brynach, 'Cyfrinachau'r Enaid', *Y Geninen Eisteddfodol*, Awst 1901.)

Blodau'r Grug

Tlws eu tw, liaws tawel, – gemau teg
Gwmwd haul ac awel;
Crog glychau'r creigle uchel,
Fflur y main, ffiolau'r mêl.

THOMAS GWYNN JONES
(1871-1949)

Gwynn ap Gwilym

Ganwyd Thomas Jones (ni ddechreuwyd cyfeirio ato fel T. Gwynn Jones tan 1892) ar 10 Hydref 1871, yn fab i Isaac a Jane Jones o'r Gwyndy Uchaf, Betws-yn-Rhos, yn yr hen Sir Ddinbych. Yn fuan wedi ei eni symudodd y teulu i fferm y Pentre Isa, ger Hen Golwyn; ym 1881 symudasant drachefn, y tro hwn i'r Plas yn Green, Dinbych, ac yna, yn hydref 1886, i Dyddyn Morgan ar ystâd Cinmael, Abergele. Aelwyd Gymreig, anghydffurfiol a radicalaidd oedd aelwyd Isaac Jones, yn drwm dan ddylanwad syniadau gwladgarol ac ymneilltuol *Baner* Thomas Gee, ac yn gefnogol hefyd i genedlaetholdeb Emrys ap Iwan. Yr oedd Isaac Jones yn englynwr medrus, ac o'i gopi ef o *Ramadeg Bardd Nantglyn* y dysgodd ei fab, yn hogyn bychan iawn, reolau'r gynghanedd. Etifeddodd y mab hefyd ddiddordeb ei dad mewn llên gwerin, ac ymddiddorodd yn bur ifanc mewn dysgu ieithoedd. Ychydig o addysg ffurfiol a gafodd, fodd bynnag, ac er i rai o wŷr dylanwadol ardal Abergele, megis John Herbert Roberts (Arglwydd Clwyd yn ddiweddarach) a Henry Williams, Plas Llwyd, beri iddo obeithio am fynd i Brifysgol Rhydychen neu i Goleg Y Bala, nid oedd hynny i fod, a bu'n gweithio gartref ar Dyddyn Morgan am gyfnod, gan fwrw prentisiaeth lenyddol ffrwythlon a hybid, yn ddiau, gan ei dad a'r gymdeithas leol. Ym 1891 penododd Thomas Gee ef yn aelod o staff is-olygyddol *Y Faner*; ym 1893 derbyniodd swydd ran-amser gan Isaac Foulkes, perchennog a golygydd *Y Cymro*, a symudodd i Lerpwl, lle cyhoeddid y papur hwnnw, yn y gobaith y gallai ennill bywoliaeth trwy lenydda yn Saesneg. Ond torrodd ei iechyd, ac ym mis Rhagfyr 1894 bu'n rhaid iddo droi adref i Dyddyn Morgan. Ddechrau Mai 1895 dychwelodd i'w hen swydd fel un o is-olygyddion *Y Faner*, a bu yn y gwaith hwnnw tan fis Ebrill 1898 pan symudodd i swydd gyffelyb ar *Yr Herald Gymraeg* yng Nghaernarfon. Yno cafodd gwmnïaeth nifer o lenorion adnabyddus y dydd – Anthropos, Alafon,

Elphin, Gwynfor, ac ati, heb sôn am flasu'r brwdfrydedd gwleidyddol a ysgogid ar y pryd gan yr Aelod Seneddol ifanc lleol, David Lloyd George. Unwaith eto, fodd bynnag, torrodd ei iechyd. Casglwyd cronfa dysteb iddo i'w anfon i'r Aifft i geisio gwellhad. Hwyliodd yno ar 22 Hydref 1905 a bu i ffwrdd tan 11 Mai 1906. Wedi dychwelyd i Gymru bu'n newyddiadura drachefn i'r *Herald Gymraeg* a *Papur Pawb*; treuliodd gyfnod byr yn olygydd *Y Cymro* yn yr Wyddgrug, ac yna yn gofalu am *Papur Pawb* yng Nghaernarfon; bu wedyn ar staff *Y Genedl* yn yr un dref, cyn ei benodi ym 1909 yn aelod o staff Llyfrgell Genedlaethol Cymru yn Aberystwyth. Bu yno am bedair blynedd, nes ei apwyntio, ar 24 Hydref 1913, yn Ddarllenydd yn y Gymraeg yng Ngholeg y Brifysgol, Aberystwyth. Ar 1 Awst 1919 penodwyd ef yn Athro'r Gymraeg yn yr un Coleg, swydd yr arhosodd ynddi tan ei ymddeoliad ym 1937. Bu farw ar 7 Mawrth 1949.

Bu T. Gwynn Jones yn barddoni erioed. Tair ar ddeg oed ydoedd pan gyhoeddwyd gyntaf, yn *Baner ac Amserau Cymru*, gerdd o'i eiddo, cerdd yn cefnogi safiad Emrys ap Iwan yn erbyn achosion Saesneg y Methodistiaid Calfinaidd. Y mae'r un anniddigrwydd â'r drefn i'w weld yn ei gerddi bachgennaidd ar gwestiwn y degwm, er enghraifft, neu ar gwestiwn Iwerddon, cerddi sy'n adlewyrchu'i fagwraeth mewn cartref anghydffurfiol a radicalaidd. Yr un safonau a welir yn ei ddwy gyfrol gynharaf o farddoniaeth, *Dyddiau Y Parch. Richard Owen*, a gyhoeddodd ar y cyd â Gwilym Meredydd ym 1891, a *Gwlad y Gân*, 1902. Prin yn wir yw'r addewid o fawredd yn yr un o'r cyfrolau hyn, ac o'u darllen anodd fyddai i neb broffwydo yr enillai eu hawdur gadair yr Eisteddfod Genedlaethol ym 1902 am ei awdl orchestol, 'Ymadawiad Arthur'.

Beth, felly, a ddigwyddodd ym mlynyddoedd troad y ganrif i beri datblygu o brydydd prentisaidd *Gwlad y Gân* yn fardd mwyaf dylanwadol ei genhedlaeth? Sylwodd T. Eirug Davies fod T. Gwynn Jones wedi'i fagu yn rhan olaf y ganrif ddiwethaf, canrif y gobaith, pan awgrymai'r cynnydd mewn addysg a gwyddoniaeth a llwyddiant bydol fod gwareiddiad yn teithio ymlaen i berffeithrwydd a bod y milflwyddiant gerllaw. Gwelodd T. Gwynn Jones, fodd bynnag, a hynny'n ifanc iawn, nad oedd pethau mor obeithiol ag y tybid. Y mae yn *Gwlad y Gân* o leiaf ddwy gerdd hynod o chwerw, sef 'Brawdoliaeth' (tt.62-3) a 'Pa Leshad?' (tt.55-8). Mynegi siom gŵr ifanc y tagwyd ei ddyheadau a'i uchelgeision personol y mae 'Brawdoliaeth':

> Fu'st ti'r pryd hwnnw mewn hiraeth dwys
> Am ddysg a gwybodaeth a than ei bwys,
> A wylaist ti'n brudd? Fu rhyw goegyn brwys
>   Yn chwerthin ryw dro am dy ben?

Do, mi wn. Bu'n chwerthin mewn gwawd
Llym am dy ben di, druan tylawd;
Mi glywais i'r brath fy hun, fy mrawd,
  Mi wn beth yw min y senn.

Beirniadaeth ddeifiol sydd yn 'Pa Leshad?' ar ragrith llywodraethwyr cyfoethog y wlad yn mathru'r werin o dan draed yn eu trachwant am gyfoeth materol, ond eto'n ddigon wynebgaled i sôn am 'godi dynion':

Gwella'u moes a chlirio'u deall,
Gwneuthur bywyd ar y ddaiar
Yn ddedwyddach a rhagorach.

Cri o brotest ingol sydd yn y ddwy gerdd fel ei gilydd ar ran pawb y gwneid cam ag ef gan y drefn oedd ohoni. Erbyn blynyddoedd eu cyfansoddi, cawsai T. Gwynn Jones ei hun brofiad o annhegwch y drefn honno. Drylliasid o leiaf ddwywaith ei gynlluniau am addysg uwchradd ac, yn ôl ei gofiannydd, David Jenkins, 'magodd y siom a'r pruddglwyf gymhlethdod ynddo'. Gwelsai hefyd yn ystod ei gyfnod yn Lerpwl (1893-4) orthrymu gwerin dlawd y ddinas honno gan gyfalafwyr cefnog. Mewn gair, yr oedd y llanc a fagwyd ar aelwyd obeithiol y Pentre Isa wedi'i siomi'n dost a hen anniddigrwydd *Baner* Thomas Gee wedi datblygu o'i fewn i fod yn ofid ysol a oedd yn corddi'i enaid.

Beth oedd ei ymateb? Yn arwyddocaol ddigon, yn y flwyddyn 1901, tua'r adeg y dechreuodd gyfansoddi 'Ymadawiad Arthur', canodd hefyd gerdd hir a alwodd 'Y Nef a Fu' (*Ymadawiad Arthur a Chaniadau Ereill*, 25-32, a *Manion*, 17-25). Cerdd ydyw yn gofidio am fynd heibio o 'nef ienctid y blynyddau',

A dyfod yma wyll a chelwydd du,
  A'n gado i ymbalfalu'n hanner dall
Yn uffern heddiw am y Nef a Fu.

Sonnir mewn termau llesmeiriol am blentyndod delfrydedig y bardd gynt:

Mân flodau gwynion, cochion, bob yn ail,
Ar frigau hoyw yn chwerthin yn yr haul,
  Oni fynaswn yn fy newydd nwyf
Fy nhrochi'n noeth yn esmwyth donnau'r dail ...

Di-nifer ydoedd llwybrau mân y coed,
A'u mwsogl aur yn masw ogleisio'r troed,
  A minnau wrth eu crwydro megis un
Ar lwybrau nid adnabu dyn erioed.

Ac yna:

Gwell pe'm dodesid cyn y dyddiau blin
O dan y dail, fel 'Dafydd gywydd gwin,'
  Neu megis Omar yntau yn y bedd
A rhos yn gwrido yno ar ei fin.

Bellach daethai hogyn bychan llawen y Pentre Isa gynt yn ddyn; gwelodd mai 'prif amcan bywyd, golud yw, a moeth'; canfu ragrith a thwyll dynoliaeth, yr 'hymbyg' y buasai Daniel Owen yn ei fflangellu rai blynyddoedd ynghynt, a gwrthryfelodd ei enaid o'i fewn. Cawsai ef blentyndod llawen a digwmwl, yn agos at ryfeddodau natur, cyn dyfod yr ymwybod mawr â cham a gorthrwm, cyn dyfod y siom a'r cur. Ni phoenai'r plentyn yn ei gocŵn amddiffynnol am dwyll a ffiloreg y byd; yr oedd yn rhaid i'r bardd yntau, cyn i'r byd ei ddifa'n llwyr, ail-greu'r cocŵn hwnnw a swatio o'i fewn. Rhan o fyd y plentyn oedd yr hen chwedlau rhyfeddol am Facsen Wledig a Blodeuwedd ac Arthur a Chulhwch ac Olwen, chwedlau plentyndod y ddynoliaeth. Byddai ymgolli yn y chwedlau hynny yn gymorth i ail-greu'r cocŵn. 'Ychydig o ddynion meddylgar,' meddai, yn ei Ragymadrodd i *Awen y Gwyddyl* (1923), 'a all gyrraedd canol oed heb eu didwyllo ynghylch llawer peth'. Ac yna â ymlaen i sôn am chwedlau cynnar Iwerddon:

> Delwedda'r pethau hyn i ni fywyd pell yn ôl, bywyd a welir megis trwy niwl yr oesoedd; ymdrech nwydau naturiol cryfion, arferion cyntefig, ymladd, hela, gwledda a chanu. Y mae llawer o erwinder yr hen fywyd yn ddiau wedi ymgolli a thyneru yn niwl y pellter, nes ei droi yntau'n rhyw fath ar oes aur. Y mae hud yn yr hanes, a gallu digymar i gyfodi lluniau prydferth neu brudd o flaen y meddwl:

Gorwedd fyth yno, yn nharth melynwyn y pellter,
gwrid yn ei gylch, a mwyn gyfaredd ieuenctid;
trowyd ei grïau croch yn furmur peroriaeth,
toddodd ei liwiau teryll yn fyd o fireinder;
byw yno byth yw pob hen obeithion a gollwyd,
afiaith plentyndod, gobaith diniwed, rhyfeddod,

> awen nad oes un dim yn y byd nas crëo,
> duwiau, englynion, dewrion a merched tlysineb,
> cnawd cyn wynned ag ewyn y don pan dorro,
> a gwrid y rhos yn gwawrio drwy'r esmwyth ysblander, –
> gwynfa sy draw yn eigion diderfyn yr ysbryd.

Ymddengys mai ym mlynyddoedd troad y ganrif, adeg cyfansoddi 'Y Nef a Fu', y darganfu T. Gwynn Jones am y tro cyntaf apêl y 'wynfa' hon. 'Ymadawiad Arthur' oedd y greadigaeth fawr gyntaf a ddeilliodd ohoni. Yna daeth 'Gwlad y Bryniau', a enillodd gadair yr Eisteddfod Genedlaethol, 1909, a 'Tir na n-Óg', 1910. Ac yna, ym 1914, fe dorrodd cyflafan a oedd i roi ergyd farwol i hen obeithion diddig cyfnod magwraeth y bardd. Y Rhyfel Byd Cyntaf oedd y gyflafan honno.

Bu'r Rhyfel hwn yn gefndeuddwr yn agwedd nifer o feirdd Cymru at y byd a'i bethau. Rhoes ddyrnod greulon i hen bwyslais dyneiddiol y ganrif ddiwethaf ar ddaioni cynhenid dyn a'i allu i weddnewid cymdeithas er gwell. Tua'r un adeg fe ddechreuwyd rhoi sylw i weithiau Freud, Adler a Jung, a bwysleisiai'r elfennau gwrthnysig – y creadur – yng nghymeriad dyn, a'r canlyniad oedd ymagweddu'n fwyfwy pesimistaidd tuag at bosibiliadau a chyraeddiadau'r ddynoliaeth. Cadarnhaodd yr agwedd feddwl newydd hon holl chwerwder a siom bersonol T. Gwynn Jones, ac aeth ati gydag arddeliad newydd i greu ei arallfyd paradwysaidd ei hun. Mewn ymateb uniongyrchol i'r Rhyfel Byd Cyntaf yr ysgrifennodd 'Madog', 1917. Yna daeth 'Gwlad Hud', 1919, 'Broséliâwnd', 1922, 'Anatiomaros', 1925, 'Argoed', 1927, 'Cynddilig', 1934, y cwbl yn adlewyrchu'r byd rhyfeddol a greasai'r bardd, ac a'i cynhaliodd gydol ei yrfa. Byd o ddiniweidrwydd oedd hwn, ac i T. Gwynn Jones yr oedd mor real bob blewyn â'r byd arall o dwyll a rhagrith a ffynnai ochr yn ochr ag ef. Pan ganai'r bardd ar dro anaml i bethau'r byd hwnnw, fel yn ei soned 'Senghenydd', er enghraifft (*Manion*), gallai fod yn hynod o lafurus a di-wefr; ond yn ei fyd ei hun, a 'phob rhyfeddod yno'n hanfod', nid yw byth yn peidio ag argyhoeddi'n llwyr. Yn y ffaith iddo greu byd o'r fath a'i gynnal mor llwyddiannus a chadw cysondeb ei weledigaeth am gyfnod o ddeugain mlynedd y mae prif gyfrinach ei fawredd. Bu rhai beirniaid yn edliw yn gyhuddgar mai 'dihangfa' oedd barddoniaeth iddo ef; yn wir, fe ddefnyddiodd y gair ei hun wrth sôn am amgylchiadau cyfansoddi 'Madog'. Ond heb y ddihangfa honno ni chawsid ganddo ddim, cans iddo ef cwbl amddifad o farddoniaeth oedd y byd o'i gwmpas. Doedd barddoniaeth ddim yn bosibl ond yn y byd arall hwnnw, byd y dychymyg; o rym ac egni cadarnhaol y byd hwnnw yn unig y tarddai ei awen ef. Yn ei gyfnod aeddfed, nid disgrifio'r broses o fyw ac athronyddu amdani oedd prif ddiben barddoniaeth iddo: dyna paham na cheir yn ei waith wir gysondeb athronyddol; ond yn hytrach ddangos y byd fel y dylai fod: 'Byw yn y goleu heb wae nag alaeth …', 'bro dirion nad ery cwyn yn ei thir'; darlunio i'w ddarllenwyr mewn cyfres o ddelweddau llesmeiriol sy'n cyffwrdd â thannau'r galon fywyd gonestach a llawnach a milmil dedwyddach y gellid ymgyrraedd ato pe rhoid heibio drachwant a rhagrith y byd modern. Mewn gair, dilyn cyfarwyddyd Syr John Morris-Jones yn *Cerdd Dafod*, a thraethu'r hyn 'a *allai* fod'.

Cynorthwywyd T. Gwynn Jones i lunio'i fyd delfrydol gan nifer o ffactorau. Yn gyntaf yr oedd rhamantiaeth lenyddol yn dechrau dod i fri yng Nghymru, a phrif ysgogydd yr ysgol ramantaidd oedd Syr John Morris-Jones. 'Disgybl wyf, ef a'm dysgawdd,' ebe T. Gwynn Jones am Syr John (*Cymeriadau*), ac y mae'n hawdd credu fod hynny'n llythrennol wir. Nid tan droad y ganrif y dechreuodd Syr John ddylanwadu mewn difrif ar farddoniaeth Gymraeg; ym 1902, er enghraifft, y cyhoeddwyd ei erthygl bwysig ar 'Swydd y Bardd' yn *Y Traethodydd*, a gellir dweud mai 'Ymadawiad Arthur' oedd yr awdl gyntaf a luniwyd yn ôl ei safonau beirniadol ef. Yn ail, yr oedd y diddordeb yn yr hen chwedlau Cymraeg a'u cefndir Celtaidd ar gynnydd, a llafur rhai ysgolheigion yn y maes yn dechrau dwyn ffrwyth; fe gyhoeddodd Syr John Rhys, er enghraifft, ei *Celtic Heathendom* ym 1886, ei *Studies in the Arthurian Legend* ym 1891, a'i *Celtic Folklore, Welsh and Manx* ym 1901. Yr oedd y cyfrolau hynny a'u tebyg yn fwynglawdd o wybodaeth i'r sawl a fynnai ail-greu hen fyd delfrydol. Yn drydydd, fe welodd blynyddoedd troad y ganrif fath o ddadeni Celtaidd a oedd ynddo'i hun, i raddau, yn gynnyrch yr ysgolheictod newydd, ac a roes gyfle i'r Celtiaid gyfarfod â'i gilydd mewn eisteddfod a gŵyl ac ysgol haf. Dyma sut y daeth T. Gwynn Jones i adnabod gwŷr fel y Gwyddel Tórna (Tadhg Ó Donnchadha) a'r Llydawr Taldir (Francois Jaffrennou), a dod i gyfnewid syniadau â hwy ac i ddysgu am ddiwylliant eu gwledydd. Dylanwadodd yr holl ffactorau hyn ar T. Gwynn Jones a'i gynorthwyo i greu o'r newydd 'froydd hud ei ddigymar freuddwydion'. Yn ei weledigaeth o hyfrydwch diormes y bröydd hynny y mae cyfran fawr o'i aruthredd ef fel bardd.

Yr elfen arall, wrth gwrs, yn yr aruthredd hwnnw yw ei lwyr feistrolaeth ar fydrau a moddau cerdd dafod. Ymddengys iddo ymddiddori yn y gynghanedd er pan oedd yn hogyn ifanc iawn: pedair ar ddeg oed ydoedd pan wobrwywyd ei englyn i'r 'Bytaten' allan o 33 o ymgeiswyr mewn cystadleuaeth yn *Trysorfa'r Plant*, Ebrill 1886; yn un ar bymtheg oed cyfansoddodd 'awdl foliant' i Herbert Roberts; dwy ar bymtheg oed ydoedd pan gyfansoddodd dri hir-a-thoddaid yn Saesneg i'r *Irish Coercion Act.* Nid bod yn y gweithiau hyn ddim gwerth fel barddoniaeth: ymarferiadau prentis ydynt; ond dangosant, serch hynny, fesur ymgysegriad y llanc Gwynn Jones i'r gelfyddyd farddol. Yn ddiweddarach dechreuodd ymddiddori yng ngweithiau'r cywyddwyr cynnar a'u copïo. Yn ôl Dyfnallt, yr oedd ganddo ym 1902 'ddetholion aneirif o gywyddau a gopïodd o hen lawysgrifau'. Ac nid mewn cywyddau yn unig yr ymddiddorai ychwaith, ond yng ngweithiau'r Gogynfeirdd a'r Cynfeirdd, a cheisiodd ar dro, fel yn y gerdd 'Dyhuddiant' (*Gwlad y Gân*, t.60), eu hefelychu:

Gnawd deigyr am eigyr mygyr deithi,
Pefr Non, gnawd i galon galar erddi;
Gwrdd angau, angerdd cynni nis oerai
  Draserch ae carai, caredd eiddi.

O ystyried ei lwyr adnabyddiaeth o'r traddodiad barddol Cymraeg a'i ddiddordeb hefyd ym marddoniaeth gwledydd estron, nid rhyfedd iddo ddechrau arbrofi â mesurau cerdd dafod. Dug gynghanedd i'r soned ac i'r mesur salm, a'i gwneud yn addurn hefyd ar rai o'i delynegion. Ei brif orchestwaith mydryddol yn ddiau oedd llunio mesur 'Madog' – cyfuniad o'r cwpled elegeiog clasurol wedi'i gynganeddu ac o'r englyn unodl union Cymraeg heb ei odli – a chynganeddu'r wers rydd gan wneud y mesur hwnnw yn llestr addas i gerdd hir urddasol ei symudiad. Ni fu pob arbrawf, fodd bynnag, yn llwyddiannus. Gwelodd ei hun mai methiant cymharol oedd y mesur y canwyd arno yn wreiddiol y gerdd 'Gwlad Hud', mesur a seiliwyd ar y cywydd deuair fyrion. Yn y fersiwn gwreiddiol o'r gerdd honno a gyhoeddwyd yn *The Welsh Outlook*, Mehefin 1921, odlid yn rheolaidd ddau air ym mhob llinell, fel hyn:

A mi'n *llanc* llawen *ifanc*,
Imi'r *ydoedd* man fel *nefoedd*,
A'r byd *eto* heb fynd o'i *go*
A *rhyfeddod* eto'n *hanfod*;
A'm *cyfoedydd* yn y *coedydd*.

Gwelodd Gwynn Jones nad da hyn, gan y cloffid y mesur yn sylweddol pan syrthiai'r odl ar air unsill acennog. Aeth ati, felly, i ddiwygio: dileu'r odlau anghytbwys a defnyddio mwy ar y gynghanedd, a sicrhau fod mesur y fersiwn o 'Gwlad Hud' a gyhoeddwyd yn *Caniadau* (1937) yn gwbl esmwyth:

Ym moreddydd pell fy mreuddwyd

Imi'r ydoedd man fel nefoedd;
Pob rhyfeddod yno'n hanfod,
A'r hen ddaear hon oedd ieuanc;
A'm cyfoedydd yn y coedydd.

Dengys y cyfnewidiadau a wnaeth i'r gerdd hon, yn ogystal ag i nifer o gerddi eraill o'r eiddo, y ddisgyblaeth farddonol gaeth a osododd T.Gwynn Jones arno'i hun. Iddo ef ni wnâi dim y tro onid oedd ei artistri'n gyflawn a di-fefl. Prin, yn wir, fod bardd Cymraeg arall yn yr ugeinfed ganrif a oedd yn gymaint meistr ar gelfyddyd geiriau ag ef, na neb a ymdrechodd gymaint i gyrraedd perffeithrwydd.

Bu ei ddylanwad ar farddoniaeth Gymraeg yn enfawr. Cydnabu Robert Williams Parry yn ei Ragair i'w gyfrol, *Yr Haf a Cherddi Eraill* (1924), mai ef oedd ei 'feistr llenyddol'. Bu beirdd eraill, megis Gwenallt a Waldo Williams ac Iorwerth Peate o dan ei ddylanwad. Disgrifiodd un beirniad ef fel 'tad y moderniaid'. Ond beth bynnag am ei ddylanwad, pennaf cymwynas ei awen fawr oedd creu corff o ganu epig, arhosol ei apêl. 'Y mae maintioli Alpaidd Gwynn Jones,' ebe Williams Parry amdano ym 1933, '... yn rhoddi iddo bwysigrwydd ... Ewropeaidd'. Ddeugain mlynedd yn ddiweddarach yr oedd y beirniad llenyddol modern hwnnw, y Dr Bobi Jones, yntau yn ebychu: 'Gwae ni, ydyw, y mae ef yn aruthr'.

CRWYS

(William Crwys Williams, 1875-1968)

Cefin Campbell

Yn ôl ei arddull, ei feddylfryd a natur ei destunau, nid oes fawr o le i amau'r ffaith mai bardd ei gyfnod oedd Crwys. Yr oedd cysgod Ceiriog â'i delynegion melodïaidd, soniarus, a chanu o gyffelyb anian gan feirdd megis Syr John Morris-Jones, Elfed, Eifion Wyn a Chynan, yn sichrau mai i'r ysgol honno o fydryddu, os rhaid categoreiddio o gwbl, y perthynai ef iddi.

Prentis wrth ei waith yn ddiamau oedd y Crwys cynnar, a nodweddir llawer o ffrwyth bore oes ei yrfa farddol gan ymdrechion clogyrnaidd ac annisgybledig. O gofio mai'r ddau sefydliad pwysicaf yng Nghymru ar droad y ganrif oedd y capel a'r Eisteddfod, a dylanwad y naill yn tyfu'n fwyfwy ar y llall, nid syndod felly canfod mai crefyddol yw tôn a naws ei gerddi cynnar. Cynhwyswyd ynddynt anogaeth daer i fod yn rhinweddol ac yn foesol, ac i arddel nodweddion cadarnaf gwedduster a daioni. Un o'i gyfansoddiadau cyntaf oedd cerdd yn dwyn y teitl 'Gwadiad Petr', a anfonodd i gystadleuaeth yn Eisteddfod Salem, Llangyfelach, Llungwyn, 1890, ac yntau'n bymtheg oed. Yr oedd yr hanesyn ysgrythurol hwn yn estyn cyfle euraidd iddo lunio cerdd anogaethol, ymbilgar, a hynny a wnaed gyda sêl. Parhaodd eto ar yr un trywydd thematig yn ei gerdd 'Tosturi' a luniodd ar gyfer Eisteddfod Nebo, Felindre, a gynhaliwyd ar Fehefin 14, 1890, ac yr oedd ei orawydd i ergydio'i neges dduwiolfrydig yn ymwthiol amlwg unwaith yn rhagor.

I bob pwrpas, cyflawni swyddogaeth bardd gwlad a wnaeth y Crwys ifanc yn ystod y blynyddoedd hynny o brifio prydyddol, gan iddo gyfansoddi nifer fawr o gerddi coffa a cherddi i ddathlu achlysuron neu ddigwyddiadau arbennig a oedd o bwys cymdeithasol, lleol. Yr oedd bri ar y math yma o ganu yng nghylchgronau'r dydd ac yn ddifai gwelodd Crwys ei gyfle i wneud ei farc. Serch hynny, wrth brisio cyfraniad a chymwynasgarwch yr ymadawedig neu wrth orfoleddu ynghylch llwyddiant neu lawenydd eraill, ni pheidiodd ag ymwrthod â'r temtasiwn ysol i foesoli a siarsio. Yr oedd hyn fel petai'n reddfol ynddo. Gellid casglu'n weddol hyderus wrth graffu ar ei gyfansoddiadau yn y cyfnod cynnar hwnnw mai'r elfen bregethwrol gyda'i phwyslais hyd syrffed ar achubiaeth a gwaredigaeth oedd un o nodweddion amlycaf ei ganu.

Benthyciodd y bryddest, a dyfodd yn boblogaidd iawn ar ddechrau'r ganrif, ar gyfer y canu efengylaidd hwn, ac ni fu Crwys yn araf yn meistroli'r ffurf. Nid y mesur cymaint, ond yn hytrach y testunau gosodedig a gynigiwyd yn eisteddfodau'r dydd oedd yn gweddu i gorws beirdd yr Haleliwia, a hynny o dan ddylanwad cynyddol y capel. Ac o ganlyniad, cafwyd mwy o draethu Beiblaidd, moeswersi goleuedig a rhybuddio taer ar draul canu ar bynciau mwy diriaethol. Does ond rhaid craffu ar bryddestau cynnar Crwys i sylweddoli bod y thema boblogaidd hon yn ganolog i'w waith. Beth arall y gellid disgwyl ganddo gyda thestunau fel 'Dafydd yn ffoi rhag Absalom', 'A Phwy yw fy Nghymydog?', 'Moses wrth y Berth' a 'Claddu'r Iesu'?

Ni raid petruso dweud mai'r bryddest a ddaeth â Chrwys i amlygrwydd y genedl fel bardd, gan iddo ennill Coron yr Eisteddfod Genedlaethol dair gwaith, ym Mae Colwyn, 1910 gyda'r bryddest 'Ednyfed Fychan', yng Nghaerfyrddin, 1911 gyda'r bryddest 'Gwerin Cymru', ac yng Nghorwen, 1919 gyda'r bryddest 'Morgan Llwyd o Wynedd'. Sicrhaodd ei fod yn cynnwys yn ei bryddestau benillion telynegol ac ambell ganig swynol er mwyn ysgafnhau dipyn ar eu gwead. Dewisodd ganu'n syml a dirodres, yn uniongyrchol a di-ffrils. Iddo ef, dyma oedd hanfod pryddest dda. Cadarnhaodd yr agwedd hon at grefft ac arddull y bryddest yn ei feirniadaeth ar gystadleuaeth y Goron yn Eisteddfod Genedlaethol Caernarfon, ym 1921, pan ddywedodd – 'Da gennym mai cân syml, lithrig sydd yn cael ei gwobrywo eleni', ac am y gân honno, sef 'Mab y Bwthyn', Cynan, aeth ymlaen i ddweud – 'gall plentyn ysgol ei darllen gan mor syml yw, ond mae ynddi fwy o feddwl ac o ddyfais nag y meddylid ar y darlleniad cyntaf ...'

Tueddai ei gerddi cynnar i gynnwys elfennau teimladwy ac emosiynol ar ffurf telynegion syml, unplyg, a chafwyd prawf pellach o'i ogwydd at y cyfeiriad hwnnw yn nes ymlaen yn ei feirnaidaeth ar 'Mab y Bwthyn' – 'Gŵyr y bardd y ffordd i galon dyn, ac nid oes yna ddim heb fod yn gyson â bywyd'. Teimladrwydd a naturioldeb oedd ei feini prawf digamsyniol wrth brisio gwerth cynhyrchion y dydd, a dyma heb amheuaeth gerrig sylfaen ei gynhyrchion yntau, fel y nododd Gwynedd, un o feirniaid y goron yn Eisteddfod Genedlaethol Bae Colwyn ym 1910 wrth feirniadu pryddest fuddugol Crwys ar y testun 'Ednyfed Fychan' – 'Ceir gan yr ymgeisydd hwn gynllun syml a naturiol ... fel y gall y Cymro cyffredin ei ddeall a chael blas arni wrth ei ddarllen'.

Gwelir yn ei gerddi cynnar hefyd iddo gyffwrdd â nifer o'r themâu pwysicaf a ddaeth yn amlwg yn ei waith diweddaraf. Cyfeiriwyd eisoes at yr elfen bregethwrol, foesol, a'i orawydd i hoelio'i neges achubol, ond yn ogystal heuwyd hadau dwy thema fawr arall, sef dyrchafu stad y werin 'syml' Gymraeg a phorthi eu hanghenion, a'i fyfyrdod athronyddol ynghylch treigl amser.

Edmygodd lafur dygn a diflino a chanodd glodydd y sawl a ymgorfforai'r rhinweddau arwrol hyn. Credai mai hanfod bywyd cyflawn y 'werin Gymraeg' oedd eu hymroddiad llwyr a'u caledwaith gonest, a theimlodd mai ei ddylestswydd oedd cydnabod y bucheddau hyn. Ceir enghreifftiau o'i barch mawr at weithgarwch diwyd yn ei gerddi i unigolion ac yn ei bryddest 'Haf Bywyd', a enillodd y gadair iddo yn y Fenni, 1910, lle y ceir hanes hen ŵr yn hydref ei einioes yn edrych yn ôl ar fywyd lluddedig a blinderus ac yn ystyried y caledi hwnnw'n fraint, a hefyd yn ei bryddest fwyaf adnabyddus a phoblogaidd, sef 'Gwerin Cymru'. Hon oedd y bryddest yn anad yr un arall a ddygodd Crwys i sylw'r genedl ac ennyn ei gwerthfawrogiad. Hon hefyd a'i sefydlodd yn ddiamau fel 'bardd y werin'. Dyma farn J.T. Job amdani – '... ynddi hi y gwelir gwaed cocha'r Werin, ac ynddi hi y clywir calon y Werin yn curo gliriaf. Y mae'n gerdd hollol syml, bur ei hiaith, a gloyw-Gymreig ei harddull, a'r fydryddiaeth drwyddi'n soniarus'. Canmolwyd hi hefyd gan J. J. Williams, y beirniad arall – 'Llwyddodd hwn yn anad neb i ganu i 'Werin Cymru'. Ei chalon fawr hi glywir yn curo o'r llinell gyntaf i'r olaf'. Cyfeiriodd Alun Llywelyn-Williams ati'n ddiweddarach fel pryddest a oedd yn 'binacl prydyddol y mudiad gwerinaidd'.

Ynddi, ceir darluniau o wahanol gyfnodau yn hanes y werin Gymraeg, ac olrheinia'r darluniau hyn ddatblygiad y rhan a chwaraeodd y dosbarth arbennig hwn o bobl yn y gymdeithas Gymraeg dros y canrifoedd. Yr oedd Crwys yn hoff o ddefnyddio darluniau i gyfleu ei feddwl, a gwelir yr un dechneg ganddo'n ddiweddarach yn 'Morgan Llwyd o Wynedd'. Ceir cyfres o ddarluniau ynddi o daith Morgan Llwyd ar hyd a lled y wlad yn annog ei gyd-Gymry i wella cyflwr moesol ac ysbrydol y genedl.

I Crwys, yr oedd darlunio mewn cerdd yn fodd syml, hwylus ac effeithiol i drosglwyddo naws a thema'r gerdd honno, a hawdd canfod yn ei farddoniaeth dystiolaeth ddigonol ei fod wedi dotio'n llwyr ar y syml a'r naturiol, ac ar y cyffredin a'r distadl, sydd yn egluro paham mai gwladaidd yw cefndir y rhan fwyaf o'i gynhyrchion. Gwladaidd i raddau helaeth oedd cefndir barddoniaeth troad y ganrif beth bynnag, gyda beirdd megis Ceiriog, Eifion Wyn ac I. D. Hooson yn canu clodydd 'Nant y Mynydd', Cwm Pennant' a 'Blodau'r Gwynt'.

A gyda hwy ar yr un wagen yr aeth Crwys, yn canmol, yn prisio gwerth, ac yn hiraethu am fywyd syml, pwyllog y wlad. Ceir enghraifft o'i werthfawrogiad o'r bywyd gwledig yn ei gerdd adnabyddus 'Caru Cymru' (*Cerddi Crwys*):

> 'Rwy'n caru pob erw o hen Gymru wen,
> Ei chreigiau a'i rhosydd di-raen,
> Pob mynydd a choron o rug ar ei ben,
> Pob cilfach a cheunant a gwaun;
> Ac nid oes a geisiwn
> Na dim a ddymunwn
> Ond bwthyn bach tawel rhwng cyrrau fy mro
> A beddrod i huno yn rhywle'n ei gro.

Hefyd yn 'Byw yn y Wlad' (*Cerddi Crwys: Y Pedwerydd Llyfr*):

> A minnau mor hoff o dawelwch
> Hen ardal fynyddig fy nhad,
> Y peth gorau i mi, 'r wy'n meddwl,
> Fydd dychwelyd a byw yn y wlad.

Yn ogystal â thelynegion swynol, ymroes i lunio cerddi yn datgan ei ddiffyg cariad at fywyd trefol, amhersonol, ac at ddinistr diwydiant, e.e. 'Rhedynen', 'Morgannwg' (*Trydydd Cerddi Crwys*) ac 'Angladd yn y Dref' (*Cerddi Newydd Crwys*):

> Dau anifail, dyn a cherbyd,
> Neb yn gofyn pwy na phle,
> Rhywrai'n hebrwng rhywun, rywle,
> Ydyw angladd yn y dre.

Yn yr un ysbryd clodforus y canodd i unigolion yn y gymdeithas, y rhai hynny a ymgorfforai fywyd syml a naturiol, y gwladwyr hynaws a rhadlon a oedd mor hoff ganddo. Dyrchafodd hwy ar gownt eu cyfraniad amhrisiadwy i barhad traddodiad ac i werthoedd godidocaf eu cynefin i oriel yr anfarwolion. Ymserchodd yn niniweidrwydd ac ymarweddiad di-lol y cymeriadau hyn, a mynnodd dalu teyrnged hael iddynt, gwerinwyr megis Josi'r Cwm, Seimon a Tomos Tomos (*Cerddi Newydd Crwys*):

> A dyma pam 'rwy'n canu cân
> I'r symlaf o'r werinos:
> Mae dyled dryma'r byd i wŷr
> O dymer yr hen Domos.

Dafydd Shôn, Dafydd y Lludw a Philos y Ffordd (*Trydydd Cerddi Crwys*):

Nef yr hen Phil
Yw gweithio'n ddi-glod
Ar y dde wrth fynd,
Ar y chwith wrth ddod.

Raphael Pen Ffordd a Sami'r Lampau (*Trydydd Cerddi Crwys*):

Gwyliai'r haul ei thro a'i thyle,
Ac fe sbïai dros y bryn
Fel pe bai'n petruso machlud
Cyn bod lampau Sami 'nghŷn.

Siâms y Simne, Jona'r Gloch (*Trydydd Cerddi Crwys*) a Robyn Tŷ'r Abad (*Cerddi Crwys: Y Pedwerydd Llyfr*):

Doedd fawr iawn ymhen yr hen Robyn, mae'n wir,
Ni wyddai ryw lawer am ddim ond am dir,
Moch a cheffylau, y llanw a'r trai,
Ffair Calan-gaeaf a ffair Calan-Mai.

Lapiodd hwy yng ngharthen gynnes ei edmygedd a'u hanwylo. Dewisodd nodi'r priodoleddau mwyaf digyffro a chyffredin yn hytrach na'r coeth a'r trawiadol, a dyma sydd wedi gwneud y cerddi mawl hyn yn gymaint ffefrynnau. Gwelwyd eisoes yn ei delynegion a'i bryddestau cynnar fel y ceisiodd Crwys gyferbynnu byrhoedledd bywyd dyn ar y ddaear â thragwyddoldeb y byd a ddaw. Datblygodd y thema hon yn ei waith diweddar i fod yn un o'i themâu pwysicaf, a cheir enghreifftiau o'i athronyddu ynghylch treigl amser yn rhai o'i gerddi mwyaf poblogaidd a hoffus. Hoffai ddarlunio'n synhwyrus effaith amser ar ddyn a'r modd y dinistria amser yr amgylchfyd. Gwrthrychau gweladwy yw craidd ei gerddi, a'i ymateb teimladwy i'r newid a fu yn sgîl rhaib y tymhorau a geir ynddynt. Nid oes gwell enghraifft o'r pendroni hwn na'i delyneg hyfryd a chyfarwydd 'Melin Trefin' (*Cerddi Crwys*). Ceir darlun ganddo o hen felin sydd bellach yn wystl amser, ac o ganlyniad yn adfail. Try o ddefnyddio'r gorffennol i ddisgrifio'r gweithgarwch gynt yn nyddiau'r hen felinydd i'r defnydd o'r presennol er mwyn pwysleisio'r newid a fu wedi iddo farw. Y mae'r dewis o'r 'rhod fu gynt yn rhygnu' yn hynod o addas i gyfleu natur y dinistr, oblegid perthyn iddi fel gwrthrych gysyniadau cyfoethog o ran amser. Y mae'r rhod fecanyddol yn troi'n ddiymdrech tra y pery dyn i roi'r gofal angenrheidiol iddi, ond y mae'r rhod drosiadol yn segur droi doed a ddelo, a'r cyferbyniad hwn rhwng terfynoldeb dyn a'i ddyfeisiadau a thragwyddoldeb byd natur a'i chreadigaethau yw byrdwn y gerdd hon.

I ychwanegu at naws y gerdd apelir at ein synhwyrau, a chadarnheir y trawsnewidiad drwy ddewis a dethol enwau ac ansoddeiriau pwrpasol, e.e. 'merlyn olaf', 'ffrwd garedig' (sydd yn dwysáu'r llonyddwch a'r distawrwydd), 'talcen noeth', 'llwythi cras', 'segur faen' (sydd yn crynhoi holl dristwch y darlun) ac 'amser swrth', sef y gelyn pennaf. Y mae'r holl dystiolaeth a roddwyd gerbron yn y tri phennill yn arwyddion diymwad o oruchafiaeth natur ar fywyd dyn, sydd yn pwysleisio breuder y bywyd hwnnw ac oferedd unrhyw ymdrech i wrthsefyll distryw'r elfennau. Cynrychiolai'r dŵr a redai gyda thalcen y felin dragwyddoldeb byd natur, fel y gwymon, y brwyn, y gwynt a'r glaw. Cymharer y defnydd a wnaethpwyd yma o'r dŵr â'r defnydd a wnaeth R. Williams Parry ohono yn ei soned 'Ymson Ynghylch Amser' (*Cerddi'r Gaeaf*):

> Hon ydyw'r afon, ond nid hwn yw'r dŵr
> A foddodd Ddafydd Ddu. Mae pont yn awr
> Lle'r oedd y rhyd a daflodd yr hen ŵr
> I'r ffrydlif fach a thragwyddoldeb mawr.

Gwelir mai defnyddio'r dŵr a wnaeth y ddau fardd at bwrpas nodi bychander dyn ar y naill law a grym anniffygiol natur ar y llall.

Y mae'r rhod wedi troi'n ffigurol yn achos Melin Trefin, oherwydd bod y felin a oedd yn malu bellach yn cael ei malu gan 'amser swrth a'r hin', a bod ôl llaw dyn yn cael ei erydu'n araf gan ôl llaw Duw. Ond, er gwaethaf tristwch y sefyllfa, gwna Crwys yn siŵr ei fod yn lleddfu'r siom a'r hiraeth drwy sicrhau bod cof am y felin a'i chyfraniad gwerthfawr i'r gymdeithas leol yn aros hyd byth yn y

> Di-lythyren garreg goffa
> O'r amseroedd difyr gynt.

Defnyddia symbolau o fyd natur yn aml i danlinellu nodweddion yn ymwneud â chryfder, dycnwch a dyfalbarhad, yn ogystal â gwendid, llesgedd a marwolaeth. Fel y mae'r 'Di-lythyren garreg goffa' yn symbol teilwng o'r hyn a fu, y mae 'iorwg' hefyd yn arwydd ganddo o barhad oesol a'r modd y mae natur yn gwisgo cywilydd murddunod o hen adeiladau, ac yn gwrthod dinoethi eu hagrwch rhwth. Dyma ffordd Crwys eto o liniaru tristwch. Ceir aml gyfeiriad yn ei gerddi at 'iorwg', er enghraifft yn 'San Malo' (*Cerddi Newydd Crwys*):

Yn hyfryd hen, a'r iorwg ir
Am dŵr ei theml o lofft hyd lawr.

Hefyd yn ei soned 'Yr Hendy' (*Cerddi Crwys: Y Pedwerydd Llyfr*):

Fel aeddfed ffrwyth y pren afalau tlws
Y meini llwyd a syrth o'i furiau llaith,
Ac yna, rhag dinoethi gwarth y graith,
Rhoi iorwg gwyrdd ar rwyllau nen a drws.

Yn yr un modd, defnyddiodd ddail fel symbolau o henaint ac o dreigl amser, a hwyrach mai ei gerdd odidog 'Dysgub y Dail' (*Cerddi Newydd Crwys*) yw'r enghraifft orau o hyn. Y mae hi'n gerdd debyg iawn i 'Melin Trefîn' yn ôl ei syniadaeth, ac mae'r ddelwedd o'r hen ŵr methedig yn hydref ei fywyd yn ysgubo'r dail, a'r modd yr uniaethir ef â 'deilen grin', yn cael ei hysgubo'n ddefosiynol i bentwr bychan o ddail yn drawiadol a grymus. Megis y felin a fu gynt yn malu ond sydd erbyn hyn yn cael ei malu, caiff yr ysgubwr ei hun ei ysgubo ymaith, fel y bydd yntau yn y rhawg 'gyda'r dail'. Wrth ddibersonoli'r hen ŵr fel hyn, llwyddodd Crwys unwaith eto i liniaru effaith ddidrugaredd amser ac i osgoi gor-sentiment-aleiddio, sef un o'i dueddiadau pennaf.

Deilen sydd yn cael ei defnyddio ganddo hefyd i gyhoeddi marwolaeth yr Haf yn ei gerdd 'Llythyr' (*Trydydd Cerddi Crwys*). Cerdd dwt, gelfydd ydyw wedi ei saernïo'n ofalus yn delweddu'r gwynt a'r ddeilen, a'u gweld yn nhermau postmon yn gwthio llythyr o dan y drws gyda'r newyddion drwg ynglŷn â diwedd yr Haf:

Ni chlywswn neb yn cerdded,
Na churo'r drws, na chri,
Ond gwyddwn fod rhyw lythyr bach
O dan y ddôr i mi.

Eis yno ar fy union
A chael y ddeilen wyw,
Heb amlen wen amdani chwaith
Nac enw'r undyn byw.

Mi wyddwn ers wythnosau,
A mwy, ei fod yn glaf,
Ac wele'n awr y llythyr trist
Yn sôn am farw'r Haf.

Yn 'Yr Awr Aur' (*Cerddi Newydd Crwys*) y mae 'deilen wiw' unwaith yn rhagor yn cynrychioli marwolaeth mewn cerdd sydd yn ymwneud â byd y dychymyg neu freuddwydion, sef byd lle nad yw amser yn teyrnasu, a byd lle y mae gwrthrychau y mae amser yn gyfrifol am eu tranc yn absennol. Dyma fyd lle y mae posibiliadau o bob math yn ddiderfyn, lle y gellir ffoi oddi wrth anrhaith amser i ffantasi tragwyddol:

O'r gadair freichiau ger y tân
I ryw wlad well y cipiwyd fi,
Lle nid oedd fedd na deilen wiw,
Na nam ar ddim, na chwyn na chri.

Amser yw'r teyrn, a hyn sydd yn cael sylw pennaf Crwys. Yn 'Y Border Bach' (*Cerddi Newydd Crwys*) ceir darlun trist o effaith amser ar bobl, ond nid darlun amrwd o henaint fel y cyfryw mohono, eithr delwedd syber sydd felly'n lleihau'r digalondid. Gweld mae'r sylwedydd bod y border o flodau yr oedd ei fam mor hoff a balch ohono erbyn hyn yn drigfan i'r dant y llew, a hyn oherwydd henaint a llesgedd ei fam:

Hen estron gwyllt o 'ddant y llew',
A dirmyg lond ei wên,
Sut gwyddai'r hen droseddwr hyf
Fod 'mam yn mynd yn hen?

Drwy'r un sbectol y gwelodd effaith y tymhorau ar dyfiant y wlad yn 'Marw'r Haf' (*Cerddi Newydd Crwys*), ac ar 'Y Garreg Filltir' (*Trydydd Cerddi Crwys*):

Yma'i rhodded gynt gan rywun
Nad yw mwy ar dir y byw,
Yma safodd drwy'r blynyddoedd,
Carreg fedd yr oesau yw,
A phan bylo'r bras lythrennau,
Hithau'n malu, ddarn ar ddarn,
Deuddeg milltir fydd o'r fangre
I Landeilo hyd y Farn.

Gwelodd hefyd lanw a thrai'r môr ger aber afon Aeron fel symbol o dragwyddoldeb yn ei gerdd 'Erbyn y Bore' (*Trydydd Cerddi Crwys*), sef cymharu'r trai a byrder einioes dyn ar y naill law a llanw'r môr a'i ehangder di-ben-draw ar y llall:

Ac nid yn Aberaeron
Yn unig – mawl i'r Iôr,
Yr hunais ger yr afon
A deffro ger y môr.

Soniwyd eisoes bod henaint a marwolaeth yn themâu llywodraethol yn ei ganu diweddar, a cheir nifer fawr o gerddi yn ei gyfrolau lle yr ymdrinnir yn fanwl â'r testunau hyn, ond weithiau, tueddai i fynd yn or-deimladwy a gor-sentimental yn eu cylch. Enghraifft dda o'r gwendid hwn yw'r gerdd 'Cloch y Llan', lle gor-wneir yr apêl at yr emosiwn:

Mae'n heinioes, anwylyd, yn dirwyn i ben,
Ac awr y noswylio'n nesáu,
A'r gloch oedd yn canu ddydd angladd Gwen
Fydd yn canu pan gleddir ni'n dau.

Sicrhaodd bod y symbol o'r gloch yn cael lle amlwg yn ei gerddi ymson ynghylch amser. Meddai yn ei delyneg 'Yr Hydref' (*Cerddi Newydd Crwys*):

A thaerach yn yr Hydref
Y geilw cloch y Llan.

wrth gyfeirio at angladd un o drigolion yr ardal, ac yn ei gerdd 'Angladd y Torrwr Beddau' (*Cerddi Crwys*), awgryma nad yw amser yn golygu dim i'r meirw, bod iddynt heddwch a thangnefedd perffaith:

Ni chlyw'r mo'r marw gnul y gloch,
Rhy drwm, rhy beraidd yw eu hun.

a bod rhyw derfynoldeb di-droi'n-ôl ym mhwll y bedd, a chyfleir hyn yn effeithiol gan Crwys yn y cwpled clo:

Fe roir dy offer yn ei le
Fel arfer, ac fe gloir y glwyd.

Yn 'Patriarch y Llan' (*Cerddi Crwys*) portreadir henaint unwaith eto ym mherson hen ŵr crynedig, unig a gollodd ei briod, ac a welodd yr olaf o'i blant yn gadael y nyth. Dyma grynhoi ei sefyllfa:

Rhyw weddill o fywyd blinedig
Wedi gorffen mynd yn hen.

Cydweddai'r cyfeiriad sydd yn y gerdd at 'gollen gam' i'r dim â'r hen ŵr. Mae ef trwy niwl ei bresennol yn sylweddoli bod ei ddyddiau yn dirwyn i ben, ac meddai Crwys yn felodramatig braidd wrth ddiweddu'r pennill olaf:

Dwy'n synnu 'run mymryn dy weled
Mor aml ym mynwent y Llan.

Dewisodd Crwys gyflwyno agwedd arall i ni ar farwolaeth yn 'Broc y Môr' (*Trydydd Cerddi Crwys*) wrth gymharu Duw yn galw ei bobl ato ar derfyn dydd â'r llanw yn golchi broc môr ar hyd y traeth, ac yn ei gerdd 'Her yr Henwr' (*Trydydd Cerddi Crwys*) ceir Crwys yn gwrthgyferbynnu dyn a mynydd – un yn fregus, yn ansefydlog a diangor, a'r llall yn arwydd o gadernid solet ac o oroesiad diysgog, arhosol:

Y mynydd yn aros, yn aros fel cynt,
A minnau'n rhyw symud bob dydd.

Er bod Crwys yn sylweddoli mai byr yw ei fywyd ar y ddaear, caiff gysur yn ei ffydd ddi-syfl mewn bywyd tragwyddol y tu hwnt i'r llen. Ceir yr un syniad yn union gan Ceiriog yn ei gân 'Aros a Mynd' sydd yn cychwyn gyda'r llinellau adnabyddus hynny:

Aros mae'r mynyddau mawr
Rhuo trostynt mae y gwynt.

Mae'r cwpled gwrthebol sydd yn diweddu 'Her yr Henwr' yn crynhoi ei holl athroniaeth ynglŷn â'i thema fawr:

Aros i fynd mae'r mynydd mawr,
Ond myned i aros 'rwyf i.

Bron na allai Crwys yn ei ymdriniaeth o dynged a marwolaeth gytuno â gosodiad digwafers R. Williams Parry ynghylch angau:

Megis y bu o'r dechrau, felly y mae:
Marwolaeth nid yw'n marw: Hyn sydd wae.

Yng nghorff ei farddoniaeth canodd nifer o gerddi rhyfel i goffáu'r milwyr ifainc a laddwyd ym mrwydrau'r ddau Ryfel Byd. Yn eu plith ceir galarnadau a cherddi mawl yn clodfori dewrder ac aberth y lluoedd arfog a'u parodrwydd i ymladd hyd angau i amddiffyn eu gwlad. Mewn dwy gerdd defnyddiodd drosiadau i gyfleu ei edmygedd o'u gwrhydri a'u cadernid, sef eu cyffelybu â choed, er enghraifft yn 'Dros eu Gwlad' (*Cerddi Crwys*):

> Pan roech ar gadw enwau'r llu
> Fu farw'n lew ar faes y gad,
> Na âd yn ango'r deri hyn,
> Y deri syrthiodd dros eu gwlad.

Ceir yr un ddelwedd eto yn 'Cwymp y Cedyrn' (*Cerddi Crwys: Y Pedwerydd Llyfr*), wrth iddo ddisgrifio'r milwyr yn y termau hyn:

> Y deri, a'r gwern, yr elm a'r ynn,
> Canwriaid tal y tir.

Ei ddymuniad yn y gerdd hon ac yn y rhelyw o'i gerddi rhyfel yw y byddai cof am eu haberth ddrud yn parhau yn oesoesol:

> Na foed yn angof aberth mawr
> Y lladdedigion hyn.

Cyfeiriwyd eisoes at or-duedd Crwys yn ei ddyddiau cynnar i bregethu ar gân ac i ddefnyddio'i waith fel cyfrwng i foesoli ac i oleuo'i ddarllenwyr ynglŷn â hanfodion yr Efengyl. Gwelir hyn amlycaf mewn cerddi megis 'Yr Hoelion Wyth', 'Ei Seren Ef', 'Y Nefoedd Fach' a 'Y Cymun Cyntaf' (*Cerddi Crwys*):

> Mi dorrais o'r Bara fy hunan
> 'Rôl hynny mewn dychryn a braw,
> A diolch i Rywun – mae'r Cwpan
> Yn para i grynu'n fy llaw.

Yn ei gerddi crefyddol diweddar gwelir enghreifftiau aeddfetach o lawer o'i fwriad fel bardd-bregethwr i drosglwyddo 'i neges ddiwinyddol. Y mae ei ddull o hoelio'r neges honno yn fwy cynnil a disgybledig nag o'r blaen ac yn llai herfeiddiol ac uniongyrchol. Bodlonodd ar fod yn awgrymog, hyd yn oed yn ddychanol, e.e. yn ei gerdd 'Y Ddafad Euog' (*Trydydd Cerddi*

Crwys). Moeswers i bob pwrpas yw'r gân syml hon sydd yn ymhelaethu ar arwyddocâd yr hen ddihareb – heb ei fai heb ei eni. Yr hyn a dynnodd sylw'r bardd oedd dafad â 'gwrychyn draen ar draws ei chnu' wrth ymyl capel un bore Sul, ac fe ddatblygodd yr olygfa hon i fod yn sylw brathog ar arferion capelwyr, eu twyll a'u rhagrith. Mae'r ansoddeiriau a ddefnyddia i ddisgrifio'r 'saint' hyn a'r cyfeiriad at yr arfer o wisgo dillad newydd i fynd i'r cwrdd yn llawn dychan:

> Bu bron i mi â'i chymell hi
> I'r cysegr santaidd gyda ni
> Yng nghwmni'r saint ffortunus, cul,
> Sy'n newid dillad ar ddydd Sul.

Mor gyfleus, cred Crwys, yw'r modd y gellir cuddio a chelu pechodau o bob math gyda dillad parch ar y Saboth.

Tebyg o ran eu traethu awgrymog yw'r cerddi 'Blaenau Gwlad', 'Tyddewi', y garol 'Be' Sy'n Bod', (*Trydydd Cerddi Crwys*) a 'Cymanfa Cwm Du' (*Cerddi Crwys: Y Pedwerydd Llyfr*), a'r enghraifft orau o'i ganu mwy cryno, atalgar yw'r gerdd 'Y Tân Cymreig' (*Cerddi Crwys: Y Pedwerydd Llyfr*):

> Mae tân ym mron pob Cymro glew,
> Nid gwynt na rhew a'i diffydd,
> Tân o'r nefoedd wen, a Duw
> Ei hunan yw ei danwydd.

Yn anad dim arall, bardd y syml a'r naturiol oedd Crwys. Canai gerddi telynegol, swynol i glodfori'r eiddil a'r cyffredin, yn nhraddodiad gorau'r bardd gwlad, ac i draethu ei ofnau ynghylch treigl amser a marwolaeth ac i geisio amgyffred yr ymdeimlad o'r diamser a rydd fri ar ei gredoau Cristnogol cadarn ynghylch tragwyddoldeb. Bydd cynifer o gerddi Crwys yn aros yn fythol boblogaidd am eu bod yn cynnwys sylwadau ac athroniaeth ar fywyd sydd yn ddealladwy ac yn gyfarwydd, a hyn trwy gyfrwng darluniau, delweddau a diriaethau trawiadol wedi eu dwyn o gynefin hysbys y darllenwyr eu hunain.

I. D. HOOSON
(1880-1948)

Dewi Stephen Jones

'Ond chwerthin, a chwerthin, wnaeth Guto benfelyn,
A Gwenno o Dyddyn-y-gwynt.'

Cof plentyn o fod yno yn y Stiwt, Rhosllannerchrugog, yn gwylio perfformiad o ddrama. Mae'r llwyfan yn wag ac wedi ei oleuo'n we o las tywyll. Heb rybudd, daw sŵn curo, ac yna 'sgrech annaearol a'r gynulleidfa'n cynhyrfu. Mae hi yno'n ymwingo, y wraig wallgof yn yr atig. Golygfa arall. Mae un o'r prif gymeriadau, Mr. Rochester, yn lleisio cyffes: 'but fate has out-manoevered me, or Providence has checked me, perhaps the last. I am little better than a devil at this moment; and as my pastor there would tell me, deserve no doubt the sternest judgements of God, – even to the quenchless fire and deathless worm'.

A thua'r un amser, yr oedd y bardd, I. D. Hooson, yn marw.

Flynyddoedd wedyn, cael fy nal gan ddarlun enwog Edvard Munch, *Y Gri*. Nid melodrama, fel y cyfaddasiad o *Jane Eyre*, oedd bywyd I. D. Hooson. Nid oes hysteria yn ei gerddi fel a geir yn rhai o ddarluniau Munch. Ond dewch gyda mi i archwilio carreg fedd gron yr Hoosoniaid ym Mynwent y Wern, Rhosllannerchrugog:

Er cof am Yr Henadur
EDWARD HOOSON, Y.H., Rhos,
Mehefin 2, 1843,
Mai 22, 1904.
Blaenor ffyddlon yn Eglwys Y Capel Mawr, M.C.,
am 29 mlynedd.
'Coffadwriaeth y cyfiawn sydd fendigedig.'

Hefyd ei annwyl briod
HARRIET HOOSON
a hunodd Ionawr 22, 1931,
yn 90 oed.
'Bu'n annwyl hyd benwynni,
Bu'n dlos tra bu'i hanadl hi.'
R.W.P.

Er cof hefyd am
Eu hannwyl a'u hunig ferch
SARAH C. HOOSON
a hunodd Chwefror 17, 1929,
yn 54 mlwydd oed.
'A'i hun mor dawel yw.'

Hefyd am eu hannwyl fab
EDWARD RICH. HOOSON
a hunodd Awst 1, 1934
yn 57 mlwydd oed.
'Y pethau cyntaf a aeth heibio.'

Er cof hefyd am eu hannwyl fab
THOMAS JOHN HOOSON,
a hunodd Mehefin 7, 1937,
yn 64 mlwydd oed.
'Heb absennu â'i dafod.
Heb wneuthur drwg i'w gymydog.'

Er cof hefyd am yr annwyl a'r ffyddlon
SARAH ELLIS
a wasanaethodd y teulu am dros 33 mlynedd,
a hunodd Chwefror 4, 1945,
yn 68 mlwydd oed.
'Yr hyn a allodd hon, hi a'i gwnaeth.'

Gall carreg fedd gladdu mwy na gweddillion, ac mi all ffawd fod yn greulonach na'r 'Brenin Du'. Rhaid agor drws y tŷ hwn! Bu trasiedi mawr yn hanes y teulu. O'r pedwar plentyn a aned i Edward a Harriet Hooson dim ond dau ohonynt oedd i fod o iawn bwyll, sef yr hynaf a'r ieuengaf. Roedd 'na wendid yn Edward Richard a Sarah Catherine. Roedd Sarah, yn enwedig, mewn cyflwr. Roedd waliau cefn cartref Hooson, Victoria House, yn bwrpasol uchel. O gefn y Swyddfa Bost, a oedd yn gydiol â thŷ Hooson, roedd y gweithwyr yno yn clywed 'sgrechiadau Sarah ar brydiau. Heb ei rhwystro, mi fyddai'n bwyta baw. Nid oeddynt am gael eu rhoi mewn seilam. Gofal y teulu oeddynt. Ac eithrio'r tad, a fu farw ym 1904, buont oll yn trigo yn Victoria House am hanner canrif a mwy, a Sarah Ellis, a fu mor ffyddlon, yn gweini. Mae'r hanes yn allweddol. Roedd 'y pryf' yng ngwead y teulu.

Cofio a wna Hooson yn 'Y Band Undyn':

> A ninnau'r plant yn dilyn
> Y gŵr a'i ryfedd faich,
> Gan ysgwyd megis yntau
> Bob un ei goes a'i fraich;
> Wedi anghofio'r ysgol
> A phob rhyw chwerw hynt
> 'R un fath a'r seithwyr hynny
> Yng Nghastell Harlech gynt.
> Ein galar wedi cilio …

Roedd bywyd yn galed i'r plentyn yn y gymdeithas oedd ohoni ond go brin y disgwylir 'Ein galar' yn y cyd-destun. Ond galar personol Hooson y plentyn sydd fan hyn. Ceir enghraifft gyffelyb yn ei gerdd 'Y Gwin': 'Ni fynnwn gan y duwiau/Yn *gysur* ar fy hynt'. Yn ei amgylchedd ef roedd angen cysur. Mae'r gyfeiriadaeth, yn ogystal, yn ymddangos yn un od iawn nes sylweddoli mai angof llwyr a ddaw i'r saith yn Ail Gainc y Mabinogion, a hynny rhag poen trasiedi y brawd a'r chwaer, Bendigeidfran a Branwen.

Nid cofio ond *adrodd stori* a wna Hooson yn 'Y Fantell Fraith', sef ei gyfaddasiad o gerdd enwog Robert Browning, 'The Pied Piper of Hamelin'. Mae 'na debygrwydd amlwg rhwng 'Y Fantell Fraith' a 'Y Band Undyn'. Wrth feddwl am y naill, daw'r llall i gof – y mae'r bardd yn rhagair ei gyfrol *Y Gwin a Cherddi Eraill* yn sôn am y ddwy wrth grybwyll yr awen. Mae rhuthm ac odl 'Y Band Undyn' yn deillio o'r rhannau hynny yn 'Y Fantell Fraith' sy'n disgrifio'r telynor yn 'hudo miwsig allan/Yn ffrwd o'r tannau tyn' – rhuthm ac odl nad oes mo'u cyffelyb yng ngherdd Browning. Yn ei *manylion* mae 'na wahaniaeth rhwng 'Y Fantell Fraith' a 'The Pied Piper of Hamelin'. Mae Hooson yn rhoi enw i'r bachgen cloff, sef Huw, ac mae ganddo ef ffrind o'r enw Siôn 'yr hogyn ffôl'. Rydym oll yn gyfarwydd â'r stori – mae Huw y bachgen cloff yn adrodd yr hanes am byrth 'y wlad yn agor a phyrth y wlad yn cau':

Ar hyn mi glywais ganu, a thelyn fwyn ei thant
Yn sôn am fröydd tirion Paradwys Wen y Plant;

* * *

Lle'r oedd teganau ddigon a gwisgoedd o bob lliw,
A phawb o'i mewn yn llawen heb neb o dan ei friw;
Lle rhoddid synnwyr eto i Siôn, fy nghyfaill hoff
A lle na byddwn innau byth mwy yn fachgen cloff.

Y mae hyn yn ychwanegiad at yr hanes fel y'i ceir yng ngherdd Browning. Dyhead brawd sydd yn y geiriau. Nid oes adferiad i Sion yn Llanfair-y-Llin. Ym 1934 y daeth enwogrwydd i Hooson a hynny yn sgil cyhoeddi 'Y Fantell Fraith'. Ar Awst 1 y flwyddyn honno y bu farw Edward Richard.

Yr oedd gan Hooson yntau ei 'ryfedd faich'. Er bod ei frawd hynaf, Thomas John, wedi cael addysg eithriadol o gofio'r cyfnod (mi gafodd Tom ac I. D. bob cyfle) – graddiodd yng Ngholeg Brasenose, Rhydychen, a bu'n myfyrio yn Gray's Inn. Ond ni chafodd yrfa ddisglair fel cyfreithiwr. Trwy gydol ei oes nid oedd ganddo'r awch na'r hyder i weithio mewn swyddfa. Byddai'n adolygu llyfrau ar gais y *Times* o bryd i'w gilydd ac roedd Victoria House yn llawn dop o'i lyfrau. Gŵr golygus ydoedd – 'fel ffilm star' meddai un hen wraig. Mae gan R. Williams Parry englyn coffa iddo yn *Cerddi'r Gaeaf* o dan y teitl 'Dau Enaid Rhamantus' – ef yw un ohonynt, sef yr ail:

Mynnodd hedd mwyn i'w ddyddiau – a throediodd
    Ansathredig lwybrau.
  Er meddu dysg fel dysg dau
  Ni ddoi sŵn o'i ddwys enau.

(Rhaid cofio fod Myfanwy, gwraig R. Williams Parry, yn ferch o'r Rhos)

Roedd y baich o gadw a chynnal y teulu felly fel iau am ysgwyddau I. D. Hooson. Dyna'i ddyletswydd – roedd o'n gaeth.

Bu farw Sarah Catherine yn Chwefror 1929 ac yn ôl tystiolaeth Hooson yn ei Ragair i *Cerddi a Baledi* – 'Rhwng 1930-1936 yr ysgrifennwyd y rhan fwyaf o gynnwys y Gyfrol.' I bob golwg, bu marwolaeth ei chwaer yn ollyngdod. *Wedi iddi fynd* mae'r cerddi'n dod. Yn ystod y naw mlynedd nesaf, bu farw ei fam a'i ddau frawd. Bob yn ail flwyddyn bron yn y cyfnod hwn 'roedd Hooson yn claddu un o aelodau'r teulu. Roedd angau 'mor brysur ag erioed'. Yn y fath amgylchiadau nid yw'n syndod fod Hooson yn dyheu am ddihangfa ar brydiau:

F'anwylyd a gawn ni fynd yno,
  I'r ynys bellennig i fyw;
Neb ond yr wylan, tydi a fy hunan,
  Ym murmur y tonnau yn byw,
A throi yr ynysig, bellennig ac unig
  Yn fythol baradwys i fyw?

Ond dihangfa gonfensiynol y beirdd rhamantaidd yw yr ynys bellennig ac nid yw'r gerdd hon yn nodweddiadol. Yn rhagair *Y Gwin a Cherddi Eraill* dywed: 'pan gynhyrfid fi i ganu, melys yn wir oedd y ddihangfa arall hon o gadair gyfyng fy swydd i feysydd helaethach ond nid llai real, y gân'. Nid yw hyn yn gyfystyr â dweud fod ei gerddi yn ddihangfaol eu naws. Sôn am y dychymyg y mae – mae'n sicr fod y gwrthwyneb yn wir hefyd ar brydiau a'i fod ef I. D. Hooson yn falch o anghofio'i broblemau personol wrth drin a thrafod mân-ffeithiau'r ddeddf. Dwy ffordd o weld a gynigir yn 'Y Lloer' (*Cerddi a Baledi*) – llygad y gwyddonydd a llygad y 'prydydd ffôl' sy'n disgrifio'r lloer, y gwyddonydd yn y cyswllt hwn yw Sir Robert Ball, a 'Llyfr y Doeth' yw *The Story of the Heavens* gan Sir Robert Ball. Cafodd Hooson y llyfr fel gwobr yn Ysgol Ramadeg Rhiwabon:

'Sgrifennodd yn ei lyfr – 'Y Lloer
Nid yw ond anial marw, oer,
Di-ddŵr, di-awyr, llwm a noeth –
Ysgerbwd byd,' medd Llyfr y Doeth.

Arall yw'r lloer i'r bardd yn y gerdd. Yr union ddulliau o *weld* sy'n cael eu cyferbynnu yn nofel Charles Dickens, *Hard Times,* sef y dull ffeithiol, (Mr. Gradgrind) a'r dull sy'n gwneud defnydd o'r dychymyg (Sissy Jupe). Ffansi yw term Dickens am y dychymyg. Ni chais ef wahaniaethu rhyngddynt, fel y gwnaeth Coleridge ym myd barddoniaeth. Nid wyf am ddilyn Coleridge, dim ond nodi fod yr elfen ffansïol ac anthropomorffig yn fefl yn rhai o gerddi Hooson. Mae hynny'n amlwg mewn cerdd wan a sentimental fel 'Yng Ngolau'r Lloer':

Yng ngolau'r lloer daw'r llwynog coch
    O'i ffau ar ysgafn droed,
A'r tylwyth teg o'u pebyll brau
    I ddawnsio dan y coed.

Ond fe'i ceir mewn cerdd dda fel 'Y Rhosyn' – mae'r gymhariaeth o'r haul yn rhannu ei winoedd melyn yn wych, ond mae'r llinellau cyntaf yn y ddau bennill sef 'Fel hen dafarnwr rhadlon' a 'Cyn hir fe gaeodd yntau/ (Yr hen dafarnwr llon)/Ei windy' yn andwyol i mi. Gormod o *ffansi*. Mae diweddglo'r gerdd yn eithriadol! Ond yn ei gerddi gorau mae ei chwaeth yn sicr a'i duedd anthropomorffig dan reolaeth. Mi all cerdd o'i eiddo fel 'Y Wawr' ymddangos fel dim ond ffansi noeth, disgrifiad gwych a gwag:

Bu rhyw rialtwch neithiwr
  Tu ôl i'r dorau mawr
A gaeir rhwng y machlud
  A thoriad cynta'r wawr;
Mae llestri y gyfeddach
  Yn deilchion ar y llawr.

Ffiolau perl a chwrel
  Ac aur gwpanau cain
A ddrylliwyd, ac mae'r gwinoedd
  Yn llifo rhwng y rhain,
Eu staen ar fyrddau'r loddest
  A'u gwyn lieiniau main.

Ond ni ellir disgwyl awbâd gan y bardd pesimistig hwn. Yn ei amgylchiadau difrifol ef nid annisgwyl yw ei amgyffred o ffawd a thynged a 'llygaid digyffro'r nefoedd'. Roedd 'na besimistiaeth ffasiynol a llenyddol yn deillio o boblogrwydd cerddi fel y *Rubaiyat*:

Then to the rolling Heav'n itself I cried,
Asking, 'What Lamp had Destiny to guide
  Her little Children stumbling in the Dark?'
And – 'A blind Understanding!' Heav'n replied.

Ac yn sicr, roedd Hooson a'i gyfoeswyr yn darllen Hardy a Housman etc. Serch hynny, nid ail-law oedd yr ymdeimlad yn Hooson. Yn waelodol, mae ei brofiad o'r duwiau chwil y tu ôl i'r gerdd hon. Mae'r wledd neu'r gyfeddach yn fotîff amlwg yn ei waith a does ond rhaid darllen cerdd ddiweddarach fel 'Y Gwesty Gwyn' i nodi'r datblygiad yn ei syniadaeth am y cread ac am y wledd. Nid ffansi a hynny'n unig mo'r gerdd. Mae 'na *gynnwrf* wedi ei hysgogi. Ceisio deall a diffinio ei gosmos a wna. Mae o ddifri' yn y 'dihangfa arall hon'.

Y mae Hooson yn taro'r cywair yn y gerdd gyntaf un, yn *Cerddi a Baledi*. Llais y pesimist a glywir yn 'Y Fflam':

Carafan coch a milgi brych
A chaseg gloff yng nghysgod gwrych;
A merch yn dawnsio i ysgafn gân
A chrwth ei chariad yng ngolau'r tân.

Cyfyd y tân ei wenfflam fry
Fel braich am wddf y crochan du;
A'r Sipsi tal a rydd dan sêl
Ei lw o serch ar fin o fêl.

Y mae bywyd y sipsi yn symbol o fywyd heb oblygiadau na gofalon. Nid yw wedi ei glymu i gartref ac mae ganddo ryddid rhywiol hefyd. Gŵr heb *faich* ydyw a'r gwrthwyneb i'r hyn yw Hooson. Darlun o fywyd ar ei wedd fwyaf rhamantus ydyw. Ond, yn anorfod, rhaid plygu i'r drefn:

Dros ael y bryn y dring y lloer,
Mae'r tân yn awr fel hithau'n oer;
Angerdd pob fflam, a thân pob nwyd,
A dry'n ei dro yn lludw llwyd.

Sylwer mor annisgwyl yw'r troad – mae llinell gynta'r pennill olaf yn ymddangos yn barhad o'r llun rhamantaidd. A hon yw'r dynged anocheladwy. Dyma gynghanedd od y cread (llinell ola'r gerdd). Hon yw'r *ffaith*. Yn baradocsaidd, efallai bod y weledigaeth besimistig o broses bywyd yn rhoi rhywfaint o gysur i Hooson. Pa ryddid bynnag fo i fywyd dyn, mae'n gaeth i'r drefn. Mae'r gerdd, wrth ddatblygu, yn dod yn fwy unsillafog a'i rhithm yn fwy tebyg i rithm morthwylio – mae'r hoelion yn cael eu cnocio i'r arch. Y mae saith cerdd gynta'r gyfrol (*Cerddi a Baledi*) oll yn ymdrin â'r thema o gaethiwed a rhyddhad. Mae'n obsesiwn sy'n deillio o'r sefyllfa unigryw.

Yn ei ail gerdd, 'Y Rhwyd' mi â'r bardd gam ymhellach. Bydd natur, sy'n ymddangos mor brydferth, yn greulon. Mae Hugh Bevan, mewn ysgrif eithriadol ('Barddoniaeth I. D. Hooson', *Y Llenor*, 29), wedi trafod yn llawn arwyddocâd 'y pryf' yng ngwaith y bardd: 'Ymlyniad y pryf wrth y prydferth yw pwnc barddoniaeth ddwysaf Hooson. Nid bardd y prydferth fel y mae ynddo'i hun mohono; nid bardd y prydferth fel dihangfa bob tro ychwaith, eithr bardd y prydferth fel y'i gwelir ar gyfyl tranc, boed degwch daffodil heini ar gyfyl y gwywo mewn llestr, neu hudoliaeth yr ydfaes ar drothwy'r medi diarbed neu ysblander y pabi coch ar noswyl ei fwrdro drannoeth.' Paragraff gloyw! Yr union bryf sydd ar waith fan hyn – y *pry'* cop. Ond nid y 'prydferth fel y'i gwelir ar gyfyl tranc' sydd yma, ond y prydferth *yn* dranc. Mae 'teg' a 'tegwch' yn y cyd-destun yn cyfleu nid yn unig y prydferth ond yr hyn sy'n *annheg* hefyd. Mae natur, mae'r cread yn ddauwynebog fel Janus. Mae 'na gysylltiad rhwng y 'rhwydwaith arian cain' a'r 'gawell arian' yn 'Penfelen', cerdd olaf *Y Gwin a Cherddi Eraill*:

'Aderyn,' meddai wrthyf,
'A ddeui di yn was
I mi? Cei gawell arian
Yn 'stafell orau'r plas,
A'th roi yn lifrai'r brenin
O sidan coch a glas.'

Yr un yw 'lifrai'r brenin' a'r amdo a wëir am y 'pryfyn a'i aden frau'. Creulonder a chaethiwed! Mae'r creulonder hwn yng ngwead y cosmos. Yn ei gerdd 'Aderyn' (A ddaeth un dydd yn fawr ei ffwdan drwy'r ffenestr i swyddfa'r bardd) ceir yr un pwyslais:

Ai dianc wnaethost rhag y saeth
Neu ddychryniadau a fo gwaeth –
Rhyw gudd adarwr brwnt ei lun
A ofni'n fwy na'r gelyn ddyn?

Ffurf sy'n cyfateb i'r pryf, fersiwn arall ohono, yw'r cudd 'adarwr brwnt ei lun'. Roedd ei syniad am greulonder bywyd a'i adnabyddiaeth ohono yn elfen barhaol yn ei waith. Yn 'Yr Haint' pan yw'r byd yn deyrnas heddychlon,

cans darfu mwy
Yr hen elyniaeth rhyngddynt hwy;
A chydeisteddai'r blaidd a'r oen
Y bore hwnnw, ffroen wrth ffroen.

Y mae'r pryf yno hefyd – 'Ei drywydd a gylcha'r cyfanfyd'. (Roedd Hooson yn cyfaddasu cerddi a oedd â chyffelyb syniadaeth ynddynt â'i gerddi gwreiddiol ef.) Pwysleisio yr ydwyf nad oedd dihangfa i Hooson rhag y realiti. Nid yw mor freuddwydiol a ffansïol â Walter de la Mare (er gwyched rhai o gerddi y bardd hwnnw). Y mae Hooson yn delio â bywyd yn ei grynswth, ond yn anuniongyrchol. Hawdd deall hynny o wybod am ei amgylchiadau.

Roedd yn meddu'r ddawn i ddisgrifio'n uniongyrchol. Mae 'na ran o'r 'Aderyn' sydd mor ffres a sensitif â gwaith John Clare:

> Dan hugan wen y ddraenen ddu
> Cei wrando cân dy gymar cu,
> A llechu'n dawel; ac fe chwyth
> Awelon hwyrddydd dros dy nyth;
> Cei deimlo'r plisgyn gwan yn rhoi
> Odanat – tithau'n ymgyffrôi
> Mewn melys ffwdan am fod un
> Newydd-anedig gwael ei lun
> Yn mynnu, mynnu gwthio'i ben
> Dan esmwyth blu dy fynwes wen.

Llun hyfryd o'r wy'n deori o dan yr aderyn. Gall fod yr un mor graffig wrth ddisgrifio'r cudyll yn 'deori gwae'. Mwy prin (a symud i'r pegwn arall) yw'r ddelwedd unigol organig, gron, sydd wedi dod yn ddidramgwydd o'i isymwybod, ond fe'i ceir, ac yn annisgwyl yn 'Y Gath Ddu':

> Ond heddiw nid rhaid ofni,
>   Mae'n gorwedd wrth y tân,
> A heddwch fel yr afon
>   Yn llenwi'r gegin lân.

Ai afon cwsg (fel marwolaeth) sydd fan hyn neu ynteu'r heddwch fel y'i ceir tu allan i'r tŷ ym myd natur. Delwedd hyfryd yw hon ond nid yw'n nodweddiadol. Yr hyn *sy'n* nodweddiadol o'i ganu gorau yw'r ddawn i ddatblygu naratif neu ddelwedd yn awgrymog a choeth – canu sy'n cynnig chwedl neu ddameg neu emblem i gyflwyno drama bod.

Diddorol nodi fod gan Hooson gath ddu a arferai eistedd wrth ei ochr ar y bwrdd bob amser bwyd, yn disgwyl tamaid. Hi oedd yn cael y darn cyntaf o facyn oddi ar y plât bob bore. Byddai Hooson yn cael darn llai na'r gath, yn aml, gan nad oedd digon yn weddill. Rhaid sylweddoli fod gan Hooson greadur neu gymeriad neu hanesyn neilltuol mewn cof yn aml pan yw'n cyfansoddi. Yn 'Cynhebrwng' er enghraifft, cofio cynhebrwng cymeriad lleol sef Robert Jones (Bob Sadia) yr oedd. Roedd yn arfer gan Bob gysgu ar y bwylars yng Nglofa Vauxhall (Kenyon). Daethpwyd o hyd iddo'n farw 'near Brandy Old Works' Hydref 24, 1916.

Un o gerddi gorau Hooson yw 'Y Carcharor'. O dan y teitl (ac i helpu'r darllenydd) mae'r gair (Tân):

Tu ôl i'r barrau dur
   Fe rua'r bwystfil coch –
Rhuo a chwyno'n lleddf,
   Cwyno a rhuo'n groch.

Fe gofia'i uchel dras, –
   Llwdn fforestydd nef;
Un o wehelyth hen
   Yr heuliau a'r sêr yw ef.

Gwêl ei bawennau llyfn,
   Tegwch ei liw a'i rym;
Gwêl ei felyngoch fwng,
   Gwylia'i ewinedd llym.

Ymwinga, ymwthia'n wyllt
   Yn erbyn barrau'i gell;
Ysir ef gan ei nwyd:
   Clyw leisiau'r fforestydd pell.

* * *

Weithian gorwedd yn fud,
   Dim ond y llygaid coch
A weli yng nghwr y gell;
   Darfu y rhuo croch.

Llygaid yn araf gau,
   Dim ond llwch yn y gell;
Yntau'r carcharor a aeth
   Yn ôl i'w gynefin pell.

Mae'r trosiad yn cael ei ddatblygu'n athrylithgar. Ond peidied neb â chamsynied! Nid ffansi bardd yn unig ac yntau'n eistedd o flaen y tân a geir fan hyn. Mae mwy na *trope* yma. O'i gartre mae'n canu, ac mae 'na fyfyrdod yma ynghylch tynged y corff a'r enaid, yn enwedig yr enaid clwyfus, caeth. Cerdd am ei chwaer ydyw. Dim ond yn y farwolaeth y caiff ryddhad. A daw hedd i'w henaid aflonydd *fry.* Bywyd ei chwaer sydd wedi cynhyrfu Hooson. Mae'n gerdd fawr. Buasai Hooson yn anghyfforddus yn trin yn uniongyrchol mewn cerdd gyflwr ei chwaer. (Roedd 'Y Siamplar' yn siamplar go iawn, yn hongian yng nghegin I. D. Hooson. Roedd motifau eraill, nas enwir yn y gerdd, i'w gweld yn y siamplar, sef yr wyddor, dyddiad, enw Sarah Catherine Hooson a phren afalau. Nid yw Hooson yn cysylltu'r siamplar â'i chwaer o gwbl ond fe'i gwnaed ar ei chyfer gan y nain neu'r fam neu Sarah Ellis. Ymgais i geisio ei diddori gan berthnasau clên. Ond yn ogystal, rhaid cofio mai ei ddawn arbennig ef fel bardd oedd creu emblem.) Daeth ymwybyddiaeth o anfarwoldeb i'w lawn dwf yng nghanu diweddarach Hooson ond mae'r embrio fan hyn! Mae'n werth dyfynnu Geraint Gruffudd yn y cyswllt hwn.'Cân olaf yr un gyfrol (*Cerdd a Baledi*) yw 'Mewn Gardd' sy'n cyfrin groniclo ymwybod newydd Hooson ag anfarwoldeb ac atgyfodiad, a hynny yn nhermau blodau a phlanhigion a adfywheir gan gawod haf yn y nos eithr nas canfyddir (ond trwy eu persawr) nes i'r haul godi trannoeth. Y llinellau allweddol yw cwpled olaf y pennill olaf ond dau:

Mor gudd â'r llu a aeth
Tu hwnt i'r llen.

O'r llinellau hynny ymlaen i'r diwedd nid oes modd dweud ai am flodau ai am gyfeillion a gollwyd y mae'r bardd yn sôn ... Os yw'r dehongliad uchod yn gywir, mynwent yw'r ardd yn 'Mewn Gardd'.' Mae 'Y Carcharor' a 'Mewn Gardd' yn gerddi pwysig i'r sawl sydd am olrhain datblygiad syniadaeth Hooson. Ceir ymwybyddiaeth o ddimensiwn arall ynddynt.

Lluniwyd cerddi *Y Gwin a Cherddi Eraill* o 1938 ymlaen. Roedd gan Hooson ffrindiau mynwesol fel John Johnson, perchennog siop 'faco a fferins. Byddai'r cwmni o ffrindiau yn ymgynnull yn nhŷ Johnson i gael sgwrs a dadl tan oriau mân y bore yn aml. Nid oedd yn ddyn unig. Ond ym 1937 bu farw ei frawd Tom, yr ysgolhaig golygus na allai weithio ond o'i gartref, ac yntau, fel Hooson, yn hen lanc. Mae'n debyg fod Tom ac I. D. Hooson wedi profi o'r ofn a'r ansicrwydd oedd ynghlwm wrth drasiedi'r teulu. 'Roedd Hooson yn gymeriad cryfach yn hyn o beth. Ond 'roedd yntau hefyd yn amheus. Nid doeth, efallai, oedd cael hil. Mae'n siŵr fod colli Tom wedi bod yn ergyd drom i Hooson. 'Roedd bod yn aelod o'r Capel Mawr yn gymorth iddo, heb os. Ac 'roedd 'na sicrwydd yng nghysuron 'Ei wialen Ef a'i ffon'. Nid ar drawiad y daeth ei 'dröedigaeth'. Drama dawel ydoedd fel cwmwl anobaith yn cilio neu ddyfodiad y gwanwyn 'ar ysgafn, ysgafn droed'. Nid yw'r gerdd 'Y Gwanwyn' wedi ei gosod ymysg y cerddi crefyddol yn *Y Gwin a Cherddi Eraill* ond y mae'n un o'i gerddi crefyddol gorau. Nid yw'n cysylltu dyfodiad y gwanwyn yn uniongyrchol â'r atgyfodiad – hynny sy'n draddodiadol, ac fe'i ceir yng ngherddi beirdd mor wahanol â Pasternak a Donald Evans. (Mae gan Hooson gerdd arall am ddyfodiad y gwanwyn, sef 'Y Brain' ond nid oes cyffelyb ddyfnder yn y gerdd honno o'i chymharu â 'Y Gwanwyn'):

I fyny'r cymoedd culion
  Dan gangau llwm y coed,
Dros gamfa Ty'n-y-Rhedyn,
  Trwy lidiart Ty'n-y-Coed,
Y daeth ryw hwyrnos dawel
  Ar ysgafn, ysgafn droed.

Ni welaist ei wynepryd
  (Nis gwelodd neb erioed),
Ond gwelaist fel y tyfai
  Y blodau yn ôl ei droed,
Ac fel y llonnai'r ddaear
  Am iddo gadw'r oed.

Felly, i'r oed un hwyrnos,
  A hwythau dan eu clwy',
Yntau a ddaeth, a chiliodd
  Eu gloes a'u gofid mwy,
Am iddynt wybod ddyfod
  Eu Harglwydd atynt hwy.

Mae Hooson yn driw i'r profiad – y profiad o wanwyn ac o obaith. Gall y pennill olaf gyfleu'r digwyddiad yn yr oruwch ystafell *a* chwmpasu'r daith i Emäus. Mae darllen y gerdd hon yn fendith. Mae fel torri'r bara.

Er bod yr ymdeimlad o dynged anorfod dyn yn parhau mewn cerddi fel 'Dylife', mae 'na newid wedi bod yn naws a chyfeiriad y canu:

Yr un, yr un a fydd dy hynt
Â'r eiddom ni a'th dadau gynt.
Cei wylo ennyd, chwerthin dro
Cyn mynd i gysgu yn y gro –
  I gysgu, neu i gadw'r oed
  Â'r Hwn sy'r Un, yr Un erioed,
A gwrando ei gyfrinach O.

Mae 'na wahaniaeth rhwng diwedd y gerdd hon a diwedd 'Y Fflam'. Yr un syniad a geir yn 'Cei wylo ennyd, chwerthin dro/Cyn mynd i gysgu yn y gro' a 'Dylife' neu hyd yn oed 'Henaint' ond mae'r pwyslais yn ddigamsyniol ac ar 'gadw'r oed'. 'Baled wedi ei sancteiddio' oedd barn y diweddar J. T. Jones, y Rhos, ar y gerdd 'Yr Oed'. 'Y Gwanwyn', 'Yr Oed' a 'Y Dychwel' yw ei gerddi crefyddol gorau. Yn ei soned 'Dwy Galon yn Ysgaru' dyma ddymuniad R. Williams Parry:

Gwrando, f'anwylyd, pan fo hyn o gnawd
   Wedi ei gynaeafu a'i yrru drwy
Ffwrneisiau'r felin honno, rho fy mlawd
   I wynt y nefoedd nid i gladdfa'r plwy.
Ond pan ddêl d'amser dithau, dos tua thre
   I orwedd gyda'th geraint yn y llan
A rhoed y llannerch rugog sy'n y lle
   Aroglau grug y mynydd uwch y fan.

Mi newidiodd R. Williams Parry ei feddwl. Efallai fod syniadaeth soned Williams Parry wedi apelio ato – mae'r gyfeiriadaeth at waith Williams Parry sydd yng ngwaith Hooson yn dyst o'i edmygedd ohono fel bardd. (Ond yn y bôn, 'roeddynt yn feirdd gwahanol iawn hefyd – diddorol sylwi mai'r fynwent y cyfeirir ati yn y soned yw Mynwent y Wern. Yno mae beddfaen yr Hoosoniaid.) Mae Hooson yn bendant:

Ni chaiff y pryf fy nghnawd
   Er mai fy mrawd yw ef;
Gwell gennyf enau glân
   Y tân a'i wenfflam gref.

Nid oedd Hooson am gael ei gladdu gyda'i deulu. Nid rhaid bod yn seicolegydd i gynnig rhesymau am hyn. Ac yn y gymdeithas ohoni, roedd yn benderfyniad rhyfygus a chwyldroadol – digon, bron, i gael ei ddiarddel neu, o leia', i anesmwytho llawer. Ta waeth am hynny, mae llawer o fotifau pwysig y bardd wedi ymgasglu yn y gerdd hon – y pryf, y fflam, y llwch, pridd ac ysbryd. Ac yn ychwanegol, yr *had* hefyd. Nid diffrwyth na pheryglus yr had hwn. Mae'r cylch yn grwn. Mae'r cwlwm wedi ei glymu! Mae'r gerdd hon yn fy argyhoeddi – nid wyf mor sicr o 'Y Gwesty Gwyn'. Yn honno, mae'n gorddweud braidd, fel pe bai'n gorfod rhoi bloedd i gadw'r ofnau draw. Efallai nad yw'n dallt y cread ond yn sgil ei 'dröedigaeth' ni all ymgodymu â'r cread fel ag y mae a chyda 'hen deulu'r gwawd' – boed frawd neu chwaer neu ebol asyn neu ystlum:

Creadur yr hwyr a'r cysgodion,
Pererin yr oriau di-stŵr,
Dy annedd yng nghonglau dilewyrch
Ac oerllwm y murddun a'r tŵr.

* * *

Pan fritho Ei sêr y ffurfafen,
Pan ddringo Ei leuad i'r nen,
'Rwyt tithau ymhlith y rhifedi
Sy'n dwyn Ei fwriadau i ben.

'Nature is a Haunted House – but Art – a House that tries to be haunted' meddai Emily Dickinson mewn llythyr. Roedd y Tŷ felly i I. D. Hooson. Yn ei lyfr *Bywyd a Gwaith I. D. Hooson* fe ddywed W. R. Jones: 'Un o'i ganeuon mwyaf adnabyddus ydyw 'Guto Benfelyn' a chân i blant ydyw; byd chwedlau Hans Anderson yw ei byd. Pobl broydd hud a lledrith ydyw Guto o Dyddyn-y-Celyn a Gwenno o Dyddyn-y-Gwynt'. Mae hynny'n wir. Ond mi wnaeth argraff ar Thomas Parry. Mae wedi ei chynnwys ym *Mlodeugerdd Rhydychen*. Mae'n chwedl hefyd am blant y llawr ac am bwerau'r cread:

A'r tonnau a ruodd, a'r castell a gwympodd,
A'r llanw a ruthrodd yn gynt,
Gan ddwrdio a gwylltio
A'r wylan yn crïo,
Bron syrthio mor simsan ei hynt –
Ond chwerthin, a chwerthin, wnaeth Guto benfelyn,
A Gwenno o Dyddyn-y-Gwynt.

O fewn muriau ei grefft mae sŵn chwerthin, a chwerthin, y brawd a'r chwaer – Edward a Sarah Hooson. Ni all rhu y tonnau foddi hwnnw.

---

* Carwn ddiolch i Mr. David Arthur Smith, y Rhos, am rai o'r ffeithiau ynglŷn â bywyd I. D. Hooson.

DEWI EMRYS

(David Emrys James, 1881-1952)

Alan Llwyd

Anwydog grwydryn ydoedd, – a'i wên fwyn
Yn falm i laweroedd.
Yn ei gwymp, bonheddig oedd,
Was anafus y nefoedd.

Y peth pwysicaf ynglŷn â Dewi Emrys y bardd yw mai bardd eisteddfodol ydoedd yn gyntaf ac yn olaf. Hynny oedd ei lwydd a'i dramgwydd, ei gamp a'i gwymp. Ei ddwy gerdd enwocaf, yn sicr, yw'r gân dafodiaith 'Pwllderi' a'i englyn i'r 'Gorwel', a cherddi a luniwyd ar gyfer cystadleuaeth oedd y ddwy. Rhannwyd y wobr rhwng Awena Rhun, Blaenau Ffestiniog, a Dewi Emrys am 'Gerdd mewn Tafodiaith Leol', dan feirniadaeth R. Williams Parry a Wil Ifan, yn Eisteddfod Genedlaethol Abertawe ym 1926. Tra bo 'Rhobat Wyn' y naill wedi hen lithro i ebargofiant, y mae 'Pwllderi' y llall eto yn fyw, er na chafodd lawer o ganmoliaeth gan feirniaid 1926. 'Ni all neb ond a fagwyd ym Mhenfro Gymreig flasu llawn rin tafodiaith *Shaci'r Gors*, ond gall y sawl nid yw'n hysbys ynddi brofi o hufen barddoniaeth y gerdd,' meddai Williams Parry. Gwenallt oedd beirniad cystadleuaeth yr Englyn, ar y testun 'Y Gorwel', yn Eisteddfod Genedlaethol Bae Colwyn ym 1947. Er iddo gollfarnu ail linell englyn buddugol Dewi Emrys, yr oedd yn haelach ei glod na beirniaid y gerdd dafodiaith ym 1926: 'Y mae yn yr englyn hwn undod; y mae yn gyfanwaith bychan,' meddai. Yr oedd un mlynedd ar hugain wedi dirwyn heibio rhwng 1926 a 1947, a Dewi'n parhau i gystadlu.

Nid rhannu'r wobr am y gerdd dafodiaith mo'r unig orchest iddo ei chyflawni yn Eisteddfod 1926. Enillodd y Goron yn ogystal! Ef hefyd a enillodd ar y 'Darn o Farddoniaeth', dan feirniadaeth W. J. Gruffydd a

Wil Ifan, gyda'i awdl 'Y Ddrycin'. 'Rhigymau'r Fordd Fawr' oedd yr enw a roes ar ei gasgliad o gerddi a enillodd iddo'r Goron, dan feirniadaeth Elfed, T. Gwynn Jones a W. J. Gruffydd. Yr oedd W. J. Gruffydd yn amau a ddylid rhoi'r Goron iddo. Un cyhuddiad gan Gruffydd yn ei erbyn oedd ei fod yn or-sentimental, 'yn cael hwyl wrth dynnu'r deigryn rhwydd' (hyn gan awdur 'Sionyn' o bawb!), ac meddai: 'Ni allaf ddisgrifio'r argraff a roes y gwaith arnaf yn well na thrwy ddywedyd mai *libretto* da ydyw ac nid prydyddiaeth o'r radd flaenaf'.

Mewn gwirionedd, yr oedd Dewi yn fardd trillais yn Eisteddfod Genedlaethol 1926: gallai addasu ei lais yn ôl y *genre* a drinnid ganddo ar y pryd. Ieithwedd ac ymadroddion y canu telynegol a geir yn 'Rhigymau'r Ffordd Fawr', ieithwedd gonfensiynol y canu awdlaidd eisteddfodol yn 'Y Drycin', a'i iaith lafar naturiol, ddifursen a diffriliau, yn 'Pwllderi', iaith ei enaid a'i anian.

Yn ei gerdd 'Mae'r Pasiant Trosodd' disgrifir Iolo Morganwg gan W. J. Gruffydd fel yr 'eco a oedd bron yn llais', a gellir honni'r un peth am Dewi Emrys yntau. Ni ddaeth erioed o hyd i'w wir lais, oherwydd ei fod yn ei ystumio yn rhy aml i bwrpas cystadleuaeth. Cymerer 'Rhigymau'r Ffordd Fawr', er enghraifft. Cerddi nodweddiadol o'r canu rhamantaidd, treuliedig yw'r rhain, ac nid y canu hwnnw yn ei lawn rym a'i ogoniant hyd yn oed, ond *pastiche* o'r math gwaethaf. Dyma'r 'forwyn lawen' a welodd yn ôl y gerdd 'Ar y Traeth':

> Diflannodd fel y mwynllais hud
> A ddianc rhag y delyn;
> A golchwyd ymaith ôl ei throed
> Ar lain y tywod melyn.
> Trois innau draw mewn penbleth syn,
> A'r dydd yn marw'n dawel;
> A mwyach lleddf oedd clychau'r môr,
> A lleddf oedd pibau'r awel.

A dyma fun ystrydebol arall mewn pennill ystrydebol, o'r gerdd 'Yn yr Ydlan':

> Mi gefais ogofeydd o berl
> A gwychder gwledd a chân;
> Ac ar fy ngwddf hongianai bun,
> A'i chnawd mor wyn â'r gwlân.

Ceir geirfa set, awdlaidd-gonfensiynol, barddonllyd a hynafol yn awdl 'Y Ddrycin', fel 'mal', 'od' (os), 'allwyn' (un o hoff eiriau Dewi Emrys), 'ba', 'swynion', ac yn y blaen, ynghyd â *pathetic fallacy* John Morris-Jonesaidd:

Ai rhiain ddwys sy'n crio – yn ei phoen
Dan fy ffenestr heno?
Ni chais air i'w chysuro,
Ni ofyn hedd dan fy nho.

Mor drawiadol yw naturioldeb dirodres 'Pwllderi' ochr yn ochr â 'Rhigymau'r Ffordd Fawr' ac awdl 'Y Ddrycin', a sylwer ar y ddelwedd fyw hon:

Cewch ino ryw filodd o dderinod –
Gwilanod, cirillod a chornicillod;
Ac mor ombeidus o fowr yw'r creige
A'r hen drwyn hagar lle ma' nhw'n heide,
Fe allech ŵrio taw clers sy'n hedfan
Yn ddifal o bwti rhyw hen garan;

Enillodd Dewi Emrys Goron yr Eisteddfod Genedlaethol unwaith, a'r Gadair bedair gwaith, ym 1929, 1930, 1943 a 1948. Enillodd yn ogystal lu o wobrau llai yn yr Eisteddfod Genedlaethol (ac mewn eisteddfodau eraill). Ar ben hynny bu'n gystadleuydd brwd a chyson yn yr Eisteddfod Genedlaethol, ac amhosibl dweud bellach pa sawl gwaith y bu iddo gystadlu'n aflwyddiannus yn nwy brif gystadleuaeth y Brifwyl, heb sôn am y cystadlaethau llai. Arferiad cyson ganddo oedd cystadlu am y Goron a'r Gadair yn yr un flwyddyn, a bu o fewn trwch blewyn i gyflawni'r fuddugoliaeth ddeuol sawl tro. Enillodd Gadair Eisteddfod 1929, yn Lerpwl, â'i awdl 'Dafydd ap Gwilym'. Caradog Prichard a enillodd y Goron y flwyddyn honno, â'i bryddest 'Y Gân ni Chanwyd', ond pryddest Dewi Emrys, dan y ffugenw 'Llwyd y Berth', a gyfrifid yn orau gan un o'r beirniaid, Wil Ifan. Cyhoeddwyd pryddest Dewi Emrys mewn pamffledyn ar wahân. Ym 1946, yn Eisteddfod Genedlaethol Aberpennar, yr oedd ganddo awdl i mewn yng nghystadleuaeth y Gadair, dan y ffugenw 'Moel Hebog', a phryddest yng nghystadleuaeth y Goron, dan y ffugenw 'Llais y Llyn'. Gosodwyd y bryddest yn bur isel, ond dyrchafwyd yr awdl i blith y tair awdl orau. Geraint Bowen a enillodd y Gadair y flwyddyn honno, â'i 'Awdl Foliant i'r Amaethwr', a Rhydwen Williams y Goron, â'i bryddest 'Yr Arloeswr'. Collwr anraslon oedd Dewi Emrys. Bardd eisteddfodol ydoedd yn ei hanfod, a meddylfryd pitw a thruenus y bardd eisteddfodol a oedd ganddo. Yn rhinwedd ei swydd fel golygydd 'Pabell Awen' *Y Cymro*, arweiniodd ymgyrch yn erbyn dau brifardd 1946, a gwahoddodd lythyrau'n trafod yr awdl a'r bryddest i'w golofn, yn unswydd er mwyn difrïo a chwilfriwio'r ddwy gerdd fuddugol, a hynny a wnaed, mewn trafodaeth a barhaodd am gryn drimis.

Rhaid wrth o leiaf grefft i ennill Cadair y Brifwyl. Enillodd Dewi Emrys y Gadair bedair gwaith. Pam felly na ellir ei gyfrif yn un o feirdd blaenllaw yr ugeinfed ganrif? Oherwydd mai awen gystadleuaeth oedd ei awen, ac oherwydd ei fod yn rhy gaeth i'r gyfundrefn eisteddfodol. Tra oedd ieithwedd barddoniaeth yn newid gyda threigl y ganrif yn ei blaen, a phynciau ac agweddau barddoniaeth yn newid, yr oedd yr Eistedddfod, o ran ieithwedd, agwedd a phwnc ei chynhyrchion, yn tin-droi yn ei hunfan. Enillodd Dewi Emrys y Goron ym 1926, a Gwenallt y Gadair am ei awdl 'Y Mynach', awdl gonfensiynol ddigon o safbwynt ei chyflead a'i heithwedd. Y tro olaf i Dewi Emrys ennill y Gadair ydoedd ym 1948, yn Eisteddfod Genedlaethol Pen-y-bont ar Ogwr, am ei awdl 'Yr Alltud', ac nid oes unrhyw wahaniaeth arwyddocaol rhwng ieithwedd a phatrymau 'Yr Alltud' ac ieithwedd a phatrymau ei awdlau cynnar, tra oedd Gwenallt yn y cyfnod hwn, rhwng cyhoeddi *Cnoi Cil* (1942) ac *Eples* (1951), yn llunio cerddi realistig, cignoeth a moel eu hieithwedd, a llidiog-ryddieithol eu mynegiant. Claddodd Dewi Emrys ei ben yn estrysaidd yn nhywod ei lwyddiannau eisteddfodol, a gadawodd i'r ugeinfed ganrif chwyrlïo heibio iddo.

Y mae gwendidau Dewi Emrys yn rhythu arnom oddi ar bob tudalen o'i gyfrolau, ei wendidau fel bardd eisteddfodol, a'i wendidau fel crefftwr, er bod iddo'i ragoriaethau hefyd. Dyna, i ddechrau, ei ddrwg-arfer o glytio cerddi, i bwrpas cystadleuaeth, ailimpio llinellau a chwpledi ar awdlau, ac ailwampio'i gerddi yn unswydd er mwyn ennill celficyn. Dyma rai enghreifftiau. Ceir y llinellau hyn yn ei awdl arobryn 'Dafydd ap Gwilym' ym 1929:

> Ar hyn, ei fin a grynodd
> A'i wên dwym mewn niwl a dôdd.
> Dôi oer sŵn ar draws enaid,
> Gwestl a gorllwyn anfwyn haid,
> Sŵn germain cŵn yn y coed,
> Siant wgus yn y tewgoed.

Ym 1930 cyhoeddodd Dewi Emrys ei gyfrol *Y Cwm Unig*, ac ynddi'r awdl a roes ei theitl i'r gyfrol. Ceir yn yr awdl honno y llinellau hyn:

> Ar hyn ei fin a grynodd,
> A'i dân fel nudden a dôdd.
> Gwrandewais, synnais innau,
> A sêr nos hir yn nesáu.
> Dôi oer sŵn ar draws enaid,
> Gwestl a gorllwyn anfwyn haid,
> Is y geulan sŵn annos

A chabledd dan oerwedd nos,
Sŵn germain cŵn yn y coed,
Udo agos dan dewgoed.

Yn ei awdl 'Y Ddrycin', ym 1929, ceir y ddwy linell:

Onid yw ei waed o hyd
Yn ddiwyd yn y ddaear?

Ceir yr un cwpled yn union ddwy flynedd ar hugain yn ddiweddarach yn 'Yr Alltud'. Yn 'Y Ddrycin' eto, ceir y cwpled:

Ac er i lid rwygo'r lan
Dyry aelwyd i'r wylan.

Yn *Cerddi'r Bwthyn* (1948), ceir yr englyn hwn, 'Y Graig':

Ym merw llid y môr llydan – hi a chwâl
Donnau chwyrn heb wegian;
Ond uwch twrf y cynnwrf can,
Dyry aelwyd i'r wylan.

Mae'r cyfan yn awgrymu mai rhyw fath o gêm jig-so oedd barddoniaeth iddo. Gellid amlhau enghreifftiau, ond i ddim diben.

Gwendid arall amlwg yw ei gynganeddu cras, trystfawr, afrwydd, cynganeddu trwm-ei-droed. Awdl afrwydd iawn o safbwynt ei chyflead yw 'Y Cwm Unig', er enghraifft:

Hen geunant troellog is grugog greigiau,
Affan y dryswch a'r mwrllwch mawr,
Lleithder diferchwys i'w echrys ochrau,
Hen chwedlau bro yn goleuo'i lawr.

Ac eto:

O'r wybrennydd hyll-dremiai'r bryniau
Hyd wefus y cwm croenllwm, crinllyd,
Eu ffrom hacrwch mal düwch duwiau,
Düwch rhyw hunllef oer dychrynllyd.

Gallai fod yn rhodresgar-chwyddedig, yn llawn trwstaneiddiwch geiriog, yn rhethregol-huawdl, ac yn areithyddol-ymfflamychol. Dyna rai o'i brif wendidau. Yr oedd yn rhy hoff o eiriau cyfansawdd; câi'r rhain eu hamlhau a'u hau'n aml yn ei gerddi: 'oerllwm', 'croenllwm', 'cywirfarn', 'glasberth', 'coronllais', 'Arianllais a mireinlliw', 'mwynllais', ac yn y blaen, fyrdd ohonynt, yn enwedig cyfansoddeiriau â'r elfen *aur* ynddynt: 'eurwedd', 'eurfin', 'eurgain' ('Rhyw fyrgam i Dref eurgain'), 'eurnawn', 'eurffyrdd' ('A swyn ei heurffyrdd yn ias anorffen'), geiriau cyfansawdd marw, dienaid. Ieithwedd anhyblyg a geirfa hynafol hefyd, nam amlwg arall, fel 'Gwestl a gorllwyn anfwyn haid' uchod, a 'germain', a 'malpai', a darnau fel

Mae'r fynawg dorf na oddefai orfynt?
Eurwedd y dydd a rodded iddynt.

Cynganeddu a oedd yn tynnu sylw ato'i hun oedd ei gynganeddu, a'r sŵn yn boddi'r ystyr, fel clocsiau pren yn boddi rhuthm y ddawns.

Un nodwedd sy'n rhoi arbenigrwydd i'w awdlau yw'r ffaith ei fod yn ei uniaethu ei hun â'r prif gymeriadau ynddynt. Yn 'Dafydd ap Gwilym', Dewi Emrys ar un ystyr yw'r cywyddwr mawr, Dafydd y bardd-grwydryn, y bohemiad, y trwbadŵr sy'n crwydro lle y myn, yn rhydd oddi wrth lyffetheiriau confensiynol a hualau cymdeithas, gŵr y rhodiad rhydd a'r meysydd agored:

Pwy sy'n mynd ar derfyn dydd
I dawelwch y dolydd?
Trwbadŵr, gŵr digyrrith ...

Gwely mwsogl y meysydd,
Gwâl ortho dan gysgod gwŷdd.

Yr oedd Dewi Emrys yn dioddef nid yn unig oddi wrth gymhleth y taeog, cymhlethdod israddoldeb, ond oddi wrth gymhlethdod erledigaeth hefyd. Teimlai fod y sefydliad yn ei erbyn, y parchusion, a chwerylai yn awr ac yn y man ar goedd â chynheiliaid ein llên yn eu dydd, gwŷr y Brifysgol a gwarchodwyr y safonau, W. J. Gruffydd a Syr Thomas Parry yn eu mysg. Credai fod y rhain yn ei erlid, yn rhagfarnllyd tuag ato ef, anwylyn a ffefryn y werin, a theimlai hefyd fod Deddf a Chyfraith, oherwydd ei amgylchiadau personol trwblus ac anffodus ar un cyfnod yn ei fywyd, yn ei erlid. Un o'r gwrthodedigion ydoedd yn ei dyb ef, gwrthrych dirmyg y Gymru barchus, alltud cymdeithasol. Pobl erlidiedig, wrthodedig, alltudion cymdeithasol, yw prif gymeriadau'i awdlau, 'Y Galilead' (awdl fuddugol Eisteddfod Genedlaethol Llanelli, 1930), 'Y Cwm Unig', 'Yr Alltud'.

Yn 'Y Galilead', nid yn unig y mae Crist ei hun yn un o wrthodedigion cymdeithas ('Gwrthodedig wyrth Duwdod'), ond y mae'r sawl y rhoir geiriau'r awdl yn ei genau hefyd yn un o wrthodedigion ac alltudion cymdeithas, sef y wraig 'a ddaliesid men godineb' a dducpwyd at Grist gan y Phariseaid, yn ôl yr wythfed bennod o'r Efengyl yn ôl Ioan, gyda'r bwriad o'i llabyddio i farwolaeth am ei phechod. Dyma gymhlethdod erledigaeth Dewi Emrys yn dod i'r amlwg:

> Crochlefent, gwaeddent o'u gŵyth, – heb atal:
> 'Wele'r butain ddiffrwyth!
> Gordderchwraig, llygrwraig ei llwyth,
> O gyff gwael Ismael esmwyth!
>
> 'Rhag Arglwydd yr arglwyddi – hi a droes
> I drig gwawdwyr gweddi:
> Rhodder ei gwobrwy iddi!
> Baedder hon! Llabyddier hi!'

Nid gormod awgrymu mai cynrychioli'r parchusion, y gwŷr llên haearnaidd eu delfryd a dilychwin eu buchedd, a wna'r Phariseaid yn yr awdl:

> Gad i'r Pharisead sur – ei lestr glân
> A'i gusan ddigysur,
> Ei fain lefain a'i lafur ,
> Ichabod ei ddefod ddur.
>
> Gad iddo dwf ei frodwaith – yn fendith,
> A'i gyfiawnder perffaith,
> Ei afrwydd wên a'i gyfraith,
> Ei rodd fer a'i weddi faith.

Yn 'Y Cwm Unig', y mae 'Henwr ysig yn nhresi – trychineb' yn dianc i'r cwm rhag ei erlidiwr, 'Porthor cry gwallgofdy gwael', a'r bardd, fel petai, yn dyst i'r digwyddiad. Gwallgofddyn yw'r ffoadur hwn, a erlidir gan geidwad y gwallgofdy a'i gŵn, i'w ddwyn yn ôl i'r gwallgofdy. Yn y cwm unig y bu'r gwallgofddyn yn canlyn ei anwylyd, Men, a fu farw:

> Draw ar faith dalaith dyli,
> Hardded oedd fy mreuddwyd i!
> Awel ysgawn ar lasgoed,
> Mwyn drydar uwch camfa'r coed,
> A bun hawddgar yn aros
> Yno'n hir ym min y nos.

Yn y cwm yr oedd 'Eden fy Men a minnau'. Y mae'n amlwg mai cynrychioli'r bardd a wna'r gwallgofddyn, y bardd rhamantaidd yn y cyswllt hwn, Dewi Emrys ei hun, os mynner, a'r porthor yn cynrychioli Philistiaid cymdeithas, gwŷr y gyfraith, gwarcheidwaid y ddeddf, y rhai a fu'n erlid y bardd ac yn sarnu ar ei freuddwydion. Yn ddiarwybod iddo'i hun, ac yn groes i'w amcan, lluniodd Dewi Emrys farwnad y canu rhamantaidd yn yr awdl hon. Yn 'Yr Alltud', adroddir hanes (dychmygol) gwerinwr a drowyd yn alltud o'i gartref gan bendefigion barus cyfnod y Tuduriaid am iddo ddial ar boenydwyr ei dad. Yn ail hanner yr awdl y mae 'Mab y Ddrycin' yn lleisio'i hiraeth am ei hen gynefin. Unwaith eto, y mae Dewi Emrys y dyn yn bwrw'i gysgod ar yr awdl: ei hoffter a'i edmygedd o'r werin, 'gwerin fy ngwlad' chwedl ef, ei ddirmyg a'i gasineb tuag at y gwŷr mewn awdurdod, a hefyd ei alltudiaeth o'i wlad yn Llundain:

> Llam f'enaid pan ddêl o wlad y delyn
> Hen alaw annwyl ar gorn neu linyn.
> Dihangaf ar encil pell a'i dilyn
> O gell fy nhrafael a gafael gefyn.
> Agosed fy mro wedyn, – waun a dôl,
> A'i bannau bythol uwchben y bwthyn!

Digri ac eironig yw'r frawddeg hon o'i eiddo yn ei ragair i *Cerddi'r Bwthyn*:

> Pa werth bynnag sydd iddynt fel barddoniaeth, ni ellir taflu arnynt y sarhad o'u galw yn ddarnau 'eisteddfodol', sef pethau a luniwyd yn beiriannol, fel dannedd gosod, ar gyfer cystadleuaeth.

Yn anuniongyrchol, cynnyrch cystadleuaeth eisteddfodol oedd y gyfrol *Cerddi'r Bwthyn*. Fel y dywed Dewi Emrys ei hun: 'Codwyd y rhan fwyaf o gynnwys y gyfrol hon o gasgliad helaeth o gerddi, rhydd a chaeth, a wobrwywyd yn Eisteddfod Genedlaethol Dinbych (1939)'. A digon peiriannol oedd y modd y lluniai ei linellau yn aml, a chysondeb sŵn grŵn peiriant, undonog a diflas, i'w glywed ynddynt. Sylwer fel y mae'r cynganeddion sain, yn ail fraic pob un o'r cwpledi canlynol, o'r awdl 'Dafydd ap Gwilym', yn creu undonedd peiriannol, diamrywiaeth, a phob un o'r cwpledi'n diweddu'n gytbwys acennog:

> Dos a gwêl ei hofelau,
> Celloedd haflug, llug a llau.
> Aelwydydd heb sawr blodyn,
> Tyllau malltod dyndod dyn;
> Dan y nen haid newynog,

Plant na chlywsan' gân y gog,
Na thwrf organ y gwanwyn,
Na'r miri sy'n llonni llwyn.
Eneidiau Mamon ydynt,
A chrinddail ei ormail ŷnt.

Felly, beth sy'n aros? Fawr ddim yn ei gyflawnder, ac eithrio 'Pwllderi' ac englyn 'Y Gorwel', er y gellir cyhuddo Dewi o fod yn ystrydebol yn ail linell yr englyn hwnnw hyd yn oed. Ei esgyll, wrth gwrs, yw ei ogoniant, ac os dadansoddwn ei grefft, gwelwn ei fod nid yn unig yn cyfleu paradocsau yn gelfydd ond hefyd yn cynnwys cyfochredd cystrawennol sy'n rhoi gwedd gwbl orffenedig i'r cwpled: 'Hen' ddwywaith, 'llinell bell' a 'terfyn' yn cyfateb i'w gilydd o ran ystyr, ac wedyn yr un patrwm ar y ferf: 'nad yw'n bod', 'nad yw'n darfod'. Ceir enghreifftiau eraill o gyfochredd cystrawennol o'r fath ganddo, yn rhai o'i gwpledi gorau, megis diweddglo 'Y Pysgotwr':

Teyrn y bae ar lwch daear,
Holltwr aig ar wellt yr âr.

Beth arall? Darnau yma a thraw, ambell gwpled, ambell englyn, ambell hir-a-thoddaid, nifer ohonynt yn 'Yr Alltud' a rhai eraill yn 'Cymylau Amser'. Y mae ganddo linellau epigramatig gafaelgar a chofiadwy yma a thraw, ac weithiau y mae ambell air yn goleuo'r holl ddarn, fel y defnydd a wneir o 'gweniaith' yn

Wlad fy ngofuned! A'r lleuad fedi
Yn glawio'i *gweniaith* ar dy glogwyni ...

Un o'i gwpledi gorau, gwyrth o gwpled yn wir, yw hwnnw yn 'Dafydd ap Gwilym':

A'r hen ywen, o'r newydd,
Yn ddüwch ar degwch dydd.

Rhybudd pendant yn erbyn y perygl o or-gystadlu mewn eisteddfodau ydyw barddoniaeth Dewi Emrys, ac erbyn hyn, dyna'i brif arwyddocâd fel bardd efallai.

W. J. GRUFFYDD
(1881-1954)

Meinir Pierce Jones

Mae W. J. Gruffydd yw un o'r beirdd hynny y ceir dadlau tragwyddol am ei waith a'i werth. Cyhoeddodd dair cyfrol o farddoniaeth pur wahanol eu cynnwys a'u hansawdd sef *Telynegion* (1900) (ar y cyd ag R. Silyn Roberts); *Caneuon a Cherddi* (1906) ac *Ynys yr Hud a Cherddi Eraill* (1923), ynghyd â nifer bychan o gerddi a ymddangosodd yn *Y Llenor* tra oedd ef yn olygydd arno. Cyhoeddwyd *Detholiad o Gerddi W. J. Gruffydd*, wedi'i olygu gan Bobi Jones, ym 1991.

Dim ond llanc oedd W. J. Gruffydd pan gyhoeddwyd ei gerdd gyntaf – cerdd Saesneg – yn *The Arvonian*, cylchgrawn disgyblion Ysgol Sir Caernarfon; unig werth honno a chynhyrchion eraill tebyg bellach yw eu bod yn dangos diddordeb eu hawdur yng ngwaith beirdd diweddar Lloegr. Yn ystod haf 1899, rhwng gorffen yn yr ysgol sir a dechrau fel myfyriwr yn Rhydychen, ehangwyd a dyfnhawyd y diddordeb hwnnw pan gyfarfu W. J. Gruffydd â Silyn, a oedd ddeng mlynedd yn hŷn nag ef ac yn fyfyriwr ar y pryd yng Ngholeg y Brifysgol, Bangor. Yn nodiadau'r Golygydd yn *Y Llenor* (Rhif IX, Hydref 1930) wrth gyfeirio at farwolaeth ei gyfaill, disgrifia W. J. Gruffydd berlesmair yr haf pan gyfarfu'r ddau ohonynt gyntaf: 'Cyfnod mawr fy mywyd ... Silyn yn marchogaeth i Fethel o Fryn Llidiart ar hen feic candryll, a minnau'n crwydro caeau Llanddeiniolen yn llunio daear newydd a nef newydd'. Ffrwyth yr wythnosau hynny o rodianna'r wlad, cerdded strydoedd Bangor a chychio ar afon Menai gan gyd-drafod yn eiddgar waith beirdd rhamantaidd Lloegr megis Shelley, Keats, Wordsworth a Browning, bob yn ail â'u cerddi hwy eu hunain, bid siŵr oedd y gyfrol *Telynegion* a gyhoeddwyd ym 1900. Roedd Silyn eisoes wedi ennill ar chwech o delynegion serch yn Eisteddfod Genedlaethol 1898 a chynhwysir y rheini yn y gyfrol, yn ogystal â dogn newydd o gerddi serch-a-natur ganddo ef a Gruffydd, cyfieithadau o waith Catullus a phenillion telyn o Sbaen (gwaith Gruffydd) a nifer o gyfieithiadau gan Silyn o waith y bardd Almaenaidd Heine.

Mae'n anodd i'r sawl a ddarllen *Telynegion* heddiw sylweddoli bod cyhoeddi'r gyfrol hon yn ddigwyddiad arwyddocaol ar dro'r ganrif a bod cerddi serch megis 'Ddoe a Heddyw', 'Men' a 'Menna Glan y Lli', sy'n ymddangos yn siwgwrllyd a sentimental yn ôl chwaeth darllenwyr cyfoes, yn newydd ac, yn wir, yn feiddgar bryd hynny.

Gyda Men yng ngwlad barddoniaeth
Noson leuad oleu dlos;
Rhodio'n wylaidd ym mharadwys
Serch y nos.
Adrodd hanes cariad cyntaf, –
Siom, ochenaid, cario'r groes;
Edrych draw drwy lân addewid
Cariad oes.

Roedd cynnyrch beirdd Cymru wedi mynd i gyflwr enbyd erbyn diwedd y bedwaredd ganrif ar bymtheg rhwng awdlau eisteddfodol pregethwrol a diflas yr hen do o feirdd a chynnyrch niwlog, athronyddol y Beirdd Newydd, dilynwyr Islwyn ac yn eu mysg gyn-weinidog Gruffydd ym Methel y ceir pennod o deyrnged iddo yn *Hen Atgofion,* sef Rhys J. Huws. Roedd *Telynegion* yn syfrdanol o wahanol i bethau fel hyn, yn ysgafn a ffansïol a chyfareddol; disgrifiodd T. H. Parry-Williams ei hun ar ôl iddo ddarllen y gyfrol gyntaf 'ar newydd win yn feddw fawr'. ('Wrth Gofio', *Tir Newydd,* Mai 1938)

Debyg iawn, nid Gruffydd a Silyn oedd y rhai cyntaf i byncio telynegion â natur yn gefndir iddynt, wedi'u lleoli'n solet mewn tirlun Cymreig; un prawf o hynny yw bod ôl cerddi Ceiriog i'w weld ar waith y ddau ohonynt: arbenigrwydd *Telynegion* yw mai serch yw pwnc *exclusive* y canu yma, serch gwrthodedig neu angheuol ar dro a apeliai at duedd ramantus y beirdd ifainc. Ac eto nid jest casgliad o gerddi lle ceir pwyslais chwyldroadol ar serch yn ei amryfal agweddau mo *Telynegion* oherwydd roedd y weithred o gyhoeddi'r gyfrol ynddi'i hun, ym 1900, yn brotest yn erbyn y gymdeithas grefyddol a oedd ohoni yng Nghymru ar y pryd. Lleisiodd W. J. Gruffydd ei amheuon a'i feirniadeth o'r un gymdeithas yn *Hen Atgofion* yn ddiweddarach.

Digon ystrydebol ac arwynebol yw disgrifiadau'r beirdd o'u cariadon yn *Telynegion* ac oni bai bod enwau eu dewisferched yn wahanol tasg anodd (a di-fudd o bosibl) fyddai gwahaniaethu rhwng cerddi Gruffydd a rhai

Silyn. Y rheswm am hynny yw mai canu confensiwn y maent fel ei gilydd, nid canu o'r galon, ac mai teipiau yw Olwen a Menna a Rhiannon a Morfudd, nid genod go iawn o gig a gwaed. Roedd Silyn, a Gruffydd yntau yn ei sgil, wedi gwirioni ar farddoniaeth y Rhamantwyr Saesneg, Keats, Shelley, Wordsworth, Browning, Byron a Swinburne, a Heine hefyd, ac mae dylanwad y beirdd hyn i'w weld yn dew drwy *Telynegion*; canu dynwaredol mewn gwisg Gymreig yw cynnwys y gyfrol. Ceir yma er hynny dair cerdd o waith Gruffydd sy'n haeddu eu crybwyll yn unigol am eu bod yn rhagarwyddion o'i ddatblygiad yw ddiweddarach: 'Cerdd y Gwanwyn' (y mae ei harddull a'i hieithwedd yn dangos y ffordd tuag at rai o gerddi rhamantus aeddfed gorau'r bardd, 'Ymbil ar Hydref' ac 'Ywen Llanddeiniolen'), 'Circe' ac 'Englynion', clasurol eu cefndir, sy'n ymdrin â'r un thema ag 'Ynys yr Hud'.

Yn 'Gair at y Darllenydd' ar ddechrau *Caneuon a Cherddi* dywed W. J. Gruffydd iddo gael maddeuant am lawer o wendidau *Telynegion* oherwydd ei fod mor ifanc pan gyhoeddwyd y gyfrol honno ond nad oedd dim esgus o'r fath ganddo'n awr ym 1906. Ymhen blynyddoedd wedyn, yn rhifyn teyrnged *Tir Newydd* iddo ef, cyffesodd: 'prin yr ysgrifennais air cyn fy seithfed mlwydd ar hugain nad oes arnaf gywilydd calon ohono ...' sy'n awgrymu nad oedd ganddo fawr o olwg erbyn hynny ar drwch cynnwys ei ail gyfrol mwy na'r gyntaf! A digon hawdd deall pam y teimlai felly: mae'n siomedig cyn lleied o ddatblygiad awenyddol a welir yn *Caneuon a Cherddi*, dim ond rhagor o ganeuon serch pruddglwyfus a hunan-faldodus yn yr un arddull orfelys â *Telynegion*:

> Pan welais i gyntaf fy meinwen
>   Yn nyddiau di-edliw serch,
> Y glaw oedd yn curo'r mynyddoedd,
>   A'r heulwen yng nghalon fy merch.
>
> Pan welais hi ddoe, 'roedd yr heulwen
>   Yn gynnes fel serch dros y byd,
> Ond O, 'roedd ei chalon hi'n rhewi,
>   A'i mynwes yn stormydd i gyd.

Cân serch yw 'Trystan ac Esyllt' hefyd wrth gwrs, y bryddest a ddaeth yn ail am y Goron yn Eisteddfod Genedlaethol Bangor ym 1902, er mai fersiwn olygedig arni heb yr *Arweinydd* a *Lacrimae Musarum* lle traethir bod

> y goleu a'r gwirionedd wedi mynd

a welir yma. Silyn, cyd-fardd Gruffydd, a enillodd y Goron yn y gystadleuaeth honno ac yn ei sylwadau yn y *Cyfansoddiadau* beirniadodd Elfed yr olaf yn benodol am ganu ar y thema serch yn erbyn moesoldeb yn hytrach na serch yn erbyn ffawd, beirniadaeth fympwyol ac annheg ddigon yn ôl safonau heddiw. Ymhen blynyddoedd wedyn dywedodd Gruffydd ar goedd ei fod o'r farn iddo gael cam yn y gystadleuaeth, ac mai ei gerdd ef oedd y rhagoraf o'r ddwy! Ond gan Gwili, a ddaeth yn drydydd am y Goron, y cafwyd y sylw mwyaf gogleisiol ar y pwnc; dywedodd ef yn ei ragair i *Caniadau Gwili* (1934), gan gyfeirio at ei bryddest ef ei hunan i Drystan ac Esyllt: 'hyderaf nad oedd yn ormod gorchest i fardd a brydyddai cyn 1902 – o gael ei destun – ganu heb ... efelychu Swinburne ac eraill yn wan ...' A dyna gic slei i Gruffydd a Silyn fel ei gilydd!

Mae tair cerdd yn *Caneuon a Cherddi*, 'Cerdd Hen Lanc Tyn y Mynydd', 'Cerdd yr Hen Chwarelwr' a 'Cerdd yr Hen Longwr' (perthyn 'Cerdd y Prydydd Ieuanc' i'r pedwarawd hefyd ond nid yw o'r un calibr â'r lleill) sy'n haeddu ystyriaeth arbennig. Mae eu harddull yn symlach a'u hieithwedd yn blaenach na chynnwys gweddill y gyfrol a hynny am mai hen gymeriadau (neu deipiau o gymeriadau, yn hytrach) o ardal enedigol Gruffydd yw eu gwrthrychau – nid cariadon dychmygol, ansylweddol. Portreadau o werinwyr Cymraeg yw'r tair cerdd hyn, er bod dogn da o ramantiaeth ar frwsh yr awdur yma, eto fyth, fel y dengys y dyfyniad hwn o 'Cerdd Hen Lanc Tyn y Mynydd':

> Nefol wynfyd Serch yn nydd ieuenctid,
>   Cyn crynhoi o'r cymyl, oedd ei ran;
> Cofiai'n oriau'r hwyr ar gefn y meysydd
>   Wedd yr eneth gysgai yn y llan.
>
> Rhoes ei geiniog brin at godi'r coleg,
>   Rhoes ei galon drom i Ŵr y groes;
> Heulwen deufyd ar ei galon wladaidd
>   Dyfodd flodau'r deufyd yn ei oes.

Mae'r cerddi hyn yn arwyddocaol ar sawl cyfrif. Dangosant fod Gruffydd, fel Ceiriog o'i flaen, a T. Gwynn Jones a Chrwys ac eraill ar ei ôl, heb anghofio O. M. Edwards wrth gwrs yn ei lyfrau ac yn *Cymru*, wedi gwneud ei orau i greu delfrydlun o'r gwerinwr o Gymro. Maent hefyd o bwys am eu bod yn rhagflas o gerddi diweddarach, a phwysicach, i rai o gymeriadau ardal Llanddeiniolen: 'William Prys y Te', 'Thomas Morgan yr Ironmonger', 'Gwlads Rhys' a 'Capten John Huws yr *Oriana*'. Apeliodd y tair cerdd hyn at ddarllenwyr cyffredin yn anad undim o gynnyrch cynnar Gruffydd, a glynu ar gof gwlad: onid 'Cerdd yr Hen Chwarelwr' oedd un o ganeuon mwyaf poblogaidd Hogiau'r Wyddfa yn y saithdegau?

Ym 1923 cyhoeddwyd *Ynys yr Hud a Cherddi Eraill* a naw mlynedd yn ddiweddarach paratôdd W.J. gasgliad o'i gerddi gorau, yn ôl ei farn ef ei hun, debyg iawn, sef *Caniadau* (1932) y cyhoeddwyd 400 copi ohono gan Wasg Gregynog. Dyma gyfanswm gwaith y bardd ar wahân, fel y nodwyd, i'r cerddi hynny a ymddangosodd yn *Y Llenor* rhwng 1930 ac 1944. Arafodd awen Gruffydd gyda'r blynyddoedd oherwydd mygu'r bardd ynddo gan y gŵr cyhoeddus a fynnai ymdaflu i 'fywyd cymdeithasol, a gwleidyddol Cymru'. (*Hen Atgofion*, Aberystwyth, 1936)

Ynys yr Hud yw cyfrol bwysicaf W. J. Gruffydd o ddigon (gan mai casgliad o ddeunydd a gyhoeddwyd eisoes yw *Caniadau*) ac eto ceir ynddi rai cerddi dibwys a rhai eraill coch ddigon. Perthyn i *Caneuon a Cherddi*, yn ysbrydol, y mae 'Y Pictiwr', 'Llanfihangel Dinsylwy', 'Coed Nant y Garth' a 'Breuddwyd', ac ni fyddai'r gyfrol wedi bod ddim tlotach ychwaith o hepgor ambell fisffit megis 'Gwlad y Bryniau', 'Gwerfyl Fychan' ac 'Yr Asyn', cyfieithiad o gerdd stroclyd gan G. K. Chesterton. Gellid gofyn yn bryfoclyd hefyd pam roedd beirniad llenyddol a bardd a oedd wedi datgan mai ymarferiadau prentisaidd oedd cynhyrchion eisteddfodol gan mwyaf, heb fawr o werth llenyddol intrinsig iddynt, wedi dewis cynnwys mewn cyfrol aeddfed fel hon ddwy gerdd a enillasai iddo wobrau mewn eisteddfodau dros ddeng mlynedd ynghynt! Fel y sylwodd T. J. Morgan, dengys 'Yr Arglwydd Rhys' a 'Goronwy Owen yn Ffarwelio â Phrydain' feistrolaeth W. J. Gruffydd ar y mesur penrhydd a dylanwad rhai o feirdd Lloegr, Milton a Matthew Arnold yn arbennig, arno (T. J. Morgan *W. J. Gruffydd*, Caerdydd 1970). Ond ni ellir eu hystyried ymhlith ei gynhyrchion gorau na mwyaf nodweddiadol, os caniateir sylw o'r fath am fardd mor amrywiol ei arddulliau a'i ieithweddau â W. J. Gruffydd.

Ceir amrywiaeth eang o gerddi yn *Ynys yr Hud* a'r hyn a rydd unoliaeth iddynt, yn bennaf, yw eu testunau. Ni cheir yr un gerdd serch yma – dyna ffaith arwyddocaol i ddechrau. Ond, gan ddilyn yr un trywydd â'r cwlwm o dair/bedair cerdd yn *Caneuon a Cherddi*, mae'r bardd yn canu yn llwyddiannus i rai o gymeriadau ardal Bethel mewn cerddi cynnar fel 'Dafydd yn ei Fedd', 'Y Tyddynwyr', a 'Jonah Puw'. Mae'r olaf yn ddiddorol oherwydd ceir ynddi werinwr yn adrodd ei brofiad, trwy siarad â'i Dduw ym mynwent Llanddeiniolen cyn marw:

'Gwêl, O Dduw, fy nwylo ysig flinion,
Gwêl y traed 'rwy'n llusgo tua'r bedd:

Gwêl ergydion dy ddigofaint arnaf,
  Ôl dy ddwylo'n drymion ar fy ngwedd.

'Hir i ti, O Dduw, y telais foliant,
  Am ofidiau maith fy nyddiau ffôl:
Angau'n unig fendith a gaf gennyt,
  Ni all Duw mo'i gadw ef yn ôl'.

Mor gynnar â 1905, roedd Gruffydd wedi ysgrifennu 'Lleisiau'r Fynwent', cerdd ar yr un ffurf â 'Friends Beyond' Thomas Hardy, awdur y gwnaeth ei nofelau'n arbennig a'i storïau a'i gerddi argraff fawr arno tra oedd yn fyfyriwr yn Rhydychen. Ynddi, clywir y meirw'n cyfarch eu cydnabod ym myd y byw. Fel yn achos Jonah Puw, croesewir angau sy'n rhoi gorffwys caredig ar derfyn oes:

Torrodd bore diofidiau
  Ar holl boenau'r anial daith:
Nid oes ofid ynom mwyach,
  Nid oes yma rudd yn llaith.

Yr oedd gan Gruffydd fel bardd ddiddordeb mawr mewn angau a lleolir nifer o gerddi eraill ganddo ym mynwent Llanddeiniolen, megis 'Dygwyl y Meirw' ac, wrth gwrs, 'Ywen Llanddeiniolen'. Angau, a'r angof yr â pawb sy'n marw iddo, yw testun dwy gerdd ddiweddar ganddo a gyhoeddwyd yn *Y Llenor* ym 1936 a 1937 sef 'Angof' ac 'In Memoriam'. Yn y gyntaf, y werin a fu'n dyst i'w harddwch hi yn unig sy'n cadw'r cof am Gwen ar ôl iddi farw – coffadwriaeth ddarfodedig yn sicr. Gwyddai Thomas Morgan yr Ironmonger yntau na fyddai iddo barhad ar ôl ei ddaearu ond yn atgofion ei gyfeillion amdano:

O hogiau y *Red Cow*, wrth fynd am dro
Wener y Groglith, neu ar bnawn dydd Iau,
A phasio'r hen Lanbeblig, rhowch un tro
I'ch meddwl tua'r hwn sy'n gorwedd yma;
Bydd imi anfarwoldeb tra foch byw.

Yn y cerddi a drafodwyd uchod gwelir angau fel tynged garedig ar ddiwedd gyrfa ddaearol dyn, a'r meirw'n ddigon bodlon eu lle, er nad felly y mae yn achos gwrthrychau ei gerddi yn ddiwahân, ychwaith. Yr hyn y dylid ei bwysleisio ar y pen hwn yw fod Gruffydd yn gryf o blaid bywyd bob amser, yn ei gyfoeth a'i afiaith, ac o blaid rhyddid y dyn unigol i'w fyw fel y mynnai heb i hualau'r gymdeithas ei garcharu. Ni ellid dyfynnu gwell enghraifft o gariad Gruffydd at fywyd na phennill clo 'Ywen Llanddeiniolen', lle cyfeirir at 'ddeuoedd llon y plwyf':

Fe ddaw eu tro'n ddiogel – ond pa waeth?
   Ni leddfir tinc y chwerthin melys rhydd;
Ni ddelir adain maboed un yn gaeth
   Wrth gofio am drueni'r meirwon prudd,
A'u dwylo'n groesion, yn eu gwely gro.

Ni ellir dod mor agos â hyn at y pridd a'r lludw heb sôn am Gwladys Rhys, a'i thad Y Parch. Thomas Rhys, gwrthrychau dwy o gerddi sydd ymhlith goreuon y bardd, a dau lais sy'n llefaru o'r tu hwnt i'r bedd. Fe, Thomas Morgan, a fu byw ei oes yn werthwr nwyddau haearn yng Nghaernarfon, a gafodd wraig a phlant ac

ambell drip ar long
I'r Isle o' Man; a dim ond siop, siop, siop,

ond heb gyffesu ei ddyhead cudd, 'fy rhin' yn ei eiriau ef ei hun, wrth undyn ond mynd â'r gyfrinach honno i'w ganlyn i fynwent Llanbeblig, dyna hanes Gwladus Rhys a'i thad hefyd. Pobl ydynt sydd wedi eu twyllo, eu siomi gan fywyd. Yn 'Gwladys Rhys' ceir ailadrodd parhaus i gyfleu syrffed a diflastod y ferch ac undonedd gwasanaethau'r capel:

Seiat, Cwrdd Gweddi, Dorcas a Chwrdd Plant;

ac ymhlyg rhwng y llinellau ni ellir peidio â synhwyro casineb W. J. Gruffydd at gulni a chrefyddoldeb eithafol y gymdeithas y maged Gwladys Rhys ynddi, y gymdeithas a'i llethodd ac a'i lladdodd yn y diwedd. Mewn anobaith fe'i twyllodd hi ei hun fod sŵn

y gwynt yn cwyno yn y pîn

yn wahoddiad cyfrin:

chwa
Rhyw awel hyfryd o'r gororau pell

ond nid felly ac nid agorodd hwnnw'r un porth i Gwladys druan ond porth angau, ac anghofrwydd.

Mae 'Er Cof am Y Parch. Thomas Rhys, Gweinidog Horeb, 1860-1924' fel 'Thomas Morgan yr Ironmonger' a 'Gwladys Rhys' a chân arall a berthyn i'r cylch hwn o ran ei hanian a'i harddull sef 'Capten John Huws yr *Oriana*', wedi ei chyfansoddi yn y person cyntaf a'r gwrthrych yn cyfarch y darllenydd mewn barddoniaeth benrhydd foel, tebyg ei rhithmau i sgwrs gyffredin dyn. Tôn drwmbluog iawn sydd i ymson y Parchedig Thomas Rhys, yntau, gŵr nad oedd:

> na gwraig na phlant na ffrind nac un o'r saint

wedi ei ddeall na medru cydymdeimlo ag ef yn ei

> ymdrech unig chwerw ddi-goffâd
> ar fore Llun.

Aeth Y Parch. Thomas Rhys i'w fedd yn ddyn blin, anesmwyth ac anfodlon, heb fedru cymuno â chyd-ddyn yn ystod ei oes (dyna eironi, ac yntau'n weinidog yr Efengyl), ac yn methu gorffwys. Ychydig o ddatblygiad a welir yng nghanu diweddar Gruffydd, fel y dengys y gerdd hon a gyfansoddwyd dros ugain mlynedd yn ddiweddarach na 'Gwladys Rhys'. Yr un yw'r arddull ac mae'r iaith a ddefnyddir yn debyg hefyd; bron na ellir dywedyd mai math o ymarfer canol-oed-hwyr ar hen gamp ydyw. O leiaf, dengys nad oedd Gruffydd wedi colli gafael ar gamp ei fabinogi.

Gyda'i gilydd, ymffurfia'r cerddi a drafodwyd uchod yn glwstwr moel eu harddull a phlaen eu hiaith sydd, er gwaetha'r newid mewn ffasiwn, wedi llwyddo i gadw eu hapêl dros y blynyddoedd. Dyma, yn sicr, un hanner o bethau gorau Gruffydd, y cerddi a gododd o'r dylanwadau cynnar – Llanddeiniolen a'r fro a dylanwad y Rhamantwyr Saesneg ar eu symlaf a mwyaf urddasol. Ynddynt, llwyddodd Gruffydd i roi cymeriadau cyffredin, di-sôn-amdanynt dan ei sbienddrych a dangos urddas a thrueni eu bywydau. Pwy na fedr gydymdeimlo â Wiliam Prys y Te, yntê?

> Bu unwaith yn bregethwr gwych ei ddawn,
> Ond sut y cwympodd hwn i'w dlodaidd fael?
> Gofynnais iddo rywdro, ac medd ef,
> 'Cyfarfod wnes â Marged yn y dref.'

Ceir yn y gerdd hon a'i chymheiriaid yr ymatal a'r cynildeb sy'n eisiau mewn methiannau megis 'Sionyn' ac 'Y Pharisead'. Roedd cymhelliad Gruffydd wrth ysgrifennu'r rheini'n ddigon anrhydeddus – ei dweud hi wrth gynheiliaid hunangyfiawn y gymdeithas grefyddol, gul ar ddechrau'r ganrif – ond aeth dros ben llestri yn ei gydymdeimlad â'r 'pechadur' a'i gondemniad o 'bobl dda y Llan'. O gael ei amser yn ôl, nid oes dim dwywaith na fyddai o wedi hoffi hepgor 'Sionyn' a'i 'sentimentaliaeth anesgusodol' (Gruffydd piau'r ymadrodd, 'Gair Personol' *Tir Newydd*, Mai 1938) o *Ynys yr Hud*, ond yma y mae, a'i diwedd melodramatig yn dal i blesio ambell un, yn ddistaw bach:

Daeth deigryn i ddau lygad
  Trist yr Eiriolwr mawr,
A phlygu wnaeth yn araf
  Dros gorffyn Siôn i lawr.

'A, Sionyn, Sionyn,' meddai,
  'Afradlon wirion hoff;
Rhaid im dy gario dithau,
  Fel pob rhyw ddafad gloff.'

Un gerdd, fodd bynnag, na fyddai Gruffydd ei hun na neb arall, siawns, am weld ei hepgor o'r gyfrol hon yw 'Ynys yr Hud'. Ynddi adroddir hanes gwerinwr cyffredin a'i griw, a drodd eu cefnau ar fro lom eu mebyd a hwylio'r moroedd i chwilio am y trysorau hynny y credent nad oeddynt i'w cael gartref: hawddfyd a harddwch:

Twm Huws o Ben-y-ceunant,
  A Roli bach, ei frawd,
A deg o longwyr gwirion
  O lannau Menai dlawd.

* * *

Ni aethom ryw ben bore
  I grwydro dros y byd,
I geisio gwyrthiau'r Arglwydd,
  A gweld ei bethau drud.

Hunan-dwyll dynion a'r dallineb a'u rhwystra rhag gweld y gwerthoedd sydd o fewn eu gafael yw thema'r gerdd, a dengys y bardd y dioddefaint a ddaw i ran y sawl a gais, yn hunanol, foethau'r byd hwn. Cyflwynir hanfod yr hanes ar ffurf penillion syml, moel eu hiaith, digon tebyg i faled neu hen benillion, ac yn wrthbwynt i hynny yn rhannau ffantasïol y gerdd lle disgrifir yr:

ynys ar y gorwel
werdd yn goron ar y glasddwr;

a phob melyster twyllodus a berthyn iddi, defnyddir mesur telynegol mwy astrus ac iaith gyfoethog, lifeiriol:

Rhedai balm yr awel denau
drwy yr irgoed glas dan sisial
Llesmair ganig uwchben grisial
y dŵr gloywa' fu erioed;
Fel y clywsoch ŵr o Gymro'n
gosod pennill ar y tannau,
Felly neidiai'r chwim gorfannau
ar wefusau dail y coed.

Ar ddiwedd y gerdd gwelir Twm Huws, na all beidio â bod yn wrthrych tosturi'r darllenydd, wedi'i adael ar draeth y Felinheli fel darn o hen froc, i adrodd ei hanes, yr un fath yn union â'r llongwr arall hwnnw yn 'The Rime of the Ancient Mariner', cerdd Samuel Taylor Coleridge.

Mae'n debyg mai 'Ynys yr Hud' oedd un o'r cerddi olaf i Gruffydd ei chyfansoddi cyn i'r Rhyfel Mawr dorri ac iddo yntau, ym 1915, ymuno â'r Llynges. Nid yw'r cerddi rhyfel a gyfansoddodd: 'Y Fendith', 'Litani', 'Y Farn Fawr', 'Ofn', '1914-1918 *Yr ieuainc wrth yr hen*', a'i gyfieithiad o gerdd Ffrangeg gan Jean Richepin 'Emyn i Amynedd', yn ffitio'n esmwyth o gwbl i batrwm cymhleth ei gyfansoddiadau barddonol. Maent yn annodweddiadol o grefyddol yn un peth, fel 'Litani' ar ysgrifennwyd ar ffurf emyn:

Rhag galw ar dy enw mawr,
Rhag erfyn ar ein hisel frad
Dy fendith Di,
Duw, gwared ni,
Er mwyn y miloedd mud sy'n awr
Mewn dryswch yn dy alw'n Dad,
O gwrando ni.

Gwaetha'r modd hefyd, gwthiodd yr hen sentimentaliaeth yr oedd Gruffydd wedi llwyddo i'w drechu i'r wyneb drachefn ynddynt, hynny bob yn ail â chasineb agored ac amrwd at y genhedlaeth hŷn a oedd yn gyfrifol, fel y gwelai ef bethau, am yr aberth dychrynllyd a fu ar fywydau ifainc. Dyma un enghraifft, pennill agoriadol '1914-1918 *Yr ieuainc wrth yr hen*':

Am fod eich c'lonnau chwi yn oer,
  A'ch cas yn llosgi'n ysol fflam,
A'ch dannedd yn ewynnu poer,
  A'ch enaid wedi tyfu'n gam;

Ond nid oes bwrpas ymdroi uwchben y nythaid cerddi chwerw hyn, a rhai o gyfansoddiadau rhagoraf y bardd heb eu crybwyll eto.

'Hiraeth yw testun *pob* prydyddiaeth, neu o leiaf y brydyddiaeth honno a elwir gennym yn rhamantus,' meddai W. J. Gruffydd ei hun yn ei Ragair i *Y Flodeugerdd Gymraeg* gan fynd rhagddo i egluro mai hiraeth am berson neu am le ydyw fel arfer. Dyna a geir yn rhai o'i delynegion gorau ef ei hun, beth bynnag, megis 'Mae'r Pasiant Drosodd' a'r soned 'Cefn Mabli', dwy alargan feistraidd i'r hen gymdeithas Gymraeg ym Mro Morgannwg. Mae'r cerddi hyn yn drwm gan dristwch ac arddull lefn, ymataliol y bardd yn cyfleu urddas a chyfoeth y bywyd Cymreig cyn darfod ohono:

Mae'r pasiant trosodd; nid oes un
  Actiwr nac actres a fu ddoe'n
Dangos dan rith tymhorol lun
  Mor ddarfodedig ydyw poen,

Mor fyr llawenydd. Nid oes go'
  Ond cochni'r maes lle troedient gynt,
A gwywder lle bu'r llwyfan dro,
  A darnau papur yn y gwynt.

Gwedd arall ar hiraeth a ddarlunnir yn 'Ymbil ar Hydref', cerdd y ceir ynddi adleisiau pwerus o waith Keats ac 'Ode to the West Wind', Shelley. Mae'r gerdd honno yn gorffen â'r geiriau:

O wind,
If Winter comes, can Spring be far behind?

ac onid yr un yw deisyfiad Gruffydd yntau am:

*d*deffro i wanwyn arall a gwell dydd?

Fel beirdd rhamantaidd Lloegr a'r Almaen a Ffrainc, yr hydref yw dewis dymor Gruffydd gan amlaf ac yma gwelir disgrifiadau o fyd natur yn frodwaith celfydd drwy'r gerdd:

Ti fuost dirion unwaith, pan oedd tân
Dy rug ar led y bronnydd
A chefn Hiraethog lonydd
Yn tonni'n araf gan dy glychau mân.

Mae natur yr eirfa a'r mesur moethus yma, mor wahanol i arddull lom, glasurol 'Gwladys Rhys' a 'Thomas Morgan', yn dangos fod Gruffydd wedi dewis cadw a chaboli arddull ramantaidd ei gyfnod cynnar ar gyfer canu ar rai pynciau penodol. Gwnaeth hynny'n llwyddiannus yn 'Ymbil ar Hydref' ac 'Ywen Llanddeiniolen', ac yn gampus drachefn yn y gerdd 'Y Tlawd Hwn', y cymerodd bum mlynedd iddo ei saernïo. Portread o'r bardd fel creadur sensitif, unig, alltud wrth gynneddf o'r gymdeithas ydyw, a cheir ynddi haenau o gyfoeth synhwyrus:

Am fod rhyw anesmwythyd yn y gwynt,
A sŵn hen wylo yng nghuriadau'r glaw,
Ac eco'r lleddf adfydus odlau gynt
Yn tiwnio drwy ei enaid yn ddi-daw ...

* * *

Aeth hwn fel mudan i ryw rith dawelwch,
A chiliodd ei gymrodyr un ac un,
A'i adel yntau yn ei fawr ddirgelwch
I wrando'r lleisiau dieithr wrtho'i hun.

Y gerdd nodedig hon, y mae'n rhaid i unrhyw ddarllenydd sydd am ei llawn werthfawrogi droi ati'n aml a myfyrio'n hir uwch ei phen, yw pinacl cyfansoddiadau rhamantus Gruffydd. A hi, ynghyd â'i ganiadau ymsonol, 'Thomas Morgan yr Ironmonger' a 'Gwladys Rhys' a sicrha iddo ei le ymhlith beirdd rhagoraf Cymru yn neugain mlynedd cyntaf y ganrif hon.

R. WILLIAMS PARRY
(1884-1956)

John Rowlands

'Mae pobol yn rhyfeddol!' meddai Saunders Lewis wrth sôn ar y radio am Williams Parry fel 'bardd trasiedi bywyd', gan gyfeirio'n benodol at Ifor Williams, yr ieithgi disglair a oedd yn ddall bost i geinder celfyddyd y gweddïwr ysbrydoledig a oedd mor llugoer ei ymateb i ddiswyddiad Saunders Lewis. 'Rho awr o wallgofrwydd i'r llugoer tu ôl i'w fur'. Ydyn, '*mae* pobol yn rhyfeddol! A neb yn fwy felly na Williams Parry ei hun. Mae hi'n naturiol fod clecs am y bardd wedi cyrraedd eu hanterth ym mlwyddyn ei ganmlwyddiant. Nid bod y clecs hynny'n ddaeargrynfaol mewn unrhyw ffordd. Fyddai dyddiaduron Williams Parry ddim yn debyg o ddangos iddo wneud 'stomp' o'r Deg Gorchymyn fel Hywel Harris, na 'deffro sarff enbydus hen dabŵ'. Ond mae gennym ddiddordeb ysol yn ei bersonoliaeth yr un fath, – rywsut neu'i gilydd mae'i seicoleg bellach bron â bod 'yn llyfr agored' i'r Freudiaid yn ein plith. Mae hyd yn oed fy nghenhedlaeth i – na welsom ac na chlywsom y dyn erioed yn y cnawd – am wneud ffrind mynwesol ohono. Achos mae'i natur yn ymddangos mor droellog ('Llwfr ydwyf, ond achubaf gam y dewr') fel y gall y rhan fwyaf ymuniaethu ag ef mewn rhywbeth neu'i gilydd.

Eto i gyd mae'n rhaid inni wylio rhag cymysgu'r dyn a'r bardd. Mae peryg i'r myth am y dyn greu delwedd ramantaidd yn ein dychymyg ni o'r math o ddyn yw bardd. Mae'n wir fod gwybod am ei glawstroffobia enbyd a'i arswyd o deithio mewn trên trwy dwnel yn dwysáu'n hymateb ni i'w ofnadwyaeth o'r arch glawstroffobig, ac yn gwneud ei ddeisyfiad am i'w lwch (ei 'flawd') gael ei roi 'i wynt y nefoedd, nid i gladdfa'r plwy' yn fwy dealladwy. Ac efallai na ellir llwyr amgyffred y dyfnderoedd o chwerwedd sydd mewn cerddi fel 'Chwilota' a 'Cymry Gŵyl Ddewi' heb wybod am saga'i swydd ym Mangor. Mae'n fardd mor bersonol fel na ellir peidio â synhwyro drychiolaeth y dyn y tu ôl i'r bardd o hyd. Ond os rhown ni ormod o sylw i'r dyn, fe all ein beirniadaeth lenyddol ar ei waith ddirywio i fod yn ddim ond troednodiadau ar bersonoliaeth yr athrylith hon. Oherwydd ei fod yn fardd mawr, fe sonnir wedyn am ei sensitifrwydd dolurus, am ei baganiaeth bryderus, am ei anwadalwch teimladol, am ei ddicter moesol at y rhai 'dicra, cwta, cŵl' a wrthododd Saunders Lewis a'i gymheiriaid. Fel petaem am ddweud: 'Dyma chi farddoniaeth sy'n rhoi cipolwg inni ar drofauster enaid mawr'. Ond mae'r ymresymiad yn dechrau troi mewn cylch seithug: mae barddoniaeth Williams Parry'n fawr, felly mae'n rhaid ei fod yntau'n athrylith fawr a bod y farddoniaeth honno'n ddrych i'w athrylith, ac os yw ef yn athrylith mae'n rhaid fod ei farddoniaeth yn fawr. Y math yna o feddylfryd sy'n arwain rhywun fel W. J. Gruffydd i wneud rhyw osodiad hurt fel hwn – mai R. Williams Parry yw'r 'peth tebycaf i fardd pur a fu erioed yng Nghymru er amser Dafydd ap Gwilym', ond mi fuasech yn *disgwyl* i W. J. Gruffydd siarad fel'na. Yn anffodus, mae rhai mwy goleuedig, fel J. E. Caerwyn Williams, yn ildio i'r demtasiwn i'w alw'n 'athrylith bur'. Mae'n anodd peidio, mi wn, oherwydd mae sonedau ysgytwol fel 'Cymru 1937' yn llorio dyn, fel y mae ffiwgiau Bach neu symffonïau Mozart. Fedrwn ni ddim peidio â gosod Williams Parry yntau yn 'oriel yr anfarwolion'.

Ac i rywun fel John Gwilym Jones, perthyn i'r frawdoliaeth honno o artistiaid mawr oesol y mae. Ar ddechrau'i ragymadrodd cyfareddol i'r argraffiad newydd o *Yr Haf a Cherddi Eraill* (rhagymadrodd sy'n ddarn gwefreiddiol o lenyddiaeth yn ogystal â bod yn feirniadaeth lenyddol o'r radd flaenaf), dyma sut y mae John Gwilym yn myfyrio:

> Mae'n anodd penderfynu beth sy'n sicrhau anfarwoldeb i fardd, i unrhyw gelfyddydwr yn wir. Traddodiad hwyrach, a dynion yn cael eu geni i gred fel baban i lefrith: y ffaith fod bardd wedi ei ganmol mor gyson a chyffredinol yn ei oes ei hun, neu'n fwy tebygol yn yr oes sy'n dilyn, gan feirniaid o bwys a phoblogrwydd nes bod pawb, un ai o argyhoeddiad neu drwynucheledd neu ofn, yn eu dilyn. Neu hwyrach fod rhywbeth yn ei waith mor agos at ddynion neu mor gyffredinol i deimladau dynion ym mhob oes nes mynnu ymateb pob oes hefyd … (vii).

A'i ddadl yw mai amlochredd gweledigaeth Williams Parry sy'n peri iddo ennyn ymateb mor eang ac mai dyna fydd yn sicrhau iddo yntau anfarwoldeb. Hynny yw, mae'n gameleon neu'n fadfall symudliw, ac yn ufuddhau i siars Keats y dylai'r llenor fod â gallu negyddol. Byddai rhai dogmatwyr cyfoes yn dilorni'r gallu hwnnw ac yn ei alw'n chwit-chwatrwydd, ond i John Gwilym Jones dyna sy'n rhoi i artist apêl gyffredinol ac oesol. Dyma'i eiriau:

> ... natur a bro a chydnabod sy'n ei gynhyrfu. Ynddynt hwy y mae'n cael ei ddelweddau mawr – gwynt a môr a mynydd, dyfroedd a hesg a cheiliog. Ac er fod y gwynt a'r môr a'r mynydd yn rhai personol iddo ef, rhoddodd iddynt y cyffredinolrwydd sy'n gwneud y gwynt yn bob gwynt ac unrhyw wynt, y môr yn bob môr ac unrhyw fôr, y mynydd yn bob mynydd ac unrhyw fynydd a cheiliog pell hiraeth yn geiliog pell pob bore ac unrhyw fore ... (ix).

Dyna yw Williams Parry, felly: un o'r bobl brin hynny sydd â gallu, trwy eiriau, fel y mae gan eraill allu trwy baent neu fiwsig, i daro tannau yng nghalonnau pob un ohonom ni. Onid priodol, felly, ei alw'n athrylith bur? Ac onid cwbl ddealladwy yw'r ysfa i'w ddatberfeddu'n seicolegol? Onid yw artistiaid mawr *yn* bobl ddiddorol beth bynnag? Onid pobl ydyn nhw sy'n fwy sensitif a theimladol a synhwyrus na ni feidrolion? A dyna ni'n ôl gyda'r portread rhamantaidd o'r Artist gydag 'A' fawr.

Ond nid yw'r ystrydebau yma'n dal dŵr bellach. Pa garn sydd yna dros ddweud fod bardd yn fwy teimladol na phobl eraill? Mae 'na ddigon o bobl sy'n ofnus, neu'n encilgar, neu'n mwynhau peint a gêm o filiards, neu'n arswydo rhag twnelau, ond heb gyfansoddi'r un sill o farddoniaeth. Felly dydi gwneud astudiaeth fywgraffyddol a seicolegol o Williams Parry ddim rheitiach gwaith am wn i nag ydi llunio cofiant John Jones drws nesa'. Yr hyn ddylai hawlio'n sylw pennaf ni ydi *barddoniaeth* R. Williams Parry, a hynny nid oherwydd ei bod yn ddrych i'w arbenigrwydd ef, ond am ei bod yn fynegiant rhannol o ddiwylliant cymdeithas arbennig mewn man arbennig ar adeg arbennig.

Fe dueddwyd i ddiystyru'r arbennig (yn ddaearyddol ac amseryddol), a dweud bod celfyddyd yn trosgynnu amser a lle, ac yn rhywbeth tragwyddol. Mae hwn yn hen syniad, wrth gwrs, ac yn tarddu o'r awydd i synio am fardd fel proffwyd yn llefaru o'r tu allan i feidroldeb y bywyd hwn. Gan mai ymwneud â'r oesol y mae, nid yw'n cael ei lychwino gan dreiglad amser. Fe'i gosodwyd yn y pegwn eithaf oddi wrth y gwyddonydd. Yn y byd gwyddonol mae'r llyffant blwydd yn lladd y deuflwydd yn gyson, a'r ddamcaniaeth ddiweddara'n disodli'r hen un, ond ym maes celfyddyd mae'r artistiaid mawr yn sefyll ysgwydd wrth ysgwydd, yn frodyr i'w gilydd, gydag athrylith Aneirin yn cael yr un parch ag athrylith Williams Parry. Nid yw amser yn pylu celfyddyd, dyna a ddysgwyd inni. Mae Dafydd ap Gwilym a Shakespeare a'r cewri llenyddol i gyd wedi'u canoneiddio am byth.

Ond mae'n ddrwg gen i, 'fedra i yn fy myw ganiatáu'r dwyfoli hwn ar feidrolion. Mae'n treisio hawl naturiol dyn i ymresymu, i bwyso a mesur, i brofi ac arbrofi. Mi ŵyr llawer ohonom am y profiad annifyr hwnnw o orfod trafod athrylith awdur neu awduron y Pedair Cainc mewn arholiad, ac wrth grafu am rywbeth i'w ddweud, rhaffu ystrydebau a dyfyniadau mewn ymgais ffrantig i guddio'r ffaith ein bod yn meddwl yn ddistaw bach fod yr Ymerawdwr hwnnw'n noethlymun wedi'r cyfan. Y gwir yw fod ein diwylliant ni, yn bennaf trwy'n cyfundrefn addysg erbyn hyn, yn ein cyflyru i gredu pob math o gelwyddau am ein hanes a'n traddodiad a'n beirdd a'n llenorion, a hynny wrth gwrs er mwyn parhau dull o feddwl ceidwadol a sefydlog. Mae meddwl am ein traddodiad llenyddol ni fel corff organig o Daliesin hyd heddiw, fel y gwnaeth Saunders Lewis, yn rhoi cysur inni, trwy ein galluogi i ysgwyd llaw ar draws y canrifoedd gydag ysbrydion yr hen feirdd, a rhoi inni gymdeithas â'r meirw.

Daw'n fwyfwy amlwg i mi mai myth yw oesoldeb llenyddiaeth. Dim ond y meddylfryd Arnoldaidd sydd am roi i lenyddiaeth statws crefydd all goleddu'r fath syniad. Pam y dylai'r artist gael sylw amgenach gan hanes na neb arall? 'Does neb yn honni dim byd o'r fath am athroniaeth neu wyddoniaeth. Dim ond crefyddwyr dogmatig cibddall sy'n coleddu'r syniad fod rhyw agwedd ar weithgarwch dynol yn esgyn uwchlaw canonau beirniadol dynol, a 'fynnwn i ddim i lenyddiaeth fabwysiadu'i diwinyddiaeth ei hun er mwyn ei gosod gyfuwch â Christnogaeth.

Mae'n wir fod Williams Parry ei hun wedi ceisio tragwyddoli celfyddyd. Ond mae 'na deimlad cryf yn 'Awdl yr Haf' hyd yn oed mai protestio gormod y mae – ceisio'i orau glas i'w argyhoeddi'i hun mai 'marw i fyw mae'r haf o hyd', a go brin ei fod ef ei hun yn coelio 'na bydd dileu na phydru' ar farddoniaeth A. E. Housman, neu fod wrn Groegaidd Keats yn cynnig 'cae tragywydd' i'r heffrod, neu fod 'cwta fydr' drudwy Branwen yn tyfu'n 'faith, anfarwol gerdd'. Hollol groes i hynny oedd ei wir argyhoeddiad. Yr unig barhad y gallai unrhyw unigolyn obeithio amdano oedd yn atgofion ei gyfeillion. Meddai wrth ei wraig:

> Fy nghadwedigaeth fydd dy hiraeth di,
> A'th angof llwyr fy llwyr ddifancoll i.

Fe wyddai yn nwfn ei galon fod yr un peth yn wir am gelfyddyd. Ac yn wir mi gofiwch mai 'hynafol olion/Rhyw *farwol* law' a apeliai ato wrth ddarllen 'Gorchestion Beirdd Cymru':

> Fel pan ar hwyr o Fedi
> Y gwelir dan rifedi

Disglair sêr,
Trwy ryw bell ffenestr wledig
Oleuni diflanedig
Cannwyll wêr.

Fe fyddai'n rheitiach i ninnau edrych ar hanes llenyddiaeth – fel ar unrhyw hanes arall o ran hynny – fel cannwyll wêr. Roedd gan Williams Parry, o bawb, ymwybyddiaeth ysol o dreiglad amser:

Ond nid y rhain *sydd* yma
Yw'r rhai *oedd* yma ddoe.

Mae 'na elfen o wir yn hyn'na yn gelfyddydol hefyd. Peth *sy'n* newid yn anorfod yw celfyddyd, gan ymateb i'r amodau tymhorol a roes fod iddi. Os *nad* yw hi'n newid, fel y'n dysgwyd am fil blynyddoedd cyntaf y farddoniaeth fawl Gymraeg, arwydd yw hynny o geidwadaeth ronc, ac o farweidd-dra sylfaenol; yn wir mae crefft gaboledig beirdd y Ganrif Fawr yn dwyllodrus gan mai cuddio'r clwyfau yng nghorff afiach Cymreictod a wnâi yn y cyfnod a esgorodd ar y Ddeddf Uno – ond cwestiwn cymhleth i haneswyr yw hwn'na yn y bôn.

Fy nadl i ar hyn o bryd yw fod Williams Parry wedi'i osod ar bedestal fel y bardd yn ein canrif ni a leisiodd y teimladau dynol sylfaenol. Cystal â dweud y byddai ei gerddi ef yn cael eu lleibio gan bobl dywyll De Affrica a chan Tsieineaid a Siapaneaid, gan Fidel Castro, Ayatollah Khomeni a chan Margaret Thatcher. Yn ôl y dyb yma, torri ffiniau yw swyddogaeth celfyddyd – ein gwneud ni i gyd yn ffrindiau, heb falio am na gormes gwleidyddol na chrefyddol. Ac ar ben hynny buasai'r dyn cyntefig yn gwerthfawrogi'i gerddi ef, oherwydd gellid dweud wrth Williams Parry, fel y dywedodd yntau wrth y gwynt:

Mwy cynnar yw dy lafar lên
Na llyfrau coll Talhaearn hen.

Ac mi *fydd* Bardd yr Haf a'r Gaeaf yn dal i ganu cloch teimladau dynion ymhen canrifoedd i ddod os bydd dyn yn dal heb ei ddinistrio'i hun. Neu o leiaf dyna'r ddadl.

Ond howld am funud: mae hyn yn ormod i'w honni am unrhyw artist. Gadewch inni fod yn onest a chyfaddef mai cyfran fach iawn o siaradwyr Cymraeg sy'n darllen unrhyw beth, heb sôn am wirioni ar Ddafydd ap Gwilym neu Williams Parry. A faint o boblogaeth Prydain sydd wedi gweld perfformiad o un o ddramâu Shakespeare yn Stratford! Ac os yw'r cyfansoddwyr mawr yn lleisio llawenydd a gwae'r ddynoliaeth gyfan, mae'n rhyfedd iawn na chlywem Radio 3 yn llifo'n gyson o ffenestri agored tai cyngor a thai stad. Lleiafrif bach sy wedi ymddiddori yn y celfyddydau ar hyd y canrifoedd. Ond ar ben hynny, mae chwaeth y lleiafrif hwnnw'n cael ei gweddnewid yn barhaus, a gwêr y gannwyll lenyddol yn toddi o hyd.

Waeth inni wynebu'r ffaith ddim – mai peth cyfnewidiol yw celfyddyd fel popeth arall. Peth byw ydyw, yn tyfu a newid yn gyson. Neu o leiaf dyna ddylai fod. Oherwydd mae llenyddiaeth hithau wedi'i charcharu gan amser a lle. Hyd yn oed lenyddiaeth sy'n ymwneud â phynciau honedig gyffredinol eu hapêl fel adar a choed a môr a mynydd a gwynt. Sut y gall môr hiraethus Bardd yr Haf greu adlais ym mynwes morwr sydd yn ei elfen yn marchogaeth y tonnau? Fe hoffai Williams Parry dywydd Penllyn:

> Cans yno'r oedd niwloedd a chymoedd a choed
> I awen na charodd yr heulwen erioed.

Ond go brin y gallai bardd o Affrica fod wedi sgwennu hwn'na.

Hollti blew yw peth fel'na, meddech – gorbwysleisio'r lliw lleol anorfod sydd ar bob llenyddiaeth. Onid y themâu gwaelodol sy'n bwysig? Hynny yw, y tannau teimladol oesol a gyffyrddwyd gan y bardd – hiraeth, ofn, marwolaeth, cyfeillgarwch, ansicrwydd, anwadalwch ac yn y blaen. Onid un o ofnau mawr dyn ar hyd yr oesoedd yw ofn marw? Felly mae Williams Parry, o bawb, yn fardd oesol wrth ganu am yr 'hen, hen wae'. Dyna, wedi'r cwbl, ei ddadl fawr ef ei hun ar ddiwedd y tridegau a dechrau'r pedwardegau mewn cerddi'n ymwneud yn uniongyrchol â swyddogaeth y bardd – cerddi fel 'Marwoldeb', 'Propaganda'r Prydydd' a 'Y Ffliwtydd' – mai'r cyffredinol yw pwnc y bardd, nid y tymhorol, a'i fod ef yn sefyll y tu allan i lif amser gan syllu'n syfrdan ar chwrligwgan y Rhod yn troelli'n chwil. Fe lynodd yn styfnig wrth ei gred mai'r gwirioneddau tragwyddol oedd maes myfyrdod bardd, ac na ddylai ef fod yn broffwyd, nac yn wleidydd nac yn ddiwygiwr. Arswydai rhag y syniad o'r bardd fel pamffletîr, ac ymwrthodai'n llwyr â gosodiad Eric Gill 'All art is propaganda' a ddaeth yn slogan mor boblogaidd ymysg y to newydd o feirdd, gan faentumio'n ddigyfaddawd na 'pherthyn y bardd i'r byd fel i Natur werdd'.

Fe ddywedir wrthym, serch hynny, i sgandal yr Ysgol Fomio 'siglo (ei) gredoau megis dail', ac iddo gael ei ddeffro o'i syrthni gwleidyddol. Ond fy nheimlad i yw fod hyn wedi'i orbwysleisio, a go brin y gallaf dderbyn sylw Bedwyr Lewis Jones – 'he himself had become a committed political author'. Sut y gall hynny fod yn wir am fardd sy'n erfyn ar Aneirin Talfan yn y soned 'Marwoldeb' i beidio â cheisio ganddo 'fygu hen bruddglwy'r pridd'? Do, fe fu diswyddiad Saunders Lewis, a difrawder yr academyddion Cymraeg yn sgil hynny, yn foddion i beri iddo ymystwyrian a thorri'r streic farddoni, ond wrth gwrs, marwolaeth A. E. Housman oedd y sbardun a barodd iddo dorri'r streic gyntaf. A hyd yn oed ym mlwyddyn y soned 'Cymru 1937' mae'n glynu'n ddi-ildio wrth ei safbwynt *nad* â'r amserol (ac mae hynny yn y bôn yn golygu cymdeithasol a gwleidyddol) y mae a wnelo'r bardd:

> A fu, ai ynteu na fu, farw Branwen?
> A dry'r ffigysbren diffrwyth eto'n ir
> Pan eilw y seffyr ac ni syfl Arianwen?
> Megis y bu o'r dechrau, felly y mae:
> Marwolaeth nid yw'n marw. *Hyn* sydd wae.

Dyma, felly, dipyn o baradocs. Rwyf wedi ceisio dadlau fod i bob celfyddyd ei rhigol bendant mewn amser a lle, ac eto dyma Williams Parry'n ymwrthod â phob galwad i draethu 'ar fri'r newyddoes ddur ac anfri'i ch'ledi', ac yn coleddu'r syniad rhamantaidd fod celfyddyd mewn rhyw ffordd neu'i gilydd yn dragwyddol. Oni ddylwn i felly, er mwyn cysondeb, gondemnio Williams Parry a'i safbwynt ymddangosiadol adweithiol? Mae'n wir y gallaf ymwrthod â'i safbwynt, ond mae'i faintioli fel bardd yn aros. Oherwydd – yn baradocsaidd eto – bardd cyfnod ydyw yn anad dim: bardd sy wedi'i greu gan ei fro a'i ddwthwn ei hun. Fe sylweddolai ef ei hun hynny'n iawn:

> Digymar yw fy mro trwy'r cread crwn
> Ac ni bu dwthwn fel y dwthwn hwn.

A chyda llaw, nid gydag unrhyw arlliw difrïol y defnyddiaf yr ymadrodd 'bardd cyfnod'. Dyna yw pob bardd mawr, ac ni olyga hynny o gwbl na ellir ymateb i'w waith mewn cyfnodau diweddarach. Hyd y gwelaf i, yr hyn y mae celfyddyd yn ei wneud yw deffro'n hymwybyddiaeth ni, ac y mae pob cenhedlaeth newydd yn ehangu ystod yr ymwybyddiaeth honno. Nid deffro'r *un* ymwybyddiaeth ag eiddo Haydn a wnaeth Stravinsky. Doedd dim pwynt iddo wneud hynny, oherwydd y mae ymwybyddiaeth Haydn bellach yn eiddo i ninnau. Ond doedd ymwybyddiaeth Stravinsky ddim yn eiddo i Haydn. Ewch am wibdaith trwy gerddoriaeth y Gorllewin o gyfnod y Dadeni ymlaen, ac mi welwch mor glymedig yw pethau fel miwsig Baròc, clasuriaeth y 18fed ganrif, rhamantiaeth y ganrif ddiwethaf a moderniaeth y ganrif hon wrth symudiadau hanesyddol mawr. Doedd pobl y ddeunawfed ganrif ddim wedi profi'r teimladau tymhestlog a fynegwyd yn operâu Wagner. Sut felly y gellir dweud fod miwsig Wagner yn oesol? Roedd Hitler yn ei fwynhau, ond nid oedd Israel yn caniatáu i'w operâu gael eu perfformio yn y wlad honno tan yn gymharol ddiweddar. Ac fe ddywedir wrthym mai miwsig yw'r buraf o'r celfyddydau! Ond nid yw nodau cerddorol yn glawio oddi uchod chwaith – pobl, mewn sefyllfaoedd hanesyddol penodol, sy'n eu brodio'n gyfansoddiadau gwefreiddiol. Mae'r seiniau newydd a ddaeth i mewn i gerddoriaeth y ganrif hon yn fynegiant o ffordd newydd o deimlo, ond dydi hynny ddim yn golygu na allwn ninnau fwynhau Bach a Mozart a Beethoven o hyd – yn wir mae'n well gan lawer ohonom y rheini na'r cyfansoddwyr sy'n gyfoeswyr inni, ond na ato dyn i gyfansoddwyr modern ailysgrifennu Mozart.

Ffwlbri hefyd fuasai i fardd Cymraeg cyfoes ailysgrifennu Dafydd ap Gwilym fel y ceisiodd Iolo Morganwg wneud. Mae'n wir nad yw Williams Parry yn fardd chwyldroadol o fodern, a bod rhamantiaeth Keats a'r Sioriaid Saesneg yn ei waed. Er hynny mi ddywedwn i iddo – a chymryd ei farddoniaeth fel cyfanwaith – aredig cwys newydd yn yr hydeimledd Cymreig gyda'i gerddi. Nid rhoi mynegiant unigryw a phersonol i hen themâu a wnaeth, nid ail-weu syniadau'r oes o'r blaen fel y dywedodd T. J. Morgan i'r Gogynfeirdd ail-weu sanau'r Cynfeirdd a hynny gyda phatrymau mwy cymhleth. Allasai Williams Parry ddim bod yn gynnyrch unrhyw gyfnod arall. Petai'n sgrifennu yn y ddeunawfed ganrif buasai tôn ei lais yn gwbl ddiarth ac annealladwy. Petai'n sgrifennu heddiw buasai'n swnio'n dreuliedig a blinedig. Nid dweud yr wyf na allwn ni mo'i fwynhau. Mae cynnyrch y gorffennol yn gynhysgaeth inni, ac mi allwn werthfawrogi'r gynhysgaeth honno yn y cyd-destun priodol. Mi all Marcsydd, siawns gen i, edmygu pensaernïaeth eglwys gadeiriol Othig o'r Oesoedd Canol a mynnu'i hamddiffyn ar gyfer yr oesoedd a ddêl – hyd yn oed os ydyw'n gofgolofn i werthoedd cwbl wrthnysig iddo ef. Felly hefyd yr ydym ninnau'n mynnu troi'n ôl at ein traddodiad llenyddol, dim ond inni wneud hynny'n feirniadol a goleuedig. A throi'n ôl at Williams Parry sy raid. Waeth inni heb â cheisio'i wneud yn *gyfoed* inni. Ond wrth gwrs mae'n ddigon agos atom yn amseryddol inni allu deall ei gefndir a chefndir ei ganu'n eitha da.

Lladmerydd y Gymru Gymraeg wledig, ogleddol ydyw wrth gwrs. Ac mae'i farddoniaeth yn swnio i mi fel math o fwngial myngus y Gymru honno dros gyfnod hanner cynta'r ganrif hon. Nid yn ddirmygus y defnyddiaf y gair 'mwngial'. Yr hyn rwy'n ceisio'i gyfleu yw fod yr ansicrwydd ingol sy'n brigo i wyneb ei ganu yn codi fel lwmp i'w wddw'n aml ac yn llwytho'i waith â thristwch sy'n ddwysach na hiraeth neu chwithdod cyfnodau cynt. Ond rwyf am ddiarddel y gair 'mwngial' hefyd a dweud fod ei farddoniaeth yn aml aml yn codi ar adenydd cân yn y ffordd fwyaf wefreiddiol, ond nid alaw felys unllais mo'r gân honno chwaith, eithr cân wedi'i chynganeddu ag anghytgordiau sy'n ddigon i syfrdanu a llethu dyn.

Mae profiad hanner canrif wedi'i hidlo i'r farddoniaeth hon – o ddyddiau heulog a chymharol amhroblematig y cyfnod cyn y Rhyfel Byd Cyntaf tan ddadrithiad llwyr y blynyddoedd ar ôl yr Ail Ryfel Byd. Paganiaeth yw'r cywair llywodraethol trwy gydol y cyfnod, wrth gwrs, ac y mae holl boen y Gymru Gymraeg obsesiynol grefyddol wrth iddi ymwadu'n raddol â chrefydd, i'w theimlo yng ngwaith Williams Parry. Mae'r boen mor arteithiol â'r effeithiau a deimla'r person sy'n gaeth i gyffuriau pan yw'n gorfod byw heb ei *heroin*. Am wn i nad yw'r person hwnnw'n mynd yn seicolegol blentynnaidd, yn ofnus ac ansicr, yn ei chael yn amhosib byw heb swcwr, ac yn griddfan am arweiniad. Dyna a ddigwyddodd i'r Gymru Gymraeg hefyd yn sgil yr enciliad o'r capeli, yn ôl tystiolaeth Bardd yr Haf a'r Gaeaf. Mae'i farddoniaeth ef fel baromedr yn ymateb yn sensitif i'r newid hinsawdd. Cyfleus iawn felly yw gallu sôn amdano yn nhermau dau dymor. Ond dwy ochr i'r un geiniog yw'r Haf a'r Gaeaf yn ei hanes ef. Roedd yn fardd y Gaeaf *oherwydd* ei fod yn fardd yr Haf. Am iddo wrthod arweiniad y Brawd Llwyd a'r Brawd Gwyn yn 'Awdl yr Haf' ac ymollwng i gyfaredd y synhwyrau gan wrthod 'gormes y loywach nen', bu'n rhaid wynebu goblygiadau'r ymwadu hwn â chysuron cred yn y trosgynnol. Hyd yn oed yn ei awdl mae'n ymgodymu'n galed â'r broblem ond yn cael cysur yn y syniad fod atgof yn tragwyddoli profiadau diflanedig y synhwyrau, gan awgrymu, mae'n debyg, mai trwy gelfyddyd y mae modd crisialu atgof dros byth. Ond llinell Euros Bowen 'Bywyd nid ydyw'n marw. Hyn sydd fawl' fuasai'n mynegi naws 'Awdl yr Haf' orau, ac nid yn y dôn yna y sgrifennodd Bardd y Gaeaf. '*Marwolaeth* nid yw'n marw', meddai ef. Hynny yw, mae wedi colli ffydd yn ei weledigaeth wreiddiol, a sylweddoli nad yw esthetiaeth yn cynnig ateb chwaith.

Ond mae yna yn *Cerddi'r Gaeaf* rai arwyddion o'r ymateb plentynnaidd i'r argyfwng. Er bod y Rhyfel Byd Cyntaf drosodd erbyn hyn (ac *fe* adawodd hwnnw ei ôl ar Williams Parry, yn amlwg, yn y cerddi coffa urddasol ond digysur, heblaw yn y sonedau sy'n ffrwyth profiad personol o fod yn filwr ar dir Lloegr, ond eto darlunio y mae'r holl gerddi hyn mor ddi-rym oedd y Cymro wyneb yn wyneb â thrasiedi'r rhyfel, ac mae'r modd yr ymunodd Williams Parry'n anfoddog yn adlewyrchu teneurwydd yr ymwybyddiaeth Gymreig, ac y mae syfrdandod clasurol oer yr englynion coffa, a'u diffyg dicter emosiynol eto'n dangos mor fud oedd y Cymry, mor druenus o lipa oedd yr ymateb Cymraeg i'r argyfwng, a hogiau fel Hedd Wyn yn mynd i'r ffosydd fel ŵyn i'r lladdfa), ond am *Cerddi'r Gaeaf* yr ydym yn sôn, ac er bod y Rhyfel Cyntaf drosodd, mae yma eto ysfa i ddychwelyd i groth rhyw hen Gymru baradwysaidd ddilychwin amhroblematig. Fel petai modd ailgreu yr hen Eifionydd unwaith eto, gan anghofio am y modd y gallai Rhyfel Byd ddifodi'i bechgyn, ac fel y byddai, yn nes ymlaen, beth bynnag, lywodraeth Brydeinig yn sefydlu Ysgol Fomio yn ardal gyfagos Llŷn. Dylanwad beirdd Saesneg eilradd, meddai rhai, sy'n gyfrifol am y telynegion mwynaidd hyn, ac mae'n wir fod erthyglau Alan Llwyd yn dangos cryn olion o'r fath, ond ni allaf yn fy myw beidio â theimlo fod Williams Parry wedi hidlo'r dylanwadau hyn trwy'i ymwybyddiaeth Gymreig, a bod ei waith yn sylfaenol Gymreig. Y Gymru fabïaidd sy'n llefaru yn 'Eifionydd': y Gymru honno y mae'n well ganddi aros yn ei hunfan nag wynebu goblygiadau newid. Dwn i ddim yn iawn beth i'w feddwl o'r gerdd. Mi allaf ar adegau ei llafarganu'n frwd a ffoli ar ei miwsig.

A llonydd gorffenedig
   Yw llonydd y Lôn Goed,
O fwa'i tho plethedig
   I'w glaslawr dan fy nhroed.
I lan na thref nid arwain ddim,
Ond hynny nid yw ofid im.

Dyn a ŵyr fod angen eglwys fel yna ar y paganiaid yn ein plith. Eglwys i gael awr o fyfyrdod trosgynnol honedig ynddi, heb boeni am baraffarnelia diwinyddol nac am broblemau cymdeithasol. ('I lan na thref nid arwain ddim'). Ond yr hyn sydd yma mewn gwirionedd yw dihatru un elfen mewn bywyd oddi wrth elfennau eraill. Arwydd ydyw o'r clwyf Cymreig – y plentyneiddiwch y cyfeiriais ato eisoes.

Diolch, ddyweda'i, na chafodd Williams Parry ddychwelyd i'r groth – na chafodd aros yng Nghefnddwysarn lle bu'n bwrw'r flwyddyn honno yn ôl ei reddf:

Lle'r oedd pob gweld yn gysur,
Pob gwrando'n hedd di-drai,
Heb hiraeth am a fyddai, dro,
Nac wylo am na bai.

Oherwydd nid yw lle fel'na'n fagwrfa dda i fardd. Diolch i Williams Parry gael ei hyrddio i ardal y Barri a Chaerdydd, a sylweddoli nad oedd Oakley Park wedyn yn Gefnddwysarn arall. Ni fu'r gwrthdaro ym Mangor wedyn yn ddrwg i gyd. Fe ddaeth yna fardd mwy tolciog a llai llyfn i'r wyneb, bardd a ymatebai'n llawnach i'r croestynnu mewn bywyd.

Felly y mae delwedd to plethedig y Lôn Goed yn ildio i sylweddoliad trasig y gerdd 'Canol Oed' fod bywyd yn symud ac yn newid – ac nid er gwell o angenrheidrwydd, chwaith:

A phan rydd yr hydref ei ias i'r mêr
Y disgyn y dail yng nghoedwigoedd y sêr.

Mae hyd yn oed gerddi telynegol moethus fel 'Clychau'r Gog' yn llawn anesmwythyd dan yr wyneb am fod pob cyrraedd yn llawn ffarwelio, a byrhoedledd bywyd yn erthylu'i bleser nes bod tinc gwahanol i'w glywed mewn ambell gerdd ddigon confensiynol ei harddull fel 'Tylluanod'. Oherwydd does dim yn dlws ym mhennill ola'r gerdd honno:

A phan dywylla'r cread
Wedi'i wallgofddydd maith,
A dyfod gosteg ddiystŵr
Pob gweithiwr a phob gwaith,
Ni bydd eu Lladin, ar fy llw,
Na llon na lleddf – 'Tw-whit, tw-hw!'

Gwasanaeth claddu'r cread sydd yma, mewn ffordd, a'r tylluanod yn llafarganu'n niwtral ond oernadol uwch rhywbeth sy'n wae ac eto'n baradocsaidd yn waredigaeth rhag gwallgofrwydd (a chofier am y soned 'Rhyfeddodau'r Wawr').

Tinc newydd, meddwn i. Roedd rhywfaint ohono i'w glywed eisoes yn *Yr Haf a Cherddi Eraill*, ac nid yw Williams Parry fel pe'n ddigon hyf i adael i'r tinc (neu a ddylwn ddweud *cnul*?) ganu'n gyson trwy *Gerddi'r Gaeaf* chwaith. Ond oni bai iddo ganiatáu mwy a mwy o le i'r tinc yna, ni fuasai'n haeddu'n gwrogaeth fel bardd mawr. Oherwydd fel yr awgrymais o'r blaen, y newid yn hydeimledd ei ganu sy'n arwyddocaol. Dyna'i gyfraniad mawr – lleisio dros ei bobl a'i gyfnod deimladau nad oeddynt wedi bod yn brofiad i gyfnodau cynharach yn union yn yr un modd ag yr oeddynt iddo ef a'i gyfoeswyr. Mae'n ymglywed ag enbydrwydd yr amserau, ac yn gweld yr ieir yn

Ryfedd ddigyffro dyrfa!
'Does undim a'i cynhyrfa
O'i syrthni hir …

a'r gwyddau'n ffurfio gorymdaith i wawdio unrhyw rybudd am y dyfodol:

Ac yna hyrddiau amal
Eu hunfryd grechwen gwamal
Drachefn a thrachefn.

Mae 'na ryw syrthni, rhyw *inertia* neu ddiffyg egni fel pe wedi meddiannu pobl, ac y mae wedi treiddio i fêr esgyrn y bardd ei hun. Mae 'na adegau yn ei farddoniaeth pan ymdeimlir yn ysol â rhyw ansymudedd (*stalemate*) Beckettaidd. Achos yr ymdeimlad hwn yw'r cydbwysedd rhwng grymusterau croes i'w gilydd: llyfrdra a dewrder, bydolrwydd ac ysbrydolrwydd, ac yn y blaen:

'Rwy'n wych, 'rwy'n wael, 'rwy'n gymysg oll i gyd …

Bron nad yw Williams Parry fel rhyw anifail ofnus wedi'i ddal mewn caets, ac yn rhuthro'n orffwyll o gwmpas er gwybod nad oes dihangfa. Fe ymglywir â phathos yn ei awydd i 'wneuthur rhywbeth gwiw dros Grist/Fel nad edrycho arnaf mor rhyw drist.' Y darlun enwog o Grist â'i lygaid ynghau yw hwn, mae'n debyg, – y darlun a grogai ar fur ei stafell, a'r llygaid caeëdig hynny'n ymddangos fel petaent ar agor ac yn edrych arno. Does dim tinc o argyhoeddiad crefyddol yng ngeiriau Williams Parry, dim ond y plentyn bach unwaith eto yn teimlo'n euog ac yn methu aeddfedu'n ddyn annibynnol ei farn.

Fe'i beirniadwyd am ei annhueddrwydd. Fe'i cystwywyd ef a'i gefnder Parry–Williams am y stasis marwaidd sydd fel pe'n parlysu eu barddoniaeth. Y ddadl a glywir weithiau yw mai gweithgarwch creadigol gadarnhaol yw barddoni yn ei hanfod, a bod diffyg cyfeiriad y beirdd agnostig rhwng y ddau ryfel yn ddiffrwyth ac yn sylfaenol anghreadigol. Nid dyna fy marn i. I mi mae Williams Parry wedi llefaru dros genhedlaeth gyfan, wedi rhoi geiriau i salwch y Gymru wledig Gymreig yn sgil colli ffydd. Er mor bersonol yw'r llais, mi ddywedwn i mai lladmerydd dros gymdeithas gyfan ydoedd. Ac un o'i bynciau pwysicaf – os nad y pwysicaf – oedd colli ffydd. Fe ddangosodd R. Tudur Jones fel yr oedd dirywiad crefydd yn cyd-fynd â dirywiad yr iaith a'r genedl, fel petai'r ddau beth wedi'u plethu'n un. Felly nid argyfwng personol yn unig yw colli ffydd – mae'n argyfwng cenedl. Arwydd yw hynny, wrth gwrs, o anaeddfedrwydd y genedl – os cenedl hefyd: mae'n debyg fod J. R. Jones, Abertawe yn iawn i'n galw'n bobl yn hytrach na chenedl. Heb sefydliadau gwleidyddol fe aethom i ddibynnu bron yn gyfan gwbl ar grefydd fel ffynhonnell swcwr, ac wrth i'r ffynhonnell honno ddechrau sychu, crebachu a wnaeth ein bywyd diwylliannol ninnau. Daeth ffydd yn ôl yng ngwaith Gwenallt a Saunders Lewis, Waldo, Euros Bowen a Bobi Jones a'r lleill – fel petai'r traddodiad Cymraeg yn mynnu hynny, ond er cystal cerddi a ysbrydolwyd gan yr adnewyddiad hwnnw, rwy'n teimlo rywsut mai Williams Parry a Pharry-Williams sydd â'u bys ar byls eu cyfnod. Creu hollt fwy rhwng diwylliant a chymdeithas a wnaeth y beirdd Cristnogol diweddar, gan wthio atebion trosgynnol ar bobl nad oeddynt bellach yn derbyn y dimensiwn hwnnw. Do, fe geisiwyd simentio'r craciau, ond gwaethygu a wnaeth y craciau serch hynny.

Ond roedd Williams Parry'n deall ing ei gyfnod i'r dim. Camu'n betrus at ddibyn anffyddiaeth a wnaeth ef am fod edrychiad trist y Crist yn creu euogrwydd ynddo. Eto pan oedd raid, fe lefarodd y gair 'a ddychryn ein materoldeb o'n marwol wead'. Fe ddaeth â'r 'ddrychiolaeth i'r wledd a'r ffantom i'r ffair'. Fel y gerdd ysigol i A. E Housman. Mae'n hawdd dychmygu'r ias a aeth drwy Williams Parry pan glywodd am farwolaeth un o'i hoff feirdd, a hwnnw fel yntau'n obsesiynol ofnus o angau. Fe esgorodd yr ias honno ar o'i un gerddi mwyaf paradocsaidd. Mae'r mesur ynddo'i hun, gyda'i adleisiau o Salmau Cân Edmwnd Prys, yn drymlwythog gan eironi gan mai dirymu sicrwydd ffydd Prys a wneir.

> Nid ofna'r doeth y byd a ddaw
>   Ar ochor draw marwolaeth.
> Ei ddychryn ef yw bod yn fyw:
>   Angheuol yw bodolaeth.

Wynebu'n onest y mae oblygiadau'i anffyddiaeth neu'i agnosticiaeth. Er mor gall yw ymwrthod y dyneiddiwr â syniadau am fyd a ddaw – boed uffern neu nefoedd – mae troi'i olygon at ddiriaeth y bywyd hwn yn codi gwaeth arswyd, am ei fod bellach yn gorfod chwilio'n ddirfodol am ben a chynffon ystyr:

> Heb honni amgyffred – ow! mor rhwydd –
> Gwallgofrwydd creadigaeth,
> Myfyria ar ei farwol stad,
> A brad ei enedigaeth.

Er mai'r Cristion sydd fel arfer yn cyhuddo'r dyneiddiwr o ymddiried yn ymhongar yn ei allu'i hun, mae Williams Parry'n awgrymu mai'r crefyddwyr sy'n hunanddigonol wrth gynnig atebion rhwydd, ac mai cyfaddef ei ddiffyg gallu'n wylaidd a wna'r dyneiddiwr. Ond yr hyn sy'n baradocsaidd yn yr ail bennill yw'r syniad fod y Duw nad yw Williams Parry'n credu ynddo wedi'i fradychu, hynny yw wedi bod yn anffyddlon iddo, wedi'i dwyllo y tu ôl i'w gefn fel petai, trwy roi iddo enedigaeth. A gosod y peth yn amrwd – petai Duw yn caru dyn yn ôl yr honiad arferol, ni fuasai wedi'i greu yn y lle cyntaf. Mae'n wir nad enwir Duw yn y pennill, ond mae'r gair 'brad' yma yn consurio ar unwaith y syniad o Dduw anthropomorffig sy mor ddialgar bob tamaid â dyn ei hun. Mae'n air hynod o gryf, ac yn mynegi grymuster teimlad Williams Parry.

> Y doeth yn ei gadernid syrth
> Yn wyneb gwyrth ei gread …

Y dyneiddiwr sy'n ei osod ei hun yn llywodraethwr ar y greadigaeth yn cael ei lorio gan ryfeddod y bydysawd.

> Ond yn ei wendid cyfyd lais
> Yn erbyn trais dilead.

Ac eto ni all ddygymod â'r sylweddoliad o'i fychander ei hun, ac mae'n brwydro dros gael byw – yr union beth y bu'n cwyno yn ei erbyn bennill ynghynt. Mae'r eirfa'n finiog yma eto: *'trais dilead'*. Nid y farwolaeth naturiol, fel cannwyll yn diffodd, sydd yma, ond rhywbeth llawer iawn creulonach. Mae dileu bywyd person iddo ef yn weithred dreisiol, ac yma eto mae'n anodd peidio â theimlo yn y cefndir, nid 'Duw cariad yw' ond 'Duw casineb yw'. Hynny yw, *petai* Williams Parry'n credu yn Nuw: Duw y bradwr, Duw y treisiwr fuasai.

Ei fywyd mewn di-ddyddliw wig
A fydd gaeadfrig yrfa.

Dyma eglwys ddail y Lôn Goed a'i llonydd gorffenedig a'i tho pleth-edig wedi'i gweddnewid yn llwyr. Doedd y Lôn honno ddim yn arwain i unman, ond pa ots? Roedd yn ddigonol ynddi'i hun, yn lloches baradwys-aidd rhag 'dull y byd'. Ond mae gwig A. E. Housman yn drymllyd dywyll, yn fyglyd glawstroffobig, yn ei amgylchynu ag unigrwydd di-gymdeithas, a lletholrwydd dirfodol:

Ni rydd ei hyder yn yr wybr,
Ni rodia lwybr y dyrfa.

Nid yw na Duw na dyn yn cynnig ymwared.

Bendith ni dderbyn yn y llan,
Nac yn y cwpan wynfyd;
Nid eistedd gyda'r union-gred,
Na chyda'r anghred ynfyd.

Yn eironig iawn, yr anffyddiwr sy'n ei chael hi waethaf yn y fan yma. Llais yr agnostig yw llais Williams Parry, wrth gwrs: un sy'n gweld 'y byd a'r bywyd hwn yn gwestiwn oll i gyd', ac na all ymollwng i ddogma, boed hi'n Gristnogol neu'n Farcsaidd. Prin y gallaf dderbyn ei fod yn gwneud dogma o fod yn annogmatig. Dydi o ddim yn gwneud syn-nwyr i mi i alw cyfyng-gyngor yn ddogma. Ond beth yw ffawd yr agnostig o fardd?

Nid ardd, nid erddir iddo chwaith …

Adlais o gywydd Dafydd ap Gwilym, 'Rhag hyderu ar y byd', sydd yma, ac yntau yn ei dro yn adleisio pennill cynharach. Fel y fwyalchen, nid yw A. E. Housman yn aredig. Hynny yw, nid yw'n ymroi i un o'r ddau weithgarwch dynol mwyaf sylfaenol, sef amaethu (cynhyrchu bwyd a chynhaliaeth gorfforol). Yn yr ystyr honno mae'n ddiffrwyth.

Ond ar y daith ni phara,
Ei synfyfyrdod fe dry'n fwyd,
Crea o'i freuddwyd fara.

A dyna *gael* cynhaliaeth wedi'r cwbl, ond cynhaliaeth i'r dychymyg yn hytrach na'r corff. Wrth fyfyrio'n syn (a chofier iddo gyplysu'r gair 'syndod' â'r gair 'gresyndod' unwaith), fe ymrithiodd fel Duw, a throi'n grëwr ei hun, sef yn fardd. Daeth yr ysbrydoliaeth farddol yn gyfaill hoff cytûn iddo gan beri allu goddef y 'gaeadfrig yrfa':

A'r hwn ni ddaeth i'r byd o'i fodd
 A dry o'i anfodd ymaith;
Oherwydd cyn ei ddifa a'i ladd [llofruddio'n sadistig a wna angau]
 Ceisiodd, a chadd, gydymaith.

Gorffen y gerdd gyda darlun rhamantaidd o'r gwynt awenyddol yn rhoi ystyr a pharhad i fywyd diystyr a byrhoedlog y bardd.

Hwnnw yw'r ansylweddol wynt
 Sy oddeutu'r hynt yn mydru;
Ac ar y rhith y mae'n ei weu
 Ni bydd dileu na phydru.

Fel petai'r diwylliannol (barddoniaeth yn yr achos yma) wedi disodli'r ysbrydol. Ond er mor gelfydd y'i mynegwyd, twyllodrus yw'r ateb mewn gwirionedd. Dydi Williams Parry ddim wedi dilyn ei weledigaeth i'w phen draw rhesymegol. Mae'n mynnu cysur unwaith eto mewn rhyw esthetiaeth ddisylwedd.

Daeth yn nes ati o dipyn yn ei gerdd arall i A. E. Housman, sef 'Pagan', lle mae'n defnyddio hoff fesur Housman ac yn adleisio mwy nag un emyn. Emyn hyfryd Dafydd Jones, Treborth, sy'n dod i'r meddwl gyntaf:

Yr Arglwydd sydd yr un,
 Er maint derfysga'r byd;
Er anwadalwch dyn,
 Yr un yw Ef o hyd:
Y graig ni syfl ym merw'r lli –
'Nesáu at Dduw sy dda i mi'.

Ac meddai Pantycelyn (fel y sylwodd Bobi Jones):

'Rwy yn terfynu 'nghred,
Nôl pwyso oll ynghyd,
 Mai cyfnewidiol ydyw dyn,
Ond Duw sydd un o hyd.

A dyna Williams Parry – yn annodweddiadol braidd – yn herio'r syniad, a hynny mewn dull eithaf herfeiddiol:

Darfydded pob rhyw sôn
Am anwadalwch dyn!
Hyd byth fe ddewis dduwiau
O'i waith a'i wedd ei hun,
Ei ddinod wedd ei hun.

Y duwiau sy'n anwadal. Nid Duw a greodd dyn ar Ei lun a'i ddelw'i Hun, ond dyn a luniodd ei dduwiau yn ôl ei fympwy'i hun. Dweud go fawr ar y pryd. Does dim o'r ofnusrwydd arferol yn y fan hon. Bron nad yw'r bardd yn canu mawl i dra-arglwyddiaeth dyn ar ei dduwiau. Teganau ydynt iddo, i chwarae â hwy i ddechrau, ac yna'u taflu o'r neilltu wedyn:

Nid duwiau o faen a phren
Na duwiau metel mwy,
Daeth Duw, a daeth y diwedd
Ar eu haddoliad hwy,
Ar eu teyrnasiad hwy.

Ond beth am y Duw hwn? Mae'n cael prif lythyren i'r enw, fel petai ar yr orsedd yn barhaol. Ond na:

Ond duwiau cig a gwaed:
Ni dderbyn hyn o ddydd
Dduwiau sydd ansylweddol
Ond i ddau lygad ffydd,
Ac i gyffyrddiad ffydd.

Na, fe ymwadodd dyn â'r ysbrydol, gan ei osod ei hun ar orsedd Duw: ef fydd yn llywio'i fyd o hyn ymlaen:

Tragywydd ydyw dyn,
Sefydlog yn ei fryd.
Mae heddiw a doe i'r duwiau
Ond erys dyn o hyd;
A dyn sy'r un o hyd.

Ar yr olwg gyntaf, dyma emyn o fawl i ddyneiddiaeth. *Dyn* yw'r 'graig ni syfl ym merw'r lli' bellach. Ond wrth gwrs twyllodrus yw tôn hyderus y gerdd. Eironig yw'r gwrthbwynt a greir rhyngddi hi ac emyn Dafydd Jones, Treborth. Oherwydd 'tragywydd' ym mha ffordd *yw* dyn? Ym mha beth y *mae'n* sefydlog? Wel 'sefydlog yn ei fryd'. Hynny yw, yn ei wanc am ystyr, yn ei ymchwil am arwyddocâd. Nid awgrymir am funud fod dyneiddiaeth yn ateb terfynol iddo. Ateb byrhoedlog arall yw hwnnw fel y duwiau o faen a phren. Yr awgrym yw nad *oes* ateb, ac mai yn ansefydlogrwydd yr ymchwil y gwelir sefydlogrwydd dyn. Cerdd sy'n cyfleu trasiedi'r cyflwr dynol yw hon, felly.

Cerdd oesol? Go brin. Sut y gallai emyn Dafydd Jones, Treborth a'r gerdd hon ill dwy fod yn oesol? O ran crefft a chelfyddyd, efallai – ond nid o ran y teimlad a fynegir, a go brin fod crefft yn bodoli ar wahân beth bynnag. Fe fuasai'r gerdd 'Pagan' yn annirnadwy yng nghyfnod y Diwygiad Methodistaidd. Efallai hefyd y dywedai llawer ohonom ni heddiw ei bod hi eisoes wedi dyddio, am ei bod yn gogor-droi'n ormodol o gwmpas diffyg ystyr bywyd. Nid yw hynny'n rheswm o fath yn y byd dros ei throi o'r neilltu, oherwydd mae hi wedi ehangu cortynnau'n hymwybyddiaeth ni. Mae sicrwydd ffydd yr emyn ('Y graig ni syfl ...') a chwerwedd 'Tragywydd ydyw dyn' bellach yn rhan o'n profiad.

Fe roes Williams Parry hefyd olwg newydd ar angau inni. Dyma bwnc oesol os bu un erioed: ond dydi pethau ddim mor syml â hynny chwaith pan feddyliwch chi am y peth. Dydi marwolaeth ddim yr un ddoe, heddiw ac yn dragywydd. Mae'n debyg y dywedai unrhyw anthropolegydd hynny wrthym. Mae 'na ddefodau gwahanol iawn ynglŷn â marw a chladdu mewn gwahanol ddiwylliannau. A hyd yn oed o fewn yr un diwylliant fe geir newidiadau yn nhreigl y blynyddoedd. Fe fyddai astudiaeth o'r farwnad Gymraeg yn dangos hynny mae'n siŵr. Mae 'na newid agwedd rhwng Canu Taliesin/Aneirin a Chanu Llywarch Hen hyd yn oed, a'r delfryd arwrol 'Beirdd byd barnant wŷr o galon' yn ildio i weledigaeth fwy trasig. Mae'n sefyll i reswm nad yr un peth yw angau i'r Cristion uniongred ag i'r agnostig. Delwedd y corff llonydd a'r 'dwylaw/Na ddidolir rhagor' sydd yn englynion coffa Hedd Wyn. Ond mae Gwenallt, mewn un gerdd anhygoel yn dweud na phoenai'r Cristion am drydydd rhyfel byd, am mai rhoi cyfle iddo gyrraedd tragwyddoldeb cyn pryd a wnâi hynny! Weithiau, gwelai Williams Parry farwolaeth mewn termau personol iawn – nid fel diwedd y daith, ond fel dechrau diwedd y daith: mae angau yn cael ei grafangau ynom ymhell cyn inni farw. Dyna thema 'Canol Oed':

Cans diwedd mabolaeth yw diwedd y byd,
Dechrau'r farwolaeth a bery gyhyd.
Diwedd diddanwch, a rydd i'r hwyr
Ei ysbeidiau o haul cyn y paid yn llwyr,

Cyn dyfod diddymdra'r ddaear a'i stôr –
Fy synnwyr a'm meddwl, ei sychdir a'i môr.
Pan chwâl fel uchenaid dros ludw'r dydd
'Bydded tywyllwch'. A nos a fydd.

Hynny yw, mae marwolaeth i'r unigolyn yn gyfystyr â diwedd y byd. Nid yw'r byd yn bod i Williams Parry bellach, ac ni fydd yn bod i ninnau chwaith yn fuan iawn. I ni fel unigolion, hynny yw. Ac fe dybiai ef mai dyma'r ffaith dragwyddol am fywyd dyn o'r dechrau cyntaf:

A fu, ai ynteu na fu, farw Branwen?
A dry'r ffigysbren diffrwyth eto'n ir
Pan eilw y seffyr ac ni syfl Arianwen?

Dyna ni'n brasgamu o gynfyd y chwedlau Cymraeg heibio i ffigysbren y Testament Newydd at Arianwen John Morris-Jones, gan wynebu'r un ffaith sylfaenol:

Megis y bu o'r dechrau, felly y mae:
Marwolaeth nid yw'n marw. *Hyn* sydd wae.

Rwy'n amau'r canlyniad terfynol yna, oherwydd wedi'r cwbl y syniad yw *fod* Crist yn atgyfodi'r meirw. Na, gwae hanner cynta'r ugeinfed ganrif sydd yma, y gwae a gododd yn sgil dryllio'r hen sefydlogrwydd crefyddol, yn sgil yr argyfwng gwacter ystyr, os mynnwch. Erbyn diwedd yr ugeinfed ganrif mae'r ofn ychydig yn wahanol. Ofn gweld difodi'r ddynoliaeth gyfan gan arfau niwclear sydd arnom ni, ac mewn rhyw ffordd ryfedd mae hynny fel pe'n pylu rhywfaint ar ofn y farwolaeth bersonol.

Yn sicr mae'n syniad ni am amser yn cael ysgytwad gan y posibilirwydd erchyll y gall amser ddod i ben, ac mai hon fydd yr olaf o'r canrifoedd. Felly mae arwyddocâd arbennig i ni yng nghwestiwn Williams Parry: 'Pa hyd y pery echelydd chwil y sioe?' Am byth oedd ei ateb ef mae'n debyg. Eironi mawr y llinell yna o'i soned 'Ymson Ynghylch Amser' yw mai rhyw ffair bleser ddi-ben-draw yw bywyd, ond bod unigolion yn cael eu bwrw ymaith oddi ar yr olwyn ac eraill yn cymryd eu lle, fel petai bywyd yr unigolyn yn cael ei aberthu'n barhaus er lles rhyw Fywyd gyda phrif lythyren. Mae'r ddelwedd yn un hynod rymus. Ar yr olwg gyntaf rhydd Rhod syniad o drefn inni – pethau'n digwydd mewn cylch, fel y tymhorau, neu dymhorau bywyd (geni, priodi a marw), ond yr effaith arswydus a gawn ni yn y cwpled olaf, yn arbennig gyda'r llinell 'Ow! Fory-a-ddilyn-Heddiw-a-ddilyn-Ddoe', yw fod yr olwyn yma'n dechrau troi'n gyflymach a chyflymach, fel petai'n gwbl ddireol, nes ein bod yn hollol feddw a simsan erbyn y diwedd. Sut fath o drefn ydi hon, wedi'r cwbl?

Yr hyn y mae'r bardd *am* ei ddweud yn y soned yw fod amser fel olwyn yn troi'n orffwyll yn ei hunfan ond yn aros heb symud trwy'r cwbl. Cyflewyd hynny'n ardderchog yn y gerdd drwyddi draw. Ar y gaer uwch Ffynnon Gegin Arthur y myfyriodd ar y pethau hyn. Y gaer y mae'n sôn amdani yw Pendinas neu Ddinas Dinorwig – caer o gyfnod Oes yr Haearn, sydd ar fryncyn uwchben Llanddeiniolen, ac mae 'na olygfa wych o wlad Arfon i'w gweld oddi yno. Mae hi rhwng Caernarfon a Bangor, ryw ychydig filltiroedd i mewn i'r tir o Afon Menai gyferbyn â'r Felinheli. Ac o'r gaer fe allwch edrych i lawr heibio i Ddinas Dinlle at fynyddoedd yr Eifl. Gwlad brydferth, ramantus, yn llawn adleisiau o'r Mabinogi. Wrth edrych i lawr o'r gaer hon fe welir Ffynnon Gegin Arthur – sef tarddle afon Gegin. Afon fechan iawn yw afon Gegin – yn wir, dydi hi fawr mwy na nant, ac mae'n anodd coelio i neb gael ei foddi ynddi os nad oedd hi'n lli go wyllt. Ond dyna a ddigwyddodd i Ddafydd Ddu Eryri (llenor a bardd ac athro beirdd) a foddwyd yno ym 1822 pan oedd ar ei ffordd adref o Fangor i Lanrug.

Hon ydyw'r afon, ond nid hwn yw'r dŵr
  A foddodd Ddafydd Ddu. Mae pont yn awr
Lle'r oedd y rhyd a daflodd yr hen ŵr
  I'r ffrydlif fach a thragwyddoldeb mawr.

Fe'n gwneir ni'n ymwybodol ar unwaith o lif amser – o newidiadau arwynebol (pont yn lle rhyd), ond o gysondeb digyfnewid dan yr wyneb. Wedyn eir â ni'n ôl heibio i Ddafydd Ddu:

Yma bu Arthur, yma bu Arthur dro,
  Yn torri syched hafddydd ar ryw rawd;
Ac odid na ddaeth Gwydion heibio ar ffo:
  Ni ddaw ddim eto, na Gilfaethwy'i frawd.

A dyna ni wedi brasgamu dros y canrifoedd at wawr ein hanes fel pobl, ac yn ôl eto heibio i Arthur at gymeriadau chwedlonol y Bedwaredd Gainc. Mae'r wlad i'r gorllewin o Bendinas yn llawn o enwau sy'n atseinio'r gainc honno: Caer Saint, Dinas Dinlle, Dôl Bebin ac yn y blaen. Ychydig i'r gogledd y mae Cororion yn Nhregarth lle bu Gwydion a Gilfaethwy'n aros noson gan wneud cwt moch. Dydi hi ddim yn amhosib mai Pendinas oedd 'Caer Dathyl yn Arfon' lle'r oedd preswylfa Math ei hun – ac wrth gwrs fe fu Gwydion a Gilfaethwy yno. Ond ta waeth am y manylion: y peth pwysig yw ein bod yn cael ein bwrw'n ôl trwy hanes i'r cyfnod cynhanesiol: Oes Haearn y gaer – a chael ein taro'n ein talcen gan sydynrwydd y cyfan. Mae dau deimlad gwrthgyferbyniol yn cael eu creu yn rhan gynta'r gerdd: y teimlad llywodraethol yw'r un o symud parhaus – y dŵr, amser, y cymeriadau (a sylwch eu bod nhw i gyd ar *fynd* i rywle). Ond yn groes i hwn'na ceir y teimlad nad oes fawr ddim wedi newid: mae pobl yn dal i farw – dyna'r ffaith sylfaenol, ac mae pob dyn yn wynebu'r dynged honno. Dim ond dŵr yr afon sy'n symud ac yn newid, mae gwely'r afon yn hynod sefydlog.

Ond byddai modd dadlau bod y soned, yn baradocsaidd, yn enghraifft ardderchog *o* newid gwely'r afon. Fel holl gerddi Williams Parry ar bwnc amser a marwoldeb, mae hi'n crisialu teimlad o bendro wrth i ddyn edrych dros ddibyn y gorffennol a gweld celaneddau hanes yn chwyrlïo i ebargofiant. Doedd barddoniaeth Gymraeg ddim wedi gwneud hynny o'r blaen. Fe fynegodd Williams Parry ymateb gwahanol i ddiflanedigrwydd pethau ym myd amser. Fe barodd fod teimladau'n newid, er mai'r syniad llywodraethol y tu ôl i lawer o'i ganu yw *nad* yw'r pethau sylfaenol *yn* newid. Sy'n dangos nad oes o angenrheidrwydd gysondeb rhwng yr hyn y mae bardd yn ei *ddweud* a'r hyn y mae'n ei *wneud*.

Mae'n siŵr y gofynnir sut yn y byd y gellir disgrifio Williams Parry fel lladmerydd ei oes ar sail cerddi mor *wrthchwyldroadol* o ran thema. Does fawr o arwyddion yn ei waith ei fod yn poeni am streic 1926 neu am ddirwasgiad y tridegau. Ond mae'r difrawder ymddangosiadol hwn ynglŷn â phroblemau materol a thymhorol yn symptom o afiechyd y Gymru Gymraeg yn y cyfnod ac yn enghreifftio'r modd y tueddwyd i hollti diwylliant oddi wrth y cyd-destun economaidd. Mae'r farddoniaeth ingol anymrwymedig hon yn darlunio'r cul-de-sac yr arweiniodd anghydffurfiaeth Gymreig ni iddi, a'r argyfwng teimladol a ddeilliodd o hynny.

Ymateb Williams Parry i ddiswyddiad Saunders Lewis sy'n dangos hynny orau, efallai. Wedi'r cwbl, yr oedd yna griw bach o athrawon a darlithwyr a gweinidogion a geisiai 'achub' y genedl gyda'i hiaith a'i diwylliant a'i thraddodiad. Ac yr oedd y tân yn Llŷn yn cynnau fflam yng nghalon hyd yn oed fardd pesimistaidd fel Williams Parry. A allai cenedlaetholdeb ddisodli crefydd fel grym i 'ysbrydoli' pobl? Doedd dim llawer o arwyddion o hynny, ond o leiaf fe ysgogwyd y bardd i alw ar y Gwynt i ddeffro pobl i sylweddoli'r argyfwng o ddifrawder yr oeddynt ynddo. Gwynt cyfansawdd yw hwn – sy'n gyfuniad, o bosib, o wynt y Pentecost (ac *mae* yma brif lythyren), gwynt nwydus Dafydd ap Gwilym, anadl Llyfr Eseciel a oedd i fod i anadlu 'ar y lladdedigion hyn, fel y byddont byw', heb sôn am wyntoedd niferus eraill llenyddiaeth Gymraeg a Saesneg ('Poni welwch-chi hynt y gwynt a'r glaw?' neu 'Ode to the West Wind' Shelley), ac wrth gwrs wynt paganaidd Bardd yr Haf ei hun – yr 'hynafiaethydd chwim/A ddysg hynafiaeth hiraeth im'. Ond does wiw ceisio diffinio'r Gwynt yn rhy benodol – mae'i amwysedd yn cyfleu cyfyng-gyngor y bardd. Galw y mae am adfer teimladrwydd. Ar deimlad ac nid ar reswm y mae pwyslais y gerdd – 'crea anniddigrwydd', 'dyneiddia y cnawd', 'bedyddia'r di-hiraeth â'th ddagrau', 'rho awr o wallgofrwydd', 'ias o anobaith', ac yn y blaen. Gwleidyddol oedd achlysur y gerdd hon, ond nid cerdd wleidyddol mohoni serch hynny. Galwad ingol am arweiniad sydd ynddi, i genedl neu bobl ar gyfeiliorn. Roedd y Gymru swrth, hunanddigonol, wedi colli gafael ar ystyr, ac eto'n 'ddigyffro dyrfa' fel yr ieir. Fe gynigiodd Saunders Lewis ddelfryd arwrol newydd i'r genedl, ond doedd dim yn tycio. Gorfodwyd Williams Parry i leisio'i ddicter, a than wyneb y dicter hwnnw gellir synhwyro'i ysfa ef ei hun am 'fygu hen bruddglwy'r pridd' a chanfod cyfeiriad.

Wrth gwrs, ni chanfu gyfeiriad, na dim byd tebyg i gyfeiriad. Sut y gallai'r un na theimlai'n gyfforddus 'gyda'r union-gred/Na chyda'r anghred ynfyd' fodloni ar gael ei chwythu i'r synagog neu'r dafarn, er cymaint ei awydd am ryw ateb? Na, mwy nodweddiadol o dipyn na'i orchmynion ysgubol yn 'Cymru 1937' yw'r modd y mae'n ei osod ei hun ymysg bradwyr academaidd y Brifysgol yn y soned 'J.S.L.':

> Ninnau barhawn i yfed yn ddoeth, weithiau de
>   Ac weithiau ddysg ym mhrynhawnol hedd ein stafellodd;
> Ac ar ein clyw clasurol ac ysbryd y lle
>   Ni thrystia na phwmp y llan na haearnbyrth celloedd.
> Gan bwyll y bwytawn, o dafell i dafell betryal,
> Yr academig dost. Mwynha dithau'r grual.

Trallod eironig un na all *wneud* dim, dim ond teimlo ing y sefyllfa baradocsaidd – dyna sydd 'na yn y fan yna, ac fe roes fynegiant ysbrydoledig i'r teimlad hwnnw. Mae yna ddadansoddiad craff iawn yn y soned hon o'r agendor enfawr rhwng y tŵr ifori academaidd a gwleidyddiaeth ymarferol. Ac mae'i ddychan miniog yr un mor berthnasol heddiw ag ydoedd ym 1937.

Dydw i ddim yn beio Williams Parry am beidio â rhoi ateb i argyfwng ei gyfnod. Does dim rhaid ei feirniadu am beidio â thrafod cwestiynau cymdeithasol a gwleidyddol. Nid beirniadaeth arno ef yn bersonol mo hon o gwbl. Yn wir mi geisiais bwysleisio mai gorau po leiaf personol fo'n hymdriniaeth â'i farddoniaeth. Nid yma i osod enaid mawr ar brawf yr ydym nac o ran hynny i godi athrylith bur ar bedestal. Wedi'r cwbl, peth cymdeithasol yn hytrach na phersonol yw iaith. A'r hyn sy'n digwydd mewn llenyddiaeth – hyd yn oed pan fo honno'n ymddangosiadol bersonol – yw fod cymdeithas gyfan yn mynegi'i hun trwy eiriau'r llenor. Byddai'n dda edrych ar waith Williams Parry yn y goleuni hwnnw am newid. Cyfyng-gyngor ei oes yw ei gyfyng-gyngor ef. Trwyddo ef y mynegwyd artaith colli ffydd, ac ofni wynebu'r byd sydd ohoni, yn ogystal â glastwreiddiwch cenedlaetholdeb Cymreig. Rhoes fynegiant eneiniedig i lawer o'r teimladau negyddol hyn ac oherwydd hynny mae'n addas ei alw'n fardd mawr. Ond nid yw hynny'n gyfystyr â'i ganoneiddio, ac yn sicr nid yw'n golygu ei wneud yn fardd pob oes a phob gwlad. Mae'n haneswyr eisoes wedi dechrau gosod y ganrif hon dan chwydd-wydr, ac nid yw'r chwyddwydr hwnnw'n un rhosynnog o bell ffordd. Fe ellir beirniadu'r negyddiaeth a roes fod i gerddi'r Haf a'r Gaeaf, ond fe erys ei waith ef yn fynegiant sensitif iawn o rai o argyfyngau cred hanner cynta'r ganrif hon.

HEDD WYN
(Ellis Humphreys Evans, 1887-1917)

Gwyn Thomas

Mab yr Ysgwrn, Trawsfynydd, oedd Hedd Wyn. Fe'i ganed ar 13 Ionawr, 1887, a chafodd ei ladd ar 31 Gorffennaf, 1917. Ef oedd mab hynaf Evan a Mary Evans, ac yr oedd yn un o dri ar ddeg o blant – bu farw rhai o'r rheini'n ifanc, fel y byddai'n digwydd gyda theuluoedd mawr. Fe fu 'yn fylchog', chwedl William Morris, yn Ysgol Elfennol Trawsfynydd nes iddo fynd yn ddigon hen i aros gartref 'i wneud rhywbeth'. Cyn mynd i'r rhyfel, gartref yn bugeilio ac yn gwneud swyddi y bu wedyn am y gweddill o'i oes, ar wahân i gyfnod o dri mis o gwmpas Nadolig 1908 yng nglofeydd y Deheubarth, yn Abercynon. Dda ganddo fo mo'r lle hwnnw. Roedd o, yn ôl pob sôn, yn un myfyrgar, ac weithiau fe anghofiai wneud rhyw fân orchwylion oherwydd hynny. Doedd o ychwaith, fel y bydd yn gysur i rai ohonom glywed, ddim yn godwr rhy fore, ond fe fyddai wrthi'n darllen ac ysgrifennu'n hwyr. Efallai ei bod hi braidd yn rhyfedd clywed am fugail neu ffermwr yn cael llonydd i orweddian yn y bore, ond yr oedd o'n cael ei gynnwys i farddoni ar yr aelwyd ac yr oedd yno barch i farddoniaeth: roedd ei dad o hefyd yn rhyw lun o fardd. Er, cofiwch fod Hedd Wyn yn dra gofalus a chydwybodol ynglŷn â'i waith: yr oedd yn bladurwr i ryfeddu ato.

Gan iddo ymadael â'r ysgol mor ifanc mae hi'n amlwg mai ar ei liwt ei hun y cododd o'i wybodaeth. Doedd ganddo fo ddim llawer o lyfrau ei hun – cofiwch ei bod hi'n adeg galed – ond yr oedd o'n benthyca llawer ohonynt. Roedd o'n benthyca rhai gan gyfeillion ac fe wnâi ddefnydd o lyfrgell Blaenau Ffestiniog. Mewn erthygl ar y bardd yn *Y Geninen* 1918 (Gŵyl Ddewi) fe ddywed y Parchedig J. D. Richards y gwyddai Hedd Wyn:

> agos y cwbl o weithiau prif awenyddion Cymru, a medrai adrodd llawer iawn o gynyrchion y rheiny o'i gof. Am awdl 'Yr Haf' –

> gorchest Mr. R.Williams-Parry gallai adrodd honno ymron drwyddi, air am air; a dyna'n ddios eilun ei galon ymhlith gorchestion beirdd Cymru.

Fe sylweddolwch mai gor-ddweud sydd yn 'agos y cwbl o weithiau prif awenyddion Cymru': yr hyn a olygir, mae'n sicr, yw fod Hedd Wyn yn gydnabyddus â'r beirdd a gyfrifid yn brif awenyddion Cymru ddechrau'r ganrif hon. Ymhlith y rheini yr oedd haldiad o feirdd o'r ganrif ddiwethaf.

Ond mae'n siŵr fod Hedd Wyn yn dod i gyffyrddiad â'r traddodiad hŷn o farddoniaeth Gymraeg trwy gyfrwng llyfrau fel Cyfres y Fil a'r *Cymru* Coch ac, yn sicr, fe etifeddodd draddodiad llafar cyfoethog. Â J. D. Richards rhagddo:

> Shelley a Keats oedd hoff awduron y bardd ymysg meddylwyr Seisnig, a gallai ddyfynnu ohonynt hwy bron mor rhwydd ag y gallai ddyfynnu o'i hoff awduron Cymreig. Yr oedd yn eu *deall*, i raddau i'w ryfeddu, hefyd; a meddai wybodaeth effeithiol iawn am weithiau beirdd fel Swinburne, Browning, Watson, Wordsworth, John Masefield, a Rupert Brookes [sic]. Yr oedd yn hoff iawn o rymusder awen ac ehediadau Browning ...

Fe welwch, petai eisiau prawf allanol o hynny, fod y bardd wedi'i drwytho yn y mudiad Rhamantaidd.

Yr oedd o anianawd grefyddol ac yn sosialydd. Dyma eiriau Richards:

> yr oedd yn grefyddwr ac yn grefyddol, ac nid anghyson â hynny drachefn y ffaith ei fod yn Sosialydd pur groew ei gyffes.

Ar ôl i fardd ifanc gael ei ladd dyw rhywun ddim yn disgwyl i'w gofianwyr olrhain ei wendidau. Lled awgrym o hanner brawddeg fel hyn a geir gan Richards nad oedd Hedd Wyn yn dilyn llwybrau'r saint yn hollol:

> Wrth gwrs, gwyddai am lwybrau gwendidau a chyfeiliorni bywyd ...

Mewn gair, yr oedd y bardd yn llymeitiwr. Y mae llymeitwyr, o'u hochr nhw, wedi ceisio gwneud y bardd yn gyfan gwbl yn un ohonyn nhw ac y mae straeon amdano'n dal yn ardal ei febyd – er nad hanner cyn gryfed ag oeddynt. Dyma un stori. Fe enillodd Hedd Wyn ar englyn i fynydd o'r enw 'Y Moelwyn':

Oer ei drum, garw'i dremynt – yw erioed,
A'i rug iddo'n emrynt;
Iach oror praidd a cherrynt
A'i greigiau'n organau'r gwynt.

Gyda'r wobr fe aeth i dafarn a phrynu peint ac i lawr â fo. 'Dyna fi wedi yfed y Moelwyn rŵan', oedd y sylw a dadogir arno. Mewn gwirionedd, doedd y bardd ddim yn oferwr nac yn llymeitiwr mor drwm â hynny – doedd yna ddim arian wrth gefn at y fath beth.

O gael ei swcro yn ei dueddfryd at 'y pethe' (chwedl Llwyd o'r Bryn) gallai Hedd Wyn gynganeddu'n rhwydd yn un-ar-ddeg oed. Gellir gweld o'i waith ei fod o'n gynganeddwr grymus iawn, a pha ryfedd hynny wedi iddo ymarfer â'r grefft yn ifanc. Wedyn fe ddechreuodd ganu pytiau i bobl a phethau ei fro ei hun. Ymysg y rheini y mae ambell drawiad go annisgwyl, a dweud y lleiaf:

Ac wele aeth y gwiwlan
Willie'n ŵr i Elin Ann.

Dyna inni ieuo anghymharus, yn fydryddol! A beth, wedyn, am yr ieuo od yn y llinellau hyn:

A Mair wen, ei gymar o,
Yw bronfraith y bêr wenfro.

Dyma a ddywed T. H. Parry-Williams:

> Ac oni bai i'w uchelgais gael ei symbylu gan gystadlu eisteddfodol, ac iddo yntau felly ymegnïo a datblygu ei ddawn, diau mai un o'r llu beirdd lleol, yn canu i bawb a phopeth o fewn cylch ei ardal fuasai – rhyw fath ar fardd iselwyr (os goddefir gair fel yna, yn ei ystyr orau), tebyg, yn wrthgyferbyniol, i un o hen feirdd teulu'r uchelwyr gynt.
>
> (*Yr Eurgrawn* 1944)

Nid wyf yn cytuno â'r farn a fynegir yma – y mae rhyw rym mwy na chynnyrch eisteddfod a chystadleuaeth yng nghanu Hedd Wyn ac y mae'n ddiamau gen i y byddai ei ddawn wedi datblygu pe na bai yna swmbwl o'r tu allan. Ond yr oedd eisteddfota yn boblogaidd ac yr oedd ennill cadeiriau'n dod â bri, ac y mae'n ddiddorol ceisio deall beth oedd eisteddfodau ac ennill yn ei olygu. Y mae'r bri eisteddfodol hwn yn dal mewn rhai cylchoedd o hyd, cylchoedd lle nad ydi bardd bron ddim yn bod ar wahân i eisteddfod ac ennill. Y cylch mwyaf enwog lle mae'r math hwn o syniad yn dal yn gryf yw cylch 'Bois y Cilie'. Y mae cylchoedd fel hyn wedi cynhyrchu barddoniaeth ragorol iawn ac yn dal i wneud hynny – peth sydd, mi wn, yn synnu llenorion y chwys-yr-enaid-mewn-atig o feddwl. Roedd yna gymdeithas eisteddfodol gref fel yna yn Nhrawsfynydd fel mewn amryw o leoedd eraill yng Nghymru ddechrau'r ganrif hon. I mi, y disgrifiad sy'n dangos y bri eisteddfodol hwn orau ydi disgrifiad Gwenallt o feirdd eisteddfodol Cwm Tawe ddechrau'r ganrif hon:

> Yr oedd y Cwm yn llawn o Eisteddfodau a *penny readings*. Bu hwyl ar gystadlu ac ennill cadeiriau. Ennill cadair oedd y gamp, ac nid llunio pryddest. Gan fod cynifer o Eisteddfodau ar hyd a lled Cymru, prin iawn oedd yr amser i lunio cerdd. Cofiaf am Alfa un noson yn eistedd ar y soffa ac yn llunio pryddest ddi-odl mewn teirawr ac yn ennill y gadair. Dagrau derw oedd dagrau'r hen farwnadau, neu, yn fwy cywir, yr hen farwnad, canys yr un farwnad a lunnid i bob 'ymadawedig,' gyda ychydig newidiadau. Wrth nifer ei goronau a'i gadeiriau y mesurid bardd. Enillodd rhai ohonynt rhwng ugain a hanner cant o gadeiriau ... Drychfeddyliau dychmyglyd, syniadau hedegog, ymadroddion Beiblyd ac 'athroniaeth' broffwydol a geid yn y pryddestau, ysgol ramantaidd Islwyn yn ei dirywiad. Daeth tro newydd ar y canu wedi i Hedd Wyn ennill y Gadair yn 1915 yn Eisteddfod Pontardawe, a chyhoeddi yn llyfryn ei bryddest fuddugol, 'Myfi Yw'. Copïodd un bardd yr holl hen eiriau yn y bryddest honno ar ochor yr Almanac yn ymyl y lle tân, ac wrth lunio pryddest edrychai yn awr ac yn y man ar yr Almanac a gosod hen air i mewn yn lle ei air ystrydebol ef ei hun yn y bryddest, fel cyrrens mewn toes. Enillodd yr 'hen eiriau' lawer o gadeiriau. Crwydrai ar ymylon y cylch [sef cylch arbennig o feirdd yng Nghwm Tawe] y 'glêr' neu'r 'beirdd bol clawdd', y rhigymwyr na fedrent linell o farddoniaeth, ond yr oedd clwy'r cadeiriau yn drwm ar rai ohonynt. Cynigient i fardd ddwybunt am lunio iddynt bryddest, a theirpunt am y bryddest a'r Gadair, a gwelid yn yr 'Ystafell Las' gyfnewid yn Seimonaidd beintiau o gwrw am englynion a thelynegion. Perthynai rhai ohonynt i'r Orsedd, a mis neu ddau cyn yr Eisteddfod Genedlaethol gadawent i'w gwallt dyfu, a gwelid hwy, ar fore Llun yr wythnos Genedlaethol, ar groesffordd Pontardawe, â bargod o wallt tros eu gwegil, a'u gynnau-nos Derwyddol ar dop eu bagiau, a rhwng eu plygion docyn llety rhad.

> Wythnos o botio ac ymddangos fel beirdd. Coffa da amdanynt, hen bïod a brain.
>
> (Rhagymadrodd i *Llygad y Drws*, T. E. Nicholas)

Ar gyfer eisteddfodau y cyfansoddodd Hedd Wyn y rhan fwyaf o'r cerddi a geir yn y casgliad o'i waith. Ym 1907 (ac yntau'n ugain oed), yn ôl J. D. Richards, fe enillodd y gadair mewn eisteddfod yn y Bala am bryddest ar y testun 'Y Dyffryn'. Ar ôl hynny (Awst 20, 1910) y cafodd y ffug-enw, Hedd Wyn, gan fardd o Flaenau Ffestiniog, Bryfdir, mewn arwest ar lan Llyn y Morynion. Rhwng 1907 a 1913 fe gystadlodd ddwywaith am Gadair Meirion yn Eisteddfod Dolgellau, fe fu yn ymyl cipio cadair Eisteddfod Annibynwyr Blaenau Ffestiniog ac fe fu'n ail orau i Penllyn am gadair ar y testun 'Y Dr. Griffith John, y Cenhadwr'. Mae'n debyg mai ei gerdd i gystadleuaeth Eisteddfod Annibynwyr (gyda llaw Annibynnwr oedd Hedd Wyn) Blaenau Ffestiniog, Nadolig 1910 yw'r bryddest 'Ceisio Gloewach Nen'. Ym 1913 enillodd gadair Eisteddfod Llanuwchllyn am bryddest ar 'Fy Ngwynfa Goll' ac fe enillodd gadair Eisteddfod ym Mhwllheli am awdl ar 'Canolddydd' (1913). Fe gystadlodd am gadair Eisteddfod Bangor 1915 gydag awdl ar y testun 'Eryri'. Ym 1915 enillodd gadair Eisteddfod Llanuwchllyn gyda phryddest ar y testun 'Myfi Yw' ac efô oedd y buddugol yn Eisteddfod Pontardawe gyda phryddest ar y testun 'Cyfrinach Duw'. Ym 1916 daeth yn ail ar yr awdl 'Ystrad Fflur' yn Eisteddfod Genedlaethol Aberystwyth. Yn Eisteddfod Genedlaethol Penybedw 1917 ei awdl ef oedd yn fuddugol ar y testun 'Yr Arwr' ond, fel y gwyddoch, erbyn hynny roedd y bardd wedi'i ladd:

> Ond gwag yw y Gadair – a'r Bardd yn ei fedd

fel y canodd Dyfed. Y mae'r ffeithiau hyn yn dangos bod Hedd Wyn yn gryn gystadleuydd mewn eisteddfodau.

Ni buasai raid iddo fod wedi mynd i'r fyddin, meddir, ond hir oedai gyda phopeth bron ac fe gyrhaeddodd ei apêl am ryddhad yn rhy hwyr at yr awdurdodau. Nid oedd dim o anian rhyfelwr ynddo. Dywed J. Iorwerth Williams (*Y Llenor* IV, 1925) mai dim ond un cyfeiriad at gyfiawnder rhyfel sydd ganddo, sef hwnnw ar ddiwedd 'Gwladgarwch':

> Eto mae galwad gwladgarwch i'r trinoedd
>   Fel yn y dyddiau a fu;
> Mae'n alwad yn enw Prydain a'i nerthoedd,
> Mae'n alwad yn enw Arglwydd y Lluoedd,
>   O'i loyw uchelder fry.

Awgryma ef mai galwadau eisteddfodol, efallai, oedd yn gyfrifol am hyn. Y mae sylw Hedd Wyn mewn llythyr o wersyll Litherland (ger Lerpwl) at J. D. Richards (Chwefror 1917) yn ategu hyn:

> Gwan ddifrifol yw y cyflog yma ac ystyried ein bod yn *agents* tros 'Gyfiawnder' a phethau mawr tebyg.

Y mae'r frawddeg hon yn un sardonig. Eithr y mae gan Hedd Wyn olwg arall ar ryfel, fel y gwelir yn 'Wedi'r Drin', nid at ryfel 1914-18 fel y cyfryw ond at ymdrech a brwydr yn gyffredinol:

> Di, filwr, saf ar dy draed,
> Bydd barod i golli'th waed,
> Canys o'r frwydr erwinaf caed
>   Pob gwynfa sy heddiw'n rhydd.

A hefyd:

> Aerwyr y brwydrau yw plant pob gwynfyd.

Y mae brwydr ac ymdrech cyn gwynfyd yn rhan o drefn pethau, a chydag atgasedd at y lladd a'r tywallt gwaed yn y rhyfel arbennig ar feysydd Ffrainc y mae rhyw fath o ymwybod dirgelaidd yn Hedd Wyn fod yn rhaid i'r pethau hyn fod.

Cyn iddo ymuno â'r fyddin yr oedd eisoes wedi cyfansoddi rhwng tri a phedwar cant o linellau o'i awdl 'Yr Arwr'. Ond tua Gŵyl Ddewi 1917 gallai sgrifennu mewn llythyr:

> Nid wyf wedi rhoi llinnell at 'Yr Arwr' er y dois yma ...

Bu'n gweithio arni yn ystod rhai wythnosau o egwyl a gafodd gartref, am fod angen rhai i aredig, ond mae'n debyg mai 'y tu allan i'r gwersyll' yn Ffrainc y rhoes o'r cyffyrddiadau olaf iddi. Yng ngeiriau ei dad mewn llythyr at Silyn:

> a hyn sydd yn arw genyf ei fod ar ochr y Ffordd yn Ffrainc yn trio ei gorffen[,] yr oedd wedi penderfynu ei gorffen.

Ysgrifennodd gŵr o'r enw J. Buckland Thomas gopi o'r awdl i'r bardd, er mai copi yn llaw Hedd Wyn ei hun a anfonwyd i eisteddfod Birkenhead. Fe aeth Hedd Wyn i'r drin yng Nghefn Pilkem a syrthio â'i fynwes wedi'i rhwygo. Fe'i claddwyd o gyda gwasanaeth Cymraeg gan y caplan D. Morris Jones yn Ffrainc.

Beth oedd barn ei ddydd am ei ganu eisteddfodol? Dyma a ddywed Dyfnallt yn *Y Geninen* (Gŵyl Ddewi, 1918):

> Clywsom ddarfod i nifer o feirdd ym Morgannwg, *wedi* darllen o honynt ei bryddest ar 'Gyfrinach Duw', ymweld âg un o brif feirdd y genedl, gan gwyno wrtho nad oedd y bryddest yn destynol ac Ysgrythyrol, a'i bod yn rhy dywyll iddynt wneud pen na chynffon o honi.

Dyma Ap Ioan ar 'Yr Arwr' yn *Y Geninen,* 1919:

> I werinwr tlawd, heb gael fawr o ysgol ond ysgol ddrud profiad, y mae ei geiriau mor anesboniadwy nes peri i un roddi y gwaith o gloddio am yr aur i fyny mewn anobaith yn aml; ac yn llaw Llusern Bodfan y deuwyd o hyd i'r perlau . . . Y mae bron mor anweledig a 'Mynydd' y Dr. Parry-Williams ac fel honno, yn talu yn dda am neshau ati i'w gweled yn ei holl ogoniant.

Yr hyn yr ydw i am geisio ei wneud yw trafod y rhan fwyaf o bryddestau Hedd Wyn a'i awdl 'Ystrad Fflur' efo'i gilydd a rhoi sylw arbennig wedyn i'r awdl 'Yr Arwr'.

Byrdwn 'Ceisio Gloewach Nen' (1910) yw bod cystuddiau yn y byd ond bod mewn dyn ryw egni i chwilio am wynfyd. Yn rhan gyntaf y gerdd sonnir am 'leisiau'r cread mawr' yn cyfeirio at wynfa. Yn ail a thrydedd ran y gerdd yr hyn a geir ydi dyn yn ei boen yn chwilio am wynfa. Crist fel brenin y wynfa a geir yn y bedwaredd ran, a marwolaeth fel porth y dragwyddol wynfa a geir yn y bumed ran. Fe welwn fod 'Gloewach Nen' y teitl felly'n ddelwedd o wynfa, ac fe dueddir i edrych ar y wynfa honno fel y nefoedd fwy neu lai gonfensiynol.

1913 yw dyddiad 'Fy Ngwynfa Goll'. Yr un ydi thema'r gerdd hon â 'Ceisio Gloewach Nen', sef yr ymchwil am wynfa. Y mae mwy o gynllun i'r gerdd hon nag i'w rhagflaenydd ac y mae ynddi lai o ymdroi. Yn y rhan gyntaf ceir gweledigaeth lawen o'r wynfa; yn yr ail ceir 'gwatwargerdd o ddüwch fy oes', sef amheuaeth, a brwydr yn erbyn yr amheuaeth hon; yn y rhan olaf daw angau i ddannod i'r bardd oferedd ei freuddwydio ond y mae o'n sgubo ymaith y ddadl hon.

Yn rhyfedd iawn dydi 'Myfi Yw' (1915) ddim yn fy nharo i fel cerdd hanner mor gref â 'Fy Ngwynfa Goll'. O'i chymharu â honno mae hi'n gweithio ar fformiwla, fel petai, a dydi'r angerdd sydd yn 'Fy Ngwynfa

Goll' ddim yn torri drwodd yn 'Myfi Yw'. Llais Duw yn natur a geir yn y rhan gyntaf; adnabod Duw yng Nghrist yn yr ail; Crist yn achub yn nhymhestloedd bywyd yn y drydedd; croeshoelio Crist sydd yn y bedwaredd ran; yna, yn y bumed ran, ceir adnabyddiaeth o Grist ar y ffordd i Emäus; ac yn y rhan olaf, y chweched, ceir y Crist sy'n fuddugol trwy ddioddefaint.

Yn rhan gyntaf 'Cyfrinach Duw' (1915), fel yn rhan gyntaf 'Myfi Yw', olion Duw yn natur a geir. Yn yr ail ran fe geisir ystyried yr ysbryd cyfrin a thlodi a gwae'r byd. Personolir y gwae hwn yn ddramatig mewn hen ŵr anobeithiol. Ond y mae person cyntaf y gerdd yn ei ateb gan ddal at ei ffydd. Ceisio Duw trwy'r deall sydd yn y drydedd ran. Yma eto ceir personoli – gwneir i ŵr ifanc gynrychioli'r deall. Y mae person cyntaf y gerdd yn ei ateb yntau hefyd. Adnabod cariad Duw yng Nghrist sydd yn y bedwaredd ran. Ac yn y rhan olaf, y bumed, fe sonnir am gariad tragwyddol Duw.

Ar un olwg y mae 'Crist ar Binacl y Deml' (1916) rywbeth yn debyg i 'Cyfrinach Duw'. Y mae ynddi ymgais gan y deall i brofi bodolaeth Duw; a cheir dadl adfyd – gŵr wedi colli ei wynfyd yn gofyn 'Ble mae y Duw cariad y sonnir amdano?' Atebir hyn hyd adref gyda nodi bod *dioddef yn rhan o fyw, a bod yn rhaid wrtho*:

> Ar brif-ffordd ei wynfyd fe enfyn Duw
> I bobman ei Galfari.

Fe welwch fod y pryddestau hyn oll yn dilyn yr un trywydd, fel petai, neu'n ymwneud â themâu cyffelyb. Cyn trafod y rheini'n fanylach a chyn mynd ymlaen i weld y cyswllt sydd rhyngddynt a cherdd bwysicaf Hedd Wyn, sef 'Yr Arwr', mi hoffwn i gyfeirio'n fyr at ddwy gerdd arall, sef y bryddest 'Gwladgarwch' a'r awdl 'Ystrad Fflur'.

Yr hyn a geir yn 'Gwladgarwch' ydi rhyfel 1914-18 heb brofiad y ffosydd, neu'r delfryd cyffredinol oedd y tu ôl i'r 'gwladgarwch' a gododd yn sgil y rhyfel hwnnw a'r gobeithion am y dyddiau gwell oedd i ddod, y gwynfyd oedd wrth law. Mae'r cyfan wedi'i fynegi mewn dull rhamantaidd. Fel hyn y mae'r gerdd yn gorffen:

> Eto mae galwad gwladgarwch i'r trinoedd
>   Fel yn y dyddiau a fu;
> Mae'n alwad yn enw Prydain a'i nerthoedd,
> Mae'n alwad yn enw Arglwydd y Lluoedd,
>   O'i loew uchelder fry.

Ac wedi yr elo yr heldrin heibio
   Fe ddeffry'r digwmwl ddydd;
Hyd hyn, O Arglwydd, dod lwydd ar ein heiddo
A chadw'n gwladgarwch yn fflam ddiwywo
   Hyd oni ddelom yn rhydd.

Fe welwn yma'r gobaith fod amser gwell i ddod, a bod dyn yn symud tuag at ryw wynfa ddaearol. Fe wyddom na ddaeth y wynfa ddaearol. Mae amser wedi dangos inni mor frau oedd y breuddwyd ac mor dyllog oedd y delfrydau a'r gobeithion. Hynny ydi, i ryw raddau yr hyn a geir yma ydi emosiwn y dyrfa yn y cyfnod, teimladau recriwtio, gŵr yn mynegi ystrydebau ei gyfnod. Mewn gair, doedd yna ddim gwirionedd llawn yn yr hyn oedd yn cael ei ddweud, doedd yna ddim amgyffrediad llawn o'r hyn oedd rhyfel 1914-18 mewn gwirionedd. Mae amser wedi dangos hynny i ni, ac wedi dangos inni fod Hedd Wyn yma yn ceisio ymateb i sefyllfa frawychus newydd gyda theimladau a phrofiadau a geiriau oedd yn perthyn i'r gorffennol. Yn 'Gwladgarwch' doedd ganddo fo mo'r weledigaeth wir. Ac eto, mae yna rywbeth mwy sylfaenol na hyn i gyd yn y geiriau, cyn belled ag y mae Hedd Wyn yn y cwestiwn. Y wedd arwynebol ar thema ddofn yng ngwaith Hedd Wyn a geir yma. Rhyfel Prydain sydd yma, ond un wedd ar y Rhyfel Cyfrin sydd mewn bywyd oedd hwnnw i Hedd Wyn. Ond yn y gerdd hon y rhyfel Prydeinig presennol yn hytrach na'r Rhyfel Cyfrin sydd amlycaf.

Mae'n debyg gen i mai atgo prydferth fel hyn ydi'r pethau gorau sydd yn y gerdd 'Gwladgarwch':

A gwelais wrth gerdded mwsog dy lwybrau
   Gestyll henllwyd a phrudd,
A'r hen dywysogion drengodd ym mrwydrau
Yno yn codi o angof eu beddau
   Yn fanadl a llygaid dydd.

Fe welwch yma natur yn tynnu prydferthwch o'r marw – ac y mae hynny yn digwydd. Eithr y mae yma duedd i brydferthu'r lladd oedd yn y rhyfel: dyna sy'n gwneud y disgrifiad hwn mor wahanol i'r gerdd 'Rhyfel' a geir ar ddiwedd y truth hwn. Yn Ffrainc roedd blodau'r genedl yn cael eu difetha yn y mwd a'r baw. Yr hyn sy'n digwydd yn y gerdd ydi nad oedd gan Hedd Wyn brofiad go iawn o'r hyn oedd yn digwydd, syniad awyrol pobl yr ochor yma yn ei gyfnod oedd ganddo fo. A chan nad oedd y profiad iawn ganddo i gynhyrchu geirfa newydd, gymwys i'r sefyllfa newydd yr hyn y mae o'n ei wneud ydi defnyddio hen eirfa a theimladau barddoniaeth ramantaidd –

geirfa a theimladau oedd yn iawn i'w pwnc yn aml, cofiwch – ond geirfa oedd yn dila a di-rym a marw yn wyneb sefyllfa egr, newydd. Un o arwyddion egni dychymyg Hedd Wyn ydi iddo fo amgyffred y gwirionedd hwn a dod o hyd i eiriau oedd yn dangos mwy o hanfod rhyfel 1914-18:

Mae'r hen delynau genid gynt
  Yng nghrog ar gangau'r helyg draw,
A gwaedd y bechgyn lond y gwynt
  A'u gwaed yn gymysg efo'r glaw.

Dyna pam y mae'r Rhyfel Byd Cyntaf yn gymaint o fwlch yn y ganrif hon ac yn hanes pobl Ewrop. Fe ridylliodd y rhyfel ryw hen gorff â bwledi a chreu cyfnod newydd a oedd yn ofnadwy ar lawer cyfrif. Yr ydym ni'n dal i fyw yn y cyfnod hwnnw.

Yr hyn a gawn ni yn 'Ystrad Fflur' (1916) ydi disgrifiadau o Ystrad Fflur ei hun, atgofion dychmygol am yr hyn a fu a chyfarfod personau rhithiol megis hen fynach, macwy, Dafydd ap Gwilym a henwr. Braidd yn flinderog ydi'r holl ddisgrifio sydd yn y gerdd. Fe gawn ni ddisgrifio natur dro ar ôl tro. Cymharer hi ag awdl 'Yr Haf' Williams Parry. Mae yn honno ddarnau maith o ddisgrifio natur, disgrifiadau rhyfeddol o gain ond gyda thuedd ynddynt at ailadrodd. Yn wir, gwelir ôl dylanwad awdl 'Yr Haf' ar rai o ddisgrifiadau Hedd Wyn yma. Os ydych yn weddol gyfarwydd ag awdl Williams Parry fe fyddwch yn adnabod ansawdd ei ddisgrifiadau ef mewn darn fel hwn o 'Ystrad Fflur,' er enghraifft:

Yn nydd ei llachar gynnar ogoniant
Hi fu'n gynefin â gwae a nwyfiant;
Ei ffenestri, mal lliant – aml-liwiog,
O hud eurog a cherfiadau ariant;
    A thrwsiwyd prydferth ddrysi
    Lliwoedd haf i'w chelloedd hi;
    Canys gwedd fflwch ei harddwch oedd
    Yn sisial dyfais oesoedd.

Y mae'r geiriau hyn yn creu patrwm cyfoethog o sŵn a gweld synhwyrus, yn union fel darnau o awdl 'Yr Haf'.

Yn wir, y mae yng ngherdd Hedd Wyn drwyddi-draw feistrolaeth gref ar gerdd dafod. Mae o'n medru rheoli symudiad neu dempo'r dweud yn dda, o gynnwrf, fel hyn:

A'r hoew-wyr braisg, tarawan
O'u gleifiau dig lif o dân

A chwerthin ysgreth uthrwynt,

hyd at arafwch:

Heibio i hen hud y bau –
Heibio hun ei hunbennau.

Mae o'n effeithiol synhwyrus hefyd:

Tramwyais yn hedd prin y boreddydd,
Fin Teifi donnog, wydrog, dafodrydd ...

Mewn gwirionedd, fe ellid dewis nifer o ddarnau swynol fel y rhain, ond wedi gwneud hynny, wedi dangos deheurwydd y dechneg mae'r cwestiwn annifyr hwnnw 'Beth y mae'r cwbwl yn ei olygu?' yn codi'i ben. Yr ateb i hynny ydi 'diddanu â geiriau'. Mae hynny'n rhan bwysig o bob barddoniaeth, ond diddanu â geiriau, a hynny'n unig, a geir yma. Gwendid y gerdd ydi nad oes gan y bardd ddim i'w ddweud mewn gwirionedd – dyna sy'n cyfrif am yr ymdroi sydd ynddi, yr ailweithio'r un effeithiau, a'r patrwm tila o godi rhyw bersonoliaethau i gynrychioli agweddau ar y gorffennol (peth yr oedd rhywfaint o fri arno tua dechrau'r ganrif).

Rydw i wedi sôn am wynfa a'r ymchwil amdani wrth fwrw golwg ar y pryddestau. Yr oedd y Tir Pell, y wlad y tu draw, y lleoedd a elwid yn Afallon, Nirfana, Eldorado, gwlad Deffrobani, yn symbolau rhamantaidd o'r dyhead am wynfa neu fyd gwell. Y mae union arwyddocâd y Tir Pell yn dibynnu ar ei gyd-destun wrth reswm ond, a siarad yn gyffredinol, rhyw enw ydi o ar gyflwr lle mae posibiliadau'r natur ddynol yn cyrraedd eu hanterth a lle nad ydi gwendidau dynion ddim yn bod. Fe geir, wrth gwrs, gyfeiriadau at Afallon yn 'Ymadawiad Arthur' Gwynn Jones:

Draw dros y don mae bro dirion nad ery
Cwyn yn ei thir, ac yno ni thery
Na haint na henaint fyth mo'r rhai hynny
A ddêl i'w phur, rydd awel, a phery
  Pob calon yn hon yn heiny a llon,
Ynys Afallon ei hun sy felly.

Fel y gwyddoch, y mae naws genedlaethol i'r Afallon hon yn ngwaith Gwynn Jones:

> – mae gwiw foes
> Ag anadl einioes y genedl yno!

Sylwch fel y mae person cyntaf awdl 'Yr Haf' yn sôn am Riain yr Haf:

> Fe'i gwelwyd yng ngwlad y pomgranadau
> A pheraidd aeron anghyffwrdd erwau;
> Am olud gwell y bell bau hiraethodd,
> A'm bro adawodd am wybr y deau.

Dyheadau'r galon sydd yma, yn ôl pob golwg.

Beth am y Tir Pell yng ngwaith Hedd Wyn? Ar wahân i 'Gwladgarwch' – lle disgwylir rhywbeth tebyg i 'fyw'n hapus am byth wedyn' – symbol mewnol, rhywbeth yn perthyn i'r enaid ydyw yn ei waith. Y mae ei Wynfa ef yn wynfa grefyddol sy'n gymysg gyda rhyw ffydd mewn cynnydd:

> Erys dyn ar y mynyddoedd mawr
> I agor ffyrdd i'r heuliau cudd
> I ymdaith ar anfarwol ddydd
> Tros y du wybrennau maith di-wawr;
> Cyfeiria'i deyrnwialen i'r glas uwchben
> O'i ôl mewn cadwyni mae'r mellt;
> Tremia oddiar glogwyni dellt,
> Yng ngwisg Concwerwr, am Loewach Nen.
> ('Ceisio Gloewach Nen')

Dyma, wedyn, ymchwil dyn am bethau gwell:

> Tragywydd fy ngwae am y wynfa a deimlais
> Yng nghuriad fy ngwaed …
> ('Fy Ngwynfa Goll')

Yn 'Myfi Yw' mae yna weledigaeth o'r Crist dioddefus ond buddugoliaethus a thyrfa yn ei ddilyn:

> I dir rhyw ddadeni dwyfol ei drem.

Y mae i'r hiraeth hwn am wynfa wedd gyfriniol lle mae yna ryw ymgolli yn y Duwdod:

O oedi yng nghymun y marw dilafar,
    O oedi yng nghymun y marw byw,
Teimlwn fy enaid yn gado ei garchar,
A'm hysbryd yn deffro fel fforest gerddgar
    Dan awel hirfelys cyfrinach Duw.

Mwyach mi godaf fel hedydd yng nglesni
    I wybren gyfriniol cariad fy Nuw.
('Cyfrinach Duw')

Mae yna hiraethu am ryddid, ac yn y pen draw ryw hiraeth fel yr un y soniodd yr Apostol Paul amdano yn y geiriau hyn:

> Canys awyddfryd y creadur sydd yn disgwyl am ddatguddiad meibion Duw ... Dan obaith y rhyddheir y creadur yntau hefyd, o gaethiwed llygredigaeth i ryddid gogoniant plant Duw.

Mewn gwirionedd, y mae yn nelweddau a ffigurau Hedd Wyn osgo at yr eang yn hytrach na'r manwl. Rydw i eisoes wedi cyfeirio at ffigurau synhwyrus yn ei waith ac wedi sôn bod arlliw Williams Parry awdl 'Yr Haf' ar rai o'r rheini. Wrth sôn am y ffigurau ehangol yma (lawer ohonyn nhwythau hefyd yn synhwyrus gryf) rydw i'n sôn am rywbeth oedd yn fwy arbennig i Hedd Wyn. Mae ei ddychymyg o'n sgubo'n fawr yn hytrach na chyfyngu a gweithio'n fân. Hynny ydi, mae yna ryw ymgolli mewn pellterau ac eangderau drwy lawer o'i ffigurau. Ynddo ef y mae hyn yn cysylltu wrth ei duedd at ryw lun o gyfriniaeth.

Mae'r heuliau'n alltud uwch niwliog len,
A dyn yn grwydryn blin di-hoen;

meddai yn 'Ceisio Gloewach Nen.' Ac wrth gyfeirio at Grist:

O'i ôl mewn cadwyni mae'r mellt

Dyma ddyfyniad neu ddau i'r un perwyl o 'Fy Ngwynfa Goll':

Mae fy nghalon yn nharthiau briglwyd y pellter,
    Fel lleuad bryd-welw rhwng tywyll a gwawr;

A chlywaf ym myfyr min-nos tawel
    Gefnforoedd y wenlloer yn murmur ymhell.

Mae yna ddieithrio yn hytrach na nesu at bethau yn y dyfyniad hwn o 'Cyfrinach Duw':

> Gwybydd fy mron fod ei enw melys
> Fyth yn diasbad yn dlws ar ei hynt
> Hyd foroedd ango' y wenlloer oedrannus,
> Ar finion yr hesg chwerthingar, wylofus,
> Ban grymant dan bwys yr addolgar wynt.

Yr oedd mewn rhamantiaeth osgo at y pethau hyn, wrth reswm, fel yr oedd ynddi osgo at niwl, nos, stormydd ac yn y blaen fel delweddau o brofiad (gweler *Y Nos, y Niwl a'r Ynys* gan yr Athro Alun Llywelyn-Williams) – fe geir y rhain hefyd gan Hedd Wyn. Ond y mae o'n medru defnyddio geiriau rhamantiaeth yma a'u hymestyn i gynnwys ei brofiad ei hun i raddau. Mae yma rannau o'i waith sy'n wahanol i'r rhamantiaeth farw a geir yn gymysg â nhw. Er enghraifft, yn 'Ceisio Gloewach Nen' mae'r bardd yn troi, meddai, 'I fyd ofnadwy gofid dyn', neu fel y mae o'n dweud mewn llinell ysgytwol o ryddieithol: 'Prif ffaith ei fywyd ydyw poen'. Beth am y 'gofid ofnadwy' hwn ynteu? Dyma enghraifft ohono:

> Wyla rhywrai fyth am riain dlos
> A'i gwallt yn ysgwyd yn y gwynt ...

At boen serch y mae o'n cyfeirio, ond y mae o wedi syrthio i dueddfryd ramantaidd wan o feddwl am boen serch – ystrydebau rhamantiaeth sydd ganddo, nid poen. A phan sonia, yn nes ymlaen, am boen y bardd Islwyn 'Pan aeth ei fun am Loewach Dydd' (fel petai hi'n mynd 'am y *day*') mae'r cwbl yn troi dipyn bach yn chwerthinllyd.

Mae'r Crist y mae o'n ei ddarlunio hefyd yn tueddu, ar brydiau, i fod yn Grist neis, yn ystrydeb ramantaidd:

> I'w lygaid roedd pryder nosau digyntun,
> A thebyg oedd agwedd ei hirwallt melyn
> I ydfaes tan wyntoedd y nos.
>
> Fe'i gwelwn yn dod â thanllyd deyrnwialen,
> Mewn mantell rosliw a bordor o heulwen,
> A chanddo dalaith o emrald ac aur.
> ('Myfi Yw')

Mae'r hyn rydw i wedi'i ddweud hyd yn hyn yn awgrymu fod yna dipyn o gymysgedd yn y pryddestau hyn. Mae 'Fy Ngwynfa Goll' yn ymddangos i mi'n dynnach cerdd na'r lleill. Ceir llawer o ymdroi ac ailadrodd yn 'Ceisio Gloewach Nen', a braidd yn syrffedus yw rhyw gyfeirio mynych at ddrycin fel trosiad o wae yn 'Myfi Yw'. Mewn gair, mae'r cerddi hyn yn rhy hir a'r bardd yn ei orfodi ei hun i gynhyrchu llinellau fel peiriant sosejis. Mae'r mydryddu'n wan mewn mannau hefyd, yn enwedig yn 'Ceisio Gloewach Nen', er enghraifft, dyna ailadrodd odlau, a hynny'n ddibwrpas: *hoen*: *poen*; *prudd*: *dydd*. Eithr y mae yma hefyd fflachiadau trawiadol megis, er enghraifft, y disgrifiad hwn o dyrfa cyn y croeshoeliad ('Myfi Yw'):

> Gwelwn yng nghysgod y coed pomgranadau
> Dyrfa niferus, wallgofus, ddiwenau,
> A'i phechod fel hydre bloesg lond y byd.

'Hydre bloesg': mae iddo rym yr annisgwyl, a'r syndod sydd mewn gwaith dychymyg go iawn.

Cyn gadael y pryddestau hyn yn llwyr fe hoffwn gyfeirio at beth yr ydw i eisoes wedi ei grybwyll, sef y syniad neu'r teimlad a geir ynddynt – y syniad sy'n amlwg yn cael gafael yn Hedd Wyn – fod poen yn rhan o fyw a bod yn rhaid i'r ddynoliaeth frwydro ymlaen dan ei loes. Mae Hedd Wyn yn dweud hyn yn blaen iawn mewn llythyr dychmygol at gyfaill o filwr clwyfedig:

> Wyddost ti beth, mae clywed sôn am filwr clwyfedig yn gwneud i mi feddwl bob amser am Arthur chwedloniaeth y Cymry. Wedi bod ohono mewn llawer brwydr, o'r diwedd fe'i cludir dan ei glwyf i Ynys Afallon–ynys ddi-nos yr haf anfarwol. Cofia nad chwedl mo'r Ynys. Ynys ym myd y galon yw hi, ac nid oes dim ond clwyf a dioddef yn gallu agor ei phyrth. Mae'r Ynys honno yng nghalon dy deulu, yng nghalon dy wlad, a thithau ynddi yn anwylach nag erioed.

Dyma'r profiad a dyfodd yn y bardd a rhoi iddo'r ddelwedd o'r arwr dioddefus sydd yn y diwedd yn ennill y dydd, yn cael gwynfyd. Fe welodd Hedd Wyn yr arwr hwn yng Nghrist, ac fe'i gwelodd hefyd ym Mhrometheus – yn wir, yn 'Myfi Yw' ceir Prometheus fel delwedd o Grist:

> Dyma Brometheus ofnadwy rhyw chwyldro,
> Arweinydd crwsâd y goleuni gwell.

Yn yr awdl 'Yr Arwr' fe ddaw'r ddau ynghyd yn rymus.

Does dim dwywaith mai ei awdl 'Yr Arwr' ydi cerdd fwyaf Hedd Wyn.

Y mae patrwm y gerdd yn cyrraedd lefel ddyfnach na'r un arferol yng ngherddi hir y bardd. Cerdd sy'n gyfanwaith a hwnnw'n tyfu o'r naill ran i'r llall ydi hi a'r gwahanol rannau'n dwysáu arwyddocâd ei gilydd. Eithr, o'r dechrau, y mae hon yn gerdd sydd wedi peri anawsterau ac wedi peri peth cwyno ynghylch ei thywyllwch. Yn wir, bu tipyn o ddadlau ynghylch arwyddocâd yr Arwr ei hun a hefyd ynghylch y prif gymeriad arall a geir yn y gerdd, sef Merch y Drycinoedd.

Yn Rhan I, 'Yr Eneiniog', fe geir cymeriad o'r enw Merch y Drycinoedd yn datgan ei gofid, gan ddechrau gyda'r geiriau aruthrol:

> Wylo anniddig dwfn fy mlynyddoedd
> A'm gwewyr glyw-wyd ar lwm greigleoedd,
>   Canys Merch y Drycinoedd – oeddwn gynt:
> Crïwn ym mawrwynt ac oerni moroedd.

Mae ei hanwylyd a'i dyddiau dedwydd wedi mynd. Mae ei chariad wedi cilio i Eldorado a hithau wedi ei gadael yn nannedd yr elfennau. Un noson mae hi'n breuddwydio ei bod hi ym mro'r duwiau. Yno fe wêl hi un tebyg i'w chariad:

> A dull y gwron di-wall a gerais
> Ger allor heulog ar y llawr a welais …

Fe fwrir y mab hwn gan dduw anfarwol i faddon o dân – dyma fedydd tân, fel petai. Dywed y duw a'i bwriodd yno y bydd y mab yn rym y byd, yn athro ac arweinydd, ac fe ddaw gwynfyd i'w ganlyn:

> A'r oes wen liw rhosynnau – ddaw yn ôl
> Ar li anfarwol ei nwyf a'i eiriau …

Gwêl y Ferch y mab neu'r macwy hwn yn dod yn ôl o Eldorado'r duwiau i'w henwlad, sef y byd. Mae hi'n deffro yn dal yn ei gofid.

Rhan II, 'Y Gŵr Gofidus'. Fe atgoffir y sawl sy'n gyfarwydd â'i Feibl am y rhan honno o lyfr Eseia a adwaenir fel 'Y Gwas Dioddefus' gan y teitl hwn. Yn nechrau'r rhan hon y mae'r cof am ei hanwylyd yn cilio o feddwl y Ferch. Gwêl hi ryw 'ledfyw furddyn' o henwr ag olion trinoedd arno. Mae hwn yn llefaru gan sôn am y clod a fu iddo gynt ac am drueni ei bresennol. Fe ddywed ei fod wedi mentro'n fawr o'i febyd er mwyn y Ferch. Mae wedi rhoi iddi wybodaeth a budd campweithiau lawer. Yn wir noda, fel enghraifft neu ddwy o'i roddion iddi, gerdd Handel:

Fy nerthoedd tymestl oeddynt
Yn huodl gerdd Handel gynt:

Cyfeiria hefyd ar farddoniaeth:

A'm hewyd fu'n fflam awen
Mewn llawer i Homer hen …

Fe fu hefyd mewn rhyfeloedd er mwyn cyfiawnder. Pwrpas hyn oll oedd:

Od ymleddais ymgais oedd
Er ennill i ti rinoedd;
A'th ennill o byrth unig
Y nos ddofn a theyrnas ddig.

Gofid a gafodd am hyn a phenyd, eithr y mae'n sicr o'i fuddugoliaeth:

I'r hafod wen cariaf di

fel y mae o'n dweud. Ond nid yw'r Ferch yn gwybod pwy yw'r henwr hwn, nid yw'n gweld mai macwy eneiniog Rhan I ydyw. Mae hi'n ei alw'n ymhonnwr ac yn ei wrthod. Cilia yntau, ond gan adael ryw hud rhyfedd o'i ôl.

Rhan III, 'Y Merthyr'. Y Ferch sy'n llefaru yma. Cyfeiria at ei chamwedd a'i hamhuredd. Yna gwêl eto yr 'ymhonnwr'. Mae'n holi rhyw ŵr ifanc – neu, fel y dywed yr awdl, 'ryw fab o'r niwloedd' – yn ei gylch. Ateba hwnnw trwy ddweud bod yr 'ymhonnwr' wedi bod yn holi am ryw ferch a garai gynt. Dywedai ei bod hi'n gaeth a bod arno eisiau ei hachub. Yna dywed yr esboniwr y geiriau hyn:

I'w neithior tros y moroedd – galwai wreng
Gwelw rudd y mynyddoedd:
Ar ei air tyrrai'r tiroedd –
Rhuthr a chyrch anorthrech oedd.

Deffrowyd y breuddwydion – a hunent
Rhwng ein bryniau llwydion;
A thorf aruthr o feirwon
A fywheid gan y llef hon.

Gadawent drig y duwiau – tua'r wawr
Megis trin o ddreigiau:
O'u hôl 'roedd sŵn dialau
Yn holl byrth y dywell bau.

Dyfynnais y geiriau hyn oherwydd byddaf yn sôn amdanynt eto yn y man. Arweiniodd yr 'ymhonnwr' rai 'I ryddid oes werdd ei dydd'. Ond cododd y duwiau duon yn ei erbyn. Yna peidia llais yr esboniwr ac fe wêl y Ferch yr 'ymhonnwr' ar grog:

Ar ei grog draw yn crogi – yn ei waed
Gwelem ef ar drengi;
A'r awel oer a'i phêr li
Hyd ei hirwallt yn torri.

Ond cyn marw dywed y bydd dyrchafael. Sonia am ddioddef sy'n dod â daioni:

Ponid gwell ydyw'r poenau – ddaw a gwawr
Tros brudd geyrydd oesau
Na dewis breuglod duwiau
Yn niwl y bell anial bau?

Sicrha'r Ferch y bydd ef a hi'n cael eu huno a bod 'Y deyrnas hud ar nesáu'. Mae'r Ferch yn awr yn dechrau holi beth yn union oedd y sawl a welodd, ai 'duw hud' ynteu 'ymhonnwr'.

Rhan IV, 'Y Dyrchafael'. Mae hen serch y Ferch at ei chariad yn ailgynnau. Daw llong hwyliau a mynd â hi ymaith o adfeilion ei hen fyd a'i ormes a'i gadwynau. Cyrhaeddir gwlad newydd neu wynfyd. Cyfaddefa'r Ferch iddi fradychu'r arwr, ond nid oes dim yn cyfrif mwy ond ei gariad. Dywed yr Arwr wrthi ei fod wedi edrych ar ei phoen a'i fod wedi ymladd er ei mwyn ac wedi dod â hi i'w wlad ei hun. Ychwanega mai yno y daw pob cynnydd:

Canys ysbrydion cynnydd
Elwir i oed fy nheml rydd.

Er gwaethaf angau, ef yw brenin y wlad. Geilw ei hun yn Prometheus:

Er maith sen Prometheus wyf,
Awdur pob deffro ydwyf,
A'r oes well wrth wawrio sydd
Ar dân o'm bri dihenydd.

Mae'r Ferch yn cael ei hysbrydoli ganddo ef 'Yn nef pob anfarwol nwyd'.

Y cwestiynau cyntaf, a'r rhai allweddol ynghylch ystyr ac arwyddocâd y gerdd yw 'Pwy yw'r Arwr?' a 'Phwy yw Merch y Drycinoedd?' A dyma'r cwestiynau a ofynnwyd o'r dechrau.

Ystyriwn yr Arwr yn gyntaf. Fe ddywedir yn bendant, yn niwedd y gerdd:

Er maith sen Prometheus wyf,
Awdur pob deffro ydwyf.

Mewn erthygl yn *Lleufer* fe nododd Cynan y cyd-daro sydd yna rhwng Arwr yr awdl a Prometheus. Yn ôl chwedlau Groeg, un o'r Titaniaid oedd Prometheus, a chreadur hirben, medrus ond eithaf anfoesol oedd i ddechrau a digon siabi oedd ei ymarweddiad yng ngwrthryfel y Titaniaid yn erbyn Zeus. Yna, oherwydd ei fod yn dal dig yn erbyn Zeus fe ddechreuodd ochri gyda dynion yn erbyn y duwiau. Y gosb a roddwyd arno yw'r peth mwyaf nodedig yn ei gylch. Fe glymodd Zeus eryr i ysglyfaethu ei iau. A chan fod Prometheus gynt wedi cael ei wneud yn un o'r Anfarwolion gan Zeus ei hun ni allai farw a thyfai iau newydd ynddo dros nos – i gael ei rhwygo ohono eto drannoeth gan yr eryr. Dechrau fel llwynog a datblygu i fod yn gyfaill dyn a wnaeth Prometheus. Dal i ddatblygu a wnaeth yr agwedd arno fel cyfaill dynion. Yn nrama Aeschylus, *Prometheus mewn Cadwynau* y mae'n helpu dynion yn erbyn Zeus go ddreng. Ond y gwaith mwyaf perthnasol ynghylch Prometheus cyn belled ag y mae Hedd Wyn yn y cwestiwn yw gwaith Shelley *Prometheus Unbound*. Yno y mae Prometheus yn fod sydd yn foesol amgenach na Jiwpiter (Zeus). Fel hyn y dywed y Prometheus arwrol amdano ei hun:

I would fain
Be what it is my destiny to be,
The saviour and the strength of suffering man,
Or sink into the original gulph of things …

A chrynhoir ymdrech lwyddiannus Prometheus yn erbyn Jiwpiter ac fe ddehonglir yr ymdrech honno fel hyn gan Demegorgon ar ddiwedd y gwaith:

To suffer woes which Hope thinks infinite;
To forgive wrongs darker than death or night;
To defy Power, which seems omnipotent;
To love, and bear; to hope till Hope creates

From its own wreck the thing it contemplates;
    Neither to change, nor falter, nor repent;
This, like thy glory, Titan, is to be
Good, great and joyous, beautiful and free;
This is alone Life, Joy, Empire, and Victory.

Fel y nododd Cynan, roedd Arwr Hedd Wyn gyda'r duwiau, roedd yn hoffi'r ddynoliaeth (Merch y Drycinoedd), a dioddefodd mewn cadwynau er ei mwyn, fel Prometheus. Fel Prometheus, hefyd, mae'r Arwr yn feistr gwybodaethau a chelfyddyd. Ond sylwer nad oes sôn am ferch yn chwedl Prometheus, dim sôn amdano'n marw, na sôn amdano'n atgyfodi. Eithr ar sail y sôn am yr Arwr ynghrog:

Ar ei grog draw yn crogi – yn ei waed
  Gwelem ef ar drengi ...

a'r sôn am ei ddyrchaeael a'r ffaith mai fel cyfeiriad at Grist yr ystyriwyd 'Gŵr Gofidus' Eseia (teitl Rhan II o'r awdl hon) hawdd gweld sut y daethpwyd i dybio mai Iesu Grist oedd yr Arwr – er nad enwir Crist gerfydd ei enw yn yr awdl.

Mewn gwirionedd, yr hyn a ddigwyddodd yw fod Hedd Wyn wedi cydio yn chwedl Prometheus a bod y chwedl honno wedi newid yn ei ddychymyg – megis y bu i'r chwedl newid yn nychymyg Aeschylus ac, yn enwedig, yn nychymyg Shelley. Roedd Hedd Wyn yn dra chyfarwydd â'r Ysgrythur ac fe gymerodd y Prometheus dioddefus rai agweddau ar y Crist dioddefus yn ei ddychymyg (digwyddodd hyn, i raddau, hefyd yn *Promtheus Unbound*, fel y dangosodd Mr Derwyn Jones). Yna, at hyn, fe ddaeth cymeriad Merch y Drycinoedd. Mewn gair, y mae yn yr awdl greu stori; y mae ynddi ddychymyg mytholegol ar waith.

Fe soniwn ni'n awr am Ferch y Drycinoedd, cyn dod yn ôl at arwyddocâd yr Arwr yn yr awdl. Ym meirniadaethau Eisteddfod Birkenhead fe fu bwrw amcan ai'r Werin oedd y Ferch hon ac ai'r ferch yn chwilio am ei lle priodol mewn cymdeithas oedd hi, *y suffragette*. Dadleuodd Cynan bod ei harwyddocâd yn ehangach na hynny, ac mai cynrychioli'r ddynoliaeth y mae hi. Dyna a welaf finnau ynddi hefyd. Eithr y mae un adran yn rhesymeg y drosiadaeth a fu'n peri peth anhawster i mi. Cyfeirio'r wyf at y darn o Ran III, 'Y Merthyr', sydd wedi ei ddyfynnu eisoes. Sonnir am y Merthyr, sef yr Arwr, yn galw rhai ato:

I'w neithior tros y moroedd – galwai wreng
Gwelw rudd y mynyddoedd;
Ar ei air tyrrai'r tiroedd –
Rhuthr a chyrch anorthrech oedd.

Os mai'r ddynoliaeth yw Merch y Drycinoedd, yna pwy ydi'r 'gwreng' y sonnir amdanynt yma. Pwy hefyd yw'r 'meirwon' y mae'n sôn amdanynt yn gadael 'trig y duwiau'? Rhyw flaen llinyn heb ei glymu wrth y trosiad mawr o Ferch y Drycinoedd fel y ddynoliaeth sydd yma, hyd y gwelaf fi: dylai dynoliaeth pob oes fod wedi eu cynnwys yn ffigur y Ferch. Y nam hwn a'i 'daearyddiaeth' annelwig yw prif wendidau cynllun yr awdl, yn fy marn i.

Yn awr, ynteu, beth yw arwyddocâd yr Arwr? Tua diwedd y gerdd y mae'r Arwr ei hun yn llefaru ac yn dweud:

Canys ysbrydion cynnydd
Elwir i oed fy nheml rydd.

Y mae'r gair 'cynnydd' yma'n galw i gof yr optimistiaeth a oedd yn bod cyn tanchwa'r Rhyfel Byd Cyntaf, pryd yr oedd mewn bod y syniad fod y ddynoliaeth yn cerdded tua'r wawr. Yr wyf yn meddwl bod Hedd Wyn ei hun yn arddel y syniad hwn: yr oedd y Byd Gwell iddo ef yn rhywbeth materol oedd i ddod – cofier geiriau J. D. Richards amdano:

> Yr oedd yn Sosialydd pur groyw ei gyffes; credai na ddylasai byw fod yn faich i neb.

Ond y mae yng 'Nghynnydd' Hedd Wyn ac yn ei Wynfa fo fyd sydd y tu hwnt i'r materol. Y mae ei Wynfa hefyd yn fewnol ac ysbrydol, fel yr Afallon honno y soniodd o amdani yn ei lythyr at filwr clwyfedig. Yr hyn a enillir trwy ddioddefaint yw'r Wynfa, ffrwyth ymdrech ydi hi ac y mae olion yr ymdrech honno ar bob camp ddynol. Arwyddlun o'r ymdrech a'r dioddefaint sy'n ennill gwynfyd ydi Prometheus. Mae'n rym sy'n gweithio trwy hanes – mae cerddoriaeth fawr megis 'hudol gerdd Handel' a fflam awen 'llawer i Homer hen' yn enghreifftiau o ffrwyth yr ymdrech. Fe fyddai deffroadau mawr hanes megis, er enghraifft, y chwyldro yn Rwsia, – y wlad y cyfeiriodd Hedd Wyn, mewn llythyr, at 'ei chaethiwed hen a'i deffro sydyn' – yn enghraifft o'r grym hwn. Y mae Prometheus hefyd yn arwyddlun crefyddol, yn arwyddlun o hen ddyhead dynion am nefoedd y tu draw i derfysgoedd daear. Ei weledigaeth o'r grym amlochrog a chynhwysfawr hwn oedd prif weledigaeth Hedd Wyn, ac un y bu'n ymdrechu i'w mynegi yn amryw o'i gerddi (fel y bydd arlunydd yn aml yn ail-weithio thema sy'n llenwi ei fryd). Yn 'Yr Arwr' fe gyrhaeddodd ei weledigaeth uchafbwynt ei mynegiant ganddo.

Hoffwn sôn yn fyr am y mynegiant hwn. Y mae yna rym ac angerdd yng ngweledigaeth Hedd Wyn; ond dydw i ddim yn credu ei fod o wedi cynnal y grym a'r angerdd hwnnw trwy gydol ei gerdd. Yn y Bedwaredd Ran, er enghraifft, y mae yna ddarnau sy'n rhy denau i ddal pwysau dwyster y weledigaeth. Ystyriwch y dyfyniad hwn am y llong sy'n mynd â'r Arwr a Merch y Drycinoedd i'r gwynfyd:

> Yna wrth borth traeth y bau
> Gwelwn sidanog hwyliau
> Rhyw long o gwrel, a'i hynt
> O deg orwel digerrynt;
> Ar ei bron 'roedd gŵr o bryd
> Rhoslwyn, ag hirwallt dryslyd;
> Ataf ei dremyn ytoedd,
> A f'enw i ar ei fin oedd.

Credaf y clyw pwy bynnag sy'n gyfarwydd ag 'Ymadawiad Arthur' T. Gwynn Jones neu awdl 'Yr Haf' R. Williams Parry dinc o'r cerddi hynny yma. Mae'r mynegiant, sy'n gweddu'n burion yn awdlau'r ddau fardd a nodwyd, yn swnio'n fwy addas i chwedl tylwyth teg nag i weledigaeth ysgytwol Hedd Wyn. Mae'r mynegiant yn rhy neis i'r angerdd sydd yn ei gerdd o. Wrth imi nodi hyn cofier nad protestio yn erbyn y daith mewn llong, fel y cyfryw, yr ydw i – roedd honno'n rhan o fecanyddwaith y Tir Pell yn y dychymyg rhamantaidd. Protestio yn erbyn y mynegiant o'r daith yr ydw i. Mewn gwirionedd, dweud yr ydw i nad Hedd Wyn sy'n llefaru yma: adleisio eraill yn denau y mae.

Ond yn yr un rhan yn union y mae llais Hedd Wyn ei hun yn torri trwodd: Merch y Drycinoedd sy'n llefaru:

> O f'ôl 'roedd hen adfeilion
> Yn oer a du ger y don;
> Is eu lawnt 'roedd treisiol wŷr,
> A thremyn hen orthrymwyr
> Wanwyd gan y mab gwynwawr
> Yn nydd mellt ei drinoedd mawr;
> Pand yno bu caddug cau
> Ac oed hen y cadwynau?

O'm blaen bryd hyn ymdaenai
Y lli mwyn fel mantell Mai;
Ac uwch y môr porffor pell
Weithian ar ddieithr draethell
'Roedd cwmwl mawr liw gwawr gêl
Ceyrydd canrifoedd cwrel.

Dyma enghraifft arall, o Ran Gyntaf yr awdl, o ddychymyg a mynegiant arbennig Hedd Wyn; Merch y Drycinoedd sy'n llefaru eto, ar ôl i'w hanwylyd gilio:

Twrf anniddan y gwynt ar fynyddau,
  A gawr allwynin y wig a'r llynnau,
Udent ym mhyrth fy nwydau, – oni throes
  Gerddi f'einioes yn darth a griddfannau.

Prif nodweddion dychymyg a mynegiant Hedd Wyn yw argraffiadau o aruthredd. Mae'r gwynt, pellterau, mynyddoedd, niwloedd, llynnoedd a môr yn rhan bwysig o'i ddychymyg a, thrwy ei fynegiant, creu argraffiadau eang yn hytrach na chyfyng a manwl synhwyrus y maent yn yr awdl, fel yn y cerddi eraill y soniwyd amdanynt. Megis y dywedodd y Dr John Gwilym Jones am T. H. Parry-Williams, 'haniaethol synhwyrus' ydi Hedd Wyn. Y mae'n codi dyn i ymdeimlo â grymusterau dieithr, ag enbydrwydd a gorfoledd bywyd ac, yn bennaf oll, â'i ddirgelwch.

Y Wynfa a ddaw trwy ymdrech a geir yn 'Yr Arwr'. A ydi cerdd Hedd Wyn, 'Rhyfel', yn mynd y tu hwnt i weledigaeth ei awdl?

Gwae fi fy myw mewn oes mor ddreng,
  A Duw ar drai ar orwel pell;
O'i ôl mae dyn, yn deyrn a gwreng,
  Yn codi ei awdurdod hell.
Pan deimlodd fyned ymaith Dduw
  Cyfododd gledd i ladd ei frawd;
Mae sŵn yr ymladd ar ein clyw,
  A'i gysgod ar fythynnod tlawd.

Mae'r hen delynau genid gynt
  Yng nghrog ar gangau'r helyg draw,
A gwaedd y bechgyn lond y gwynt.
  A'u gwaed yn gymysg efo'r glaw.

Yn y gerdd hon y mae mwy o ddadrith, mwy – debygaf fi – o brofiad ffosydd Ffrainc nag sydd yn yr awdl. Ai dyna ddiwedd y daith i Hedd Wyn? A ydi'r gerdd hon yn enghraifft eithaf cynnar o'r llenyddiaeth ddadrith a ddaeth yn fwy cynefin fel yr aeth y ganrif hon rhagddi? Nid wyf yn credu hynny. Cerdd am yr ymdrech ac un sy'n mynegi'r gwirionedd arswydus am fod yn ei chanol hi yw'r gerdd 'Rhyfel': ac ni ddywedodd Hedd Wyn erioed nad oedd yr ymdrech i gyrraedd Gwynfa'n ddim byd ond caled. Y tu hwnt i'r ymdrech y mae'r Wynfa. Yr wyf am orffen gyda dyfyniad o lythyr gan Hedd Wyn, llythyr o Ffrainc. Efallai mai dyma ei destament o: yn sicr, y mae'n dweud bod y bardd yn gweld y tu hwnt i ddiffeithdra ei bresennol, yn dweud iddo gadw ei ffydd; ac yn dweud na ellir anghofio'r ymdrech:

> Ond y peth tlysaf a welais i hyd yn hyn oedd corff hen *shell* wedi ei droi i dyfu blodau. Yr oedd coeden fach werdd yn cuddio rhan uchaf yr hen *shell*, a naw neu ddeg o flodau bychain i'w gweld rhwng ei dail, yn edrych mor ddibryder ag erioed. Dyna ichwi brawf fod tlysni yn gryfach na rhyfel onid e, a bod prydferthwch i oroesi dig; ond blodau prudd fydd blodau Ffrainc yn y dyfodol, a gwynt trist fydd yn chwythu tros ei herwau, achos bydd lliw gwaed yn un, a sŵn gofid yn y llall.

T. H. PARRY-WILLIAMS
(1887-1975)

Siôn Aled Owen

Mae yna rai llenorion y mae'n dasg hawdd i'w gosod yn deidi yn eu dosbarth a'u teip, tra bo rhai eraill sy'n gwrthod aros mewn unrhyw ffeil benodol, ond yn hytrach yn hawlio rhyw gornel o sawl dosbarth. Yn sicr, i'r dosbarth annosbarthadwy yna y perthyn T. H. Parry-Williams.

Mae amwysedd yn perthyn iddo hyd yn oed wrth ystyried *ffurf* ei waith – fel y sylwodd R. Gerallt Jones, ac eraill, nid mater hawdd yw pennu'r llinell derfyn rhwng ei farddoniaeth a'i ryddiaith. Mae i lawer o'i ysgrifau dinc barddonol pendant, tra bo moelni rhyddieithol yn nodi llawer o'i gerddi. Ac eto, prin iawn yw'r beirniaid nad ystyriai T. H. Parry-Williams yn fardd gwir fawr. Sut felly y mae cysoni'r feirniadaeth ymddangosiadol hon â'r clod?

Credaf fod a wnelo'r ateb rywbeth ag ymdeimlad arbennig y bardd hwn ag 'economi' geiriau, sef y pwysau y mae bob barddoniaeth yn ei roi ar werth unigryw pob gair yn ei le. Mae llawer o waith barddonol T. H. Parry-Williams yn ymddangos yn anghyfforddus yn nillad barddoniaeth; ond gwrandewch gŵyn y bardd ei hun yn ei gerdd 'Temtasiwn' (o *Lloffion*):

Pam na chaf innau ganu
　Penillion bach ysgafn a ffri,
Yn sionc ac yn hoyw fel y beirdd
　Sy'n tiwnio, a ffwrdd â hi, –
Canu heb falio gronyn
　Am ddim namyn tinc a thôn,
Canu heb bwyso a mesur pob gair,
　Ond eu cymryd hwy fel y dôn'?

Pam na chaf innau ganu
   Telyneg yn syth ymlaen,
Heb orfod petruso a physlo'n hir
   Â cherdd sy'n bradychu'r straen, –
Canu heb hidio mymryn
   Am ddim ond yr odl a'r hyd,
Canu a gadael i seiniau'r gân
   Gymryd eu siawns i gyd?

Mae'n arwyddocaol sylwi bod T. H. Parry-Williams ei hunan, yn y pennill cyntaf, fel petai'n ei osod ei hun ar wahân i'r 'beirdd', ac mae'n bwysig cofio, wrth gwrs, ei fod yn sgrifennu mewn cyfnod yn dilyn yn union ar deyrnasiad John Morris-Jones, a'i bwyslais ar 'iaith farddonol' a'r angenrheidrwydd am 'brydferthwch' mewn cerdd, a bod y T. H. Parry-Williams ifanc ei hunan wedi profi ei fedr yn yr arddull honno. Bellach, rhoes heibio'r pwyslais ar ffurf ac arddull (er nad yw, wrth gwrs, yn gwbl ddi-hid o'r pethau hynny ychwaith), ac mae'n canolbwyntio'n hytrach ar rymuster y 'dweud'.

Ofer, ddywedwn i, felly, yw ceisio gweld y farddoniaeth ar *wyneb* y rhan fwyaf o gerddi T. H. Parry-Williams – fe'i ceir yn hytrach rhwng y llinellau, ac yn y cyswllt rhwng geiriau. Mae yna fiwsig i'w waith, ond nid miwsig ysgafn, synhwyrus Eifion Wyn a John Morris-Jones mohono – mae'r nodau'n galetach, a'r harmonïau'n dangos mwy o straen, fel y cyfeddyf yn yr ail bennill uchod, ac mae ambell ddiscord yno hefyd. Ond mae'n fiwsig, serch hynny, ac os yw'n aflonyddu ac yn corddi yn hytrach nag yn tawelu neu yn llawenhau, yna mae hynny hefyd yn rhan o swydd briodol y bardd.

Ac os yw'r farddoniaeth 'dan yr wyneb', fel petai, arwynebol fyddai defnyddio'r term 'rhyddieithol' fel *beirniadaeth* ar ei waith. Pan fo'r term yn sefyll fel beirniadaeth ar waith unrhyw un, mae hynny oherwydd iddo afradu geiriau heb ystyried yn ddigonol eu gwerth yn unigol nac mewn cyswllt â'i gilydd, sef yr union beth *nad* yw T. H. Parry-Williams yn ei wneud.

Cyn gadael y drafodaeth ar arddull y bardd, rhaid sylwi ar y nodwedd sydd, mae'n debyg, yn taro dyn gyntaf oll wrth ddarllen ei waith, sef ei barodrwydd i ddefnyddio geirfa lafar yn helaeth, rhywbeth arall a redai'n gwbl groes i arfer ysgol John Morris-Jones. Ac wrth hynny, rwy'n golygu nid yn unig eiriau llafar Eryri, sy'n gwisgo rhyw ramant oherwydd eu dieithrwch i fwyafrif y darllenwyr, ond y geiriau 'bob dydd' hynny sydd mor hawdd eu hafradu a'u dibrisio oherwydd eu bod mor gyfarwydd. Dyma a ddywed T. H. Parry-Williams yn ei ysgrif 'Geiriau':

> Y mae'n syn fel y gellir trydanu geiriau bach cynefin a'u gloywi i ogoniant. Ystyrier y geiriau bach treuliedig a disylw, 'hen,' 'pell', a 'mawr,' geiriau nad oes dim mor gyffredin â hwy. Eto y mae'r beirdd wedi gallu eu gogoneddu wrth eu defnyddio'n gyfrwys, yn wir, wrth ddefnyddio gair cyffredin a'i ogoneddu, y mae bardd fel petai'n ei hawlio yn eiddo iddo'i hun.

Mae'r defnydd yma o'r cyffredin mewn ffordd anghyffredin yn cysylltu'n agos ag elfen gref yng *nghynnwys* ei farddoniaeth, a hynny yw ei arfer, dro ar ôl tro, o weld y tragwyddol yn ymwthio i'r daearol, y syfrdanol i ganol y cyffredin, disylw. Mae yna ddameg o hyn rhywsut yn hanes ei ymweliadau ag 'Oerddwr', cartref 'Anti Betsi', chwaer ei fam, ym mhen draw Aberglaslyn – ymweliadau digon arferol â'r teulu fyddent, ac eto roedd rhywbeth mwy na dim ond cartref modryb glên i T. H. Parry-Williams yn yr hen ffermdy. Roedd yr enw ei hun yn awgrymu rhyw ddirgelwch rhyfedd o gwmpas y lle, ac yn ei gerdd i 'Oerddwr', mae'n cydnabod fod 'nodau annaearoldeb yn naear y fan'.

Ac felly y mae hi mewn cerdd ar ôl cerdd – rhyw fyd arall yn mynnu ymwthio i'r wyneb, yn y llefydd mwyaf annisgwyl weithiau, yn union fel y mae creigiau Eryri yn mynnu dod i'r wyneb ar ganol caeau digon dof yr olwg. Hyn sy'n rhoi i'w gerddi, fel y dywed yn ei 'Ymddiheuriad' (i'r cerddi nas cynhwyswyd yn y casgliad *Cerddi*), eu 'craidd o ddefnydd eirias dirgel fyd'. A ffurf arall ar yr amwysedd daearol/annaearol yma yw'r ffordd y mae'r crefyddol yn mynnu ymwthio i'r seciwlar, fel yn 'Adar a Blodau', lle ceir ufudd-dod digon eironig y bardd i gynghorion Crist i ni 'ystyried y brain' ac 'ystyried y lili'. Bryd arall, gellid meddwl mai mater o ymwthiad geirfaol yn unig ydyw, fel yn 'Empire State Building', cerdd arall o *Synfyfyrion*, lle sonnir am ei adeiladu 'ychydig is na'r angylion'– ond a chofio parch arbennig y bardd hwn at werth geiriau, a allwn fod yn fodlon mai 'mater o eirfa' yn unig sydd yma?

Ond rhaid bod yn ofalus wrth ddefnyddio'r term 'crefyddol' mewn cyswllt â T. H. Parry-Williams, nad ydym i'w gyfystyru â'r ansoddair 'Cristnogol', oherwydd yma eto, amwys yw agwedd y bardd. Ceir awgrym cryf o hyn yn y gyfres 'Trindod', a'r gwerinwr yn penlinio 'Mewn capel gwlad dan bulpud plaen ...'

> A Gwyrfai wyllt wrth lifo 'mlaen
> Yn lleisio'n lleddf dros gerrig llyfn.

Yn wir, mae'r gerdd ar ei hyd yn awgrymu amwysedd agwedd T. H.

Parry-Williams rhwng uniongrededd Cristnogol, a gynrychiolir gan Michelangelo ar un pegwn a'r gweddïwr gwerinol ar y llall, a phantheistiaeth mwy annelwig a gynrychiolir gan y 'rhwyfwyr haf ar Lyn Lwsérn' a 'Gwyrfai wyllt'.

Yn ei gerdd '*Chums*', mae'n dychmygu Williams Pantycelyn a Duw yn y Nefoedd yn

> Dirgel-gwrdd i felys-drin y pethau drud
> Rhyfedd hynny nad adnabu'r nef na'r byd.

A dichon mai byw ymhlith y 'pethau' hynny yw tynged T. H. Parry-Williams yntau, heb 'eistedd gyda'r union-gred/Na chyda'r anghred ynfyd', ys canodd ei gefnder R. Williams Parry i A. E. Housman, ond fod yna ambell waith ddyhead go bendant am sicrwydd syml yr uniongredinwyr, y dyhead 'am ronyn o eneiniad Ann a John'.

Ond nid felly y bu, ac erys tystiolaeth yr amheuwr a boenwyd drwy gydol ei oes gan bangfeydd ymwthiol ffydd,

> Yr estron brith na all hyd ben ei daith
> Ymhonni'n Bagan nac yn Gristion chwaith.

Mewn cyswllt agos â'r amwyster crefyddol yn ei waith, gwelir hefyd agwedd amwys at wyddoniaeth, a hynny'n ei hamlygu ei hun yn ei yrfa hefyd, gan iddo dreulio blwyddyn yn dilyn cwrs gwyddonol, gan ennill Ysgoloriaeth Tom Jones mewn meddygaeth, cyn dychwelyd at y celfyddydau i Gadair y Gymraeg yn Aberystwyth.

Ar un olwg, ymddengys gwyddoniaeth fel Ysbryd Banquo yn ei waith, yn mynnu tresmasu ar bob gwledd a drefnir gan ddyn, ac mae fel petai'n cymryd rhyw ddileit creulon mewn gwahodd y ddrychiolaeth i mewn i ddryllio pob rhamant. Gwelir hyn yn digwydd yn 'Haf 1942', lle cyfieithir y tymor i dermau oeraidd mathemategol:

> Mae hi'n haf eto 'leni o Fôn i Went
> Am fod echel y Ddaear hon ar slent.

Ond mae gwên yr Ysbryd ar ei mwyaf erchyll mewn cerddi fel 'Yr Esgyrn Hyn', lle mae'r bardd fel petai'n dadwneud yr hanes a geir yn Eseciel 37, y mae'r teitl yn adlais ohono, ac yn dinoethi serch, rhamant a bywyd, i'n hargyhoeddi mai ond 'swp o esgyrn mewn gwisg o gnawd' yw'r bod sy'n gwneud yr holl ffws. Ac, yn wir, dim ond 'gwisg' yw'r cnawd hefyd, a bydd 'cerrig gwynion mân' John Morris-Jones yn fuan iawn yn dod 'i'r golwg o'u cuddfa gêl', wedi i'r gwefusau a'u gorchuddiai bydru. Ar adegau fel hyn, bardd yr 'ych-y-fi' yw T. H. Parry-Williams am ei fod yn methu â dianc rhag y gwirionedd ych-y-fïaidd sy'n mynnu anharddu pob gwledd. Ac er mai 'Ffansi'r funud' yw'r hanner-ymddiheuriad a roir yn is-deitl i'r gerdd, mae'n amlwg fod ffansïau o'r fath wedi codi ar aml funud yn ystod ei oes.

Ond y mae ochr arall i'r geiniog, ac fe awgrymir honno yn y 'Ddwy Gerdd' sy'n dod yn union o flaen 'Yr Esgyrn Hyn' yn *Lloffion*. Yno, cychwyn y bardd drwy gyfaddef ei fod wedi twyllo ei gymar os awgrymodd fod yna unrhyw sylwedd mwy i'w bodolaeth na bod yn gysgod dros dro mewn bydysawd abswrd, ond tua'r canol, mae'n dechrau simsanu, yn pendilio rhwng dwy farn am amser, yna yn y diwedd yn cyfaddef mai twyll oedd iddo honni bod yn dwyllwr. A dyma'i gasgliad:

> 'Ac yno'r ydwyt tithau – a myfi,
> Am byth yn chwerthin, tewi, a thristáu,
> Ac yno mae'r clogwyni, a'r niwl yn niwl,
> A Medi'n Fedi o hyd, ac un ac un yn ddau.'

Ateb y dirfodwr a geir yma – sy'n penderfynu, o anghenraid, troi ei gefn ar fwgan nihilistiaeth, a mynd ymlaen â'r wledd beth bynnag. Ond mae T. H. Parry-Williams wedi cael golwg rhy bendant ar wyneb yr Ysbryd i fedru osgoi ymdeimlo â'i bresenoldeb hyd yn oed pan yw'n ceisio troi ei gefn arno. Mae wedi ei ddal mewn dilema – mae ei ymwybod crefyddol yn dadlau *bod* yma fwy na dim ond casgliad o foleciwliau'n dilyn fformiwlâu rhagdrefniedig, bod yna'r fath bethau â serch a hiraeth a gobaith, ond nid oes ganddo ffydd John ac Ann i fedru bwrw allan gythraul 'gwyddoniaeth sech' yn llwyr. Unwaith eto, mae'n gorfod troi yn rhandir neb ei amwysedd.

Mae'n ddiddorol nodi hefyd ddiddordeb T. H. Parry-Williams yn y ffaith fod darganfyddiadau diweddar yn awgrymu nad yw'r byd gwyddonol ei hunan mor oeraidd gysáct ag a dybid yn oes aur syniadau Newton. Mae ganddo ysgrif ('Pendraphendod') yn ei gyfrol olaf, *Pensynnu*, sy'n fyfyrdod ar amwysedd gwyddoniaeth fodern ei hun, er enghraifft y darganfyddiadau ynglŷn â gronynnau mwyaf elfennol mater, sy'n ymddangos eu bod yn bodoli neu beidio yn ôl sut yr edrychir arnynt, ac sy'n medru bodoli mewn dau le yr un pryd, a cheir adlais o hyn hefyd yn y gyfrol *Olion*, yn ei gerdd i 'Amser', 'nad yw … o awr i awr/Yn ddim ond dim â'i ben i lawr'.

Yn 'Pendraphendod', aiff T. H. Parry-Williams ymlaen i nodi'r eironi fod 'barddoniaeth a'r celfyddydau eraill wedi bod wrthi-hi'n chwarae mig â'r agos-anamgyffredadwy, ffenomena'r ffin, yr 'hanes tu hwnt i synnwyr', chwedl Hedd Wyn', ac yn awr mae gwyddoniaeth yn dynn wrth eu sodlau – 'ffiseg a metaffiseg wedi dod i delerau â'i gilydd.' Mae'r amwysedd, felly, yn ymestyn hyd yn oed at yr egwyddorion sy'n profi amwysedd popeth arall!

Os un enw ar y bwgan yw 'gwyddoniaeth', enw arall arno yw 'Angau'. Yn y gerdd 'Carol Nadolig', mae'n disgrifio dyfodiad angau i ddwyn bywyd ei dad ar ddydd Nadolig, gan 'droi Gŵyl y Geni'n Ddygwyl y Marw, fel jôc.' Mae'r gerdd yn agor gydag agwedd ddigon chwerw at y 'Ffaddar Crismas' erchyll hwn, ond mae'r bardd yn diweddu drwy dynnu ei eiriau'n ôl o gofio'r ffordd y daeth 'ar fore Sul, i gyrchu mam yn ei gôl' – mae'r ieithwedd erbyn hyn yn dyner, bron yn werthfawrogol.

Er ei fod yn medru ei dweud hi'n blaen am angau hefyd, fel yn 'Brenin Dychryniadau', mewn sawl cerdd arall, megis 'Rhieni', 'Cyfaill', a 'Diolchgarwch', mae'r gwrthwynebiad, os yw yno o gwbl, yn gyflym yn troi yn werthfawrogiad. Dyma sut y mae 'Diolchgarwch' yn terfynu:

> Diolch i'r Angau, diolch, diolch fel deunydd salm,
> Am ddiogelwch dau sydd ynghladd bellach er ys talm.

Ond bid a fo am yr hyn a geir ar wyneb y geiriau, rwy'n synhwyro'n gryf mai rhyw eironi truenus sydd i'r gwerthfawrogiadau hyn, ceisio comedi ddu yn rhyw gysur yn wyneb yr anorfod.

Y mae tinc llawer iachach, fodd bynnag, i'r cerddi hynny sy'n edrych tuag at farwolaeth y bardd ei hun – derbyn yr anorfod yw'r byrdwn yma eto, ond y derbyn y tro yma yn agored anrhydeddus, heb dinc eironi chwerwedd, yr ildio tawel i'r ffaith na

> ... wnawn, wrth ffoi am byth o'n ffwdan ffôl
> Ond llithro i'r llonyddwch mawr yn ôl.

Ac mae'r derbyn yna'n gwbwl gyson ag agwedd led-grefyddol led-wyddonol y bardd drwyddi draw.

Un arall o 'gerddi'r ymddatod' yw 'Moelni', ac mae hefyd yn un o'r nifer o gerddi sydd ganddo sy'n ymwneud â'i gynefin – ac fel y sylwodd sawl beirniad, ar y 'cynefin', ei fro enedigol, y mae'r pwyslais yn hytrach nag ar y genedl. Hyd yn oed yn yr enwog 'Hon', Eryri yw ei 'Gymru' ef, ac yn ddieithriad, pan ddaw hiraeth arno, am Eryri foel y mae'n cyfeirio, yn union fel y mae man tarddu Afon Gwyrfai yn ei dilyn drwy ei chrwydriadau 'yn mynd, ac wedi mynd, ond yno o hyd'.

Yn wahanol iawn i R. Williams Parry, nid oes odid ddim yn ei waith sy'n ymwneud yn uniongyrchol ag awyrgylch gwleidyddol ei oes. Am y pethau hyn, hyd yn oed am yr Ail Ryfel Byd, mae T. H. Parry-Williams y bardd y nesaf peth at fod yn gwbl fud. Awgryma R. Gerallt Jones, ar sail adwaith y bardd ei hun i'r arddangosiad o wladgarwch a brofodd yn Freiburg pan oedd yn astudio yno ym 1913, mai'r Rhyfel Mawr a'i troes nid yn unig at heddychiaeth, ond i amau hanfod gwladgarwch ei hun. Ond rwy'n credu bod y rheswm wedi treiddio'n ddyfnach hefyd – eisoes gwelsom fel yr oedd y bardd hwn yn troedio rhyw randir neb mewn sawl agwedd ar ei fywyd – ei grefydd, ei agwedd at wyddoniaeth, a'i agwedd at farwolaeth. Mae dyn yn teimlo bod T. H. Parry-Williams *eisiau* ymhyfrydu yn y syml, y rhamantus, a'r uniongred, ond oherwydd ei ymwybod o'r tragwyddol, o'r cwestiynau pellach sy'n llechu'n barod i danseilio pob ateb hawdd, mae'n methu â gwneud hynny. Ac eto, pan yw'n ceisio bwrw'r symlrwydd a'r uniongrededd i ffwrdd yn llwyr, mae'n mynnu glynu wrth ei sodlau fel cath strae yn 'mabwysiadu' y sawl a fu mor ffôl â'i mwytho unwaith!

Roedd uniongrededd gwladgarwch a chenedlaetholdeb felly'n amhosibl iddo, ac eto ni allai ymddihatru'n llwyr o afael y pethau hynny, felly beth mae'n ei wneud? 'Ni allaf ddianc rhag hon' yw ei gyfaddefiad, ac mae'n dychwelyd dro ar ôl tro, yn ei feddwl, i Eryri. Yno, fel yn ei ymwybod yntau, mae'r ddau eithaf yn cyfarfod – y cynefindra, y symlrwydd, uniongrededd sicraf plentyndod, a hynny yng nghanol y mynyddoedd a fu i ddynion pob oes yn byrth tragwyddoldeb. Yno mae'r moelni sydd ar yr un pryd yn gysurus, ond hefyd yn angheuol, oherwydd oddi yno y daeth, ac yno y bydd yn dychwelyd.

Pan gwrddwn â'r bardd hwn, felly, rydym dro ar ôl tro yn cael y teimlad ein bod yn cwrdd â dau berson – y crediniwr a'r anghrediniwr, y rhamantydd a'r gwyddonydd, y dirfodwr a'r nihilist, ac yn y blaen; a dydi'r ddau berson byth yn cyrraedd *synthesis* teidi – mater o un yn gwthio'i big i mewn i fusnes y llall ydi hi o hyd.

Ac mae yna hefyd ddyn a phlentyn yma (ac roedd hyn yn wir am R. Williams Parry hefyd) – y dyn yn ymgodymu â chwestiynau mawr tragwyddoldeb, ac yn gorfod ymgymryd â'r cyfrifoldeb o fyw bywyd fel y mae ar yr un pryd, a'r plentyn yn dychwelyd i'w gynefin, lle'r oedd popeth yn sicr, popeth yn ddiogel – ac, er hynny, y tragwyddol diateb yn agosach nag yn unlle arall. Bywyd 'Dau Hanner' a welwn yn hanes T. H. Parry-Williams, 'yn myned yn iau wrth fyned yn hŷn', ac ôl ymgodymu'r ddau hanner â'i gilydd a welwn yn llawer iawn o'i gerddi.

SAUNDERS LEWIS
(1893-1985)

Bobi Jones

Gwnaeth Saunders Lewis ei orau glas i'n perswadio ni ac i'w berswadio'i hun nad bardd mohono. Ychydig yw'r 'farddoniaeth' a sgrifennodd, rhyw ddeg a thrigain o dudalennau, 53 o gerddi mewn oes faith, ac fe'u golygwyd yn gymen mewn cyfrol fechan, *Cerddi Saunders Lewis (*1986), gan yr Athro R. Geraint Gruffydd. Afradlon o hael yw hynyna o amcangyfrif oherwydd cyfieithiadau yw peth o'r casgliad hwnnw ac ymarferion yw peth o'r gweddill: cyfieithiadau ac ymarferion graenus dros ben wrth gwrs, ond nid y stwff sy'n adlewyrchu bardd nodedig. Ar yr ymylon hynny i'w waith, ystlys yn ystlys â'r cyfieithiadau, ceir ambell bennill taflu-i-ffwrdd megis 'Breuddwyd', 'I'r Ddraig Goch ar ben chwarter canrif', 'Hen Ŵr', 'Cyfarch' a 'Paul Scarron 1610-1660'. Eto gall y dasg o chwilio ym masged sbwriel ambell fardd dalu ar ei ganfed. O fewn cyd-destun ei waith oll y mae i'r rhain oll le arwyddocaol.

Enwaf y pum cerdd yna ynghyd â chrybwyll sbarion eraill ym mlaen y drafodaeth fel hyn, am y gallant felly gynrychioli'r agwedd ymylog y mae Saunders Lewis yn goeg iawn am ei thaenu ar draws ei farddoniaeth. Dramodydd a beirniad yw ef, go iawn, ymddengys. Ac eto, rhaid cyfaddef na chawsid fawr o'r gamp sy ar ei ddramâu nac ar lawer o'i feirniadaeth, na chwaith ar y nofelig *Merch Gwern Hywel* oni bai am ei anian farddonol a'i ddiddordeb athronyddol. Ac ymhellach, os wyf yn weddol agos i'm lle wrth synied (*Barddas*, 142) mai 'Mair Fadlen' yw cerdd fwyaf barddoniaeth Gymraeg yn yr ugeinfed ganrif, nid ar chwarae bach yr ymrithia peth felly.

Ond nid barddoniaeth yw'r peth cyntaf a ddaw i gof wrth feddwl am Saunders Lewis. Hyd yn oed wedi cefnu ar y mân gyfansoddiadau a grybwyllais, ac wrth graffu ar briffordd ei awen wreiddiol, priffordd yw honno sy'n ymddangos yn ddiargyhoeddiad yn aml, bron yn ddihyder, yn sicr yn ddibynnol o warnal o ran arddull, fel pe bai traffordd amhrydyddol wedi'i hadeiladu yn gyfredol â hi. Dyma waith ansefydlog rhywun sy'n palfalu bob ffordd er mwyn dod o hyd i'w lais ei hun. Palfalai o gywair i gywair fel prentis. Yn ei ddydd ymddangosai ar dro yn rhy fohemaidd i fod yn ddeallol, ac yn rhy ddeallol ar dro i fod yn fohemiad. Gellid tybied mai chwilio am ei lais a wnâi ond na buasai'n adnabod y llais hwnnw pes clywsai. Ac eto, ansoddair braidd yn chwithig yw 'dihyder' o'i gymhwyso at Saunders Lewis, gan na chyfarfûm erioed â neb arall a haeddai gymaint fod yn hyderus ag ef. A diau ei fod yn ymwybodol o hynny.

Atseiniad y gwamalu arddull hwn a geid yn y cerddi, gan wamalu yr un mor llencynnaidd drwy gydol ei yrfa fel dramodydd hefyd. Roedd yna ormod o arddulliau ar gerdded ledled y wlad fel y byddai'n drueni ymgyfyngu i un. Dylanwedid yn rhy drwm arno gan ei ddarllen, o bosib. Ceid realaeth ryddieithol gymdeithasol y dauddegau yn *Gwaed yr Uchelwyr*, ceid dramateiddio barddonol Claudel ac Eliot yn *Buchedd Garmon, Amlyn ac Amig,* a *Blodeuwedd,* ac yna gomedïo Twm o'r Nant a Molière yn *Eisteddfod Bodran* a *Gan Bwyll,* ynghyd â'r hurt a'r afreswm yn *Yn y Trên*, yn ogystal wedyn â rhyddiaith brotestiol a lled-nihilistaidd y chwedegau a'r saithdegau yn *Cymru Fydd* a *Problemau Prifysgol.* Dyma sefyllfa anwadal ac ansicr eithaf tebyg i'w farddoniaeth gyfnewidiol, gellid meddwl. Nid mater o rychwant yn syml yw hyn i'w amrywiaeth ffrwythlon. Dyma yrfa llenor manwl-ansefydlog a fwriwyd oddi ar ei echel, o bosib gan ei ddyletswyddau beunyddiol cymdeithasol a gwleidyddol. Ac eto, yn ei gampau blaenaf, wrth gwrs, er gwaetha'r holl ddylanwadau diwylliannol a fu arno, yn hwyr neu'n hwyrach, dôi o hyd i'w gyfraniad cwbl unigryw a phriod ei hun, a hwnnw'n utgorniog groyw: *Blodeuwedd, Siwan, Esther, Gymerwch chi Sigaret, Brad,* 'Mair Fadlen', *Merch Gwern Hywel, Dwy Briodas Ann.*

Cyhoeddwyd y pamffledyn *Byd a Betws,* sef y casgliad cyntaf o ddwsin o gerddi Saunders Lewis ym 1941. Chwys tair blynedd ar ddeg. Nid bardd o ddifri, meddwch. Dichon ei fod wedi gwneud ambell beth arall yn ystod ei oes. Fel y sylwodd D. Tecwyn Lloyd, bu'n ysgrifennu i gylchgrawn yr ysgol. Bu'n gwleidydda hefyd ledled y wlad. Yn y cyfnod dan sylw (1928-1941) cyhoeddodd bump o gyfrolau beirniadol, un nofel, tair drama, saith o lyfrau neu o lyfrynnau gwleidyddol, golygu'r *Ddraig Goch* yn fisol, ac am flynyddoedd ysgrifennu'n wythnosol i'r *Faner.* Wedi'r cwbwl yr oedd rhaid i rywun ei wneud. Rhoddwyd cryn bwyslais gan y rhai sy'n astudio'i waith ar amryw o'r campau unigol hyn. Yng Nghymru mae cynnau matsien fechan yn gallu ymddangos fel Nagasaci ac ysgrifennu pamffledyn yn debyg i gynhyrchu cyfrol anferth. Cyfetyb treial triawd Penyberth ar y lefel Gymreig i'r blynyddoedd o gelanedd ac o amddifadu a threisio mewn gwlad fel Bosnia. Ymhlith yr amlder o weithgareddau hyn, sut bynnag, rhwng cromfachau gelyniaeth llawer a difaterwch llawer mwy, cafwyd cerddi.

Yn y pamffledyn ail-ryfel-byd hwn saif 'Llygad y Dydd yn Ebrill' braidd ar wahân i'r cerddi eraill. Fe'i cyhoeddwyd gyntaf yn *Y Llenor* ym 1928. Mae'r un gerdd ar ddeg arall yn perthyn i'r cyfnod 1936-1941. Ac y mae iddynt fath o undod. Cymru o fewn y farchnad Ewropeaidd ddiwylliannol à la Eglwys Gatholig, dyma brif ysgogiad y gyfrol fechan hon at ei gilydd – 'y ddau beth a ystyriaf bwysicaf yn argyfwng ein dydd.' Y Byd a'r Betws. Y dwsin hyn yw'r garfan gyntaf o'i gerddi arddeledig.

Rhwng 1943 a 1956 y ceir y garfan nesaf o 14 o gerddi a gyhoeddwyd yn rhagymadroddol i un o'i ddramâu, *Siwan a Cherddi Eraill*, gan sefyll rhwng 'Dawns yr Afallen' a 'Senedd i Gymru' mewn mwy nag un ystyr. Gellid dal i graffu ar bresenoldeb parhaol y ddeubeth Byd a Betws drwy gydol y cerddi hyn drachefn, ac wedyn. Digon amlwg, yn ôl rhaniad Saunders Lewis, mai'r Betws sy'n trechu'r Byd bob amser yn y diwedd. Y Betws yw'r cafalri. Er tywylled y cyntaf, nid yw'r goleuni yn bell. A goleuni dioddefaint ydyw. Yn y Byd, serch hynny, o ran ei berthynas ef â'r ffenomen ryfedd honno ymddengys ei fod yn ymwybodol o raniad pellach rhwng y cyfrifol a'r 'anghyfrifol', yr ymrwymedig a'r hamddenol. Ac iddo ef y mae'r ail o werth mwy nodedig nag y byddai rhai'n ei ddisgwyl. Myn y bardd ymlynu wrth fodolaeth fohemaidd ac wrth ymlonyddu rhamantaidd yng nghnewyllyn ei storm o ymroddiad taer. Rhaid cymryd y ddeuoliaeth hon, a deuoliaethau eraill, gyda'i gilydd er mwyn sylweddoli'r dull sy ganddo o synied am fywyd. Gweledigaeth ar fywyd, wedi'r cwbl, yw cyfunwaith bardd yn y diwedd. Yn wir, o blith y tyn a'r llac sydd yn ei waith, ni hoffwn daeru ai'r tyn ynteu'r llac sy'n adlewyrchu'i weledigaeth orau.

Gwasgarog yw'r drydedd garfan, y 27 o gerddi gweddill (yn sefyll yn fras gydag eithriadau) rhwng 'Englynion y Clywed' 1969 a 'Gair at y Cymry Ebrill 1980', ac fe'u casglwyd gan R. Geraint Gruffydd yn *Cerddi Saunders Lewis* (1992). Dyna gwblhau'r 'corff' o gerddi a gyfrannodd Saunders Lewis i dwf od barddoniaeth Gymraeg ar ôl 1936.

I bob pwrpas ymarferol saif gwaith barddonol Saunders Lewis, felly, yn ddiogel ar ôl cenhedlaeth T. Gwynn Jones, R. Williams Parry, W. J. Gruffydd a T. H. Parry-Williams, o leiaf ar ôl llewyrch eu cyfnod cynharaf. Gwelid gan bob un o'r pedwar bardd hynny, prif feirdd 1902-1936, ddwy wedd ar eu harddull: yr arddull ramantaidd synhwyrus a'r arddull realaidd blaen. Er yr holl amrywiaeth sydd yn *Caniadau* a *Manion*, cafwyd toriad yng ngyrfa T. Gwynn Jones gyda'i ail gyfnod yn *Y Dwymyn* a'i *vers libre* a'i chyfoesedd a'i phlaendra. Er nad yw'r *Haf* a'r *Gaeaf* yn rhannu mor gwbl lym ag yr awgryma'r teitlau hynny, ni ellir amau nad oedd wynebu'r dwthwn hwnnw gyda'r Rhyfel Byd Cyntaf wedi profi'n chwyldro go sydyn i R. W. Parry yntau. Daeth i'w oed yn anghysurus o fyr ei ddydd yn y Gaeaf. Oerodd, ymenyddodd hyd yn oed, a hynny'n ymwybodol. Mae'r ddwy wedd ar waith Gruffydd – Ymbil ar Hydref Keatsaidd a chaledrwydd y Chwarelwr – yr un mor bendant holltedig. Ac felly hefyd lyfnder sonedau Parry-Williams yntau a chraster ei rigymau. Yn fras, dyma symudiad rhaniadol o fyd synwyrusrwydd taclus Fictoria i arwder ystwyth y Moderniaid. Cymer Saunders Lewis ei le yn benodol felly gyda'r ail amgylchfyd. Un gerdd yn unig o bwys ganddo sy'n perthyn yn arddulliol i'r cyfnod cyn 1936.

Mae'n wir, wrth gwrs, fod Saunders Lewis gyda 'Llygad y Dydd yn Ebrill' 1928 yn sefyll yn ddiogel amseryddol ac o ran naws yng nghyfnod y Neo-Sioriaid yng Nghymru. Ymarferiad tlws hyfryd a dysgedig yw. Eithr erys yn y fan ar lefel crefft. Ni flinir y bardd, ymddengys, gan ddim mor anfonheddig neu gymhleth ag argyfwng. Adlewyrcha'r gerdd gynharaf gydnabyddedig hon ei arddeliad o'r gwreiddiau a oedd ganddo yng ngwaith y T. Gwynn Jones cynnar. Ar y gweld a'r clywed y mae'r pwyslais, nid ar y meddwl. Prin fod yna syniad a fentra darfu ar y tlysni mor gynnar â hyn. Dathlu'r byd gweledig fel ffynhonnell hyfrydwch a wneir, croyw, ffres, iachus, fflachiog, a hynny yn undod y goleuni, sef y brif ddelwedd gadwynol yn y gerdd. Ceir hefyd gyffyrddiad o'r sagrafennaidd ynddi, canys prif thema'r gerdd yw bod y nef wedi disgyn ar y ddaear:

> troes y ffurfafen benben,
> miliynau heuliau y nen
> yn is sawdl a osodwyd …
> gleiniau tân glöynnod Duw.

Ac eto, er hynny, paganaidd fyrlymaidd yw'r argraff onest a sylfaenol a edy'r gân. A T. Gwynn Jones yw'r cyndad diamheuol yn hynny o bwyslais o hyd. Pert, unplyg syml, er yn acrobatig gywrain, yw'r bardd fan yma. Dyma'r bardd ifanc na phrofodd eto y myfyrdod oedolyn a geid ym 'Mair Fadlen', heb na dyfnder y rhythm, na min y deallusrwydd, na lled y dychymyg. Erys y gwahaniaeth disgwylgar o hyd rhwng medr ac athrylith.

Ar wahân i'r gân fechan hon, yr ymrwymiad deublyg wrth Fyd a Betws yw'r nodwedd ganolog drwy gydol ei gynnyrch: megis yn y gyfrol fechan gyntaf, felly yn ei waith yn gyffredinol. Mae'r deublygrwydd hwn yn gwbl seiliol iddo yn ei yrfa, ac mae'n dynodi'r symudiad ymlaen (yng Nghymru) oddi wrth y genhedlaeth gynt. Ymrwymo a wna beirdd Modern Cymru wrth genedl wasaidd a ffilistaidd, ac ymostwng i Dduw goruwchnaturiol a ymgnawdolodd. Mae'n dynodi'r gwahaniaeth hefyd rhwng Moderniaeth Cymru a'r Foderniaeth fwy seciwlar a geid yn Lloegr ac i raddau llai yn y llenyddiaethau cyfandirol ac America. Eto, priodol canfod yr ymrwymiad od hwnnw fel ffenomen gyfun Gymreig a gynhelid ynghyd yn y Byd a'r Betws drwy gydol amrywiadau arddull ac amrywebau tymer.

Felly, ar ôl Llygad y Dydd fe ddown at gorff bychan o gerddi sy'n meddu ar undod deublyg. Undod ydyw, serch hynny, yr erys ynddo, er mor gryno ydyw, gryn dipyn o amrywiaeth. A hynny'n amrywiaeth tra phatrymog. Ymgais yw'r ysgrif hon i fyfyrio beth ar y patrwm ymwthiol hwnnw.

Yr wyf yn dra ymwybodol fod gennyf, am lawer o resymau, hen arferiad blinderus o ddosbarthu pethau. Ond yn achos cerddi Saunders Lewis, y maent bron pob un yn ymddosbarthu drostynt eu hunain drwy gerdded yn daclus – gan ein tynnu ni oll gyda hwy – i'w corlannau unigol eu hunain. Rhyfeddod braidd yw'r amlder o wrthddywediadau awyrgylch a geir yn y corpws bychan hwn o gerddi wrth grwydro o arddull i arddull; a rhwng pob grŵp y mae fel pe bai'r bardd yn haeru, dyma fi ac eto nid myfi. Hynny yw, mae hi fel pe bai'n dechrau o'r newydd bob tro:

Grŵp 1: yr ymarferion, y nodiadau, a'r cyfieithiadau ymylog a nodwyd eisoes.

Grŵp 2: y ddwy bryddest arwrol ar ffurf penillion strwythuredig, sef 'Mair Fadlen' a 'Marwnad Syr J. E. Lloyd'.

Grŵp 3: 8 o gerddi argraffiadol neu ôl-argraffiadol. Dyma blant Cézanne a Debussy (a pheth o'r Canu Rhydd Cynnar yn Gymraeg), sef 'Y Pîn', 'Dawns yr Afallen', 'Difiau Dyrchafael', 'Lleuad Mehefin', 'Lavernock', 'Nodiadau Mis Awst 1953', 'Mai yn yr Ardd', 'Mai 1972'.

Grŵp 4: dwy gerdd y poer ysgafn coegaidd (o'r traddodiad dychan), sef 'Senedd i Gymru', 'Englynion y Clywed'.

Grŵp 5: Y rhai lle y mae'r poer yn fwy cras, union ei annel. 5 cerdd Wenalltaidd, sef 'I'r Dr J. D. Jones C.H.', 'I'r Lleidr Da', 'Y Gelain', 'Y Dewis', 'Y Dilyw'.

Yna, ymwrthyd â'r weledigaeth honno.

Grŵp 6: 5 ymarferiad cynganeddol (tan gysgod T. Gwynn Jones) sef 'Llygad y Dydd', 'Garthewin', 'T. Gwynn Jones', 'Marwnad Thomas Gwynn Jones', 'Emmäws'. Yn achos Saunders Lewis, ac o gyferbynnu'r grŵp hwn â'r gweddill o'i waith, ac yntau fan yma'n drwm hefyd o dan ddylanwad y bymthegfed a'r unfed ganrif ar bymtheg, teg hawlio nad addurn oedd y gynghanedd iddo fan hyn, ond ffordd o weld pethau.

Grŵp 7: 3 cerdd ymgomiol led-ddychanus: sef 'I'r Sagrafen Fendigaid', 'Golygfa mewn Caffe', 'Haf Bach Mihangel 1941'.

Grŵp 8: dwy gerdd storïol neu ddramatig crefyddol, sef 'Pregeth Olaf Dewi Sant' ac 'Y Saer'.

Grŵp 9: yr emynau, 10 i gyd.

Ac fel hyn y mae'n gorffen:

Grŵp 10: 3 cerdd wely-angau, ei gerddi crefyddol olaf, sef myfyrdodau 'Et Homo Factus Est Crucifixus ...', 'Plentyn Siawns', 'Gweddi'r Terfyn'.

Nid wyf wedi ffitio popeth mewn dosbarth twt, bid siŵr. A gellid ail-lunio'r dull o ddosbarthu a llwyddo'n reit ddel i gorlannu 'Mabon' a 'Dychwelyd' mewn dosbarth ychwanegol. At ei gilydd, i mi o leiaf, y syndod yw mor rhyfedd o daclus yr ymranna cerddi Saunders Lewis yn ôl eu categorïau gwahanol.

Wrth symud o grŵp i grŵp ceir cryn newid cywair eglur. Ymddengys y bardd yn berson gwahanol o hyd. A gorfodir dyn i ofyn pam. Beth sy'n digwydd? Ai'r academydd sy'n ymarfer dynwared gwahanol arddulliau oherwydd chwilfrydedd deallol? Ai'r darllenydd brwd sy'n cael ei reoli wrth sgrifennu yn ôl ei hoffter diweddaraf? Ynteu ai'r llenor hydeiml sydd dan arweiniad ei destun yn ymgymhwyso yn ôl adnoddau'r traddodiadau llydain sy'n agored iddo i lunio'n grefftus y cywair sy'n gywir i'r achlysur?

Mi geisiaf chwilio posibilrwydd arall.

Yr wyf wedi dosbarthu cerddi Saunders Lewis yn grwpiau er mwyn gwneud un pwynt yn benodol amdano fel bardd ymwybodol draddodiadol. Arweddau ar y *traddodiad* oedd yr holl grwpiau hyn iddo ef: lliwiau yn y moseïg. Ymatebai ef i brofiad cyfoes drwy gymorth a chynhaliaeth mynegiant y gwahanol linynnau yn y traddodiad. Traddodiad, mewn gwirionedd, ydoedd prif ystyr Cymru iddo. Yr oedd yn fodd i ddeall byd. Traddodiad oedd yr iaith, traddodiad oedd yr unigolyddiaeth a'r lliw. Iddo ef yr oedd y traddodiad yn fater byw beunyddiol. Ni allai fyw na bod hebddo. Ei thraddodiad oedd Ffurf Cymru; a phobl oedd y Cynnwys.

Gwell imi geisio f'esbonio fy hun yn helaethach. Er mwyn gwneud hynny rhaid imi gyferbynnu hefyd natur hanes llenyddiaeth â natur y traddodiad. Gwybodaeth yw hanes, bwyd yw traddodiad. Perthyn hanes llenyddiaeth i fyd hanesydd yn gymaint bob dim ag y gwna hanes y diwydiant glo. Gall hanes llenyddiaeth ddefnyddio beirniadaeth fel y gall beirniadaeth hithau ddefnyddio hanes; ond nid gwedd ar feirniadaeth yw hanes. Ar y llaw arall, grym yw traddodiad a drosglwyddir nid er mwyn ei wybod eithr er mwyn ei ddefnyddio. Arf ydyw yn erbyn difodiant, pan ddefnyddir ef yn greadigol. Mae'r ddwy ffenomen yn gwneud gwahanol bethau.

Y *ffurf* gron fwyaf ar lenyddiaeth yw traddodiad. Ac felly perthyn i faes beirniadaeth lenyddol yn gynhenid fel y gwna pob ffurf lenyddol arall. Cyferbynna â'r wireb neu â'r ddihareb fel y ffurfiau lleiaf. Yn wahanol sut bynnag i'r ffurfiau lleiaf hynny ac yn wahanol fel arfer i'r enghreifftiau o foddau neu o fathau cydnabyddedig yn y cyfnod modern, megis telyneg, drama, stori, trasiedi a chomedi, nid gwaith un llenor yw'r traddodiad. Dyma ffurf gymunedol neu ffurf gydweithredol, ffurf a adeiledir ar y cyd gan lawer o lenorion. Stwff addas i Sosialydd. Ffurf a gynhyrchir, yn ddiarwybod fel pob ffurf ddofn gan gymdeithas mewn amser, dyna yw'r traddodiad, er mai unigolion sydd yn eu tro yn ei gymhwyso. Ond pryd bynnag yr edrychir arno, fe'i gwelir ar un amser penodol. Fe ymlunia gerbron llygad un person ar y tro, yn gyfan, gan gynnwys popeth a fu'n weithredol yn y llenyddiaeth honno y gwyddys amdani hyd y pryd hynny. Rhan o waith beirniad yw olrhain adeiladwaith traddodiad neu'r traddodiadau yn ôl cydberthynas y rhannau, a'i sylweddoli'n *gestalt*, yn gyfan sy'n fwy na chyfanswm o'r rhannau. Dyna a wnâi Saunders Lewis hyd yn oed wrth hanesydda. Sylwer ar y cwestiynau sydd o bwys iddo. Ble er enghraifft roedd y parhad yn y gwaith a'r gwaith? Ble'r twf a'r newidiadau? Beth yw hanfod a phrif nod y cyfnod? Sut yr ymbatryment mewn cydberthynas? Roedd hyn oll yn dwyn arwyddocâd difesur iddo.

Nid dyna a geisiaf finnau ei holi wrth gwrs yn awr. Ceisiaf serch hynny awgrymu'n gryno mai wedi'i adeiladu'n ymwybodol benodol gan y traddodiad ei hun yr oedd gwaith barddonol Saunders Lewis yn y fath fodd fel y gellid olrhain y brics. Wrth farddoni yr oedd yn ei adeiladu'i hun gyda phob cwlwm o gerddi. Yn ei feirniadaeth lenyddol gwnaethai Saunders Lewis rywbeth a ymddangosai'n debyg ddigon i ailystyried *hanes* ein llenyddiaeth, bid siŵr, ond yn llawer dyfnach na hynny, ac yn rhywbeth y dylai pob llenor modern Cymraeg, heblaw pob ysgolhaig, ei wneud, sef adfeddiannu ac ailfeddwl ac aildeimlo'r *Traddodiad* fel moddion deall. Y traddodiad, sef y Gymru lenyddol fyw iddo ef, a hwnnw mewn grwpiau ffurfiol a chan bob un ei gymeriad ei hun, oedd y prif beth a fawrygai ef yn y *Byd*. Ar ryw olwg, wedyn, myfyrdod am y traddodiad hwnnw oedd ei gerddi hefyd.

Myfyriol, mewn gwirionedd, oedd hanfod ei waith bron i gyd, ar wahân, efallai, i hoywder hapus y dauddegau yn 'Llygad y Dydd yn Ebrill'. Ni fodlonai'r bardd aeddfed odid byth ar ei deimladau noeth yn unig. Yn wir, aeth yn fwyfwy ymenyddol, gyda'i oes ac oherwydd ei oes. Tua 50au'r ugeinfed ganrif cododd cenhedlaeth o feirdd, pedwar yn arbennig, sef Euros Bowen, Waldo Williams, Alun Llywelyn-Williams a Saunders Lewis, a ddechreuodd ar dasg go haerllug a diddiolch, sef dysgu o'r newydd i ddarllenwyr Cymraeg ddefnyddio'u hymenyddau. Rwy'n cofio darllen llythyr yn y Llyfrgell Genedlaethol oddi wrth Parry-Williams at ei gefnder Williams Parry yn ei gynghori un tro ynghylch rhyw gerdd i beidio â bod yn ddwfn rhag colli'i gynulleidfa. Felly y dysgodd beirdd 1902-1936 lynu wrth symlder a theimladau elfennol anghymhleth yn hytrach na herio'r meddwl fel pe baem yn wlad gyfan aeddfed. Bodlonodd llawer o'r cyhoedd Cymraeg ar y brydyddiaeth a glywsant yn yr ysgol gynradd. Gan ddilyn cenadwri 'poblogrwydd' tywyswyd y cyhoedd dros ddibyn y gwirion.

Nid mor betrus y bu Celtiaid bob amser, bid siŵr. Yn y ganrif gyntaf Cyn Crist, meddai Didorus Siculus yn ei *Bibliotheca Historica*: 'Yn gorff-orol, golwg ddychrynus sydd ar y Celtiaid a meddant ar leisiau garw iawn a dyfnsain. Mewn ymddiddan, ychydig o eiriau a ddefnyddiant a siaradant yn null 'dyfalu', gan mwyaf yn awgrymus am bethau, gan adael i wrandäwr ystyried llawer ynghylch y defnydd i'r deall ... Canant i gyfeiliant offer-cerdd tebyg i delynau, weithiau ar lun mawl, weithiau mewn dychan.'

Ailfrigodd y dull awgrymus a 'dyfalu' hwnnw ym mhumdegau'r ugeinfed ganrif yn arbennig yng ngwaith Euros a Waldo (gydag 'Oherwydd ein Dyfod,' 'Cwmwl Haf', 'Y gân ddi-deitl', 'Nid oes yng Ngwreiddyn Bod,' 'Yr Eiliad,' 'Medi,' ac eraill), ac i raddau llai yng ngwaith Saunders Lewis. Eithr ni ellir gwadu nad newyddbeth oedd cerddi myfyriol Saunders Lewis, megis 'Mabon,' 'Marwnad J. E. Lloyd', a thair cerdd y gwely angau. Bu Cymry lawer tro ynghynt yn eu hanes yn defnyddio'u meddyliau wrth ymhel â barddoniaeth. Dyna a luniodd inni ein hoesau aur.

Ailennyn hen dân felly a wnâi beirdd y pumdegau, tân ingol William Williams a thân aelwydol Dafydd Nanmor. Gan amlaf, ni ddilynai Saunders Lewis y llwybr ymenyddol hwn yn bell iawn. Dramodydd oedd ef, gwleidydd cyhoeddus, a thipyn o newyddiadurwr: tair swydd lafar a fydd fel arfer yn gorfodi dyn i fod yn boblogyn (*populist*). Hyn, heb os nac oni bai, a'i cadwodd rhag gadael i'r ymennydd ymdroi'n hir gyda'r astrus awgrymus fel y gwnâi Euros dyweder yn amlach. Eithr, fel y dangosodd yn ei feirniadaeth, yn fwy na neb, fe fu gan lenyddiaeth Cymru unwaith ym-ennydd. Ac yn ei waith creadigol ei hun ni bu'n brin wrth ei ddefnyddio.

Peryglus yw gorgyffredinoli am ei gerddi, serch hynny, er lleied sydd ohonynt. Dichon mai ffordd ddigon hwylus o fforio i gyfandir bychan

Saunders Lewis fyddai drwy ystyried pedair cerdd benodol o bedwar dosbarth gwahanol ymhlith y rhai a nodais, fel y gellid cael rhyw argraff fras ac eang o amrediad ac amrywiaeth y math o ganu a geid ganddo.

Grŵp 2

Dodais ddwy gerdd eithaf tebyg o ran hyd a chywair yn y grŵp hwn. Mae gan y naill a'r llall awyrgylch ymddangosiadol debyg i'w gilydd. O'r ddwy brif alwad a brofodd Saunders Lewis ar hyd ei oes, Cymru a Christ, y mae 'Marwnad Syr John Edward Lloyd' yn cynrychioli ymateb i'r genadwri genedlaethol a 'Mair Fadlen' yn cynrychioli'r profiad o'i gred Gristnogol. Yn y naill gerdd a'r llall, un ar ddeg o benillion estynedig a geir. Y llinell ddegsill iambig (pentameter) yw asgwrn cefn y cwbl oll. Ond cerdd y nos yw 'Marwnad Syr John Edward Lloyd', heb fod yn gyfan gwbl sicr anobeithiol, er yn ymyl hynny. Cerdd lawen y dydd newydd yw 'Mair Fadlen' yn y pen draw ac yn y bôn, tristwch dwfn yn cael ei ryddhau. Byd a Betws yw meysydd y ddwy gerdd, felly. Cwymp a Dyrchafu.

Yn y farwnad trodd y bardd yr achlysur yn gyfle i fwrw'i fyfyrdod am fethiant hanes Cymru, y Cymro'n wynebu'r chwerwder maith. Nid yw'n ymostwng i gynnig cysuron rhwydd iddi. Dywed y gwir hallt fel y'i gwêl, ond heb ildio.

Ar ôl ysgafnder synhwyrus ac ysgafn y bardd ifanc troesom bellach at aeddfedrwydd eithaf ei ganol-oed, lle y mae fel pe bai'n ei ddadwneud ei hun. Bu'r traddodiad marwnadol yn anghyffredin o gryf yng Nghymru, bid siŵr, am resymau cenedlaethol. Bob tro y bu farw Cymro gweithgar neu hardd, torrwyd ymaith ddarn gwerthfawr o'r genedl. Ymestynnai'r farwnad angenrheidiol o Daliesin ac Aneirin drwy'r Gogynfeirdd fel Cynddelw a Gruffudd ab yr Ynad Coch ymlaen drwy'r llu o farwnadau gwych gan feirdd yr uchelwyr, ac yna'r marwnadau gan feirdd caeth eraill (gellid enwi Lewis Morris a Goronwy Owen ymhlith eraill) nes i'r farwnad ramantaidd a gwerinol ymagor gyda Williams a'r emynwyr eraill. Gydag Islwyn a'i stormydd enwog cyrhaeddwyd anterth newydd. Yn yr ugeinfed ganrif wedyn ni buwyd yn brin o feirwon i'w coffáu. Gwlad ydym a feithrinwyd i farwnadau. Eto, diau mai'r farwnad i J. E. Lloyd gan Saunders Lewis, marwnad ddethol ei theimladaeth, sy'n cylchu'r gwrthrych yn hytrach na'i daro, yw'r fwyaf nodedig o'r cerddi diweddar hyn oll, wedi Wiliam Llŷn. I mi, yn y ganrif hon saif yn ochr 'Toast Funèbre,' campwaith 'pendroawl' cynnyrch barddol Stéphane Mallarmé, yn ôl ei gofiannydd Henri Mondor. Yn y gerdd hon y mae Saunders Lewis yn gweld yr hanesydd yn troi'n hanes. Efô, y gŵr a fu'n crynhoi'r wlad cyn hyn, bellach yn cael ei grynhoi yng nghrombil y wlad honno. O'r braidd fod yna sôn o gwbl yn y gerdd am J. E. Lloyd ei hun. Nid adroddir dim o'i hynt. Ni sonnir am ei gymeriad chwaith. Yn ei law ef serch hynny y gosodir y weledigaeth. Aethom yn syth yn ei gwmni i gywair clasurol Fyrsilaidd, i arddull urddasol ac i gyfeiriadaeth yr henfyd Lladin, gan ymgymysgu'n gynnil â dyfodiad Rhufeindra a Christnogaeth i Gymru, ac yna â'r cwymp cywilyddus a'r dynged drom a thywyll a osodwyd ar y genedl. Dechreuwyd felly yn y dehongliad o hanes Cymru mewn gwreiddiau cedyrn gwareiddiedig ac yn y dull arwrol o ddifri. Allan o hynny y dôi'r brudiau sy'n rhoi undod cynnar i'n hanes gan glymu'n brwydr wrth obaith gweithredu, a'n gorffennol wrth ddyfodol. Yr hanes fel panorama mytholegol o arwrol yw'r hanes a gyflwynir inni. Yr hanes wedi'i asio wrth wirionedd Cristnogol, a'r ysbrydol yn y canol. Dyna'i ddelfryd. Ond teg nodi, er bod yna chwynnu go chwyrn ganddo yn y fan yma, ni'n cyflwynir i wynfyd a hyder dall, nac yn wir i waredigaeth sicr o fath yn y byd. Fe 'gondemniwyd' yr hil yma i boen 'Sisiffos yn y byd' o wthio'r 'genedl garreg' (gair amwys tra chynodiadol) yn fethiannus bob tro 'i ben bryn Rhyddid'. Cyferbyniad (fel y dangosodd Ceri Davies) sydd yn y fan yma yn ymsymud rhwng llwyddiant yn y cyddestun Lladinaidd ac aflwyddiant y realiti Gymreig. Adeiladu a wnaeth Rhufain, dadadeiladu a wnaeth Cymru. Mae'r urddas felly yn cael ei dadurddasoli. Crëwr i ddyfodol gau fu swyddogaeth gorffennol go iawn; a thrasiedi Cymru a J. E. Lloyd fel ei gilydd yw nad ydynt yn arwain eu pobl i unman pendant. Yr unig rinwedd yw'r frwydr ei hun:

> Fel hwnnw a ddringodd sblennydd gwlad anobaith,
> Trois innau at fy mlaenor, 'A all dy fryd
> Esgyn i glogwyn tymp a chanfod gobaith?
> *Eu hiaith a gadwant*, a oes coel ar frud?
> A gedwir olaf crair
> Cunedda o drafael cur ei feibion oll?'
> Ond ef, lusernwr y canrifoedd coll,
> Nid oedd ef yno mwy, na'i lamp na'i air.

[Dysgasom oll gyda llaw air newydd oherwydd helynt Blodeugerdd Rhydychen; eithr diau fod 'sblennydd' hefyd yn ansoddair gweddol adnabyddus sydd o'r herwydd yn gallu gweithio'n amwys, yn ddigymell naturiol. Y tu ôl i'r 'clogwyn', mae yna ansoddair – enw haniaethol digon cyfarwydd hefyd.]

Grŵp 3
Sylwer wedyn ar grŵp Debussy a Ravel: wyth o gerddi gwahanol. Dyma'r prif grŵp anrwymedig, y grŵp y mae Saunders Lewis yn ei ddilladu yn ei

fwynder bohemaidd wedi ymddihatru o'i arfogaeth 'genedlaethol' a 'chrefyddol'. Yn ôl arfer pob cerddoriaeth, nid yw'r cerddi hyn yn eithriadol o fanwl ynghylch syniadau. Am wn i, does dim byd llwyddiannus iawn yn union fel y math hwn o ganu yn Saesneg, oni chofiwn athrylith synhwyrus Wallace Stevens neu hyd yn oed Pound ar dro yn America. Mae'n nes at Valèry, Mallarmé, ac amryw o'r beirdd Ffrangeg, a rhai o'r Eidalwyr fel Saba, a Sbaenwyr fel Machado. Cyfetyb i'r paentiadau argraffiadol ac ôl-argraffiadol a gasglai merched Gregynog er budd i'w cenedl. Ymdeimlwn yng ngherddoriaeth Debussy â chordiau bwriadol annelwig ac amwys; ac y mae ei batrymu cynganeddus yn dal y goleuni fel llieiniau tenau o sidan symudliw. Felly, yn achos Saunders Lewis, egwyl yw'r caneuon hyn ar lwyfan o daerineb difrif. Dyma grŵp cymharol sylweddol, yn ei gasgliad, ystyfnig o gyson … Hawliai'r rhain fywyd nid ar wahân i'r gweddill 'ymrwymedig', ond odanynt, ac o'u cwmpas. Mynnent gadw'r normaliaeth anrwymedig yn gyfran o dystiolaeth awenyddol y bardd.

> Gweld cyw aderyn y to
> Yn ymdrochi'r tro cynta' mewn dŵr
> A'i esgyll yn tasgu'r clychau
> Fel trochion leilac.

Leilac o gerddor fu Debussy, yn fynych iawn.

Cerddi cymharol addfwyn yw'r rhain, a thawel. Mae'r bardd wrthi yn ei gornel yn tynnu oddi ar ei brofiadau o natur ac yn eu tywallt drwy oleuni'i baent ar bapur. Yr oedd a wnelo argraffiadwyr fel Manet, Monet, Degas a Pissaro â lliw, trwch, a chryndod goleuni ar awyr: felly'r bardd bellach. Mae ef am y tro wedi cefnu ar yr argyfyngau oll, a'r tu ôl i ryw foment wib, y mae ef yn taro'r 'argraff' ar glawr. Dyma'r gwirionedd a geir o symud ei lygaid ar draws rhai elfennau dethol a chynrychioliadol. Gweldodd y byd yn nhermau goleuni slent. Medlai oedd o liwiau'n cyd-doddi; a chyfleu a wna'r bardd y cyffro, y cythrwbl a'r rhyfeddod.

> Hiraeth yn hunllef hinon
> Am feddrod diystyr lloer.

Sylwer ar y goleuni yn y cerddi hyn. Yn 'Y Pîn', 'llonydd yw Llyn y Nos'. Ar wyneb y llyn hwnnw 'Cwsg Orïon a'r Ddraig' ('yr Alarch a'r Pasg' yn gyntaf yn *Llenor* XVIII: ni waeth, fe wnaiff rhyw sêr y tro, ond iddynt fod yn benodol.) Ar draws y llonyddwch hwn, yn ddramatig, ymsaetha'r Pîn 'fel cannwyll y Pasg dan ei fflam'. Drachefn, yn 'Dawns yr Afallen', 'lamp' ydyw, 'A phincwridog mewn fflam crisial'. Gyda'r Pîn profasom gannwyll-y-Pasg, gyda 'Difiau Dyrchafael' y mae a wnelom â phrofiad cyffelyb a'r lliwiau aur a gwyn ac emrallt yn goleuo'r cwbl. Mae'r gastanwydden yn ganhwyllbren. Dyma elfen sy'n uno'r cerddi bron i gyd yn y grŵp hwn, ac elfen baentiadol ydyw. Yn 'Lleuad Mehefin' mae'r goleuni'n amlwg bresennol a chanolog o hyd, ond bellach y mae'n hawntio'n fwy hunllefus.

Cerddi yw'r rhain oll sy'n ymdroi gyda'r synhwyrau. Gloddestant nid yn unig ar y gweld a'r clywed, ond ar y blas, 'Melfed yr haf ar dafod, a phêr ias/Blas ei ffrwyth ar daflod,/Fferf a gwyrdd a phorffor god/Y daeth gwaed Awst i'th geudod.' ('Nodiadau mis Awst, 1993, 3. Eirin gwlanog'). Dyna sy'n diffinio'r grŵp hwn o gerddi. Dyna'r math o ddeunydd y buasai Saunders wedi hoffi'i sgrifennu hyd dragwyddoldeb pe gadawsai'r hen wrach lonydd iddo.

Dyma hefyd y gweddill a arhosai o'r Saunders Lewis ifanc, y llencyn cyn-Barrès a chyn-Emrys ap Iwan a fu o dan ddylanwad Pater, Mallarmé a Valèry yn ymgyrraedd at 'farddoniaeth bur'. A beth oedd barddoniaeth bur iddo? Dyna'r peth a ddyheai am ddianc yn gerddorol rhag anghyfleustra problemau moesol, rhag diflastod deallolrwydd, rhag ffwdanu'n ormodol ynghylch yr elfennau angerddol mewn iaith, rhag Crist. Ffenomen esthetaidd anghymdeithasol oedd hyn. Dyma'r cyd-destun 'absoliwt' i symbolaeth a delweddaeth y Modernwyr cynnar. Bod iddi'i hun oedd barddoniaeth yn y cyfryw amgylchfyd braf. Harddwch di-fefl oedd y nod. Y cerddi hyn yw'r llwybr mewn bywyd nas cymerwyd ganddo, mewn gwirionedd. Atgof ydynt o baradwys na fu. Collodd Saunders Lewis y cerbyd hwn i Afallon T. Gwynn Jones. Pe cymherid â'r cerddi hyn y math o awyrgylch a geid gan T. Gwynn Jones yn 'Blodau Ffa', gwelid fan yma eto fod Saunders Lewis yn perthyn yn y dosbarth hwn o gerddi i'r cyfnod cyn 1936. Wrth ymwneud â syniadaeth, realaeth a llymder meddwl, sut bynnag, tueddai'r brydyddiaeth hon i ogwyddo i gyfeiriad penodol yr amhendant, yr annelwig; a'r awgrymus. Ac yn y bôn, nid oedd Saunders Lewis yn gynhenid yn greadur a anwyd i'r cyfryw bethau.

Grŵp 5

Perthyn y grŵp nesaf hwn yn fwy i gefndir newyddiadurol Saunders Lewis nag y gwnâi grwpiau 2 a 3. Rhaid maddau hynny. Newyddiaduraeth yw'r isaf o'r swyddi llenyddol. A rhaid oedd i wladgarwr yn yr ugeinfed ganrif, os oedd am gyrraedd y bobl yn eu hangen, ei aberthu'i hun i'r gwaith gwael hwn. Gan gymryd Emrys ap Iwan yn ddelfryd ceisiodd Saunders Lewis ei dwyllo'i hun nad oedd yn gwter i gyd. Ceir cerddi eraill ganddo heblaw'r grŵp hwn sy'n pwyso ar ddigwyddiadau neu ar amgylchfyd cymdeithasol. Aeth rhai beirniaid yn ddiweddar i fawrygu llenyddiaeth am resymau hanesyddol, newyddiadurol a 'pherthnasol' gonfensiynol, gan feithrin gwacter esthetig. Dyna yw'r pla, bellach, wrth drafod y bedwaredd ganrif ar bymtheg, ysywaeth. Gyda Saunders Lewis gellid ymgysuro yr erys y gelfyddyd pan fydd yr hanes yn ddiddim, fel y bydd baledi a chanu eisteddfodol y bedwaredd ganrif ar bymtheg yn ddiddim pan fydd yr hanes yn aros.

Ymhlith llenorion y pedwardegau a'r pumdegau, Gwenallt oedd y tebycaf o ran credo, o ran arddull achlysurol, ac o ran osgo wleidyddol i Saunders Lewis. Yn *Cnoi Cil* ceir amryw gerddi tebyg o ran naws i'r gerdd 'Y Dilyw 1939'. Bu tipyn o feirniadu ar y gerdd honno am resymau newyddiadurol. Er nad un o gerddi gorau'r bardd ydyw, nid am resymau esthetig y collfernid hi. Trwyadlach na'r rhelyw, ond nodweddiadol o'r un rhagfarn, yw sylwadau D. Tecwyn Lloyd yn *Llên Cyni a Rhyfel* (Gomer, 1987) 13-15. Crynhoir y sylw ond odid ar yr adweithiol hiliol.

Tosturio ac ymuniaethu, sut bynnag, yw gwir ergyd y gerdd, ac nid ymosod arnynt 'hwy', bobl Merthyr, yw ei bwriad: 'Unwedd fy mywyd innau'. Mae'n gweld dynoliaeth wedi'i cham-drin yn y Cymry hyn yr uniaetha'i hun â hwy, pobl yn cael eu trafod yn llai na phobl:

> ni wyddom *ein* marw,
> Claddodd *ein* mamau *nyni'n* ddifeddwl wrth roi inni laeth o Lethe.

Ac ymesyd ar y drefn sy'n cyflawni'r fath anfadwaith. Deil i'w uniaethu'i hun â'r dioddefwyr: 'Gwelsom *ein* twyllo'. Cyffes sydd yma:

> Ffydd dyn mewn dyn, diffoddwyd hynny.

Yn ei ddadansoddiad o'r gerdd y mae D. Tecwyn Lloyd yn troi'r math hwnnw o ddehongliad wyneb i waered: 'Prif elfennau'r syniad ydyw agwedd drahaus a *hubris* aelod o'r dosbarth canol na wybu awr o drueni'r di-ddysg a'r di-ddawn.' Anghofia am foment Wormwood Scrubs. Dyfynna'r 'demos dimai' fel pe bai hynny'n adlewyrchu barn Saunders Lewis am y bobl eu hunain, yn hytrach na'i feirniadaeth ar y ffordd yr oedd y bobl yn cael eu cam-drin. 'Y gwir ddilyw yn *Dilyw 1939* yw'r rhagfarnau y mae Mr. Lewis yn eu carthu allan o'i feddwl ei hunan – gwrthsemitiaeth yn eu plith. Yn ôl y llinellau hyn, pethau ac nid pobl yw'r werinos; deunydd hwylus i'w filwrio ...' 'Y gwahaniaeth rhwng y canu hwn (sef canu Gwenallt am y gweithwyr) i ddynion mewn cyni a *Dilyw 1939* yw dynoliaeth.' Dyma enghraifft o feirniadaeth lenyddol yn cael ei llygatynnu oddi ar y canol oherwydd obsesiwn ynghylch un gair y sylwn arno ymhellach ymlaen.

Dyma dorchi llewys a dangos cyhyrau beirniadaeth ideolegol bondigrybwyll, yn ddiau. Mewn gwirionedd, y mae beirniadaeth Dr. Lloyd yn gwyrdroi'r disgrifiad grotesg ac eithafol ffyrnig (ond cwbl gywir yn ei gyd-destun) o'r ffordd yr oedd y 'frau werinos' yn cael eu trin gan gyfalafiaeth, gan geisio'i ystyried fel disgrifiad llythrennol o agwedd Saunders Lewis at y bobl eu hun:

> Ni welsant y gwŷr yn gorymdeithio,
> Y dyrnau cau a'r breichiau brochus ...
> Cwsgrodwyr di-waith a'u hartaith hurt.

I'r sawl sydd am osgoi coegi, sydd am gael pamffledyn Sosialaidd go uniongyrchol, mae yna lawer i'w gollfarnu yn y gerdd hon, yn ddiau. Does dim sôn ganddo am anwyldeb cynnes y cartrefi, dim sôn am y ffraethineb nac am ddewrder y bobl, dim sôn am Iwtopia'r proletariad. Nac oes, debyg iawn: nid dyna'r testun. Nid disgrifiad 'cytbwys' a fwriadwyd. Ymosodiad yw hwn ar gyfalafiaeth ddilyffethair a'i hagwedd a'i heffaith ar bobl. Meddai Saunders Lewis un tro: 'Cyfalafiaeth yw un o elynion pennaf cenedlaetholdeb.' A'r rheswm yw ei bod yn trin pobl yn llai na phobl, fel y'i mynegir yn y gerdd hon. Cyfalafiaeth annynol sydd dan sylw, ac mae'n cael ei chwipio fel nas chwipiwyd erioed o'r blaen yng Nghymru, mewn Saesneg na Chymraeg. Oherwydd eu Sosialaeth gonfensiynol, camddeallwyd hyn gan Tecwyn Lloyd fel gan Gwyn A. Williams.

Y diffyg moesol enbyd ar y gerdd yn ddiau yw'r ansoddair 'ffroenau Hebreig', ac yn bendifaddau does fawr o esgus am y fath gyfeiriad. Ond ar y pryd ymddangosai'r Iddewon (ar gyfartaledd yn ôl pwysau'r boblogaeth) – ac o ganlyniad i gyfyngiadau hanesyddol creulon a'u medrau go anghyffredin – fel petaent wedi'u cael eu hunain mewn rhai safleoedd dylanwadol ym myd masnach erbyn y 30au. Yn y cyfnod hwnnw ar draws llawer o wledydd y gorllewin caed anesmwythyd ynglŷn â hyn, anesmwythyd hollol anghyfiawn a gyrhaeddodd anterth ffiaidd a gorffwyll yn yr Almaen. Roedd yr eithafiaeth yn y fan honno, fel y gwelwn bellach, yn ddieflig, ac fe'i trafodir felly yn ddiamwys ddigon mewn mannau eraill gan Saunders Lewis. Ond ymddengys i mi fod y bardd yn y gerdd hon yn uniaethu'r Iddweon neu'n eu trin fel cynrychiolwyr cyfalafiaeth. Symbol ydynt. A hawdd deall hynny ar y pryd. Rŷm ninnau yn ein hôl-ddoethineb yn fwy carcus bellach.

Mae yna duedd cyn gynted ag y bo un yn paldaruo am 'wrth-Iddewiaeth' honedig Saunders Lewis i'r defaid oll ei ddilyn. Nid oedd ef gynddrwg â T. S. Eliot; er nad amddiffynfa yw hynny iddo. Yr ymdriniaeth fwyaf gofalus â'r honiadau hyn yw eiddo Meredydd Evans, yn bennaf yn *Taliesin,* 68 (Tachwedd 1989). Hefyd yn *Tafod y Ddraig,* Gorffennaf a Medi 1989 a *Planet,* 96 (Dec. 1992-Jan.1993). Nid ailadroddaf ei ddadleuon. Dichon na byddai'r math o berson a ddeallai ddigon i ddarllen yr ysgrif hon yn debyg o geisio camddeall, beth bynnag.

Grŵp 10

Difrifoldeb, gonestrwydd, ansicrwydd achlysurol, ac wrth gwrs y math o achlysur a'i hwynebai, dyna'r hyn sy'n uno'r tair cerdd yng ngrŵp y Gwely Angau. Ac mae'r emosiynau hynny yn esgor ar ymagwedd at bynciau mawr ysbrydol. Presenoldeb y dehongliad dyneiddiol o'r greadigaeth, ymwybod o bechod a gwendid, ymbalfalu am y goruwchnaturiol sicr, rhyfeddod ynghylch anferthedd y creu, diymadferthedd llwyr gerbron y datguddiad dwyfol, hanes ar waith yn yr eiliad, arwyddocâd siawns mewn rhagluniaeth, – a'r ateb i'r cwbl.

'Gweddi'r Terfyn' yw'r gerdd ganolog, yn ddiau, sy'n ddatrysiad ac yn goron i'r tair cerdd hyn.

Hen faes pendroni i Saunders Lewis fu llawer o'r myfyrion clasurol ynghylch tynged. Chwaraeodd 'siawns' ran amlwg mewn dramâu fel *Gymerwch chi Sigaret* ac *Esther.* Cyfarfyddiad yw siawns yn y rhain rhwng 'digwydd' (neu 'gwyddo' – sef cwymp dyn, ffrwyth pechod) ar y naill law a rhagluniaeth ddirgel o annealladwy ar y llall. Cyfarfyddiad ydyw rhwng dyn yn ceisio gorfodi'i ryddid di-lyw ar anhrefn ymddangosiadol, ac ar y llaw arall etholedigaeth a llaw gref y Duwdod ar drefn pob smicyn mân.

Mewn penbleth felly nid oes gan Gristion tlawd ond y gallu i lefain am gydio mewn 'llaw', – 'ond gweddi'n ymbalfalu':

'A oes neb, a oes un, a estyn iddo law?'

'I un sy, hebddo ef (sef y baban, mab y nef) Dduw nid adweinir'.

'Nid oes gan Gristion tlawd ond ...' meddwn yn dalog, ac yna fe'i dilynais gan glamp o gelwydd, oherwydd y mae gan hwn beth ychwaneg. Mae ganddo ddatguddiad, ac yn anad dim y Mab: 'Mae'n eistedd ar ddeheulaw Dduw Dad hollalluog'.

Mae hyn braidd yn fwy na siawns a damwain. Mewn gwirionedd, aeth amser moethau siawns heibio. Tipyn o faldod fu'r tybiaethu deallol. Meddai Saunders Lewis wrth drafod y gerdd yn *Y Tyst,* Mehefin 13, 1974: 'Beth yw "Esgyniad"? Beth yw ef i ni heddiw? Sumbol o undod Duw Dad a Duw'r Mab a Duw'r Ysbryd Glân yn achubiad a chyfeiriad y greadigaeth, ein gwarant ni nad yw'r bydysawd na hanes y ddynoliaeth na bywyd y meddwl na'r Parthenon na *Fidelio* nac Aber Mawddach awr cyn y wawr ar fore o Fehefin ddim yn ddamweiniau diystyr. Nid digwyddiad mewn amser a lle yw'r Esgyniad, eithr "datganiad goruchaf ein ffydd".'

Mae hyd yn oed y gwacter yn Obaith oherwydd mai Duw biau ef. Mae Duw yno, yn bresennol ym mhob man: llond uffern hefyd yw. 'Enwau ar y Duwdod yw diddymdra a mudandod iddynt hwy,' meddai Saunders Lewis am Tauler a Suso a Ruysbroeck. Mae'n llawer mwy, wrth gwrs. Ond digon fan yma yw cydnabod y gwacáu sy'n uno.

Marw ei hun yw gweddi'r terfyn. Yn y darostyngiad eithaf, pryd y teflir pob balchder, yn y tlodi absoliwt, fe ellir cael gwacter a lenwir yn gyfan gwbl gan Dduw.

'Ac o'n cwmpas erys mudandod a'r pwll diddymdra', sef Duw ei hun, oherwydd methu o'n meddwl. Metha'n geiriau â chwmpasu'r anferthedd gwirionedd hwn, wrth gwrs. Methodd â chyfyngu Duw o fewn ystyr. Ni ellir geiriau digonol am y Gair. Pa ddisgrifio sy'n ddigonol am hwn felly?

Enwa Saunders Lewis y cyfrinydd Dominicanaidd Almaeneg Suso. Dywedai hwnnw weithiau bethau y mae'n hawdd eu camddehongli: 'Mae'n ei anghofio'i hun, nid yw'n ymwybodol mwyach o'i hunaniaeth; mae'n diflannu ac yn ei golli'i hun yn Nuw, a daw yn un ysbryd ag Ef, megis diferyn o ddŵr a foddir mewn helaethrwydd mawr o win.' Hynny yw, gwêl ef amhersonoli ar waith (mewn modd Hindwaidd), ymgolli ac ymuniaethu â'r Duwdod, a'r creëdig fel pe bai'n llenwi lle'r Creawdwr. Wedyn, sut bynnag, ychwanega Suso am y person sydd ynghanol y diflannu neu'r colli hwn: 'Erys ei fodolaeth, ond ar ffurf arall.'

Enwa Saunders Lewis y *doctor ecstaticus* Ruysbroeck hefyd. A gwiw y cyfyd hwnnw rybudd ymwybodol wrth drafod yr undod hwn: 'Er imi ddweud o'r blaen ein bod yn un gyda Duw, a dysgais hynny gan yr Ysgrythur Sanctaidd, eto yn awr mi a ddwedwn fod rhaid inni dragwyddol aros yn wahanol i Dduw, ac yn arall iddo, a dysgir hynny hefyd gan yr Ysgrythur Sanctaidd. A rhaid inni ddeall a theimlo'r ddau beth o'n mewn, os bydd popeth yn iawn gyda ni.'

Beth, felly, yw 'mynd yn fud at y mud?' Ni allaf i ond ei ganfod yn uniad. Crewyd y dyn naturiol ar ddelw Duw. Er i farwolaeth a phechod gydio ynddo ac iddo ymwahanu felly oddi wrth berthynas deuluol â Duw gyda'r cwymp, ac er bod ei ysbryd yn farw, gellir ei fywhau mewn ailenedigaeth i deulu ysbrydol tragwyddol, oherwydd gweithred gan Dduw. Mae ynddo bellach botensial a dawn i symud tuag at Dduw gydag arddeliad, mewn iselder mae'n wir, gan farw i'r hunan.

Anffodus yw'r term 'diddymdra', gan ei fod mor rhwydd i'w gamddeall. Nid yw 'mud' fawr gwell. Y drafferth mewn dyn wrth drafod athrawiaeth mor anferthol ag undeb â Duw yw amhersonoli ac ymhonni, ymchwyddo a gwadu realiti bersonol uwchddynol. Y llwybr sadiaf ar adeg felly, yn ddiau, yw'r un lle y cedwir y cyflawnder cytbwys personol sydd yn Nuw a'i efengyl ac eto sy'n darostwng dyn er mwyn ei godi.

Cerdd dangnefeddus araul yw hon. Yng nghanol y ffws a'r ffair, y storm a'r stŵr sy'n llenwi'r byd, wele'r gŵr bach hwn, yn glaf ac yn glwyfus gerllaw ei anadl olaf, yng ngwendid ei anneall, yn troi'i olygon i gyfeiriad cynefin iddo, sef tuag at y distawrwydd mawr sy'n llenwi'r greadigaeth, megis diddim; ac ynddo'r Mab. Diddim yw Hwnnw ei Hun, wrth gwrs, yn nhermau'r byd; ac eto, yn nhermau Saunders Lewis, Cyd-Awgwstws â'i Dduw hefyd.

Adeiladwyd holl strwythur ffasiynol y diddim mewn celfyddyd fodern ddiweddar ar un rhagdybiaeth benodol – sef, yr wyf yn amau popeth. Dyma osodiad gormesol ond hunanwrthddywedol sydd ar yr un donfedd hunandanseiliol, ymwybodol 'hurt' ag 'Yr wyf bob amser yn dweud celwyddau.' Dyma'r un peth y myn pob academydd gwylaidd ei frolio'n isymwybodol. Oherwydd hyn, meddir, y mae fforio ac ymchwil a chynnydd yn bosibl, heb gydnabod fod y sylweddoliad cadarnhaol, ac ambell safiad a chwlwm cyferbyniol yn hanfodol hefyd. Hunan-amheuaeth, meddir, yw cychwyn a diwedd y meddwl effro. Pe ceisiwn olrhain un thema sy'n rhedeg drwy farddoniaeth Saunders Lewis o'r cerddi cynharaf hyd yr olaf, mae'n amlwg yn rhywbeth amgenach nag amheuaeth. Nid ansicrwydd ydyw yn unig, ond gwrthdrawiad i rym yr hollt, gelyniaeth i'r ymwahanu rhwng byd a betws, a'r ymgais ostyngedig neu'r cynnig o ddifrif i dderbyn Duw yn ôl. Ni ellid meddwl yn unman heb ystyr. Ni ellid hyd yn oed amau heb bwrpas. Mae'r profiad ysbrydol canolog hwn hefyd ynghlwm wrth hollt foesol yn y gymdeithas, a chan Saunders Lewis ei hun mynegir drwyddo y cais iselfryd am adferiad union.

Dyma Foderniaeth Saunders Lewis a'r Foderniaeth chwithig Gymraeg. Her yr argyhoeddiad deublyg tyngedfennol hwn oedd yr hyn a danseiliai Foderniaeth gonfensiynol estron. Magwyd Saunders Lewis yn llenyddol yn nechrau'r ugeinfed ganrif drwy gyfnod gormesol coegi. Dyfais gynyddol oedd honno drwy gydol y ganrif hon a oedd fel pe bai'n ei dadwneud ei hun. Meddylid yn groes i'r hyn a ddywedid, a hynny fel ffordd o fyw. Deallwyd yn groes i'r hyn a oedd yn amlwg. Ac nid oedd Saunders Lewis, wrth gwrs, yn brin ei ddefnydd o'r ddyfais oesol werthfawr honno. Yr oedd, yn wir, wrth ei fodd ac at ei ddant. Ond dyfais yn unig ydoedd iddo ef: iddo ef, yr oedd yn arf yn ei dechneg, yn offeryn yn ei arfogaeth. Nis trechwyd ef erioed ganddi. Nis meddiannodd ef. Nid dyna'r diwedd i Saunders Lewis, fel y bu i Foderniaeth gonfensiynol, sef Moderniaeth a oedd yn yr achos hwn yn hynod anfeirniadol. Nid dyna'r diwedd, a hynny oherwydd fod ganddo dyndra arall, deuoliaeth amgen. Yn lle'r patrwm emosiynol a dychmyglon:

——→ ←——

amlwg cudd

sef tyndra coegi, yr hyn a geid gan Saunders Lewis oedd

——→ ——→

amlwg cudd
gweledig anweledig

Mae yna 'ddeuoliaeth', sylwer. Tynnid ymhellach na'r amlwg o hyd, am fod yna fwy eto ar ôl; ond digwyddai hynny heb ddadadeiladu'r nod. Ceid dimensiwn pellach, ystyr lawnach, ac uwch dehongliad. Y tu ôl i'r mawl union ddiriaethol ac achlysurol arbennig, heblaw'r tyndra negyddol nas gwedid, ceid egni dirgel delfryd helaethach, yn tynnu, tynnu. Tu ôl i'r cnawd, bob amser, yr ysbryd. Felly y'i diogelwyd ef rhag eilunaddoliaeth mewn oes hedonistaidd, hedonistiaeth yr oedd ef yn sicr yn ymdeimlo â'i hatyniadaeth fel yr arddengys yn bur groyw yn ei brydyddiaeth ymhlith mannau eraill.

Ffidlan mân-ddisgrifiol, er dychmyglon cryf, ar yr arwyneb, yw perygl cyfyngedig y Foderniaeth honno sy'n aros dan lywodraeth Coegi, tan gofleidio Nihilistiaeth anonest nad yw'n gallu cerdded yr ail gam ymlaen na chyflawni estyniad yr ail ddimensiwn ychwaith. Ffidlan ffrwythlon yw, yn ddiau, ond rhwystredig, a therfynol negyddol. Erys mewn cyflawnder cul ac ar yr wyneb. Mae'n ofni'r ystum arwrol, wrth gwrs, ar egwyddor; a hawdd deall hynny.

Nid mor hawdd yw deall nodwedd go gyson yn y drafodaeth Gymraeg o Foderniaeth, y drafodaeth a orfodwyd arnom fel cenedl oherwydd ein sefyllfa ymyl-y-dibyn sef iddi ymaflyd yn y sialens 'fawr'. Er yr holl beryglon, gan ymgodymu ag amhosibilrwydd y Cosmos, a chan ymehangu i'r argyfyngau 'arwrol' – yng ngwaith Saunders, Waldo, Euros, ceid ystyfnigrwydd y cadarnhaol dichwarae. Wrth fynnu ymagor i ddimensiwn anffasiynol felly, mewn oes ddogmatig o ddifrïol llwyddodd y rhain i weddnewid Moderniaeth mewn modd unigryw a haelfrydig yn ein gwlad. Wrth fflyffian 'yr ystum arwrol' tyrchid fel arfer gan y bwystfil aliwn yn rhy ufudd ym môn y tila. Mawrygid 'egni' heb fod yna led cyfatebol sylweddol yn amrediad emosiynol y deunydd. Therapi oedd y celfyddydau a'r gwyddorau modern confensiynol, dyna'r cwbl mewn gwirionedd – megis basgedwaith mewn seilam gynt. Rywsut, heb brofi mwy na chorff a heb gael ei siglo gan fwy nag amser ni allai'r oes a'i harweinwyr hysbys lai nag ymatal rhag yr ystum 'arwrol' a'r meddwl 'uniongyrchol'. Ond wrth wynebu'r union berygl anrhydeddus hwnnw, arddangosodd Saunders Lewis yn ei brydyddiaeth nad rhaid oedd iddo ef gefnu ar goegi fel dyfais er mwyn wynebu'r oes hon. Gallesid llwyddo o hyd weithiau – gan sefyll ar ganol sialens yr oes hon yn rhyngwladol i hedfan weithiau yn ddiymddiheurad ... o'r Byd i'r bendigaid Fetws.

CYNAN
(Albert Evans-Jones, 1895-1970)

Gerwyn Wiliams

Ai artist llwfr oedd Cynan? Efallai ei bod hi'n ddigon saff imi godi'r cwestiwn hwn yma ym Mhen-y-groes heno* heb i unrhyw un fy nghyhuddo o gabledd. Wedi'r cyfan, rwy'n sefyll ar dir canol yn Nyffryn Nantlle, rhyw hanner ffordd rhwng man geni Albert Evans-Jones ym 1895 ym Mhwllheli a'r fan lle'i claddwyd ym 1970 ym Mhorthaethwy. Ar y llaw arall, mae'n bosib fy mod i, yn fy annoethineb, wedi cynddeiriogi carfan o'm cynulleidfa'n barod drwy holi'r ffasiwn beth: fel y mae achlysur y ddarlith hon a nifer o weithgareddau eraill sy wedi'u trefnu gogyfer â blwyddyn canmlwyddiant ei eni'n awgrymu, mae gan lawer iawn o bobl gryn feddwl o Gynan o hyd.

Er mwyn achub fy nghroen fy hun, efallai y dylwn i brysuro i ychwanegu nad y fi a awgrymodd ei fod o'n un llwfr yn y lle cyntaf, ond gŵr arall – bardd ifanc cyfoes a heriol na faliai ddim am ddweud pethau mawr. Yr un fath yn union â Chynan ar un adeg yn ei hanes. Ond mae'r dyfarniad diflewyn-ar-dafod hwnnw'n fan cychwyn rhagorol i ddarlith fel hon gan ei fod o'n awgrymu'r math o ymateb cymysg a phegynol – dirmyg ar y naill eithaf, eilunaddoliaeth ar y llall – y mae Cynan a'i waith llenyddol wedi'u denu erioed.

Does ond i rywun droi at ysgrifau beirniadol er mwyn cael syniad o'r fath wrthgyferbyniadau. Ym marn Bobi Jones, 'Bardd fwlgar braf oedd Cynan'; ym marn Derec Llwyd Morgan, 'Yn ei berson, yn hytrach nag yn ei waith llenyddol, yr oedd ei fawredd'; ac ym marn John Gwilym Jones – wel, does wybod, gan iddo wrthod gwahoddiad i ddarlithio arno a hynny, yn ôl y sôn, am fod ganddo gyn lleied o feddwl o'i waith. Ond roedd gan Alun Llywelyn-Williams, cyn-filwr o'r Ail Ryfel Byd a luniodd gerddi am ei

* Traddodwyd yr ysgrif hon yn wreiddiol ar ffurf darlith gerbron Cylch Llenyddol Dyffryn Nantlle ddechrau 1995; ymddangosodd fersiwn cynharach ohoni yn *Taliesin* (90, Haf 1995).

brofiadau, fwy o gydymdeimlad â cherddi'r cyn-gaplan o'r Rhyfel Byd Cyntaf: 'Mae'n sicr fod mwy o gerddi Cynan ar dafod leferydd gan y lliaws heddiw nag a gedwir hyd yn oed o greadigaethau'r beirdd a astudir yn barchus yn y Colegau.' Ac fe neilltuodd y bardd a'r beirniad cyfoes Alan Llwyd le anrhydeddus iddo yn *Gwaedd y Bechgyn* (1989), y flodeugerdd honno o gerddi'r Rhyfel Mawr: 'Yr oedd barddoniaeth Cynan ... yn farddoniaeth ddewr, gan enaid gwrol. Yr oedd yn un o'r rhai a oedd yn ddigon gwrol i wynebu'r profiadau dirdynnol hyn, a'u hail-greu mewn myfyrdod diweddarach.' Dydi dewrder yn sicr ddim ymhlith rhinweddau'r llwfrddyn.

Ond efallai mai geiriau cytbwys Bedwyr Lewis Jones sy fwyaf defnyddiol wrth inni dafoli maint a natur cyfraniad Cynan: fo a gyfeiriodd ato fel 'prydydd ifanc gwrthryfelgar a barchusodd yn llawer rhy gynnar fel bardd'. A dyna fynegi calon y gwir. Dyma ichi'r prydydd ifanc gwrthryfelgar a sgrifennodd at ei gyfaill Silyn Roberts drannoeth y rhyfel, 'Amcanwn sgrifennu darn o Realism noeth i argyhoeddi y bobl "sydd dda ganddynt ryfel" ac hefyd i agor llygaid y bobl sy'n synnu na ddaeth y bechgyn adref o Ffrainc fel "saint".' Dyma ichi'r prydydd ifanc gwrthryfelgar a wireddodd ei union amcan yn amryw gerddi *Telyn y Nos* (1921), a fu'n fuddugol yn Eisteddfod Genedlaethol y Barri ym 1920, ac yn fwy cofiadwy byth yn 'Mab y Bwthyn', pryddest arobryn Eisteddfod Genedlaethol Caernarfon y flwyddyn ganlynol. Dyma ichi'r prydydd ifanc gwrthryfelgar a ddenodd sylw cenedlaethol yn sgîl y cerddi rhyfel 'Anfon y Nico i Lan y Dŵr' ac 'Ym Min y Môr' a gyhoeddwyd ym mlodeugerdd Annie Ffoulkes, *Telyn y Dydd*, ym 1918: y newyddiadurwr o Feirion, E. Morgan Humphreys, a ganmolodd gerddi 'Cynan, *pwy bynag ydyw*' mewn llythyr a anfonodd at T. Gwynn Jones ddiwedd 1918, sylw sy'n awgrymu mai dyma'r tro cyntaf iddo glywed amdano. (Cynhwysai'r un antholeg, gyda llaw, gerdd wladgarol gan David Lloyd George, cerdd sy'n profi na thlodwyd mo farddoniaeth Cymru yn enw gwleidyddiaeth Brydeinig ac nad gan ei ewythr yr etifeddodd W. R. P. George ei awen!) Dyma ichi'r prydydd ifanc gwrthryfelgar a oedd erbyn 1924 wedi ennill dwy goron ac un gadair genedlaethol, er nad oedd eto yn ddeg ar hugain oed.

Fodd bynnag, yr oedd yna Gynan arall. Dyma ichi'r un prydydd ifanc gwrthryfelgar yn union a oedd erbyn canol y dauddegau yn gyflawn aelod o gyfrinfa Penmaenmawr o'r Seiri Rhyddion. '*Far from being revolutionary*', meddai Stephen Knight yn *The Brotherhood* (1983), '*there is no organization more reactionary, more Establishment-based, than British Freemasonry. Its members derive benefit from the Brotherhood only so long as the status quo is maintained*'. Os trown ni at gefn y gyfrol a olygodd Ifor Rees am Gynan yn y gyfres *Bro a Bywyd* (1982), yna fe geir rhestr hwylus o'r dyletswyddau cyhoeddus a ysgwyddodd fwyfwy oddi ar y tridegau ac o'r anrhydeddau cenedlaethol a ddaeth i'w ran: 1931 – Darllenydd Dramâu Cymraeg i'r Arglwydd Siambrlain – hynny yw, daeth yn sensor y ddrama Gymraeg; 1935 – Cofiadur Gorsedd y Beirdd; 1937 – Cyd-ysgrifennydd Cyngor yr Eisteddfod Genedlaethol; 1947 – Ysgrifennydd Comisiwn Cenedlaethol Cymru; 1948-51 – Aelod o Bwyllgor Gŵyl Prydain; 1949 – ennill CBE; 1950-53 – Archdderwydd Cymru; 1963-67 – Archdderwydd Cymru yr eildro – sef yr unig un i gyflawni'r gwaith ddwywaith; 1962 – ennill D. Litt. Prifysgol Cymru; 1969 – ei urddo'n Farchog ... Gam urddasol wrth gam, daeth yn aelod parchusach bob gafael o'r sefydliad. Does dim syndod mai ffotograff o ŵr 'hen a pharchus', cymeriad Churchillaidd, llond ei groen a bodlon ei fyd, sy'n smocio'i sigâr ar glawr adargraffiad 1987 o *Cerddi Cynan*.

Does dim dwywaith mai'r rhyfel a fu'n gyfrwng i Gynan wneud ei farc fel bardd a llenor. Mi fyddai'r bardd rhyfel Siegfried Sassoon yn laru yn ddiweddarach yn ei oes ar bobl a fynnai gyfeirio ato o hyd fel bardd rhyfel ac yntau wedi sgrifennu llawer o farddoniaeth a rhyddiaith oddi ar y Rhyfel Mawr. Byddai cyfeirio at Gynan fel bardd rhyfel yn gompliment: er iddo yntau gyhoeddi pethau eraill cofiadwy yn ddiweddarach – y nofelig *Ffarwel Weledig* ym 1946, dyweder, neu'r ddrama fydryddol *Absalom Fy Mab* ym 1957 – yr oedd ei farddoniaeth fwyaf diddorol a chyffrous wedi ei chyfansoddi erbyn i *Caniadau Cynan* weld golau dydd ym 1927. Yr unig ddatblygiad o bwys yn ei hanes fel bardd wedi hynny oedd pryddest goronog 1931, 'Y Dyrfa', cerdd sy'n torri tir newydd yn Gymraeg oherwydd ei hadrodd o safbwynt chwaraewr rygbi rhyngwladol a droes yn genhadwr. Ond fel bardd, byw ar gyfalaf y gorffennol a wnaeth Cynan weddill ei ddyddiau i bob pwrpas, fel y prawf y casgliad tra phoblogaidd o'i gerddi a gyhoeddwyd gyntaf ym 1959. Yn sgîl ei lwyddiant eisteddfodol chwedlonol, yr oedd 'wedi cyrraedd' ymhell cyn hynny: fe'i derbyniwyd i fynwes y sefydliad ac ymgartrefodd yn glyd o'i mewn. Yn wahanol i ddau mwy blêr a bohemaidd eu buchedd a brofodd lwyddiant eisteddfodol cyffelyb oddeutu'r un pryd, sef Caradog Prichard a Dewi Emrys, buan y cymathwyd y gwrthryfelwr hwn a thawelu ei lais.

Yr hyn yr hoffwn ei wneud yng ngweddill y ddarlith hon fyddai canolbwyntio ar y cerddi rhyfel a sicrhaodd le arhosol i Gynan yn hanes barddoniaeth Gymraeg y ganrif hon.

Mae 'Mab y Bwthyn' yn crisialu peth o'r gwahaniaeth barn a ysgogir gan waith Cynan: penderfynodd y beirniaid ym 1921 ei wobrwyo dan ddwrdio. Anodd credu bellach fod y faled hon, a hen ymsefydlodd fel y gerdd unigol fwyaf poblogaidd i ennill y goron yn ystod y ganrif hon mae'n siŵr, wedi achosi'r fath helynt i gychwyn: 'Gellid meddwl,' meddai Crwys, 'iddo lwyr anghofio fod tri beirniad yn mynd i ddarllen ei gân, a bod Coron i'w hennill neu i'w cholli ganddo. Bu inni bron â'i thaflu allan o fysg y goreuon, oblegid ei mydryddiaeth ddi-ofal i ddechrau.' Ond roedd ymateb y cyhoedd darllengar yn fwy gwresog o'r hanner – ffaith i godi calon unrhyw brifardd cyfoes y bu ei waith yn destun ymrafael rhwng beirniaid! Cyfeiria'r cyn-filwr gwladaidd o Fôn, Ifan Gruffydd, yn ei hunangofiant *Gŵr o Baradwys* (1963) ato'i hun yn '[p]rynu cyfansoddiadau'r Eisteddfod Genedlaethol y flwyddyn honno, a chael cymaint o flas wrth ddarllen *Mab y Bwthyn* a theimlo fod yr awdur wedi canu fy mhrofiad innau fel llawer mab y bwthyn arall oedd wedi dod drwy Armagedon fawr 1914-18'. Yn *Ffwrneisiau* (1982) Gwenallt, 'Cronicl Blynyddoedd Mebyd' fel y'i gelwir mewn is-deitl, mae'r colier brith Telynfab Niclas yn cael, o'r diwedd, yn 1921 'farddoniaeth Gymraeg wrth ei fodd ... Fe'i darllenodd hi lawer gwaith, a medrai adrodd darnau ohoni ar gof. Ei fab ef, Taliesin Niclas, oedd Mab y Bwthyn, a phrofiadau ei fab yn y Rhyfel oedd profiadau hwn'.

Fe gofiwch sut y mae 'Mab y Bwthyn' yn agor drwy ddarlunio Llundain drannoeth y Rhyfel Mawr a'r *Jazz Age* ar ei hanterth:

> Yr oedd mynd ar y *jazz-band*, a mynd ar y ddawns,
> A mynd ar y byrddau lle'r oedd chwarae siawns;
> Yr oedd mynd ar y gwirod a mynd ar y gwin
> A mynd ar y tango, lin wrth lin,
> Yr oedd mynd ar y chwerthin, a mynd ar y gân,
> A'r sŵn fel clindarddach drain ar dân.

Fel Cynan, daliodd yr Americanwr F. Scott Fitzgerald naws y dauddegau yn *This Side of Paradise* (1920) ac yno mae'n cyfeirio at '*a new generation ... grown up to find all Gods dead, all wars fought, all faiths in man shaken*', geiriau y gallai traethydd 'Mab y Bwthyn' eu hamenio'n rhwydd. Nid da ganddo'r hyn a wêl a buan y profa hiraeth – gair allweddol yng nghyswllt cerddi Cynan – am ei hen gynefin gwledig gynt:

> Llechweddau'r grug! Llechweddau'r grug!
> Yno mae bywyd ac nid ffug.
> Mae yno ddynion talgryf glân.
> Mae'r gwragedd yno'n wragedd pur.

Ymhlith y dynion talgryf glân hynny yr oedd ei dad ac ymlith y gwragedd pur yr oedd ei fam a'i gariad. Ond daeth y Rhyfel Mawr ar eu gwarthaf:

cefnwyd ar yr Eden fore hon pan aeth y traethydd yn filwr a Gwen Tŷ Nant i weithio mewn ffatri arfau yn Llundain. Gwahanwyd y ddau a phan glyw'r traethydd yn y fyddin fod Gwen, yn ôl yr ymadrodd Fictoraidd, 'wedi syrthio', y mae'n bwrw'i lid ar yr Almaenwyr â'r fath arddeliad nes cael ei godi'n gapten. Fel gŵr busnes llwyddiannus, ymddyrchafu ac ymgyfoethogi fwy fyth yw ei hanes yn Llundain ar ôl y rhyfel. Hyd nes y sylweddolai'i ffolineb a'i wacter ysbrydol a phenderfynu dychwelyd i Lŷn ac ailfeddiannu'r 'Wynfa goll' gyda'i gariadferch ar ddiwedd y faled.

Nid yw'n anodd dod o hyd i ddylanwad telynegwr rhwydd fel Eifion Wyn ar y modd y dyrchefir y bywyd gwledig yn ddiarbed gan Gynan na chwaith ddylanwad Crwys ar y modd y dyrchefir y werin rinweddol ganddo. Ond yr hyn sy'n newydd i farddoniaeth Gymraeg yn y bryddest yw'r disgrifiadau o'r byd amgen y gorfodwyd cannoedd o feibion y bwthyn i'w brofi yn ystod y rhyfel:

Rhywbryd rhwng un o'r gloch a dau
Yr oeddem drwy'r mieri'n gwau
Yn ôl drachefn am yr hen ffos
Lle safem neithiwr gyda'r nos;
Yn ôl dros ddaear lithrig wleb
Y fan a fu yn Rhandir Neb;
O dan y gwifrau – pigog, geirwon,
A thros bentyrau hen o'r meirwon,
O Dduw! a raid im' gofio sawr
Y fan lle heidiai'r llygod mawr,
A bysedd glas y *pethau mud*
Ar glic eu gynnau bron i gyd?

Dyma'r ateb ar blât i'r rhai 'sy'n synnu na ddaeth y bechgyn adref o Ffrainc fel "saint"' a phetai hi ond wedi darlunio'n afaelgar y diffeithwch hwn byddai 'Mab y Bwthyn' yn gerdd ddewr.

Gallwn resynu bod y faled yn tewi ar nodyn braidd yn rhy hapus. Wedi'r cyfan, fel deimlir fod rhai o nofelwyr y Rhyfel Mawr yn barotach i ganlyn eu gweledigaeth drasig i'r pen: diwedd *A Farewell to Arms* (1929) Ernest Hemingway yw fod cariadferch a phlentyn y prif gymeriad yn marw; ar ddiwedd *All Quiet on the Western Front* (1929) Erich Maria Remarque mae'r milwr Almaenaidd o draethydd yn marw; ac ar ddiwedd *Her Privates We* (1930) hefyd gan Frederic Manning mae'r preifat Saesneg sy'n adrodd yr hanes yn marw. Y mae fel petai'r awduron hyn, yn y degawd yn union ar ôl y rhyfel, yn benderfynol o roi ar gof a chadw oblygiadau damniol y gyflafan pedair blynedd; yn ddelweddol, maen nhw'n caniatáu i'r rhyfel wireddu'i holl ddrygioni. Ond fe brofwyd y rhyfel gan yr awduron hyn ill tri fel milwyr, a dichon fod a wnelo diweddglo cyfaddawdol a chymodlon Cynan rywbeth â'i brofiad ef o'r rhyfel fel caplan. Yr un fath ag yn achos caplan arall o lenor, John Dyfnallt Owen, ni fentrodd Cynan dewi heb gynnig rhyw waredigeth o holl ofidiau'r rhyfel. Tybed nad ufuddhau i'r gweinidog yn hytrach na'r artist ynddo a wnaeth yn y pen draw, derbyn ei gyfrifoldeb cyhoeddus yn hytrach na chanlyn unrhyw reddf bersonol?

Galwedigaeth Gristnogol Cynan sy hefyd yn esbonio i mi pam na allodd yn rhai o'i gerddi roi mynegiant llawn i'r profiad o golli ffydd er ei fod yn hwylio'n o agos at y gwynt ar adegau pan yw'n mynegi ei amheuon ysbrydol. Sut bynnag, yn achos 'Mab y Bwthyn' ychwanegu at ein dryswch a wna'r ffaith fod Cynan ei hun, ar gyfer casgliad 1959 o'i gerddi, wedi ymyrryd â'r diweddglo gwreiddiol: mynegi ei ddyhead i ailganfod ei gariad a dychwelyd efo hi i'w cynefin a wneir yn y fersiwn diwygiedig yn hytrach na mynegi'r dyhead *a'i wireddu* fel yn fersiwn 1921. Mater o siniciaeth gŵr mewn oed yn golygu delfrydiaeth gŵr ifanc? Os felly, ni allwn ond gresynu at y newid gan nad yw'n adlewyrchu'n deg weledigaeth ei hawdur pan luniodd ei gerdd gyntaf. Nid yr un o ganlyniad mo 'Mab y Bwthyn' cyfrol y *Cyfansoddiadau* a *Telyn y Nos* a 'Mab y Bwthyn' *Cerddi Cynan*. Yn fy marn i, mae'r ffordd y daw 'Mab y Bwthyn' i ben yn cynnig ateb rhy syml o'r hanner i'r holl densiynau cymdeithasol a amlygwyd yng ngweddill y bryddest. Ond beth bynnag a ddywedwn am y diweddglo hwnnw, does dim dwywaith fod baled Cynan wedi cynnig cysur ac ystyr i amryw ar y pryd wrth iddynt ymlafnio i ailddechrau byw yn y byd newydd oedd yn eu hwynebu. Mewn ystyr gwbl ymarferol, felly, yr oedd hi'n donig.

Allwedd arall i lwyddiant amryw o'i gerddi rhyfel oedd ei allu i dynnu ar dannau'r galon: 'Cân nes teimla hitha'r hiraeth/Sydd yn llosgi 'nghalon i' siarsiodd y nico a aeth yn llatai drosto o Facedonia i Fôn. Hiraethu am Gymru o bellter Macedonia a wnâi yn 'Ym Min y Môr' hefyd a'r un hiraeth a fynegir yn 'Hwiangerddi' drachefn am chwa i'w suo, 'Chwa o'r mynydd distaw pell,/Chwa o'r moroedd glas diruo/Ddwg i gof y dyddiau gwell'. Nid mater o 'Hiraeth, hiraeth, cilia, cilia', felly, yn gymaint â 'Hiraeth, hiraeth, closia, closia'! Ond doedd Cynan ddim yn ddiniwed yn ei ddefnydd afradus o hiraeth: wrth iddo'i odro fel unrhyw brydydd Fictoraidd am bob diferyn o emosiwn, amlygid ei dueddiad i ganu i'r galeri. Gallai chwarae'n rhad ar deimladau'i ddarllenwyr. Yr hyn sy'n peri imi amau rhywfaint o'i ddidwylledd yn hyn o beth yw'r ffaith ei fod yn mynnu ei chael hi bob ffordd lle mae hiraeth dan sylw. Erbyn cyhoeddi 'Monastîr' yn *Caniadau Cynan* ym 1927, y mae yn ôl yng Nghymru mewn Cyfarfod

Misol yn gwrando 'ar lith ariannol sych'. Atgof rhamantus yn ei feddwl yw'r rhyfel mwyach; 'Gwybu fy nghalon hiraeth dir/Am Fonastîr, am Fonastîr'. Ychydig flynyddoedd yn unig ar ôl dychwelyd o'r rhyfel, oni throes ei brofiadau yn destun *nostalgia*?

Does dim dwywaith fod yna farddoniaeth yn yr enw priod 'Monastîr' yn unig – yr un fath ag enwau lleoedd eraill a ysbrydolodd rai o delynegion Cynan yn eu tro fel 'Llanfihangel Bachellaeth' a 'Tresaith'. Ac un o'r pethau adeiladol a wnaeth drwy gyfrwng rhai o'i gerddi rhyfel oedd lleoli ei hiraeth ar dir penodol. Hynny yw, yn wahanol i brifardd rhamantaidd fel T. Gwynn Jones â'i Dir na n'Og neu Hedd Wyn â'i Eldorado roedd ynys achubol Cynan yn fan penodol a oedd o fewn cyrraedd draw dros y don. Y mae'n gweld eisiau Llyn Traffwll neu Dalcymerau neu Abererch neu Ben-yr-Allt lle mae cymeriadau o gig a gwaed fel Wil a Megan yn byw. Gwelir yr un math o enwi diriaethol ar waith yn englynion coffa Williams Parry o gyfnod y rhyfel, a dichon fod ôl dylanwad barddoniaeth A. E. Housman arnynt yn hyn o beth; soned allweddol yn achos Bardd yr Haf ac un a gyhoeddwyd gyntaf ym 1916 yw 'Adref' lle y cyfeddyf iddo gefnu'n ynfyd ar ei oes ei hun yn y gorffennol ond iddo sylweddoli'n ddiweddarach na fu dwthwn 'fel y dwthwn hwn'. Mae'r math hwn o ramantiaeth realaidd – 'Rhamantydd realistig' oedd Cynan, chwedl Dafydd Owen – yn arwyddo'r modd y datblygodd rhamantiaeth yn ystod ac, yn rhannol, oherwydd y rhyfel: ar ôl llawer o'r canu aruchel am leoedd anghyffwrdd, mae'r canu hwn yn lleisio dyhead real a wreiddiwyd mewn dioddefaint gwirioneddol ac nid mewn profiad llenyddol yn unig. Hynny yw, rhydd wedd ddynol ar y profiad rhamantaidd. Dyna sy'n rhoi hygrededd ac integriti i gerddi Cynan. Daw'r rhyfel â barddoniaeth a beirdd Cymraeg yn ddiseremoni iawn i lawr i'r ddaear. Mewn terminoleg lenyddol, dyma flaenffrwyth canu Sioraidd Cymraeg.

Datblygiad arall yn y farddoniaeth hon yw fod y bardd Cymraeg yn cael ei orfodi i ailystyried ynddi pa fath o iaith ac idiom i'w defnyddio. Anodd credu bellach fod 'Anfon Nico' wedi anesmwytho cymaint ar y dyfroedd llenyddol: onid hon, ynghyd â 'Caru Cymru' Crwys – cerdd arall a gyhoeddwyd yn ystod y rhyfel – yw anthem fwyaf ystrydebol y canwr cerdd dant? Y gerdd hon – yn radical? Ond ar y pryd âi ffurfiau tafodieithol fel 'negas' ac 'odiath' ac 'awal' mor groes i wyddor brydyddol John Morris-Jones fel mai i'w fasged sbwriel y taflodd golygydd y *Welsh Outlook* hi! Dyna'r chwedl boblogaidd, o leiaf. Ac yntau'n fardd a ddeuai i fri cenedlaethol yn sgîl ei gerddi rhyfel, pwysigrwydd defnydd Cynan o'r eirfa lafar hon oedd ei fod yn rhoi sêl bendith swyddogol arni ac yn dangos fod ynddi hithau ddeunydd barddoniaeth safonol. Buom yn barod iawn i gydnabod cyfraniad y mwy academaidd barchus T. H. Parry-Williams yn hyn o beth, ond ni ddylem omedd i'r poblogeiddiwr Cynan ei gyfraniad yntau. Gwelir ei ddefnydd o eirfa fyw ac uniongyrchol ar ei orau mewn sonedau fel 'Cambrai, 1918' ac 'Y Bedd Dienw': 'Rhwbel, a llaid, ac ambell sgerbwd tŷ', 'Gwêl y groes/Luniodd rhyw ddwylo carbwl gyda phren/O hen focs bwli'. Mewn rhagair anorffenedig i'w gerddi rhyfel, crybwyllodd Wilfred Owen y sylw enwog, '*The poetry is in the pity*', sylw y gellir ei gymhwyso at y llinellau dewr o foel hyn gan Gynan.

Yngenais enw Parry-Williams wrth fynd heibio gynnau, ac er y gellid honni bod Cynan ac yntau'n siarad yr un iaith yn sicr ni rannent yr un weledigaeth. Yn ôl thesis Paul Fussell yn un o'r llyfrau uchaf eu parch a sgrifennwyd am lenyddiaeth Saesneg y Rhyfel Mawr, *The Great War and Modern Memory* (1975), '*I am saying that there seems to be one dominating form of modern understanding; that it is essentially ironic; and that it originates largely in the application of mind and memory to the events of the Great War.*' Yn anad unrhyw lenor Cymraeg arall, yng ngwaith y bardd o Ryd-ddu y gwelir gliriaf olwg hanfodol eironig ar fywyd yn datblygu yn ystod a thrannoeth y rhyfel. Yn lle deallusrwydd miniog Parry-Williams cafwyd teimladrwydd meddal Cynan. O wybod am flaengarwch Parry-Williams, does dim syndod fod beirniaid academaidd wedi dyfarnu Cynan yn sobr o henffasiwn o'i gymharu ag o.

Serch ei fod yn canu â'i lais ei hun, mae Cynan yn aml yn methu'r prawf gwreiddoldeb ac yn siomi ei ddarllenydd yn hyn o beth, agwedd ar ei waith y mae Derwyn Jones wedi ymchwilio iddi'n fanwl. Bodlonwn am y tro ar ddwy enghraifft o 'Mab y Bwthyn'. Y llinell epigramatig 'Dyn wnaeth y dref, ond Duw y wlad' i gychwyn: cyfieithiad digywilydd o eiriau'r bardd William Cowper o'r ddeunawfed ganrif, '*God made the country, and man made the town*'. Yn ail, y llinellau beiddgar 'Breuddwyd gwallgofddyn ydoedd Duw;/A hap a damwain ydoedd byw'; y mae'r adlais o 'Y Gennad', cerdd T. Gwynn Jones a sgrifennwyd ym 1904, yn rhy gryf iddo fod yn anfwriadol: 'Dywedais yn flin nad ydoedd/Bywyd yn werth ei fyw,/Mai damwain oedd bod a bydoedd,/Mai breuddwyd dyn ydoedd Duw'. Mewn difri, rêl pioden oedd Cynan! Er i John Gwilym Jones ein rhybuddio droeon nad oes fiw inni fynnu gwreiddioldeb gan unrhyw lenor, ni all y fath enghreifftiau beidio â'm siomi oherwydd eu bod nhw'n datgelu i mi dlodi meddwl Cynan. Ond, meddech chi, pan yw nofelydd cyfoes fel Wiliam Owen Roberts yn rhoi geiriau Bobi Jones yng ngenau'r Pab Clement VI yn *Y Pla* (1987), fe'i canmolir gan feirniad llenyddol a rhoddir enw crand fel 'mewndestunoli' ar y dechneg. Ie, meddwn innau, ond mae hynny'n rhan o'r gêm ddeallusol y mae'r awdur hwnnw'n ei chwarae yn gwbl agored. Yn wahanol i Gynan, dyw hi ddim yn fwriad gan ôl-fodernydd fel Wil Roberts daflu llwch i lygaid ei ddarllenwyr.

Un rheswm dros apêl arhosol cerddi Cynan i genedlaethau o ddarllenwyr yn ystod y ganrif hon – fel yn achos 'Cwm Pennant' Eifion Wyn neu 'Melin Trefin' Crwys – yw eu bod wedi eu cynnwys mor aml mewn blodeugerddi a ddefnyddiwyd ar feysydd llafur mewn ysgolion. Gellir enwi *Telyn y Dydd* (1918) a'r ddwy gyfrol *Beirdd ein Canrif* (1934), ond y fwyaf dylanwadol ohonynt i gyd o ran pennu chwaeth gyhoeddus oedd *Y Flodeugerdd Gymraeg* W. J. Gruffydd a gyhoeddwyd gyntaf ym 1931. Buasai'n gywirach petai Gruffydd wedi cyfeirio at ei flodeugerdd fel blodeugerdd o *delynegion* Cymraeg gan mai ar y *genre* hwnnw y mae pwyslais ei antholeg drwyddi, a cheir yn ei ragymadrodd y geiriau awdurdodol hyn: 'Gellid dywedyd gyda mwy o wirionedd nag a geir mewn llawer o'n cyffredinoliadau beirniadol, mai Hiraeth yw testun *pob* prydyddiaeth, neu o leiaf y brydyddiaeth honno a elwir gennym yn rhamantus.' A dyna'r hen Gynan wedi hawlio'i le yn saff yn y canon barddol. O ganlyniad, y math hwn o farddoniaeth *oedd* barddoniaeth Gymraeg i genedlaethau o ddisgyblion ysgol. A dydw i ddim yn argyhoeddedig, gyda llaw, fod y meddylfryd hwnnw wedi peidio'n llwyr. Ei ddrwg pennaf yw fod peryg iddo ddiffinio barddoniaeth Gymraeg yn nhermau rhywbeth siwgwraidd, melodaidd, neisneis, unochrog ei brofiad teimladol a thenau ei gynnwys deallusol.

Fynnwn i ddim dirmygu'r sawl sy'n dal i gael cysur o droi bob hyn a hyn at farddoniaeth Cynan, cysur yr un fath â hwnnw a geir o wrando ar hoff ddarn o gerddoniaeth. Rhan o fwriad diymwâd cerddi Cynan oedd cynnig difyrrwch, er fy mod i'n grediniol fod ei farddoniaeth wedi dioddef yn fuan iawn yn ei oes yn sgîl ei orawydd i blesio'i gynulleidfa. Ond mi fentrwn i ddweud yr un pryd fod yna farddoniaeth neu fiwsig arall ar gael hefyd.

Ac eto, dyna ni: mae barddoniaeth Cynan yn dal yn boblogaidd ac mae'n rhaid ei fod o, fel T. Rowland Hughes yn ei nofelau, wedi tapio rhyw agwedd ar fywyd mewn modd a wnâi i'r Cymry wirioni ar ei waith. Rhwng 1959 a 1974 ailargraffwyd *Cerddi Cynan* chwe gwaith: a ellir honni'r un poblogrwydd i waith unrhyw fardd cyfoes? Oherwydd cyflwr ein hiaith, diwylliant sy'n cael ei gynnal ar nawdd i raddau helaeth yw'r diwylliant Cymraeg. Petai Cyngor y Celfyddydau a'r Cyngor Llyfrau yn rhoi'r gorau fory nesaf i'w cymorthdaliadau i gyhoeddi llyfrau barddoniaeth Cymraeg, mi âi'r rhan fwyaf ohonom o dan y don yn syth bin ond mi fetiwn i y byddai marchnad o hyd ar gyfer Cynan a'i gerddi ac y bydden nhw'n gwerthu'n ddi-nawdd. Ac mae honno'n gamp na allaf i, yn ostyngedig ac yn eiddigeddus iawn, ond rhyfeddu ati.

ALUN CILIE
(Alun Jones, 1897-1975)

Dafydd Johnston

Ganed Alun Jones ym 1897, yr olaf o ddeuddeg o blant Jeremiah a Mary Jones, y Cilie, ger Llangrannog. Ei gefndir teuluol yw'r ffaith pwysicaf am y bardd hwn, oherwydd roedd Jeremiah Jones yn fardd medrus a ffraeth a drosglwyddodd ei ddoniau i'w blant, ac fe fu aelwyd y Cilie'n feithrinfa i nythaid o feirdd. Mae Alun Cilie'n un o'r enghreifftiau gorau yn y cyfnod modern o'r bardd gwlad, gŵr a fu fyw yn yr un ardal wledig ar hyd ei oes, ac a ganai gerddi mewn dulliau traddodiadol am bobl a phethau a adwaenai'n dda – bardd yn byw ac yn canu yng nghanol ei gymdeithas. Un gyfrol o'i gerddi a gyhoeddwyd yn ystod oes y bardd, sef *Cerddi Alun Cilie* (1964), ond ar ôl iddo farw ym 1975 fe olygodd ei gyfaill T. Llew Jones *Cerddi Pentalar* (1976).

Bu Alun fyw trwy gyfnod o newid mawr yng nghefn gwlad Cymru. Ar ôl caledi difrifol dau ddegawd olaf y 19eg ganrif, roedd y blynyddoedd cyn ac yn ystod y Rhyfel Mawr yn gyfnod cymharol lewyrchus i ffermwyr. Ond ar i lawr yr aeth pethau rhwng y ddau ryfel, a bu raid i lawer o bobl adael yr ardaloedd gwledig oherwydd tlodi. Gwaethygodd y diboblogi yn sgîl y mecaneiddio cynyddol ar y ffermydd, am fod angen llai o weithwyr na chynt. Pan oedd Alun yn fachgen yn yr oes gyn-beiriannol roedd pobl yr ardal yn dal i fedelu'r cynhaeaf ar y cyd, ond erbyn ei henaint roedd y dull hwnnw o gynaeafu wedi diflannu'n llwyr. Y newid yn y gymdeithas amaethyddol yw thema fawr ei waith, a rhoddir dyfnder arbennig i'w gerddi gan y ffaith fod y newid hwnnw wedi cyd-daro â'i fywyd ef ei hun, gan ddod yn fwy amlwg wrth iddo heneiddio. Mae ei hiraeth personol am ei ieuenctid yn mynd yn un â'i hiraeth am yr hen ffordd o fyw, ac felly mae llawer o'i gerddi'n bersonol ac yn gymdeithasol ar yr un pryd.

Edrych yn ôl yw safbwynt nodweddiadol Alun Cilie, ac mae'n hoff iawn o'r gystrawen 'Mae …?', ac o linellau ar batrwm 'Mydrau gêr lle bu'r medr gynt'. Mae'r safbwynt hwnnw'n gyffredin iawn ym marddoniaeth Gymraeg yr ugeinfed ganrif, ac mae perygl iddo droi'n hiraeth meddal, marwaidd. Mae Alun yn llwyddo i osgoi'r perygl oherwydd ei allu i ddarlunio'r hen ffordd o fyw'n fanwl ddiriaethol. Nid rhyw baradwys bell ddychmygol mohoni, ond rhan o'i brofiad. Efallai iddo ddelfrydu rywfaint ar yr hen fywyd, ac anwybyddu agweddau annymunol, fel y gwnaeth D. J. Williams yn *Hen Dŷ Ffarm*, ond y peth pwysig yw ei fod yn ailgreu'r bywyd yn ei farddoniaeth, fel y gall y darllenydd ei brofi. Hynny sy'n gwneud ei hiraeth yn ddiffuant ac ystyrlon.

Mae delweddau modern o'r bywyd gwledig yn tueddu i bwysleisio'r hamdden a'r heddwch, mewn cyferbyniad â rhuthr y dref. Mae hon yn agwedd a welir weithiau yng ngwaith Alun Cilie (e.e. 'Y Ffordd Fawr', C.63, a dechrau 'Y Pentref', C.P.55), ond pwysicach o lawer yw prysurdeb yr hen amser, 'dedwydd sŵn diwydiant'. Prysurdeb dynol oedd hwn, pobl yn cydweithio ac yn mwynhau cwmni ei gilydd. Gwelir hyn orau yn y disgrifiad o'r fedel yn 'Y Cynhaeaf' (C.29-33), lle sonnir am rai o aelodau'r cwmni'n unigol cyn eu darlunio'n gweithio gyda'i gilydd. Mae rhythmau'r llinellau'n cyfleu afiaith y cydweithio trefnus:

> Pob corff yn codi a gostwng fel bad
> Rhwng tonnau melynion môr yr ystâd.

A'r un yw'r rhythm wrth sôn am y sgwrsio amser bwyd, fel bod gwaith a hwyl yn ymdoddi i'w gilydd yn y darlun cyflawn:

> Dadlau am gampau y naill a'r llall,
> Sôn am orchestion a thrafod gwall.
>
> Cael blas ar fygyn ar wastad y cefn
> Cyn ail-ymhoywi a chychwyn drachefn.

Darlun arall arwyddocaol iawn yw'r gwaith wrth yr odyn pan fyddai'r llongau calch yn dod i draeth Cwmtydu, fel y gwelir yn y gerdd yn *Cerddi*, 'Cwmtydu'. Unwaith eto, mae rhythm y mesur tri thrawiad yn addas iawn i gyfleu'r prysurdeb a fu:

> Y lluoedd yn bloeddio, a'r odyn yn gwrido,
>   Iach afiaith a chwifio eu croeso i'r criw,
> Yr helynt a'r hwyliau, rhu'r offer a'r rhaffau,
>   Y chwedlau a'r dadlau di-edliw.

Agwedd nodweddiadol a berthynai i'r hen weithwyr oedd yr ymfalchïo mewn diwydrwydd a chrefft, ac mae Alun ar ei orau wrth fynegi hyn yn ei farddoniaeth. Mae lle amlwg iawn i'r gwaith o aredig yn ei gerddi, ac er ei fod yn waith slafus yn gofyn am gryn fedr, y mae ef bob amser yn ei weld yn waith boddhaus, e.e. yn 'Gwynfyd' (C.12). Rhan orau y gerdd hir 'Gelynion' (C.14-19) yw honno sy'n disgrifio Wil yn diwyllio tir gwyllt yr Hafod, fel yn y pennill cadarn hwn:

Trwy ei gaeau gwyllt turiai rhwyg ei gwlltwr
  A suddo i lawr at ansodd ei lain;
Ei ynni ar waith ym monau'r eithin,
  A bu ei ymdrech yn drech na'r drain.

Mae Alun yn defnyddio mesur pwyllog, urddasol y cywydd yn effeithiol iawn wrth ddisgrifio gwaith y fferm, e.e. yn 'Helem' (C.P. 28-30):

Bu cludo, bu caledwaith
A rhyfedd amynedd maith
Yma'n trin a phenlinio
Y gwisgi rawn megis gro,
Wythawr o waith ar ei hyd
A di-hoe slafio diwyd.

Mae Bois y Cilie'n enwog fel cynganeddwyr slic, trawiadol, ond yma mae holl fedr Alun yn cynhyrchu cynganeddion naturiol, cadarn, cwbl addas i'r pwnc dan sylw.

Yn y cerddi coffa y gwelir gwerthoedd Alun Cilie gliriaf, ac fel y gellid disgwyl, rhoddir cryn bwyslais ar grefft yr un a goffeir. Mae'r englyn canlynol, un o gyfres er cof am Sami Jones (C.84), yn enghraifft dda o'r ymhyfrydu mewn aredig:

Gyrrai'i dîm â geiriau dwys – ar y maes,
    Ger rhu môr diorffwys;
  'Redig oedd ei baradwys,
  A rhoi camp ar dorri cŵys.

Mae crefftwaith hefyd yn cael lle amlwg yn ei ddwy gerdd yn sôn am gapeli, 'Yr Hen Gapel' a 'Capel y Wig' (C.20-21; 74-75). Fel hyn y mae'n canmol gwaith y crefftwyr a gododd yr hen gapel:

Erys o hyd dros ei wedd
Ôl eu manwl amynedd;
Ôl cynion ar dalcennau
Ac ar fold ei gry' fwâu.

Er mai galarnad yw'r gerdd hon, nid yw'n gwbl ddigalon oherwydd tuedd Alun Cilie i werthfawrogi a dathlu'r rhinweddau a fu, ac mae'r un peth yn wir am lawer o'i gerddi. Mae'r agwedd foliannus ar ei waith yn atgoffa dyn o gerddi mawl yr hen gywyddwyr. Er enghraifft dyma ddarn o ddyfalu afieithus am yr helem:

Warws gringras gywreingron,
Y gorau nodd geir yn hon;
Pyramid y campwr mawr,
Cronfa'i aceri enfawr
Yn raenus bentwr cryno
Yn hafan ei ydlan o, ...

Mae Alun yn gwerthfawrogi'r holl bethau hyn am mai cynnyrch medr a diwydrwydd dynion ydynt. Caiff yr anifeiliaid a oedd yn cydweithio ag ef ar y fferm le anrhydeddus yn ei gerddi hefyd. Mae ganddo gywydd coffa tyner iawn i 'Moss' y ci (C.22-23), ac mae graen arbennig ar y cerddi sy'n sôn am geffylau. Enghraifft wych o'i sylwgarwch a'i gadernid diriaethol yw wythawd ei soned, 'Fy Ngwedd Geffylau Olaf' (C.19), sy'n dechrau:

Dau "Glydesdale" gwarrog oeddynt, hoyw ac abl,
A chlwstwr ceiniogau'r ceirch yn llathru'u graen;

Mae cynllun y soned honno'n syml iawn, gyda'r cyferbyniad arferol rhwng cynhesrwydd byw yr hen greaduriaid ac oerni annynol y peiriannau modern. Mwy annisgwyl yw cynllun y soned 'Sgrap' (C.12), sy'n sôn am waredu hen geriach yr oes a fu:

Allan o'r stabl a'r cartws aeth y cwbl –
  Y certi cist, y gambo fach a'r trap,
Erydr ceffylau o'r ffald, ungwys a dwbl,
  Yn bendramwnwgl ar y domen sgrap.

Mae'r cwpled olaf yn gweddnewid y soned trwy awgrymu'n gynnil yr hyn a gollwyd yn y newid o'r hen ddull i'r newydd:

Aeth rhywbeth mwy na sgrap drwy iet y clos
Ar lori Mosi Warrell am y rhos.

Mae angen bod yn gyfarwydd â cherddi fel 'Gwynfyd' ac 'Y Cynhaeaf' er mwyn iawn werthfawrogi ergyd y cwpled clo. Rydym wedi gweld 'manwl amynedd' Alun Cilie wrth ddisgrifio crefftwaith. Dyma enghraifft o rinwedd gyferbyniol yn ei waith, sef ei gynildeb awgrymus, rhinwedd a feithrinwyd gan ei brofiad fel englynwr, mae'n siŵr. Mae ychydig o sonedau myfyrdodus a mewnblyg ganddo, yn null T. H. Parry-Williams, fel 'Llwybrau' (C.P.31), sy'n wahanol iawn i'w gerddi gwrthrychol am waith y fferm. Mae 'Sgrap' yn gerdd arbennig, yn fy marn i, am fod y disgrifiad gwrthrychol o brofiad y bardd yn arwain yn gwbl naturiol at fyfyrdod sydd ar yr un pryd yn bersonol ac yn gyffredinol. Mae'n gweld diflaniad terfynol ei ieuenctid ei hun, a hefyd yr hen ffordd o amaethu, a'r drefn gymdeithasol a oedd yn gysylltiedig â hi.

Soned awgrymus arall yw 'Hydref' (C.P.38). Yr ymdeimlad â henaint a nesâd marwolaeth yw thema'r gerdd, ac mae dail yr hydref yn symbol go dreuliedig yn y cyd-destun hwnnw. Yr hyn sy'n gwneud y gerdd yn gyfoethog i'r darllenydd sy'n gyfarwydd â gwaith Alun Cilie yw'r cyfeiriadau at 'oelio'r combein' ar y dechrau, ac at y gwynt yn llusgo'r dail meirw 'dros goncrid cefn y tŷ' yn y cwpled olaf. Er nad oes gair o feirniadaeth, a bod natur o'i gwmpas mor hardd ag erioed, gwyddom fod Alun allan o'i gynefin gyda'r peiriant bondigrybwyll – efallai y daw i gof y llinell, 'com-bein lle bu'r camu byr' o'r cywydd 'Medi' (C.63). Ac un o'r symbolau mwyaf cyffredin o annaturioldeb marwaidd yr oes fodern yw concrid, peth a gysylltir fel arfer â'r ddinas yn hytrach na'r wlad. Felly mae'r awgrym o farwolaeth sydd yn y dail yn cael ei gryfhau gan y concrid. Unwaith eto, cyfunir yr ymdeimlad o heneiddio ar ran y bardd â'r arwyddion o newid yn y gymdeithas.

Anaml iawn y mae Alun yn cyfaddef anfanteision yr hen drefn, ond un eithriad yw wythawd y soned 'Gwerthu Llaeth' (C.P.27), lle ceir darlun go ffiaidd o fudreddi'r hen feudy. Ond y peth arwyddocaol am y darn hwn yw mai yn negyddol y'i cyflwynir: 'Nid oes nyth corryn mwy uwch gwâl y tarw …' Effaith hynny yw creu ymdeimlad o wacter, ac fe ddatblygir yr agwedd honno yn y chwechawd:

Ond er cael beudy gwyn, a llenwi'r siern,
A dŵr i olchi'r sodren fore a nos,
Golau a lloriau concrit – pob consern

A llwyfan mawr i'r llaeth wrth glwyd y clos,
Mae meinciau gwag y llaethdy'n y cefn cŵl
A'r noe, yn fy nghyhuddo mod i'n ffŵl.

Yr hyn a gollwyd wrth droi fferm yn fenter ariannol yw thema'r gerdd, ac mae'r ansoddair 'cŵl' yn arbennig o effeithiol yn cyfleu awyrgylch dymunol yr hen laethdy ar ôl y disgrifiad niwtral o'r cyfarpar newydd. Yn y bôn, yr un cyferbyniad rhwng hen a newydd sydd yma ag mewn cerddi fel 'Y Cynhaeaf' a 'Cwmtydu', ond ei fod yn cael ei fynegi'n fwy cynnil a chyfrwys yn y sonedau a ystyriwyd. Er nad oes dyddiadau wrth y cerddi unigol, rwy'n teimlo mai gwaith diweddarach yw'r sonedau hyn. Ni honnaf eu bod yn gerddi gwell na'r rhai symlach. Un o gampau pennaf barddoniaeth Alun Cilie yw'r darluniau manwl, byw o'r hen amser, ac mae'r rheini'n cyfoethogi a miniogi ein hymateb i'r cerddi cynilach.

Rwyf wedi canolbwyntio hyd yn hyn ar y cerddi sy'n edrych yn ôl i'r gorffennol, am fod yr agwedd honno'n ganolog yng ngwaith Alun Cilie, Ond y mae hefyd yn barod iawn i ymateb yn uniongyrchol i bethau o'i gwmpas, boed y rheini'n arhosol neu'n ddyfeisiau newydd. Mae ganddo nifer o gerddi sy'n seiliedig ar yr hen arwyddion tywydd a oedd yn rhan o lên lafar cefn gwlad. Yr hyn sy'n denu'i sylw'n arbennig yw'r newid parhaus ym myd natur, fel y gwelir yn yr englyn, 'Tywydd' (C.P.49):

Ddoe tawel oedd y tywydd – a heddiw
Nudden dros y moelydd;
Glaw er hynny fory fydd
A dwyreinwynt oer drennydd.

Yn yr un ffordd mae'n ymhyfrydu yng ngwaith tymhorol y fferm yn y soned 'Dydd Sadwrn Barlys, Aberteifi' (C.P.19). Rhestrir yr holl orchwylion y mae'n rhaid i'r ffermwr eu cyflawni cyn mynd i'r ffair, gan greu argraff o brysurdeb dibendraw, ac yna mae'r gerdd yn gorffen gydag eironi tawel fel hyn:

Bellach, a'r gwartheg godro mas y nos
Yn byw ar flaenion porfa faethlon Mai,
Caiff yn ei bwysau gyfle i frwsio'r clôs
A thynnu mygyn wrth wyngalchu'r tai.
Heno rhaid mynd i hwrli-bwrli'r ffair
Am egwyl fach cyn daw'r cynhaeaf gwair.

Nid yw hwrli-bwrli'r ffair yn ddim o'i gymharu â phrysurdeb y fferm, ond eto mae'r gair 'rhaid' yn awgrymu bod y ffair yn rhan o drefn sefydlog y flwyddyn fel yr holl dasgau eraill. Gellid dychmygu fod y gerdd hon yn ateb i bobl sy'n meddwl mai tawelwch hamddenol sy'n nodweddu bywyd cefn gwlad, ac eto nid oes dim chwerwder yma, ond yn hytrach dathlu a gorfoleddu. Mae'n nodweddiadol fod y soned yn gorffen trwy edrych ymlaen nid at y ffair ond at dymor arall, gan roi'r argraff o newid parhaus. Er mwyn cael golwg gytbwys ar waith Alun Cilie mae'n bwysig iawn dal cerddi 'diamser' fel hon ochr yn ochr â'r rhai sy'n dathlu'r bywyd a fu.

Cerdd arall sy'n nodi'r newid ar y fferm o dymor i dymor yw'r englyn 'Y Gŵys' (C.P.14):

> Rhwyg aradr dros war gweryd – yn llinell
> Union o gelfyddyd;
> Gwely lle cleddir golud,
> A thir âr lle ffrwytha'r ŷd.

Mae adeiladwaith yr englyn hwn yn syml iawn. Englyn diffiniadol ydyw, sy'n cynnwys tri disgrifiad cyfochrog o'r gŵys, un yn y paladr ac un ym-hob llinell o'r esgyll, heb ddim yn eu cysylltu'n gystrawennol. Gall y dull toredig fod yn wendid yn y math hwn o englyn, ond mae'n gwbl briodol yma am fod y tri gosodiad yn sôn am agweddau gwahanol ar y gŵys sy'n dilyn ei gilydd mewn trefn reolaidd ar hyd y flwyddyn. Torri'r gŵys, ac yna hau'r had ynddi, ac yn olaf tyfiant y cnwd. Mae cynllun yr englyn yn adlewyrchu'r broses a ddisgrifir. O fewn yr esgyll gellir gwahaniaethu rhwng y llinell seithsill sy'n sôn am y weithred o aredig, a'r gair cyrch a'r ail linell sy'n gwerthfawrogi'r canlyniad yn esthetig, fel petai'n mynegi bodd-had yr arddwr. Dim ond un trosiad sydd yma, yn y drydedd linell, ac mae hwnnw'n un mor gyfarwydd fel mai prin yr ydym yn ei weld fel trosiad. Er bod gan Alun ei ffordd arbennig o edrych ar bethau cyfarwydd, fel y gwelir er enghraifft yn ei englyn i'r twrch daear (C.P.41), ar y cyfan mae'n well ganddo'r gosodiad uniongyrchol sy'n gwerthfawrogi'r gwrthrych fel y mae, neu fel y mae ef yn ei gofio. Priodoldeb o ran mater a dull yw nod amgen ei farddoniaeth. Mae ganddo nifer fawr o englynion fel hwn, sy'n rhestru priodoleddau'r gwrthrych, ac mae llawer ohonynt yn gynnyrch cystadlaethau eisteddfodol. Mae ei englynion yn gytbwys iawn, ac anaml y mae'n dibynnu ar effaith llinell olaf drawiadol. Nid oedd yn gymaint o feistr ar yr englyn digrif â'i frawd Isfoel, ond mae hiwmor diniwed a hoffus yn y ffordd y mae'n ymateb yn syn i bethau cyffredin, fel yn ei englyn am gynnau tân (C.P.18):

Dim ond cwpwl o goed mân – yn y grât,
Yn gras o'r ffwrn bentan;
Yng nghegin braf fy hafan
Ymhen dim, mae yno dân!

Gwelir yr un syndod yn ei ymateb i ddyfeisiau newydd. Nid yw'n eu croesawu na'u gwrthod, ond rhyfeddu wrthynt, a'i dafod yn ei foch braidd. Cyfansoddodd gyfres o englynion i ddathlu dyfodiad y golau trydan i'r Cilie (C.47), gan wneud tipyn o hwyl am ei ben ei hun. Dyma englynion olaf y gyfres:

Y laf yn olau hefyd, – a'r passage,
Bwlb mawr posh dychrynllyd,
Ac ynghanol y golud
Mi ganaf mwy, gwyn fy myd.

Gwneud hwyl am ei ben ei hun yw pwrpas y ddau gywydd digrif yn sôn am ei salwch, 'Y Dwymyn Doben' (C.25-26) ac 'Yn Ysbyty Bronglais' (C.P. 23-26). Mae Alun yn defnyddio mesur y cywydd ar gyfer cerddi digrif yn aml, gan greu hiwmor o'r gwrthdaro rhwng yr arddull aruchel a'r pwnc dibwys. Mae cerddi fel 'Y Pwdl' (C.40-43) a'r cywydd yn ateb cywydd Aderyn Du Llew Jones (C.P.46-48) yn y dull ffug-arwrol, sy'n fath soffistigedig o lenyddiaeth yn dibynnu am ei effaith ar ymwybyddiaeth y gynulleidfa o anghydnawsedd yr arddull a'r mater. Yn y cyd-destun yma mae'n bwysig iawn cofio i Alun Cilie fyw ymysg beirdd eraill ar hyd ei oes, a'i fod yn canu cryn dipyn ar eu cyfer nhw. Mae delwedd boblogaidd y bardd gwlad fel gŵr diaddysg yn canu ar gyfer gwerinwyr syml ei ardal braidd yn gamarweiniol yn achos Bois y Cilie.

Wrth fwrw golwg dros waith Alun Cilie rwyf wedi amlinellu tri dosbarth o gerddi'n fras, sef cerddi hiraethus am yr hen amser, cerddi'n ymateb yn werthfawrogol i'r byd o'i gwmpas, a cherddi digrif. Nid yw dyn mor ymwybodol o'r gwahanol fathau o gerddi wrth ddarllen ei waith, am fod stamp ei gymeriad barddol yn eu cyfuno'n gyfanwaith. Yr un yw'r grefft gadarn ond tawel, yr un yw'r sylwgarwch manwl wedi'i fynegi yn ieithwedd gref a chyfoethog yr iaith lafar, a'r un yw'r cynhesrwydd dynol sy'n dathlu bywyd yn ei holl agweddau.

D. GWENALLT JONES
(1899-1968)

Robert Rhys

Rhwng 1939 a 1951, roedd Saunders Lewis yn ysgrifennu'n wythnosol i *Baner ac Amserau Cymru*, yn cyfrannu'r erthygl flaen yn y gyfres 'Cwrs y Byd', a hefyd yn trafod agweddau ar lenyddiaeth mewn cyfres o ysgrifau ac adolygiadau. Mae'r hyn sydd ganddo i'w ddweud am farddoniaeth gyfoes Gymraeg yn hynod o arwyddocaol, ac yn rhan o'i ymgyrch i hyrwyddo'r symudiad modernaidd newydd a gyfunai ymrwymedigaeth gadarnhaol wrthramantaidd o safbwynt gweledigaeth a blaengarwch dyfeisgar o ran arddull. (Mae'n briodol cofio mai yn y blynyddoedd hyn y lluniodd Saunders Lewis ei hun y rhan fwyaf o'i gerddi mawrion.) Y bardd sy'n cynrychioli'r symudiad hwn, yn anad yr un arall yng ngolwg Lewis, yw D. Gwenallt Jones. 'Pan gyhoeddwyd *Ysgubau'r Awen* daeth Gwenallt i mewn i'w deyrnas. Deallodd pob beirniad difrifol mai ef oedd y bardd mwyaf a'r unig fardd newydd mawr a gynhyrchodd Cymru rhwng y ddau ryfel … Mae cyfnod y bardd unig, sy'n tynnu ei ddeunydd o'i fywyd teimladol ei hunan, wedi mynd heibio. Gwareiddiad Ewrop, hanes a chyfoeth bywyd cymdeithasol, yr argyhoeddiadau a'r bywyd ysbrydol i ddynion sydd mewn Cristnogaeth, y pethau sy'n rhoi ystyr a llawnder i fywyd dynion yng Nghymru, daw'r darllenydd i gyffyrddiad â hynny oll yng ngherddi cyntaf y llyfr hwn.' (*Baner ac Amserau Cymru*, 10 Chwefror, 1943, 7) *Cnoi Cil* yw'r 'llyfr hwn' a adolygir, cyfrol gynhyrfus, wreichionog, ddadleuol, cyfrol a lambastiwyd ar gownt ei hideoleg honedig adweithiol gan y Marcsydd ifanc o Edeirnion, Tecwyn Lloyd, cyfrol y dathlwyd ei newydd-deb arwyddocaol o ran pwnc a phyncio yn orawenus gan yr ysgolhaig Tom Parry, sy'n gwawdio'r hen ystrydebau rhamantaidd: 'A ydych yn synnu gweled defnyddio mewn barddoniaeth eiriau fel tangarin, chweiniog, sgwadron, cwtsh-dan-stâr? Na ddigalonnwch; y mae'r hen ffrindiau yn y geiriadur o hyd – gorwel, pannwl, trum, rhi, rhên, rhin, rhiain; a'r diafl a'u cipio o'm rhan i'. (*Yr Efrydydd, 1943*). Ac fe roddodd Saunders Lewis yntau ei fys, does bosib, ar y nodweddion a wnâi Gwenallt yn newydd bryd hynny ac yn gyffrous i genedlaethau o ddarllenwyr: 'Mae'r rhithmau yn *Cnoi Cil* yn llai rheolaidd a llyfn. Ceir ynddynt aflonyddrwydd effro, bywydol, gwinglyd, yn gymhleth ag ymadroddi gwasgedig, nerthol. Cyfoeth geirfa, iaith llên a thraddodiad cerdd, iaith y wlad a iaith y cymoedd diwydiannol, a gwres angerdd meddwl hollol arbennig yn toddi'r cwbl yn ffrwd fetelaidd.' Y mae'r ymatebion eithafol o amrywiol i *Cnoi Cil* yn rhoi cip i ni ar fwrlwm syniadol pigog ac anniddig y blynyddoedd hynny ar ôl llosgi'r Ysgol Fomio ac yn ystod yr Ail Ryfel Byd. Ac mae'n ymddangos nad oedd damaid o ots gan Gwenallt ei fod e a'i waith yn ei chanol hi. Yn ystod y blynyddoedd hyn yn wir y lluniodd ddwy ysgrif hunangofiannol a fapiai ei bererindod ysbrydol a deallusol gan gyflwyno delwedd ohono fel bardd a fyddai'n tueddu i gyflyru ymateb ei ddarllenwyr am weddill y ganrif. (Cyhoeddwyd y naill ysgrif yn rhagymadrodd i gyfrol T. E. Nicholas, *Llygad y Drws* ym 1940, a'r llall yn y gyfrol *Credaf*, a gyhoeddwyd dan olygyddiaeth J. E. Meredith ym 1943.) Tybed a ellir priodoli teneurwydd cymharol yr ymdrin beirniadol a fu â gwaith Gwenallt yn rhannol i'r modd y bodlonodd amryw ddarllenwyr ar adael i Gwenallt gyflwyno dehongliad o'i fywyd a'i waith ei hun?

Ganwyd Gwenallt, David James Jones, ym Mhontardawe ym 1899 ac yn yr ysgrifau hunangofiannol a nodwyd yn ogystal ag yn y nofel atgofiannol *Ffwrneisiau* a gyhoeddwyd ar ôl ei farw rhoes yr awdur i ni ddarlun eger a chignoeth o amgylchiadau ei fagwraeth. Dilynodd y trywydd eisteddfodol cyfarwydd, gan ennill dwy gadair genedlaethol am ei awdlau 'Y Mynach' a 'Breuddwyd y Bardd', ond ei awdl enwocaf o bosibl yw'r un a wrthodwyd yn Eisteddfod Treorci ym 1928, sef 'Y Sant'. Fel pob un o feirdd arwyddocaol ei gyfnod sylweddolodd gyfyngiadau geirfa a delweddaeth Sioraidd a Rhamantaidd, ond aeth ymhellach na neb ohonynt ar hyd llwybr arloesi gyda rhithmau, delweddaeth a geirfa, ac fe ymwrthododd yn llwyr a hyglyw a phrotestgar hefyd â holl nodweddion thematig rhamantiaeth. Mewn adolygiad ar y gyfrol a olygwyd gan Caerwyn Williams, *Barddoniaeth Bangor* ym 1937, mae Gwenallt yn dychanu'n filain-sadistaidd yn ôl ei arfer ymlyniad ceidwadol beirdd y gogledd wrth themâu treuliedig rhamantiaeth, ac yn ein cyfeirio hefyd at natur ei weledigaeth ef ei hun ynghylch ei swyddogaeth fel bardd: 'Y mae mudiad rhamantaidd llenyddiaeth Gymraeg y ganrif hon, erbyn hyn wedi bwrw ei bwff ... Diweddodd y breuddwydion mewn hunllef. Troes y macwyaid yn seiri corff a'r rhianedd yn wragedd yr amdo ... Beirdd y bedd yw'r rhan fwyaf o feirdd *Barddoniaeth Bangor*. Aeth dirywiad y mudiad rhamantaidd i mewn i'w hymysgaroedd ifainc … Pam y cyffrowyd awen mor dywyll gan gwmnïaeth a chymdeithas coleg? A safai Angau tu ôl i seti Siliwen? A ymlithrai fyth a beunydd ar hyd mynedfeydd yr Athrofa ac a yfai goffi yn y Ffreutur? … Pwysigrwydd yr unigolyn sydd wrth wraidd eu hofn o angau, pan fydd dyn yn aelod o genedl neu'n ddinesydd o'r deyrnas Gristnogol, cyll angau ei ofnadwyaeth. … Diddymdra marwolaeth yw diweddglo unigolyddiaeth rhonc.' ('Beirdd yr Angau', *Heddiw*, Cyfrol 3, 1938-52) Cerddi a luniwyd rhwng 1933 a 1939, y blynyddoedd sy'n cwmpasu Penyberth, a gyhoeddwyd yn *Ysgubau'r Awen*, a rhag ein gwaethaf mae'n anodd peidio â gadael i losau rhyddiaith cyfarwydd y bardd ei hun lywio unrhyw arolwg ohonyn nhw. Ailddarganfod realiti pechod oedd un o'r camau mawr yn ei bererindod, hynny yng ngwaith Baudelaire yn arbennig, ac fe ymdrinnir â hynny yn uniongyrchol yn y soned 'Pechod' ac yn fwy simbolaidd yn 'Y Twrch Trwyth' ac 'Y Ffwlbart'. Er iddo roi blas tröedigaeth bersonol ar y modd y deffrowyd ei nwydau cenedlaethol gan ei ymweliad â Spideal, pan âi ei feddwl yng Nghonemara yn ôl i Sir Gaerfyrddin, yr oedd y safbwynt gwrthddiwydiannol a roddai fri ar gymunedau gwreiddiedig yn un blaenllaw o fewn rhengoedd y Blaid Genedlaethol, ac felly'r feirniadaeth ar y modd y diystyrai sosialwyr y gorffennol cyfoethog ac ar anallu gwleidyddiaeth faterolaidd i gynnig dadansoddiad ystyrlon a chyflawn o enbydrwydd cyflwr dyn a chymdeithas. Y Blaid Genedlaethol hefyd a fynnai ddangos i'r Cymry a swynwyd gyhyd gan ystrydebau cysurlon Rhyddfrydol, wir ddagrau pethau, y diagnosis dilys os dychrynllyd o glefyd y genedl. Aelod o'r blaid leiafrifol ac amhoblogaidd honno a luniodd y tair cerdd ar y testun 'Cymru' yn ystod y blynyddoedd hyn, a'r tair yn cyflwyno dehongliad o arwyddocâd hanes y genedl neu'n sylwebu'n Jeremeiaidd ar drueni ei chyflwr presennol. Mae'n werth cofio bod y soned sy'n dechrau 'Paham y rhoddaist inni'r tristwch hwn', a gyhoeddwyd yn wreiddiol yn *Heddiw* ym mis Rhagfyr 1936, yn gymaint o 'gerdd Penyberth' â dim a luniodd Williams Parry yn ymateb i'r un helynt. Bu'n gerdd hynod ddylanwadol ar y modd y syniodd cenedlaetholwyr Cymraeg am natur eu hymrwymiad i'w hachos (clywir adlais o'i byrdwn yn un o gerddi protest cynharaf Dafydd Iwan, 'Wrth Feddwl am fy Nghymru') ond tuag at ddiwedd yr ugeinfed ganrif beirniadwyd y gerdd gan ddarllenwyr a gredai fod ei safbwynt yn elitaidd a hunangyfiawn, a'i geirfa yn y chwechawd yn or-filwrol.

Yr enwocaf o'r cerddi a gyhoeddwyd yn *Heddiw* oedd yr un a rannai deitl y cylchgrawn, ac a gyhoeddwyd yn y rhifyn cyntaf un yn Awst 1936. Erbyn ei chyhoeddi yn y gyfrol rhoddwyd teitl newydd, 'Ar Gyfeiliorn' arni. Fe'i trafodwyd yn fanwl gan R. Geraint Gruffydd ac eraill yn *Barddas*, 54 (1981) 6-8; nodweddion blaendirol y gerdd (a luniwyd, mae'n werth cofio, bum mlynedd yn unig ar ôl 'Y Tlawd Hwn' W. J. Gruffydd) yw ei heithwedd flaengar ('ffag', 'ysgrap, ysindrins, yslag') ei mesur aflonydd sy'n ymwrthod â rhythmau esmwyth y telynegion, ei delweddaeth egr, a'i safbwynt ymrwymedig broffwydol sy'n cyhoeddi gwae uwchben effeithiau moderniaeth grefyddol a rhaib cyfalafiaeth fel ei gilydd. Mae'n gerdd sy'n ateb gofynion maniffesto fodernaidd Saunders Lewis i'r dim, ac nid damweiniol mo'r adleisio ar T. S. Eliot yn y llinell agoriadol, 'Gwae inni wybod y geiriau heb adnabod y Gair'.

Y mae 'Sir Forgannwg' yn un o sonedau mwyaf cyfarwydd *Ysgubau'r Awen*; mae'n crynhoi'n ddestlus olwg Gwenallt ar argyfwng ac anghenion dyfnaf y gymdeithas ddiwydiannol, ac yn enghreifftio rhai o'i ddyfeisiau llenyddol amlycaf, yn arbennig y modd y tynnir elfennau trosiadol o gyd-destun addas i'r gerdd. Fersiwn barddonol o'r arolwg a gynigiwyd yn 'Credaf' a geir yn y soned, arolwg o hynt dosbarth gweithiol a ecsploetiwyd gan y cyfalafwyr a'u bradychu gan y sosialwyr. Y mae'r chwechawd yn priodoli i foddion gras y Sul Cristnogol allu gwareiddiol, dyrchafol, gwaredigol, syniad a gyfleir yn rymus yn y cwpled olaf wrth i'r dyrchafu corfforol o waelod pwll droi'n ddarlun o ddyrchafiad ysbrydol. Berfau presennol a ddefnyddir yn y gerdd, fel pe bai'r bardd yn cynnig asesiad ffeithiol, gwrthrychol o le crefydd ym mywyd gweithwyr Morgannwg yn y tridegau, ond dehongliad y gellir anghytuno ag ef sydd yma, tafluniad o weledigaeth ideolegol y Blaid Genedlaethol i raddau helaeth. Yn *Cnoi Cil*, ailweithiodd Gwenallt batrwm 'Sir Forgannwg' mewn dwy soned arall, 'Cwm Rhondda' a 'Gweithwyr Deheudir Cymru', ond nid yw'r naill na'r llall yn meddu ar gyffro delweddol y soned gynharach. Bu'n myfyrio ar arwyddocâd ei berthynas â sir ei dadau, Sir Gaerfyrddin, yn rhai o gerddi'r tridegau, ac ochr yn ochr ag adroddiadau gonest ar ddirywiad a diboblogi gwledig ceir tuedd i gynnig darlun gorsyml o'r hen sir fel cymdeithas wledig, Gristnogol, wâr, wrthgyferbyniol i Forgannwg. Ond er bod modd cwestiynu cyflawnder y darlun diwylliannol a gynigir, does dim modd gwadu ei arwyddocâd yng nghyd-destun ymdrechion Gwenallt i ddiffinio'i fydolwg ei hun ac i argyhoeddi'i ddarllenwyr o'i ddilysrwydd. Mae'r soned 'Dartmoor' yn tynnu ar yr un gynhysgaeth hunangofiannol ag a ddefnyddiwyd yn y nofel fer *Plasau'r Brenin*, (1934), sef profiadau Gwenallt yn garcharor ar dir cydwybod yn ystod y Rhyfel Mawr. Wrth ail-greu'r myfyrdodau anesmwyth a'r awyrgylch hunllefus a amgylchynai fyd y carcharor ifanc sefydlir naws sinistr, ddieflig, dywyll; ond y mae atgof darluniadol o Sir Gaerfyrddin yn chwalu gafael y drygau ysbrydol ac yn awgrymu'n orchestol grefftus rinweddau iachusol cymdeithas amaethyddol a luniwyd ar seiliau Cristnogol:

A Thywi las fel llinyn yr hen wynfydau
Yn dirwyn rhwng hwsmonaeth y gwair a'r ydau.

Cerddi rhyfel, cerddi sy'n ymateb i'r profiad o fyw mewn cyfnod o ryfel, yw cynnwys *Cnoi Cil*. Bron nad yw'r bardd weithiau yn ymhyfrydu yn y modd y mae ail ryfel erchyll wedi dadlennu naïfrwydd optimistaidd moderniaeth ddyneiddiol a sosialaidd; dyna'n sicr gywair y gerdd olaf yn y gyfrol 'Dyn':

Lluchiaist gyfrolau'r ddiwinyddiaeth ddofn
I blith y cawdel yn y cwtsh-dan-stâr,
Gan sefyll ar dy sawdl yn syth ddi-ofn
A lledu tros y byd d'ysgwyddau sgwâr.

Lluniodd Gwenallt gyfres o gerddi pwysig yn y pedwardegau, ac fe'u cyhoeddwyd yn y gyfrol *Eples* (1951). Y mae cerddi agoriadol y gyfrol honno yn cynnig myfyrdod pellach y bardd ar 'y bobl a'r cynefin a fowld-iodd ei fywyd e'. Yn y gyfres agoriadol hon gwneir defnydd helaeth o ddelweddaeth ddiwydiannol, ac ar sail y cerddi hyn yn anad dim yr arfer-wyd defnyddio y label 'diwydiannol' wrth gyfeirio at Gwenallt, er taw canran gymharol fach o'i gerddi (tua 10%) sy'n sôn am y profiad o fyw mewn cymdeithas ddiwydiannol, neu'n defnyddio delweddau diwyd-iannol wrth gyflwyno bydolwg Cristnogol. Nid yw'r gerdd 'Y Dirwasgiad' yn nodweddiadol, gan nad oes ynddi fynegi argyhoeddiadau cryfion, yn hytrach y cyfan a wneir yw cofnodi'r ffaith eironig bod dirwasgiad cym-deithasol yn arwain at adferiad ecolegol. Ond y mae'n enghraifft dda o'r modd y mae'r bardd yn defnyddio delweddau gweladwy yn ganolbwynt i gerddi a allai droi'n anobeithiol o haniaethol dan law beirdd eraill. Yng ngherddi eraill y gyfres agoriadol hon yn *Eples* mae'r bardd yn dehongli ei gymdeithas a'i gynhysgaeth ef ei hun trwy ffenestr bydolwg Cristnogol. Ar lawer ystyr y cerddi hyn yw canolbwynt canon Gwenallt; ar sail y rhain y ffurfiwyd y ddelwedd gyffredin ohono fel bardd y profiad a'r tirlun diwyd-iannol. Ac i bob golwg y maent yn gerddi unplyg, diamwys, anghymhleth. Dyna a awgrymir gan lais barddonol Gwenallt, a'i gystrawennau hefyd. Cystrawennau sicrwydd yn amlach na heb, brawddegau syml a brawddegau cypladol heb lawer o is-gymalau i oleddfu neu gwestiynu'r genadwri ben-dant. Ac fe dderbyniwyd unplygrwydd y weledigaeth, neu ddarlleniad ohoni, gan ddarllenwyr am ddeugain mlynedd o leiaf ar ôl cyhoeddi *Eples*, gan fodloni ar ddehongli'r cerddi mewn modd goddefol, awdur-ganolog yng ngoleuni'r ysgrif *Credaf*. Ond cafwyd arwyddion diweddar o ymagweddu mwy beirniadol gan feirniaid fel John Rowlands ac M. Wynn Thomas. Mae John Rowlands yn cynrychioli'r adwaith anochel yn erbyn syniadaeth Gristnogol Gwenallt, syniadaeth a goleddir gan leiafrif ohonom erbyn hyn, ac aeth M. Wynn Thomas ati i ddarllen cerdd agoriadol *Eples*, 'Y Meirwon' yn groes i'r graen, gan ddadlau bod anghysonderau yn y testun sy'n ein cyfeirio at anniddigrwydd ym mherthynas y bardd a'i gynefin. (Gweler Rowlands, *Cnoi Cil ar Lenyddiaeth*, Llandysul, 1989 ac M. Wynn Thomas, 'Pwys Llên a Phwysau Hanes', yn Rowlands, *Sglefrio ar Eiriau*, Llandysul, 1992). Nid oes rhaid cytuno â phob manylyn yn nadansoddiad Wynn Thomas cyn cydnabod bod y cerddi 'syml' hyn yn feysydd astudiaeth mwy cymhleth o dipyn nag a dybid, ac mae'n ymddangos i mi y bydd mwy nag un o gerddi Gwenallt, yn gorfod wynebu'r cyhuddiad eu bod yn defnyddio dyfeisiau llenyddol i swyno'r darllenydd ac i guddio anghysonderau yn ymresymiad y gerdd wrth iddi gyflwyno dehongliad simplistig o hanes cymdeithasol. Enghraifft amlwg yw'r gerdd 'Sir Forgannwg a Sir Gaerfyrddin'. Y mae llawer o rym rhethregol ysgubol y gerdd hon yn cael ei gynhyrchu yn y pennill cyntaf gyda'r trosiad ysbrydoledig sy'n cydio ynghyd swyddogaethau deublyg Tomos Lewis o Dalyllychau fel emynydd a gof. Dyma Sir Gaerfyrddin y gerdd wedi'i sodro ym meddwl y darllenydd, felly; sir wledig, grefyddol, emyngar, yr un sir a gysurai'r llanc yng ngharchar Dartmoor. Sir Gaer Dyffryn Tywi, nid cymoedd diwydiannol Aman a Gwendraeth lle'r oedd i'r eglwysi safle o leiaf mor ganolog o fewn y gymdeithas. Arolwg atgofus goddrychol sydd yma, nid hanes gwrthrychol, ond y mae byrdwn y gerdd, sef gallu cyfannol Cristnogaeth, yn dibynnu ar i ni dderbyn dilysrwydd hanesyddol y dehongliad. Ac yn ôl y dehongliad, wrth gwrs, sir gwleidyddiaeth sosialaidd wrthgrefyddol yw Sir Forgannwg, ac unwaith eto, pwy yw'r darllenydd druan i ddadlau â delweddau mor rymus â hyn?

> Ond collwn y brefu am Ei wynepryd Ef
> Ar ben bocs sebon ar sgwâr y dref
> A dryllid ei hyfrydlais gan belen y crân.

Ac mae rhan gyntaf y trydydd pennill fel pe bai'n tanlinellu annigonolrwydd yr efengyl arallfydol, a hynny trwy gyfrwng cyfeiriadaeth goeglyd ar ddau o emynau enwocaf prif gynrychiolydd Sir Gaerfyrddin y gerdd, Williams Pantycelyn:

> Ni allai'r ddiwydiannol werin
> Grwydro drwy'r gweithfeydd fel pererin,
> A'i phoced yn wag a'i baich ar ei gwar.

Ond yna fe ddywedir wrthym fod Sir Gaerfyrddin yn bod yn Sir Forgannwg hefyd; ar ôl awgrymu gwrthdaro anghymodlon rhwng y ddwy wedd ar ei gefndir, fe ddywedir bod crefydd a gwleidyddiaeth yn elfennau yn niwylliant Cwm Tawe, ac mae'r cystrawennau yn awgrymu eu bod yn elfennau cydradd a chytbwys:

> Codem nos Sadwrn dros gyfiawnder ein cri
> A chanu nos Sul eich emynau chwi:
> Mabon a Chaeo; Keir Hardie a Chrug-y-bar.

Y dyfeisiau rhethregol, y defnydd pendant o gyfochredd sy'n awgrymu cymod a phartneriaeth rhwng yr agweddau gelyniaethus; ni chafwyd unrhyw esboniad ystyrlon ar y naid sy'n digwydd ynghanol y trydydd pennill. Mae'n debyg y gellid dadlau bod y bardd yn tynnu gwahanol ddarluniau digyswllt o'i atgofion, a'i fod am ddangos bod anghysondeb yn agweddau'r gweithwyr at grefydd, fel y gwnaeth gyda'u hagwedd at genedligrwydd yn y gerdd 'Rygbi'. Ni waeth beth a ddywedid yn y cyfarfod gwleidyddol felly, yr oedd yr emynau Cymraeg yn rhan o ddiwylliant cymdeithasol y gweithwyr, ac emyndonau Sir Gaerfyrddin, eto yn ôl awgrym y ddyfais gyfochrog, yn mwynhau safle cydradd o ran arwyddocâd ag arweinwyr llafur y de. Y mae'r dweud yn bert ac yn drawiadol, ond y mae'n gorffwys yn anesmwyth gyda'r darluniau blaenorol sydd mor wawdlyd feirniadol o amherthnasoldeb crefydd yn y pair gwleidyddol. A hwyrach bod y rhagenwau hefyd yn arwydd o anesmwythdra safle'r traethydd. Yn yr ail bennill mae Gwenallt fel pe bai'n perthyn i Sir Gaerfyrddin, trwy ei gysylltiad teuluol â Llansadwrn, ac i Sir Forgannwg ei gynefin sefydlog. Uniaethu ei hun â diwylliant Morgannwg yn hytrach na Sir Gaer a wna ym mhennill tri, 'dros gyfiawnder ein cri … eich emynau chwi' ond yn y pennill olaf mae'n sylwebu yn y presennol ar dueddiadau ddoe ac yn cyfeirio at y ddwy garfan fel 'hwy', fel pe na bai bellach yn perthyn i'r naill na'r llall, ond yn hytrach wedi darganfod amgenach ffordd sy'n medru cynnwys elfennau gorau'r ddau draddodiad. Gellir esbonio'r pellhau hwn mewn termau daearyddol a dosbarth wrth gwrs, gan fod Gwenallt adeg llunio'r gerdd yn ddarlithydd yn Aberystwyth, ond mwy arwyddocaol dybiwn i yw safle Gwenallt fel aelod blaenllaw o'r Blaid Genedlaethol, ac un a fu'n cyflwyno dehongliad y Blaid o ddiwylliant a llenyddiaeth Cymru yn gyson drwy'r tridegau a'r pedwardegau. Ac yr oedd arweinyddiaeth y Blaid wedi ymwrthod yn llwyr â'r olwg sosialaidd ar gymdeithas a hanes, ond wedi ymbellhau hefyd oddi wrth y diwylliant anghydffurfiol a'i gysylltiadau clòs â'r Blaid Ryddfrydol a'i agwedd biwritanaidd at ddulliau addoliad. Gadael anghydffurfiaeth am eglwysi a roddai fwy o bwyslais ar ddefod neu ddelwedd a wnaeth Gwenallt ac Euros Bowen, fel Saunders Lewis o'u blaen. (Ac roedd rhai o aelodau'r Blaid yn hoff o gyfeirio at eu rhaglen wleidyddol nhw fel 'y drydedd ffordd' – 'Gyda ni y mae'r drydedd ffordd' oedd teitl ysgrif gan Waldo Williams yn y *Ddraig Goch* yn ystod y pedwardegau.)

Ond mae'n anodd i'r darllenydd gymryd hoe i gysidro'r pethau hyn, oherwydd mae clamp o linell ysgubol yn disgwyl amdano bob gafael – 'Ac y mae lle i ddwrn Karl Marcs yn Ei Eglwys Ef'. Dyw'r llinell stroclyd hon ddim yn gwbl ddiamwys chwaith, gan i Gwenallt ddatgan mewn ysgrif yn y *Faner* yn y pedwardegau mai'r peth gwerthfawr yng ngwaith Marcs oedd pwyslais Iddewig yr hen destament ar gyfiawnder! Ond erbyn y tair llinell olaf fe dynnir y stops rhethregol i gyd ma's wrth i'r parau cyferbyniol a chyflythrennol gael eu cyfannu a'u cynnwys o fewn 'rhychwant y Groes'.

> Cydfydd fferm a ffwrnais ar Ei ystad,
> Dyneiddiaeth y pwll glo, duwioldeb y wlad
> Tawe a Thywi, Canaan a Chymru, daear a nef.

Fe fwyheir gwahaniaethau er mwyn mawrygu'r fraint o'u cyfannu, ac y mae'r esgynneb olaf yn uchafbwynt i ddefnydd cywrain a chyfrwys y bardd o ddyfeisiau rhethregol yn y gerdd, dyfeisiau sydd i fod i'n gadael ni yn syfrdan gan edmygedd at gampau'r bardd, ac o'r herwydd i dderbyn ei ddadansoddiad a'i weledigaeth yn oddefol ddigwestiwn. Amau yr wyf i fod y gerdd yn arddangos arwyddion o dyndra wrth i'r bardd geisio ffitio'i gynhysgaeth hunangofiannol i fewn i fframwaith y syniadaeth gymdeithasol a arddelid gan rai o feddylwyr y Blaid Genedlaethol dan ddylanwad Jacques Maritain ac eraill. (Mwy argyhoeddiadol o dipyn i mi, sy'n rhannu golwg Gristnogol y bardd ar y byd, yw'r cerddi crefyddol llai rhethreglyd a mwy unplyg a gafwyd ganddo yn ddiweddarach.) Rhoddais sylw a all ymddangos yn anghymesur i'r gerdd hon am fy mod yn rhyw amau y gwelir cryn newid yn y modd y darllenir ac y gwerthfawrogir cerddi Gwenallt yn yr unfed ganrif ar hugain.

Annoeth hefyd fyddai derbyn yn derfynol y farn boblogaidd am y cerddi a luniodd Gwenallt ar ôl cyhoeddi *Eples*. Dwy gyfrol arall a gafwyd, *Gwreiddiau* ym 1959, ac *Y Coed* ar ôl marw'r bardd ym 1969. Yr hyn a ddywedir fel arfer yw bod cyneddfau dychmygus Gwenallt yn gwanio bellach, ac na cheir yma yr un arbenigrwydd ar y dweud ag a gafwyd yn y tair cyfrol blaenorol. Y peth lleiaf y medrir ei ddweud yw bod Gwenallt yn synhwyro na all ddal i byncio yn yr un rhigolau yn union ag a wnaeth ers ugain mlynedd. O'r herwydd un soned yn unig a geir yn *Gwreiddiau*, ac mae arddull y cerddi at ei gilydd yn fwy llac a rhyddieithol. Ond er colli'n fwriadol rywfaint o fabolgampau trosiadol a rhythmig y blynyddoedd cynt, tybed nad oes yma ennill hefyd o ran aeddfedrwydd myfyrdod ac awdurdod tawel, sobr y dweud? Y mae hyn yn sicr yn wir am y cerddi 'cenedlaethol' a luniodd yn ystod y pumdegau; mae'r bardd yn ymddiheuro yn 'Cymru' am fytheirio condemniol, hunangyfiawn y tridegau, 'canys nid ydym yn broffwydi anffaeledig nac yn seintiau cyfiawn:/ Nid yw ein cyrff a'n heneidiau ninnau yn iach.' A cheir osgo gostyngedig tebyg yn y gerdd eithriadol rymus, 'y Genedl'; er na chollwyd egrwch gweld na mynegiant y cerddi cynharach, y mae'r uniaethu tosturiol ag argyfwng y genedl yn cynhyrchu barddoniaeth braffach o lawer na'r sonedau cenedlaethol a ysgrifennwyd ym merw'r tridegau:

Ond mynnwn dy ddwyn i ward yr ysbyty
  Lle y dihetrir dyn yn noethlymun dlawd;
Y byd a'i bwysigrwydd y tu allan i'r ffenestri,
  Arian a swydd a chysur a chnawd:
Heb ddim ond cwpwrdd a phot a phangau
Yn y mynachdy y drws nesaf i'r angau.

A'th gario ar gerbyd i'r gwely haearn
  I ystafell y sisyrnau a'r cyllyll di-haint,
Lle y tynnwyd tan ei goleuni a'i distawrwydd
  Trwy'r canrifoedd hen gancr euog y saint:
Y mae'r meddyg gwyn wrth yr atgas operasiwn
Yn theatr drugarog, atgyfodus Ei basiwn.

Hanner cant o gerddi a gaed yn *Gwreiddiau*, y rhif hwnnw'n cynnwys y gerdd hir 'Jezebel ac Elïas' a chyfres o epigramau sy'n cynnig sylwebaeth goeglyd, ddeifiol, ar y byd a'i bethau. Y mae llai o dwrw ynghylch Gwenallt bellach, mae'n ddigon hyderus i ganu cerdd syml fel 'Gardd', sy'n sôn am frwydr barhaus y garddwr yn erbyn chwyn, gan adael i gynodiadau ambell air ledawgrymu fod yma ddarlun o filwriaeth ysbrydol y Cristion yn ogystal:

Ond annoeth ydyw brysio canu corn,
  Canys bydd raid eilwaith grymu cefn,
Rhag i'r diffeithwch sydd o dan y pridd
  Dagu'r holl degwch drachefn.

Rwyf am orffen trwy ddyfynnu un arall o gerddi *Gwreiddiau*, cerdd lle mae'r bardd yn adolygu ei yrfa ac mewn gwirionedd yn diffinio ei harwyddocâd. Y mae'r gerdd gyfeiriadol 'Y Drws' yn cofnodi'r modd y troes Gwenallt ac eraill o'i genhedlaeth eu cefnau ar y ddihangfa ramantaidd, y modd y bu'n rhaid iddyn nhw wynebu dagrau pethau o ran cyflwr cymdeithas a chyflwr calon dyn, a'r modd y dyrchafwyd moddion gras yng ngolwg rhai ohonynt yn gyfrwng adferiad personol a chenedlaethol.

Fel y seithwyr gynt yn Harlech a Gwales
  Buom ninnau yn y neuadd dridrws uwch y lli,
Yn gwrando ar gerdd yr adar esthetig,
  A difwyn oedd pob cred arall wrthi hi.

Yr heulwen ni threiddiai trwy ei rhamantaidd ffenestri
Ac ecstasi'r gwleddoedd dandïaidd, Khayyâm;
A dawnsiai ynddi ganhwyllfflam gnawd y canrifoedd,
Helen a Salome a *La Belle Dame*.

Ond Heilyn a agorodd y drws gwrthnysig:
A chlywsom ddiasbad y wlad yn ei loes,
Cyfarth coch y dwst diwydiannol;
A gweled y bara, y gwin a'r Groes.

JAMES KITCHENER DAVIES
(1902-1952)

Siôn Aled Owen

Tra bu gormod o feirdd a rhigymwyr Cymru'n llawer rhy barod i gyhoeddi cyfrol ar ôl cyfrol o ddeunydd israddol, bu rhai o'n beirdd gorau yn gynnil iawn gyda'u cynnyrch (cyhoeddedig, o leiaf), ac i'r dosbarth hwn y perthyn James Kitchener Davies. Mae'n wir y gellir ystyried peth o'i ddeunydd dramayddol, a'i 'gerdd ddramatig' *Meini Gwagedd* yn arbennig, yn fwy o farddoniaeth na rhyddiaith, ond hyd yn oed wedyn, nid yw llafur y beirniad yn fawr iawn i bori drwy'r cyfan. Yn wir, y mae'n eithaf posibl na fyddai gofyn ysgrifennu pennod ar 'Kitch' (fel y cyfeiriwyd ato gan ei gyfeillion yn ystod ei oes ac wedyn) o gwbl ar gyfer y gyfrol hon oni bai am y gerdd a gyfansoddodd yn llythrennol ar ei wely angau annhymig, sef 'Sŵn y Gwynt sy'n Chwythu', ac fe ddychwelwn i weld pa mor bwysig yw tystiolaeth y bryddest honno am ei ddawn a'i gymeriad.

Wrth astudio gwaith Kitchener Davies, mae dyn yn teimlo ei fod yn cael golwg ar fywyd y bardd a bywyd ei genedl ar gefndir o fygythiad deublyg – yn fygythiad cadarnhaol, creadigol ar y naill law ac yn negyddol ddinistriol ar y llall. Fe ystyriwn yn gyntaf y gerdd-ddrama lle mae'r bygythiad dinistriol yn dod fwyaf i'r amlwg, sef *Meini Gwagedd.*

Yma, y gors (Cors Caron plentyndod Kitch) yw'r symbol cefndirol o fygythiad dinistr. Ond mae'n bwysig cofio, fel y sylwa Bobi Jones, nad 'alegori a geir, ond ffotograff ysbrydol' (*Barn*, 1966, 272) gyda phortreadu darfodedigaeth ysbrydol, corfforol ac economaidd, a'r tri yn cyd-wau'n batrwm dychrynllyd, angheuol.

Ysbrydion yw'r cyfan o'r cymeriadau: Y 'Tri', sef Gŵr Glangors-fach a'i ddwy ferch, a'r 'Pedwar', sef y ddau frawd a'r ddwy chwaer a brynodd y fferm yn rhad gan y 'ladis', ond a suddodd yn anochel i ddarfodedigaeth y gors. Adroddir hanes y Pedwar yn ddeifiol o realistig: trasiedi colli Berti, plentyn Sal a Rhys, a beio Ifan am ddychryn y gaseg, a pheri i'r plentyn syrthio a tharo ei ben; merch Ifan ac Elen, Lisi-Jane, yn gadael cartref i hel cariadon, ac yn cael plentyn siawns; a'r eironi pathetig mai

> iddi hi a Berti roem ni'n cymryd y lle,
> y plant oedd i ffermio'r dyfodol.

Ond mae'r gelynion ysbrydol, corfforol ac economaidd yn cynghreirio i sicrhau na fydd dyfodol. Daw'r beili i ddisbyddu'r dyledion, ac mae Elen yn gorfod gadael 'yn y bore', am y seilam, fe dybiwn. Yn y diwedd, ildia Rhys i boenau meddyliol y biliau, ac artaith corfforol y gangrîn, a'r crwner yn cloi pen y mwdwl yn rwtînaidd daclus:

> Clercyn o was cyfraith yn parota'i adnodau parod,
> yn doethinebu â chlebar-wast, a phob diodde
> iddo'n ail-law, ac yn glec i'r papurau.

A thrwy'r cyfan, y gors sydd yn cael y bai:

> Y gors ddaeth â'r beili i Langors-fach …

Cysylltir yn effeithiol iawn y digwyddiadau naturiol, y tu allan i'r muriau, fel petai, â'r dinistr dynol, fel yma:

> Y dŵr sydd yn peswch, fel dŵr yng ngheg cwter –
> yn peswch trwy'r ysgyfaint yn goch fel rhwd pibau
> cwterion y gors –
> yw'r nych a'r decâd.

Yn hanes y perchnogion blaenorol y ddarfodedigaeth ysbrydol sy'n dod fwyaf i'r amlwg. Ar y naill law ceir y tad sy'n mynnu iddo 'feddwi ar garu fy mhlant', ac eto mae'n dod yn amlwg fod y 'dreftadaeth' wedi cymryd lle'r etifeddion dynol yn ei serchiadau, fel ei fod yn cyhuddo i ferched o fod yn

> Llofruddion fy mhlentyn, fy Nglangors-fach,
> llofruddion treftadaeth wrth linyn y bogail …

Maent hwythau, fodd bynnag, yn sylweddoli mai 'magu plant, nid epilio etifeddion, yw iechyd', ond gan nad ydynt y barod i 'blanta'n gors, nac o'r gors', ceisiant ddianc at gysuron rhywiol a materol y dref, ond heb lwyddo, yn ôl pob golwg, hyd yn oed yn hynny o beth. Yn wir, cronicl a geir yn hanes y merched o artaith cancr enaid chwant a thrachwant rhwystredig, ac yn achos y Gŵr, purdan y sylweddoliad iddo 'genhedlu marwolaeth', purdan sy'n troi'n uffern oherwydd nad yw ei falchder yn caniatáu iddo ryddhad edifeirwch am ei gyfrifoldeb ei hun am ei dynghedfen.

Mae'n anodd, yn wir, osgoi termeg ddiwinyddol wrth drafod *Meini Gwagedd*, ac mae defnydd y bardd ei hun o ddyfyniad o Eseia 34 yn dangos nad damwain mo hynny. Datganiad o farn yn erbyn Edom a geir yno, proffwydoliaeth o anrheithiad absoliwt yn nwylo elfennau dinistriol o fyd natur – anifeiliaid rheibus a fulturaidd yr anialwch yn yr Ysgrythur, y gors yn y ddrama.

Mae'n ddigon gwir hefyd y gellir ystyried y ddrama fel alegori o ddarfodedigaeth cenedl, ac roedd Kitch yn sicr yn ymwybodol o hynny'n digwydd o'i gwmpas yn y Rhondda. Ond fel yn achos hanes Israel yn y Beibl, mae mwy yn y fantol yma hyd yn oed na dyfodol cenedl. Mae'r 'ffotograff ysbrydol' yn dangos i ni effeithiau darfodedigaeth llawer mwy terfynol na hyd yn oed angau corfforol, sef darfodedigaeth pechod. Sonia'r gwyddonwyr am 'entropi', y duedd sydd yn y bydysawd i symud yn anochel i gyfeiriad ymddatod ac anhrefn a fydd, yn ôl y dybiaeth, yn esgor yn y diwedd ar fydysawd oer, tywyll a diymadferth.

Yn *Meini Gwagedd* mae tueddiad dyn at bechod, a natur ddistrywiol y greadigaeth o'i gwmpas, yn cydweithredu i greu yr un effaith. Mae delfrydiaeth wyrdroëdig y Gŵr, hunan-les penderfynol y merched, a gobeithion pathetig y Pedwar fel ei gilydd, yn gorfod ildio i ddinistr heintus y gors, sydd yn y cefndir drwy'r amser yn edliw iddynt bob arwydd o obaith a phob siawns am waredigaeth, ac yn cyhoeddi 'na bo dianc i neb rhag gwallgofrwydd y gors'.

Ac nid yw hyd yn oed angau ei hun yn diddymu'r artaith: yng ngeiriau Elen a Sal,

> Y marw di-hedd a'r beddau a'n gwrthyd:
> dyna'r rhent, dyna'r les wedi'r gwyn-fan-draw.

Dylid sylwi hefyd ar y modd y mae ffurf y gerdd-ddrama hon yn cydweithio ag ystyr mewn ffordd sy'n nodweddiadol o ymdrech Kitch at unoliaeth ffurf a chynnwys. Mae Bobi Jones yn cyfeirio at undonedd y mydr, ac yn casglu o hynny 'nad oedd y gynulleidfa'n uchel iawn ymysg ystyriaethau Kitch y tro hwn', a gellid dadlau o hynny o blaid y farn fod yma fwy o gerdd ddramatig na drama fydryddol. Eto (ac fe gydnebydd Bobi Jones hyn), mae'r undonedd ynddo'i hun yn gyfwead â'r hyn a gyfleir yn y gerdd – undonedd methiant fel rhyw is-dôn i bob llwyddiant a gobaith ymddangosiadol. Mae'r ailadrodd ar gymalau a mydrau yn ddull hynod effeithiol o ddyrnu'r realiti didostur i ymwybod y darllenydd, yn arbennig y ffordd y gosodir '... y gors' fel acen ddisgynedig ar ddiwedd llinell neu baragraff dro ar ôl tro yn rhan olaf y gerdd.

Os temtiwyd y bardd-ddramodydd i adael i ryw lygedyn o obaith sleifio i mewn i dywyllwch *Meini Gwagedd*, nid oes unrhyw dystiolaeth iddo ildio i'r demtasiwn. Ond fe grybwyllais fod yna fygythiad cadarnhaol yn gefndir i'w waith hefyd. Mae'r bygythiad hwnnw'n dod i'r amlwg gyntaf ar ffurf myth, a hynny yn *Ynys Afallon*, gwaith a ddisgrifir gan Mair I. Davies, gweddw'r bardd, fel 'drama fer led-fydryddol' (*Gwaith James Kitchener Davies*, 206) er nad yw'r elfen fydryddol mor amlwg o gwbl ag ydyw yn *Meini Gwagedd*. 'Ymadawiad Arthur' yw'r cefndir, gyda gwaith Malory a T. Gwynn Jones (y dyfynnir yn helaeth o'i awdl) yn amlwg eu dylanwad. Mae'r bygythiad yma'n gadarnhaol oherwydd, er bod difancoll cenedl yn amlwg dan ystyriaeth, gwelir hynny fel ysgogiad i wneud rhywbeth i osgoi'r dynged honno – nid tynged anochel mohoni. Mae'r amwyster canolog ynglŷn ag ymadawiad Arthur ei hun – o safbwynt y byd, ymadael i farw y mae, ond i'r sawl sy'n deall y myth, mae ei ymadawiad yn rhagflaenu iachâd a dychweliad.

Mae'r cwestiwn yn naturiol yn codi, pam y bu i'r bardd syrthio o obaith petrusgar canol y tridegau, pan gyfansoddodd *Ynys Afallon*, i anobaith diachubiaeth *Meini Gwagedd* ym 1944? Mae un ateb, mi gredaf, yn y ffaith mai mytholeg yw cefndir y gwaith cyntaf, ac mae methiant y bardd i gyrraedd unoliaeth gadarn rhwng myth a realiti i'w weld yn amlwg yn y gwaith ei hun – mae yna rywbeth trwsgl, o safbwynt syniadaeth yn ogystal â chrefft, yn ei ymgais i wau golygfeydd a symbolau o fytholeg y ddeuddegfed ganrif a chynt gyda digwyddiadau hanesyddol o'r oesoedd canol a sefyllfa real canol yr ugeinfed ganrif. Nid yw'n 'gweithio' fel drama, ac mae'n amlwg na weithiodd fel sylfaen ar gyfer bywyd y bardd ei hun. Nid oedd ganddo ddewis yn unionsyth, felly, ond wynebu realiti ar ei fwyaf didrugaredd yn *Meini Gwagedd*.

Ond mae'n amlwg na fodlonwyd ef gan hynny ychwaith – ni throes yn awdur nihilistaidd, ond yn hytrach cyfyd yn *Ing Cenhedloedd* (1945) rywbeth mwy sylfaenol na'r myth cenedlaethol, sef y myth Cristnogol. Mae myth yn gallu symboleiddio realiti, ac yn sicr yn gallu dylanwadu ar realiti, ond heb fod yn rhan o realiti ei hun, ac fe ddadleuwn ar y pryd yma fod prif elfennau'r ffydd Gristnogol eto'n aros y tu allan i brofiad uniongyrchol Kitch o realiti – amgyffrediad o bell, ar lefel fytholegol, sydd yma. Ac efallai oherwydd hynny, mae'r arddull yn fecanyddol ac yn amleiriog, gan ymdebygu ar adegau i arddull rhai o bryddestau 'crefyddol' y ganrif ddiwethaf, yn llawn haniaethau a metafforau cymysglyd.

Mae'r gerdd ar ei hyd yn anodd i'w darllen ac yn fwy anodd i'w deall! Ond y mae hi'n dangos y frwydr oedd yn cychwyn yn enaid y bardd rhwng y fateroliaeth syml, ond gwacsaw, a gynrychiolir yma gan broses esblygiad, a'r goruwchnaturiol, eto ar ffurf myth, sy'n fygythiad gobeithiol, a'r gobaith hwnnw'n cael ei grynhoi'n baradocsaidd yng ngweithred Crist yn 'dewis dewis marw'.

Ceir yr un bygwth gobaith yn dod i'r amlwg yn ei gerdd fer 'Le Bon Dieu Est Mort', lle mae ei driniaeth eironig o anghrediniaeth yr oes yn bradychu ei amheuaeth o'i amheuaeth ei hun:

> Cred gelwydd yr ugeinfed ganrif hon:
> Bu farw Duw, daeth annuw newydd sbon.

Yn y cyfnod hwn roedd Kitch yn byw ei fywyd mewn cyswllt ag anghydffurfiaeth Gymreig a Chymraeg, ond eto yng nghanol cynnwrf comiwnyddiaeth y Rhondda, yn bregethwr lleyg, ond yn amheus o'r sefydliad anghydffurfiol, ac adlewyrchir ei ymlwybriad yn y rhandir neb yma yn ei waith yn y cyfnod hwn.

Erbyn 1946, fodd bynnag, pan gyfansoddodd y bryddest 'Yr Arloeswr', roedd yn amlwg yn camu'n llawer mwy pendant i gyfeiriad Cristnogaeth. Mae'r gerdd fel petai'n adrodd ei hanes ysbrydol ef ei hun hyd yma. Yn y rhan gyntaf, cyfeddyf iddo ymddiried yn llwyr i reswm dynol, gan aralleirio ieithwedd Pantycelyn mewn ffordd effeithiol eironig, er enghraifft:

> Ymddiriedaf yn fy ngallu ...
>
> ... ni orchfygir yn dragywydd
> fod â'i hanfod ynddo'i hun [hynny yw, dyn].

Ond wedi sylweddoli mai 'gwallgo finnau'n ŵr rhy gall', try yn yr ail ran at fytholeg:

> â swyn-gyfaredd ac â hud
> a lledrith yn disgrifio'r byd.

Ac yna, try i gyfeiriad Cristnogaeth eto, gan addef iddo, wedi suro â dyneiddiaeth fateryddol, ac arbrofi'n aflwyddiannus â chwedloniaeth, redeg

> ras
> i lan cadernid dogmâu Gras.

Mae'r arddull, fel y mae hyd yn oed yr ychydig ddyfyniadau uchod yn dangos, wedi aeddfedu cryn dipyn mewn cymhariaeth â chlogyrniaeth *Ing Cenhedloedd*, ac mae hynny, fe faentumiwn, yn adlewyrchu sefyllfa mwy sefydlog yn ysbryd y bardd. Ond nid yn derfynol sefydlog ychwaith, achos er ei fod wedi penderfynu ar ba gyfeiriad sy'n ei ddenu, er ei fod wedi cofleidio'r 'dogmâu', ac er bod yna symud wedi bod o hirbell-dremu ar fyth i gyffwrdd â realiti, y mae eto un peth ar ôl. Er bod llawer o'i gyfoeswyr wedi bodloni ar gofleidio Cristnogaeth ar lefel myth yn unig (boed hwy'n ddigon gonest â'u hunain i gyfaddef hynny ai peidio), gwyddai Kitch fod newyn yn ei enaid am fynd un cam ymhellach – a phrofi, nid y myth, ond y realiti yn ei enaid ei hun. Ymgodymu â'r sylweddoliad yna y mae yn ei gerdd olaf, a'i gerdd orau o bell ffordd, 'Sŵn y Gwynt sy'n Chwythu'.

Bu'r beirniaid yn cynnig sawl math ar ddadansoddiad ar y bryddest hon, er enghraifft dadansoddiad strwythurol Tim Williams yn *Poetry Wales*, a sylwebaeth seicolegol Ioan Williams (gweler rhifyn arbennig *Poetry Wales*, Gaeaf 1982), ond rwy'n credu na allwn fod yn deg â'r bardd ei hun heb dderbyn, yn wyneb cyd-destun y teitl, mai gwynt yr Ysbryd Glân yw'r gwynt sy'n chwythu. Rwy'n eithaf parod i dderbyn, fodd bynnag, fel y cynigia Ioan Williams, mai dibynnu ar gof plentyndod yn hytrach nag ar astudiaeth fanwl y mae'r bardd wrth ddyfynnu o Ioan 3:8. Y mae'n bwysig sylweddoli hefyd fod yr Ysgrythur ei hun, gan gynnwys yr hanesyn am gyfarfyddiad Iesu a Nicodemus (lle sonnir am y gwynt sy'n chwythu) o'r lle y daw'r dyfyniad, yn derbyn ei bod yn bosibl bod o fewn clyw a chyffyrddiad y 'gwynt' heb fod yn ymwybodol o'i natur na'i darddiad.

Mae cof cyntaf y bardd o'r gwynt, yn ei blentyndod, yn gof ohono fel bygythiad, yn chwipio o gwmpas y berth oedd yn cysgodi'r plentyn, ac mae'n synio am y perthi, a blannwyd gan ei gyndadau, a'r gwrych, y bu'n helpu ei dad i'w blannu, yn diogelu ei gartref, y Llain, ac yntau rhag

> y gwynt erlidus o'r tu allan i mi,
> a minnau yn saff yn y plet yn y clawdd tan y dail
> yn gwrando ei sŵn, y tu allan,
> heb ddim byd yn digwydd y tu mewn i'r hyn wyf fi
> gan ofal a chrefft cenedlaethau fy nhadau
> yn plannu eu perthi'n ddarbodus i'm cysgodi yn fy nydd.

Ond y mae'r bygythiad yn un mewnol hefyd, yn peri yn gynnar iawn yr hyn a eilw Ioan Williams yn 'hunanaralliad', sef 'colli hyder yn ei allu i deimlo'n uniongyrchol ac yn onest', a hynny'n dod i'r amlwg yn arbennig yn y profiad o golli ei fam. Nid yw'r berth, felly, yn cynnig diogelwch real rhag bygythiad y gwynt. Ac mae'n ddiddorol sylwi fel y daw yn union ar ôl y darn a ddyfynnir uchod y llinell:

> Dim – er i mi fynnu a mynnu.

Hynny yw, mae yna rywbeth anochel ddeniadol ynglŷn a'r bygythiad hwn, ac mae'n denu'r bardd yn y cam nesaf yn ei ymwneud â'r gwynt i'w herio, fel pan ddringai'r

> ... boncyff noethlymun
> i'r man roedd hi'n arswyd i'r llygad dy ddilyn ...

Ac eto, er mor herfeiddiol, rhyw chwarae yn unig y mae â'r gwynt drwy flynyddoedd ei lencyndod a'i wleidydda yng Nghwm Rhondda – chwarae ar drothwy'r dymestl fel petai, heb feiddio ceisio bwrw'i hun 'i ddannedd y corwynt', er iddo dwyllo'i hunan iddo wneud ymdrech at hynny o ddifrif.

Yn yr adran hon o'r gerdd, daw natur baradocsaidd bygythiad y gwynt i'r amlwg – dyma'r dymestl sy'n bygwth ei gipio o'i ddiogelwch, sy'n herio'i holl syniadaeth, sy'n peryglu hyd yn oed ei hunaniaeth, ac eto mae'n ei ddenu'n ddidostur, oherwydd sylweddola fwyfwy mai ond trwy ei aberthu ei hunan i berygl eithaf y corwynt y caiff fyw o ddifrif, ac mai ond trwy ymgaethiwo i'r dymestl sy'n 'chwythu a fynno o'i blaen lle y mynno' y caiff brofi gwir ryddid.

Mae'n bwysig sylwi hefyd nad yw'r bygythiad dinistriol yn absennol o'r bryddest hon ychwaith. Mae'n dod i'r amlwg yn y darlun o'r 'confolfiwlws nadreddog' sy'n elyn parhaus iddo yn ei ardd yn y Rhondda, ac sy'n symboleiddio iddo 'gancr Seisnigrwydd sy'n cordeddu trwy Gymru'. Roedd y bygythiad i'w genedl, a'r darogan yr ysbeilid Cymreigrwydd hyd yn oed ei aelwyd ei hun 'pan ddaw'r plant i oed ysgol', yn sicr yn boendod enaid iddo, roedd bygythiad y confolfiwlws yn un mwy uniongyrchol bersonol hefyd; flynyddoedd ynghynt, gwelsai Kitch ei fodryb yn marw o gancr, ac yn awr roedd yntau'n gorwedd mewn ysbyty a'r un confolfiwlws pellgerddedig yn ei ddifa yntau,

> ... yn ymgordeddu drwy'r ymysgaroedd
> gan wasgu'r hoedl i'r gweryd, ewinfedd wrth ewinfedd ddiymwad.

Mae bygythiad o ddau gyfeiriad, felly: confolfiwlws dinistr iaith, cenedl, a bywyd ei hun ar y naill law, a'r gwynt, er ei fod yntau'n mynnu marwolaeth yr hunan, yn fygythiad bywyd, rhyddid a gobaith ar y llall. A sylweddola Kitch, yn rhan olaf y gerdd, fel y bu eraill, a Phedr yn arbennig, yn sefyll yn yr un man ag yntau – yn pendroni rhwng y 'dewis dewis marw' sy'n arwain at fywyd, a'r dewis osgoi marwolaeth, sy'n arwain at farwolaeth derfynol. Ac mae'n amlwg o ymgwestiynu poenus y caniad olaf hwn nad ymgodymu â myth y mae Kitch bellach, nid rhyw chwarae diogel â symbolau o hen chwedlau, ond trafod y realiti eithaf – cwestiwn gwir a chelwydd, byw a marw. Ac fel Pantycelyn o'i flaen, nid crefydda o hirbell geir yma, ond ymateb i ymwneud yr Ysbryd Glân yn uniongyrchol ag enaid y bardd, profiad sydd o reidrwydd yn ei osod yn yr unigrwydd eithaf.

Un cwestiwn sydd ar ôl – pa ddewis a gymerodd Kitch, os dewisodd o gwbl? Ar yr wyneb, mae'n llefain (a phrin y gallwn beidio â chlywed y straen yn ei lais wrth ddarllen y geiriau) am lonyddwch yr heddwch hawdd:

> Cadw fi, cadw fi, cadw
> rhag merthyrdod anorfod Dy etholedig Di.
> Achub a chadw fi
> rhag y gwynt sy'n chwythu lle y mynno.

Ac nid ar yr wyneb yn unig, 'chwaith, achos mae yma wir ymdrech gwaelod enaid. Ond yn y pen draw, nid yw cryfder yr ymdrech i ffoi ond yn profi nerth y dymuniad sylfaenol i ymroi, i ildio, ac rwy'n cytuno â Bobi Jones mai troi 'i mewn i'r gwynt' y mae'r bardd yn y diwedd. Yn yr un modd ag y mae yna bwynt lle na all llong sydd wedi hwylio'n rhy agos at drobwll ond yn anochel suddo iddo, mae yna bwynt lle mae dyn wedi dod mor agos at graidd trowynt yr Ysbryd fel nad oes gobaith iddo yntau, ychwaith, ddianc bellach. Ac yn union fel nad oedd angau yn *Meini Gwagedd* yn cynnig ymwared rhag y dinistr, felly yma ni all angau ychwaith ddiddymu grym achubol y 'Gwynt Sy'n Chwythu.'

Yn 'Sŵn y Gwynt', hefyd, y darganfu Kitch yr unoliaeth yna rhwng ffurf ac ystyr y bu'n ei cheisio gyhyd, ac mae'n drist mai ond ar ei wely angau y daeth i'w wir aeddfedrwydd fel bardd. Y mae lle i ddiolch, serch hynny, fod gennym, yn yr ychydig weithiau barddonol a adawodd Kitchener Davies i'r genedl a garai gymaint nid yn unig dystiolaeth o'i ddatblygiad fel bardd, ond testament personol gwerthfawr a phoenus o'i ymdrechion i ymwadu â gwahoddiad 'Sŵn y Gwynt sy'n Chwythu,' ac yn y diwedd o'i ildio drwy farwolaeth i'r rhyddid tragwyddol a gynigiai.

JENKIN MORGAN EDWARDS
(1903-1978)

W. Dyfrig Davies

Yn fardd cynhyrchiol ac yn un o feirdd diwydiannol cyntaf Cymru, un a fynegodd atgasedd ac ofn o ddylanwad diwydiant ar y gymdeithas wledig, roedd J. M. Edwards yn cyfoesi gyda Gwenallt, ond i raddau, mae'n wir dweud ei fod wedi cael ei anwybyddu gan feirniaid llenyddol y ganrif hon. Yn frodor o Lanrhystud fe'i adwaenir fel un o'r triawd llengar a gafodd eu magu yng ngogledd Ceredigion ddechrau'r ugeinfed ganrif, sef J.M., Prosser Rhys, a B. T. Hopkins. Tri chyfaill agos a thri a ymunai â'i gilydd i gynnal ambell seiat lenyddol. Daethant ill tri yn adnabyddus fel beirdd yn eu cyfnod. Syrth J.M. yn amwys rhwng y ddau arall, rhwng y bardd newydd herfeiddiol ei ganu a'r bardd gwlad traddodiadol ei sain. Cofiwn am Prosser Rhys yn bennaf heddiw oherwydd ei bryddest 'Atgof', cerdd a achosodd fwy nag un crych ar y dyfroedd barddonol yn nauddegau'r ganrif hon. Mae B. T. Hopkins ar y llaw arall yn enwog am ei gywydd 'Rhos Helyg', cynnyrch bardd gwlad ac amaethwr a ganai ar y mesurau traddodiadol. Canu i fro ac i ogoniant byd natur, i'w gydnabod gan ddwyn ar gof a chadw eu troeon trwstan a'u llawenydd a wnâi. Gwelwn i J.M. gael ei swyno a'i ddenu gan y ddau begwn yma, a gwelwn iddo newid cryn dipyn fel bardd yn ystod ei oes.

Cyhoeddodd naw cyfrol o farddoniaeth, dwy cyn iddo symud o ardal Llanrhystud yn athro i'r Barri ym 1935. Ym 1980 cyhoeddwyd *Y Casgliad Cyflawn*, nad yw mewn gwirionedd yn gyflawn ond sydd eto yn gynfas digonol i unrhyw un ddod i adnabod ac i ddeall gwaith y bardd. Mae'r cerddi yn ymddangos mewn trefn gronolegol. Yn ei ragymadrodd i'r gyfrol yma (a baratowyd cyn ei farwolaeth), dywed yr awdur hyn am ei gerddi cynnar:

> Yn un peth, maent yn ddrych o ganu cynnar a rhamantus unrhyw fardd ifanc, ei wendidau a'i rinweddau ... a hefyd o'r modd, yn

> ddiweddarach, y ceisiwyd ymysgwyd oddi wrth yr adleisiau a'r dylanwadau hynny …

Ymhlith cerddi cynnar J.M. ceir corff o ganu sentimental, telynegol yn llawn o eiriau barddonllyd. Mae'r soned Shakespearaidd 'Noson Yr Oed' yn enghraifft o'r canu tila yma. Prif wendid y canu hwn, a oedd hwyrach yn apelio at glustiau'r cyfnod, yw y llwyth o ansoddeiriau sydd ymhob llinell bron, a'r rheiny yn dod yn anochel o flaen yr enw: 'hirfelyn haf'; 'ifanc fyd'; 'cyfrin eiriau'. Ymddengys y cerddi yma yn rhy neis neis i ni heddiw, yn or-felys ac yn ymwneud â'r haniaethol rhamantaidd, megis er enghraifft ei gerdd 'Cyfrinach y Môr' sy'n gorffen gyda'r pennill hwn:

> A! fôr, anfon eto'r awelon
> A chyda hwy fiwsig y don,
> Cans d'orwel yw gorwel fy nghalon,
> Dy hiraeth yw hiraeth fy mron.

Ceir nifer o adleisiau yn y cerddi cynnar yma fel y gellid ei ddisgwyl, a gwelir dylanwad y mudiad rhamantaidd yn gryf. Adleisir gwaith Ceiriog, T. Gwynn Jones, Dafydd ap Gwilym ac R. Williams Parry. Mewn mannau mae'r adleisio yn dirywio'n efelychiad gwan, er enghraifft, darnau o'r awdl 'Tir Pell', y llinellau hyn er enghraifft:

> O! wlad hardd. Am olud hon
> A hwyliau ei hawelon,
> A thir y brydferth oror
> Daw hiraeth mud y môr,
> A gwybod bod bro gobaith
> Dros su môr dyrys a maith.
> Bro pob llanc mewn ifanc nwyd
> A bro heddwch a breuddwyd.

Yr hyn a'm trawodd oedd mor aml y defnyddia J.M. y ddau air 'mêl' a 'gwin' yn ei gerddi cynnar. Dyma'r bai, gormod o'r melys a'r meddwol ac fe ŵyr y cyfarwydd ganlyniad gormodedd o'r ddau beth yma. Ar ei orau serch hynny yn y cyfnod cynnar yma (1924-1937), ceir cerddi syml gafaelgar i fyd natur ac i serch, i dreigl amser ac i'w gydnabod. Mae'r cywyddau 'Y Cwmwl', 'Cwm Wyre', ac 'Y Castell' yn enghreifftiau da o'r canu crefftus sydd yn brigo i'r wyneb yma a thraw, ond prin iawn yw'r rhain.

Enillodd goron yr Eisteddfod Genedlaethol deirgwaith. Mae pryddestau

'Y Pentref' (1937) ac 'Yr Aradr' (1944) yn ddigon anarbennig a di-fflach. Ond rhaid cydnabod fod ei bryddest 'Peiriannau', a enillodd iddo goron Eisteddfod Genedlaethol Hen Golwyn ym 1941, yn bryddest a saif allan ymhlith goreuon cerddi hir eisteddfodol ein canrif. Dyma a ddywedodd Saunders Lewis, un o'r tri beirniad yn yr Eisteddfod ym 1941, am *Fwlcan* (J.M.):

> ...y gwahaniaeth pwysig rhwng Fwlcan a'r chwe chystadleuydd arall yw ei fod ef yn ceisio creu miwsig newydd, byw, yn ei bryddest, a'i fod yn fynych yn llwyddo ...

Yn ddi-os, mae 'Peiriannau' yn effeithiol a thrawiadol ac yn ei dydd yn arbennig o ffres. Sôn y mae mewn saith rhan am fygythiad peiriannau a diwydiant ar y gymdeithas. Drwy ddilyn gŵr ifanc yn gadael ei fro wledig y darlunnir y sefyllfa. Mae'r ddinas ddiwydiannol yn tynnu:

> Cronnwyd holl hoen ugeinmlwydd yn llif yr ysfa
> A'm gyrrai, ni'm caethiwai'n drist mo Grist ar groes;
> Ehangach byd na phlwy, nychodd y ffydd gyntefig
> O'm mewn pan glywais gyffro fflam y newydd oes.

Ceir darnau disgrifiadol nodedig o'r ddinas, ac yn sicr mae ôl dylanwad 'Y Ddinas' T. H. Parry-Williams ar y bryddest, fel ar gynifer o bryddestau'r ganrif yma. Dyma ddarn sy'n sôn am y bobl a drigai yn y lle:

> I lawr drwy sawyr cwteri hyd berfedd diwaelod y slym,
> Drwy dywyll-leoedd y Fabilon erch lle drewai'r sgym;
> Dynion o'u gwaith yn eu chwys yng nghorneli'u hofelau tlawd
> A chraith ffwrneisiau uffern wedi'i serio yn eu henaid a'u cnawd.

Dywed mai'r hyn a ddenodd y bobl 'o lesni llanerchau'r wlad' oedd y gri am arian. Y ddinas ddiwydiannol yw'r 'fampir foethus' gyda'i 'chrafangau hir' ac mae'r hen werin Gymraeg a fudodd o'r wlad wedi:

> Gwerthu pob breintiau hen,
> Debygent hwy, am draserch honno a'i thwyllodrus wên.

Yn y bumed ran, lle disgrifir gwacter y wlad, y cyferbyniad rhwng doe llewyrchus a'r heddiw ymddatodedig, defnyddia'r gynghanedd yn effeithiol ac i bwrpas:

Dwylo a fu'n creu unwaith eu gobaith gwell
Yn gaeth i'w trachwant wrth y peiriant pell.

Rhoddir llais i'r peiriannau hwythau a chânt gyfle i siarad:

Nyni yw'r peiriannau.

Chwithau, ddynion, a'n cenhedlodd
o gyfrin groth eich ymennydd.

Mae hyn, ynghyd â'r ailadrodd o 'Nyni yw'r peiriannau', yn dramateiddio'r mynegiant. Clywir sŵn y peiriannau yn rhythm y farddoniaeth.

Darlun eithafol, wrth reswm, sydd yma o fyd sy'n mynd yn gaeth i ddiwydiannaeth. Bron y gellir dweud bod 'diwydiant' i feirdd fel J.M. a Gwenallt, yr un ffunud â pherygl cyffuriau i nifer o feirdd heddiw. Er bod yn 'Peiriannau' ormodedd, ei bwrpas yw rhybuddio.

Mae E. G. Millward yn ei ragymadrodd i *Pryddestau Eisteddfodol Detholedig 1911-1953* yn dweud am arddull 'Peiriannau' ei bod yn:

> … herfeiddiol o fodern … Prif nodwedd arddull pryddest J. M. Edwards yw'r rhethregu campus a geir ynddi, ei symudiad chwim, yr amrywiaeth crefftus o rythmau a mynych greu effeithiau onomatopeig …

Ar ddiwedd y bryddest y mae yna dinc o obaith, er iddo newid y diweddglo cyn ei hailgyhoeddi yn ei gyfrol *Peiriannau a Cherddi Eraill.* Os gwnaiff dyn ddefnyddio a rheoli ei egni creadigol gan gofio mai rhodd gan Dduw ydyw, gall weithio a llwyddo i greu 'perffeithiach yfory'. Ple sydd yma ar i ddyn ystyried gwneud y defnydd gorau o'r peiriannau ac nid edrych ar gynnydd materol yn unig.

Cydnabu J.M. ddylanwad bardd o wlad Belg a gyfansoddai yn yr iaith Ffrangeg, sef Emile Verhaeren. Mae tebygrwydd rhwng cyfrol Verhaeren 'Les Villes tentaculaires' (Y trefi crafangol) a 'Peiriannau'. Sylwodd Verhaeren ar ddylanwad diwydiant ar y bröydd gwledig, fel yr achosodd y mudo o'r wlad i'r dref i gefn gwlad ddirywio. Sylwodd ar y modd yr oedd diwylliant a ffordd o fyw yn marw ac yn cael eu traflyncu gan gri hunanol dyn am arian, ac ar y ffordd y collodd dyn ei hunaniaeth ym myd y peiriannau. Arbrofodd Verhaeren lawer gyda rhythm ac effaith sŵn geiriau, llwyddodd i osod golygfeydd diwydiannol i eiriau; a chreu barddoniaeth. Ef oedd un o feirdd diwydiannol cyntaf Ewrop. Mae'n amlwg fod 'Peiriannau' a 'Les Villes tentaculaires' yn perthyn i'r un mowld.

Bu'r Eisteddfod Genedlaethol yn bwysig i J.M. oherwydd yr ydym yn cofio amdano heddiw fel bardd 'Peiriannau' yn anad dim arall. Yr Eisteddfod a'i dug i'r amlwg. Enillodd lu o wobrau mewn eisteddfodau mawr a bach ledled ein gwlad. Ar ôl 1937 y daeth o hyd i'w lais ei hun fel bardd, a magodd yr hyder i dorri'n rhydd oddi wrth ddylanwadau eraill gan beidio â dibynnu ar yr arfer o efelychu'n slafaidd. Ar ôl pryddest 'Y Pentref' 1937 daw gwaith mwy gwreiddiol i'r amlwg. Mae llawer o'r cerddi bellach yn ffres ac yn fwy eang eu hapêl. Er enghraifft yn y gerdd 'Mewn Ysbyty' fe arweinir y darllenydd o brofiad derbyn yr anaesthetig drwy'r munudau olaf hynny cyn syrthio i drymgwsg. Fe wneir hyn yn gelfydd iawn drwy synhwyrau'r bardd, gyda'r meddwl yn dirywio o fod yn drefnus i fath o stacato ac yna gyflwr:

> yn is ... yn is
> i lawr
> i'r diddim.

Mae'r prydydd o fardd gwlad yn ehangu ei faes ac yn ymateb yn aeddfed i broblemau ei oes. Hwyrach fod y rhyfel wedi ysgwyd cymaint ar bobl fel nad oedd yna ddim lle bellach i ganu sentimental. Mae'n anodd i rywun fel finnau, sydd heb fyw drwy brofiad un rhyfel byd heb sôn am ddau, ddirnad a deall effaith erchylltra o'r fath ar ymateb a chrebwyll meddyliau sensitif beirdd a llenorion. Dadleua'r Athro R. M. Jones yn *Llenyddiaeth Gymraeg 1936-1972* fod llosgi'r Ysgol Fomio ym Mhenyberth a'r paratoi at ryfel byd arall wedi bod yn gatalydd i newid agwedd ac ymateb mwy nag un bardd a llenor. Yn ddi-ddadl, ar ôl 1937 y gwelir J. M. Edwards y bardd yn ymddangos ar ei rymusaf.

Yn ei gerdd 'Nadolig Ewrop (1945)', fe ddown ar draws lladmerydd y cyfnod ar ôl y rhyfel. Daw'r argyhoeddiadau Cristnogol a heddychol i'r amlwg ac nid rhyw naïfrwydd di-weld sydd yma, ond didwylledd a theimlad dwfn:

> Tywyllach yw'r nos na nos y bugeiliaid hen
> Ac oerach, os rhywbeth, yw'r gwynt,
> Ond diau, fy mwyn gyfeillion, y cerddwch eleni
> Tua Bethlehem eto fel cynt.
> Eithr nid mor gysurus y daith, canys rhyngoch a'r preseb
> Ymestyn briw llawer bro,
> A thrueiniaid bach unig Nadolig diaelwyd
> Heb hosan a thegan a tho.

Sylwer mor wahanol yw ieithwedd y bardd erbyn hyn. Nid swp o eiriau sentimental sydd yma, ond barddoniaeth seml, grefftus sy'n cyfathrebu yn ddidramgwydd â'r darllenydd. Mae'r mesur bron yn atgoffa rhywun o garol ac yn yr eironi yma mae'r neges.

Dynwarediad bwriadol yw'r gerdd 'Beddau (adeg rhyfel)' o 'Englynion y Beddau' yn *Llyfr Du Caerfyrddin* sy'n dyddio o'r ddeuddegfed ganrif. Cerdd ddirdynnol oherwydd y cyfuniad o'r hen a'r newydd:

> Beddau Normandi, briw bro,
> Nid crand mo fedd comando,
> Hyll y chwyn bellach yno.

Drwy dynnu sylw at yr hen ganu a'i aralleirio gan fwydo geirfa fodern iddo, mae'r bardd yn llwyddo i gyfosod y brwydro a fu yma yng Nghymru yn ôl yn yr hen oesoedd a'r lladd dibwrpas sy'n dal i ddigwydd yn yr ugeinfed ganrif.

Rhyfedd fel mae J.M. yn hoff o ailadrodd ambell beth, sylwer ar yr ymadrodd yn y ddwy gerdd uchod, 'briw bro'. Yn ei gerdd 'Beddau'r Fro' dynwared 'Englynion y Beddau' a wna eto, er nad mor effeithiol. Nid yw ychwaith yn ymwadu'n llwyr â'r hen deip o ganu. Ceir ganddo ambell gerdd fel 'Yr Hen Saer' a 'Y Rheswm', sydd o ran siâp yn ymdebygu i'w ganu cynnar, ond o ran cynnwys yn dipyn mwy cynnil ac awgrymog. Y bardd modern wedi diosg ei ramanteiddiwch cynnar a welir ar ôl 1937. Daw'r gwladgarwr yn hytrach na dim ond y brogarwr i'r amlwg mewn cerddi fel 'Y Gweddill' ac yn arbennig yn 'Yr Arweinydd' (i Gwynfor Evans):

> 'Rwy'n ei gofio yn ein tref a'i swildod iddo'n glogyn
> A'r Gymraeg yn crynu'n nerfus ar ei wefus ifanc,
> A brad ei wlad yn blino a llwydo'r llanc.
> Bellach ar noethlymder yr ucheldir y saif beunydd
> Fel duw gobaith yng ngwyntoedd difater ein bröydd.

Gwelir fod J.M. yn gryn feistr ar y wers rydd a'r mesurau traddodiadol a chaeth, a'i fod yn fodlon arbrofi cryn dipyn. Ond yn ei bryddest 'Y Pentref', (sef yr un a gomisiynwyd ar gyfer y radio gan y BBC ac nid yr un a enillodd iddo ei goron genedlaethol gyntaf), dychwelyd a wna at y mesurau traddodiadol, nid oherwydd ei fod am ramantu'r gorffennol, ond er mwyn effaith. Gall greu *cameos* bach cofiadwy o fro Llanrhystud:

Cofio'r saer a'r sadler wrthi
Yn crefftwra'n ôl eu pwys;
Oriau digri'r hiwmor iachus,
Gwybod hefyd oriau dwys.

Yma fe welir y bardd yn trin y mesur a'i wneud i ganu'n bwrpasol. Moli oes a fu a wneir, – yr hen fro, y cymeriadau a'r tirlun. Mae afon Wyre'n siarad:

'Rwy' i yma o hyd yn gwylio'r mynd a'r dod,
Holl droeon dyn a'i deulu,
Y chwarae a'r chwerw,
Y trwstan heddiw a'r tristyd yfory,
A'r boen sy'n grymuso'r byw.

Caiff y saer, y gof, yr amaethwr, y crefftwyr, y clocsiwr a'r gweinidog i gyd gyfle i leisio barn, cyn i'r bardd ddod at ei ddiweddglo gan ofyn y cwestiwn:

A gipir eto'r sychau oddi ar eich meysydd chwi,
Pladuriau o'ch ysguboriau,
A'u llunio'n arfau cethern cad
I fedi, nid yr eurgrawn ar eich grynnau,
Ond cynaeafau eich aelwydydd hoff?

Yn ei gerddi rhwng 1962 a 1967, mae J.M. yn cymharu Llanrhystud â Bro Morgannwg yn aml iawn gan gyfaddef fod iddo wreiddiau yn y ddau le. Daw hyn i'r amlwg yn 'Amserau' ac eto yn 'Dwy Afon':

Dwy afon imi sydd …

sef afon Wyre yn ardal Llanrhystud ac afon Taf ym Morgannwg. Rhygna ymlaen am y tyndra rhwng y gwledig a'r trefol, yr amaethyddol a'r diwydiannol. Mae gwreiddiau'r ddwy fro yn tynnu. Dyma a gawn yn nau bennill olaf 'Tribannau':

O degwch Ceredigion
Trois gynt yn bendrist ddigon.
Heddiw aeth arall Fro'n ddi-au
I giliau mewna'r galon.

A mwy tra pery 'nyddiau
Bydd brwydyr rhyngddynt weithiau;
Fy nhynnu rhagor bydd dwy fro
A chydio'n fy serchiadau.

Erbyn y cyfnod yma (1962-67) prin yw'r cerddi anarbennig. Mae bron yn demtasiwn i restru'r holl gerddi sy'n apelio gan nad oes gofod i'w trafod i gyd. Daw'r disgrifiwr celfydd a'r bardd sydd wedi llwyddo i ddal tyndra'r foment i'r amlwg yn 'Y Cricedwr'. Yn 'Y Llun Olaf o Gwenallt' mae J.M. yn troi'r darlun cyfarwydd yn drosiad o Gymru yn ei sefyllfa bresennol. Trawiadol hefyd yw ei englynion 'Gweddi Dros Gymru':

Rhag ei briw, pob rhwyg a brad, – dirion Iôr
    Dyro nawdd dy gariad;
I'n heniaith rho eneiniad
A rho iawn lwydd i'r hen wlad.

Yn yr un modd mae ei englynion ar y testun 'I Un a Gollodd ei Gymar' yn llawn dwysedd y teimlad hwnnw na ellir mo'i amau. Cymherir y sefyllfa cyn y golled â'r sefyllfa ar ôl y farwolaeth:

Ac yma lle bu'i gymen
Waith, hyd lawr gweithdy ei lên
Ei anniben anobaith.

Datblygodd J.M. lawer fel bardd. Gwelir yn ei waith diweddarach dueddiad pendant tuag at y wers rydd. Rhaid cydnabod mai ei waith gorau cyn 1937 yw ei farddoniaeth gacth; gellir diystyru y rhan helaethaf o'i gerddi telynegol mewn mydr ac odl. Yn sicr, ei gryfder fel bardd yw ei feddwl miniog a'i ddull gwyddonol o fyfyrio dros y newid a fu yn sgîl datblygiad technolegol, ar gymdeithas gefn gwlad. Erbyn y chwedegau, gwelir fod ei fynegiant, drwy gyfrwng y wers rydd, wedi grymuso. Mae J.M. yn enghraifft o'r newid a ddigwyddodd ym myd barddoniaeth, yr ymwadu â'r dylanwadau rhamantaidd gan droi at y foderniaeth foel uniongyrchol. Mae'n cyfaddef hyn yn ei erthygl 'Tueddiadau Barddoniaeth Ddiweddar' yn *Barn* a ddyfynnir gan Alan Llwyd yn ei gyfrol *Barddoniaeth y Chwedegau*:

> ...mae'r awen Gymreig wedi ymryddhau ac ehangu gorwelion ei diddordebau, a daeth y beirdd i ganfod bywyd fel rhywbeth mwy

> cyfan, hynny yw, fe ddaethant i dderbyn her datblygiadau newyddion, ymdrin ag agweddau a phroblemau cymdeithasol a chenedlaethol gan gefnu i raddau helaeth ar ramantiaeth feddal a chrachbiwritaniaeth dechrau'r ganrif, a'r canlyniad yw, ddyfod i'w canu nodau mwy diriaethol a gwrthrychol.

Er nad yw ei waith yn peri cynnwrf amlwg heddiw, mae i J.M. le parchus ddigon yn hanes llenyddiaeth fodern Cymru ac yn sicr ni haedda gael ei anwybyddu gan ddarllenwyr effro.

GWILYM R. JONES
(1903–1993)

Dewi Stephen Jones

O'u genau hwy diferodd medd
  O ddethol ddiliau'r hil,
Yn berffaith loyw ffrwd a'i rhin
  Yn gwneuthur calon dyn yn chwil.

Er hynny, ninnau fwriwn rwydi bach
  I garnifal sumbolau, fel gwŷr
Yn erlid pryfed prin trwy ddrain
  I'w pinio'n dwt rhwng pedwar mur.

Yn sicr, nid yw *Y Purdan* yn hunangofiannol fel *Seirff yn Eden*. Serch hynny, y mae Gwilym R. yn cyflwyno'r nofel – 'I Goffadwriaeth Fy Nhad, Gwerinwr Tebyg I Siôn Wiliam'. Fe bortreadir Siôn Wiliam (y cof amdano pan oedd ef mewn gwell cyflwr) fel gŵr caled. I bob golwg, gŵr felly oedd – 'Ond 'doedd Siôn yma fel eliffant o gry, *dole* neu beidio,' atebodd Tom. 'Ac mor ddideimlad â ffenast,' ychwanegodd Wil. Ef yw'r 'Siôn Ddi-ofn!' i'w gyfeillion. Ond yn llif ei ymwybod cawn eglurhad – 'Y deillion! Fe gaffai ias oer o ofn yr eiliadau hyn – ofn i'w gymdogion ddeall ei fod yn arswydo rhag dangos y gronyn lleiaf o lwfrdra.' Heibio i'r arfogaeth, tu hwnt i'r arfwisg mae'r enaid sensitif – mae'n teimlo i'r byw! Wn i ddim os mai un felly oedd tad Gwilym R. (Wn i ddim a oedd yn debyg i Siôn Wiliam yn hyn o beth.) Roedd mam Gwilym R. *yn* sensitif. Meddai Mathonwy Hughes yn *Awen Gwilym R.* 'Dychryn wrth weld golygfa felly, a oedd yn gwbl ddieithr iddi hi o wlad Llŷn, a barodd i'r Ann ifanc erthylu ei chyntafanedig cyn dyfod awr ei hesgor.' (A'r olygfa honno oedd yr orymdaith o'r chwarel, a'r gwŷr yn cludo corff o'r chwarel.) Fe wyddom am syniadaeth Gwilym R. ynglŷn â neilltuolrwydd – yr hyn sy'n nodweddu cymeriad a phersonoliad, y nodweddion etifeddol – y genynnau a'r cromosomau, o'i gerdd wych 'Y Rhai Sydd Ynom'. Yn y gerdd hunan-ddibrisiol, llawn hiwmor, 'Wrth Eillio' mae Gwilym R. yn syllu i'r drych a chael:

> dau gono, y fo a fi –
> fel dau gi, dau fwldog iawn!
> yn gwylio'i gilydd.

Darlun cartŵnaidd (ychydig iawn o hunan serch, o'r elfen narsistig, sydd yng ngwneuthuriad Gwilym R.) a beth bynnag am blygion yr ên, mae yna galedwch, mae yna haearn yng nghyfansoddiad y bwldog!

Mae i Gwilym R. gymeriad cymhleth. Heibio i'r gwrywdod caled, cyhyrog, byrbwyll mae'r meddwl sensitif, hiraethlon a chyfrwys:

> Tros feddau y blynyddoedd
> Y daw fel sŵn hen dôn
> I ddweud mai truan ydwyf
> A meddal yn y bôn.

'Cloch Llanllyfni' sy'n peri myfyrdod ac mae'r hyn a fu'n *galed* yn *fwyn:*

> 'R oedd llais y Patriarch Rhedyw
> 'R un fath â thrwmp y Frawd
> Yn galw dros Gae'r Hengan
> I rawys llwyd y cnawd.
>
> Ond heddiw mwyn yw'r adlais
> Tros randir pell y co',
> A'r llais yn llafar-ganu
> Llaswyr y santaidd fro.

Y mae canu Gwilym R. yn llawn o glychau. Mae'r gloch o wead metel – 'Pwywch funudau olaf y flwyddyn/Â'ch morthwylion heyrn' meddai yn 'Clychau Calan' – 'Cenwch galennig metalig o'r tŵr'. Cofiwn am fwynder clychau yng nghanu R. Williams Parry (Clychau'r Gog a chlychau'r eglwys):

> Mwynach na hwyrol garol
> O glochdy Llandygái …

Ond yng nghanu Gwilym R. ac yn nodweddiadol ohono ceir y dicotomi a'r paradocs, y metel a'r mwynder, a'r mwynder yn dod o'r metel. Mae'r hyn sy'n wir am ei bersonoliaeth yn wir hefyd am wead ei iaith. Yn cyfateb i syniadaeth a delweddaeth 'Cloch Llanllyfni' mae pennill o'r gerdd bwysig honno, 'Chwilio Gem':

Mae gyrru gair i'w enbyd daith
  Fel taflu maen i ddŵr
I ffrwydro cylch ar gylch o sain
  Atgofus eu hystŵr.

Sylwch ar y berfenwau – mor gyhyrog y dweud – 'gyrru', 'taflu', 'ffrwydro' (am y broses o lunio a gollwng cerdd y mae'n sôn). Mae gwead 'carreg' yn galed, a sôn am iaith y mae. Ond yn union ceir y gwrthwyneb, 'cylch ar gylch o sain', sef y lledaeniad crwn, di-gongl, mwyn. Dyna'r argraff a wna ei farddoniaeth ef arnom ni. Yn ôl Seamus Heaney, roedd Padraic Colum wedi dweud unwaith y dylid bod mor ofalus yn trin cerddi Yeats â thrin llafn. Y mae Heaney yntau yn sôn am 'masculine talent' wrth grybwyll cerddi Yeats – 'The mature music is not a lulling but an alerting strain.' I mi, y mae miniogrwydd a chryfder barddoniaeth orau Gwilym R. yn agos o ran naws i wrywdod a chryfder noeth yr hen faledi. Yn ei naws, ef yw'r tebycaf o'n beirdd i Francois Villon.

Nodweddiadol, i un sy'n canu mor gyhyrog, yw ei sylwadau ar R. Williams Parry ('Sôn am R. Williams Parry') – 'Gellir adnabod bardd oddi wrth ei ansoddeiriau bid siwr. Llawer gwell yw'r bardd y gellir ei adnabod oddi wrth *gryfder* ei ferfau.' Y metel felly! Ac eto, dro ar ôl tro, fe'i ceir yn bleidiol iawn i'r awdl 'Yr Haf' – awdl sy'n llawn o harddwch, mireinder a meddalwch Keatsaidd – y mwynder! Dau begwn personoliaeth!

'Mwy nag unwaith y clywais ef yn dweud fod ganddo fwy o ffydd yn ei reddfau nag yn ei reswm … Yn awr, os caf fod yn ddamcaniaethol, yr hyn fydd yn fy nharo i yw fod 'gwrywdod' yn nodweddu'r teip hwn fel rheol.' Barn Mathonwy Hughes, ei ffrind. Mae yna gerdd fer yn ategu hyn ac efallai fod y gerdd 'Y Drindod' yn rhoi awgrym i ni o'i gynneddf fel bardd yn ogystal:

Mae'r saint nad ânt i dafarn
  I godi'r ddehau law
Yn gori yn y seiat
  Ar wyau'r byd a ddaw.

Mae'r gwŷr nad ânt i'r seiat
  'Rôl bod tu allan cyd
Yn eistedd yn y dafarn
  I gwrw-regi'r byd.

A rhwng y Llan a'r dafarn
  Fe geir rhyw fyrdd di-sôn
Na ŵyr un dyn lle safant
  Nac i ba ffordd y trôn'.

O dan yr hiwmor y mae'r coegni'n finiog a'r dig yn real. Mae'r pennill olaf yn ddeifiol, 'bwled-eiriau llid'. Mae'r gerdd fel glòs ar soned enwog R. Williams Parry, 'Cymru 1937' – 'Chwyth ef i'r synagog neu chwyth ef i'r dafarn.' Yr ydym yn gwybod beth yw safiad Gwilym R. (neu ei eisteddfa). Mae'r darlun yn y ddau bennill cyntaf yn ddoniol cofiwch, ond does dim dwywaith amdani. Mae'n edmygu cynulliad y seiat a chriw'r dafarn ac yn 'sgornllyd o'r garfan arall. Nid oes ganddo ronyn o gydymdeimlad â'r rhai sydd 'rhwng y llan a'r dafarn' – y rhai nad oes ganddynt argyhoeddiad o unrhyw fath, y rhai marwaidd. Canys y mae ganddo ef deimlad mawr, y 'tân Gwilymeraidd'. Gwell sant a phechadur na'r llugoer! Fel y dywed Mathonwy, deuliw sy'n bod, 'nid oes iddo lwyd'. Mae hyn yn rhoi cryfder i'w ganu hefyd. Rhennir ei awdl, 'Y Bryniau Pell' yn ddwy, 'Y Gorchfygedig' a 'Y Gorchfygwyr'. Yn ôl Saunders Lewis (un o feirniaid yr awdl ym 1939) dyma gynllun 'sydd mor syml a hen ffasiwn nes bod yn feiddgar'. Mae'r cynllun mor gry' a phrimitif â diptych mewn hen eglwys. Yn ei bryddest 'Y Gorwel' ceir dau lais sef 'Yr Hynafgwyr' ar y naill law ac 'Y Llanciau' ar y llall, ac nid lleisiau sy'n ymdoddi i'w gilydd a geir fan hyn. Mae ganddo'r athrylith i osod gerbron raniad cry a syml fel yn ei gerdd 'Y Bwystfil':

Rhwng Adda'r Cyntaf garw a'r Ail,
  O'n mewn, nid oes dosturi;
Maent wddf-yng-ngwddf bob dydd o'n hoes
  Mewn rhyfel nad yw'n oeri.

Yr hyn sy'n gwneud 'Y Bwystfil' yn well cerdd o lawer nag 'Y Bryniau Pell' yw'r ddelweddaeth a'r iaith – mi wn wrth gwrs mai baled fetaffisegol yw'r naill ac awdl yw'r llall. Y mae hi'n argyhoeddi fel y mae cerdd Edwin Muir, 'The Combat', yn argyhoeddi. Y mae 'na ffresni ynddi. Gellir dweud fod Gwilym R. yn defnyddio y du a'r gwyn ond gwell gennyf, am y tro, gynnig ei fod yn defnyddio dau o'r lliwiau primaidd, sylfaenol. Nid oes farweidd-dra yn y gwead o gyfosod y lliwiau hynny yn noeth. Mewn rhannau o 'Y Bryniau Pell' nid yw'r paent mor glir a gloyw â'r cynllun – mae wedi ei gymysgu:

> Gwelsant â'u llygaid rhyw lathraid lethrau
> Yn nydd euogrwydd a'r haelion ddagrau,
> Ac amlinell pell gopâu – bro'r ysbryd
> O'r ddaear domlyd mal rhuddaur demlau.

I mi fel darllenydd, ac er yr ansoddeiriau 'llathraid' a 'rhuddaur', nid oes sbonc goleuni. Mae'r tirlun yn llwyd a'r golau'n wan a rhamantaidd, fel yr awyrgylch a geir yn narluniau Caspar David Friedrich. Nid yw'r canu'n nodweddiadol o ganu Gwilym R. Mae'n swnio'n hynafol. Nid mewn *nuance*, nid mewn llyfnu lliw felly y mae ei nerth.

> Earth receive an honoured guest;
> William Yeats is laid to rest:
> Let the Irish vessel lie
> Emptied of its poetry.

Geiriau W. H. Auden am y bardd Gwyddelig, W. B. Yeats – mae'r ddelwedd yn y ddwy linell olaf yn cynrychioli nid y corff marw yn unig ond llestr pridd neu glai yr hen draddodiad, yr hen draddodiad y mae'r bardd wedi ymddiried ynddo – 'Nor let the modish painter shirk/What his great forefathers did ... Irish poets, learn your trade/Sing whatever is well made ...' (Yeats yn y gerdd 'Under Ben Bulben'). O'r cychwyn cyntaf bron, mae 'na raniad yng nghanu Gwilym R. sef y canu yn y ffurfiau traddodiadol a'r canu modern ('roedd y *vers libre* yn *newydd* yn y tridegau yng Nghymru). Ond nid yw hyn yn ein poeni am fod gan Gwilym R. y doniau sy'n angenrheidiol i fywiocáu hen fesur – e.e. hen bennill, cywydd, englyn, emyn, a hyd yn oed yr hen fesur Siapaneaidd, yr *haiku* yn 'Triedau'! Mae dŵr bywiol ei awen yn y llestr clai. Mae 'na elfen rywiol i'r ddelwedd – fe'i ceir hefyd yn nelwedd y bardd, delwedd yr ydym wedi ei chrybwyll eisoes:

> Mae gyrru gair i'w enbyd daith
>   Fel taflu maen i ddŵr
> I ffrwydro cylch ar gylch o sain
>   Atgofus eu hystŵr.

Dyma'r act o greu ac o genhedlu, fel 'Y Dewin' yn y 'Gorwel':

Tydi sy'n cynnau gwreichion gwawr
yn y caddug tewaf
ac yn plannu hedyn y nos
yng nghroth y dydd.

Yn niwedd y gerdd 'Y Syrcas' mae'n delweddu anffrwythlondeb y gymdeithas sydd ohoni yn yr un dull, a'r llestri pridd fel crothau wedi eu cau:

Brysia
atom, Bencampwr pob dawn,
i gicio'n yfflon
ein piseri
sydd wedi cau
o gylch y ffynnon fyw.

Yn ei gerdd gynnar 'Ynys Enlli' ceir delweddu cyffelyb. Er bod bywyd y myneich, 'diweirllu Mair', yn 'un hirfaith rosari/O hela'u chwantau â didostur nwyd', maent yn ddibynnol fel yr ofwm neu'r wy ar y sberm:

Disgwylient am y sibrwd a rôi ras
I'r enaid astud yn ei garchar clai:
Craffent tu hwnt i'r bedd am Seren bell
A ysai'u pydredd hwy â'i phelydr gwyn.

Fel y 'cylch ar gylch o sain/Atgofus eu hystŵr' nid yw ei ddelweddaeth rywiol yn gyfyngedig. Mae'n lledu, mae'n rhan o batrwm a rhithm y cread fel yn 'Dau'n Caru':

Da gan y tir
ogleisio
y tafod hallt ar draeth
a theimlo bysedd y gwymon
yn cwpanu bronnau'r marian

neu fel yn 'Y Treisiad':

Bydd wyn ei fyd
wrth ddiosg gŵn yr hon a gâr

i'r carwr Gaeaf
rwygo'i glas forwyndod
a'i gado'n noeth
i anwes chwil y cenllysg.

Yn hyn o beth gellir ei gymharu â Robert Frost – 'Any intense exercise of human creative powers in Frost is apt to touch some larger creative force in the universe.' (Richard Poirier, *Robert Frost, The Work of Knowing*) Gweler cerddi Frost hefyd, cerddi fel 'Mowing' a 'Putting in the Seed'.

Fel y du a'r gwyn a wêl Mathonwy, gellir nodi y deuoliaethau ym mywyd a gwaith Gwilym R. – y metel a'r mwynder, y clai a'r cnawd, Dyffryn Nantlle a Dyffryn Clwyd (y meddal a'r caled), y traddodiadol a'r modern, y cynganeddol a'r digynghanedd, deuswydd y gynghanedd – sŵn y glec ond yn wrthgyferbyniol, y cryndod dwfn a distaw yng ngwead paragraff, neu ystyriwn frawddeg arall gan Mathonwy: 'Bu'n gyfuniad rhyfedd erioed o'r breuddwydiwr a'i ben yn y cymylau, a'r gŵr ymarferol a'i draed yn gadarn ar y ddaear.' Mi all catalogio deuoliaethau fynd yn rhemp – mae 'na demtasiwn i feirniad wneud hynny weithiau a 'chwilen yn ei ben o'. Ond mi all y rhain fod yn berthnasol e.e. y newyddiadurwr a'r ardd. Y mae Gabriel Garcia Marquez, y nofelydd enwog, yn sôn am bwysigrwydd newyddiaduraeth iddo ef: 'The writer's very attempt to portray reality often leads him to a distorted view of it. In trying to transpose reality he can end up by losing contact with it, in an ivory tower, as they say. Journalism is a very good guard against that. That's why I have always tried to keep on doing journalism, because it keeps me in contact with the real world.' (*Writers At Work,* 6th Series) Mae 'na wirionedd fan hyn sy'n berthnasol i Gwilym R. efallai. Digon tebyg! Ond mae yna berygl i feirniad, fel ag i fardd, fod yn rhy drefnus a gosod y gwaith mewn mold o eiddo'r beirniad a gwyrdroi y stwff sydd yng ngherdd bardd. Fel y dywedodd Wordsworth:

Our meddling intellect
Mis-shapes the beauteous forms of things:
We murder to dissect.

Mae Gwilym R. yn gwneud sylw cyffelyb yn 'Chwilio Gem':

Er hynny, ninnau fwriwn rwydi bach
  I garnifal sumbolau, fel gwŷr
Yn erlid pryfed prin trwy ddrain
  I'w pinio'n dwt rhwng pedwar mur.

Dyna dalent y beirdd llai (a'r beirniaid hefyd) – 'pinio'n dwt' a lladd y pryfyn prin er mwyn ei gatalogio, yn llyfr o lepidoptera. Nid rhyw falchder cudd sy'n peri i Gwilym R. ddibrisio ei ymdrechion ef ei hun yn y gerdd hon, ond ei edmygedd mawr o 'gewri a seiri llên'. Y mae ef mewn gwirionedd yn un ohonynt:

O'u genau hwy diferodd medd
O ddethol ddiliau'r hil,
Yn berffaith loyw ffrwd a'i rhin
Yn gwneuthur calon dyn yn chwil.

Nid yw'r gwir fardd yn 'pinio'n dwt rhwng pedwar mur' – mae'n ein rhyddhau:

Unwaith yn y pedwar amser
...
Y cyfyd gŵr
Yn drwsgwl-frwysg o ganol cyff y glêr
I dorri'r gair sy'n creu.
...
Unwaith yn y pedwar amser,
'R ôl gwylio'r mwg a'r waliau moel,
Daw rhywun o hyd i ddrws
O'r 'cul-de-sac',
Adwy i ni gael mudo.

Y pryfed marw 'rhwng pedwar mur' yn y naill ac eneidiau marw y 'cul-de-sac' yn y gerdd arall bron yn cyfateb, bron yn yr un stad! Ond i'r gwrthwyneb, lle ceir yr ynni creadigol yn gweithredu, 'yn gwneuthur calon dyn yn chwil', 'rydym gyda chriw y capel a'r dafarn ('Y Drindod') a pherlewyg y salm a'r faled. Maent ill dau yn 'chwil', yn daer, yn llawn bywyd (wedi eu cyplysu) ac o'r neilltu y mae'r criw marwaidd, llugoer, llwyd. Yn ei gerdd 'Mae'n Braf ar Fynyddoedd' mae'r byrdwn 'mae'n braf ar fynyddoedd' yn llawn eironi. Efallai bod y bardd yn dyheu ar byliau, yn dyheu am fod mor ddideimlad â'r mynydd:

Mae'n braf ar fynyddoedd
...
am na chasânt
iasau'r boen sy'n ysu'r byd,

ac am nad ydynt brydyddion
sy'n gorfod meddwl â'r nerfau
a theimlo â madruddyn y cefn.

Ond: 'ay there's the rub' chwedl Hamlet:

Ond pwnc i fynyddoedd o alar yw
na wêl y bannau hyn
mo dresi y ffrwd risial
yn ffriliau o les
dros eu bronnau,
na'r gwas neidr
yn nofio'n bluen sidan
ar lyn o lonyddwch
wrth eu traed,
na chlywant
y gân yn llepian y lli
ac na chlafychant
o hyd
        ac o hyd
am Un mwy
na'u mawredd.

Mae'r diweddglo fel telyneg bur un 'sy'n gorfod meddwl â'r nerfau/a theimlo â madruddyn y cefn'. Rwyf am ganolbwyntio ar y ddeuoliaeth hon fel y'i ceir hefyd yn y ddau bennill yn 'Chwilio Gem', lle gosodir y perffaith 'loyw ffrwd' ar y naill law a'r 'pryfed prin' marw ar y llall. Mae'r ddau bennill a'r ddau ddarlun o'u cyfosod yn cwmpasu, yn feicrocosm o'r hyn sy'n fy nharo yn ei ganu ac o'r hyn sy'n rhoi ias i mi o'i ddarllen. Mae'n obsesiwn ganddo – mae'n rhywbeth amgenach nag un o'r clymau iaith – mae'n un o'r clymau yn ei isymwybod, yn rhan o'i *psyche*. Er bod Gwilym R. fel bardd yn ymddangos yn fardd o ganol ein traddodiad ac er ei fod yn gynrychiolydd megis o'i genhedlaeth, yn ei hanfod, mae'n llais unigryw, llais od – fel pob gwir fardd. Chwi gofiwch am y disgrifiad o Siôn Wiliam, 'Ac mor ddideimlad â ffenast' – y gŵr a theimlad mawr heibio i'w arfogaeth – y caled a'r meddal. Mi all y bardd ymddangos yn ddidostur, a chaled ei osgo a'i oslef, ac eto gall gyfleu y teimladrwydd mawr yn yr union eiriau:

Cwsg heno, Tegid,
nac wylwch chwithau'r sêr yn eich pellteroedd:
Ni ddaw eich dagrau fyth
â'r ddau ynghyd.
                ('Stori Serch')

Dyma enghraifft o'r metel a'r mwynder, ond nid hynny rwyf ar ei ôl yn awr ond rhywbeth mwy prin fyth. Awn yn ôl at y gymhariaeth (neu'r dywediad lleol efallai) 'Ac mor ddideimlad â ffenast': mae enghraifft gyffelyb ond mwy cymhleth yn nofel Charles Dickens, *Little Dorrit*, lle mae'r fam (heb deimlad) yn cyffwrdd â'r mab, Arthur: 'She gave him one glassy kiss, and four stiff fingers muffled in worsted'. Yn athrylithgar ac yn obsesiynol yng ngwead prôs Dickens ceir cyfosod yr organig a'r anorganig, y person a'r arteffact – neu fe ddisgrifir y naill yn nhermau'r llall. Diddorol sylwi beth sydd gan John Lucas i ddweud am baragraff olaf *Little Dorrit* yn ei lyfr *The Melancholy Man*: 'In the images of that final sentence we hear for the last time the *balladic* note which the novel has so often struck'. Mae Dickens yn gweld y du a'r gwyn hefyd, yn aml, ac yn darlunio'n gartŵnaidd (yn fwriadol felly). Dawn theatrig sydd ganddo yn nhraddodiad Ben Jonson a thu hwnt iddo ef, y dramâu moesol. Mae delweddaeth Dickens yn cynnwys llawer mwy o'r grotesg na Gwilym R. ond mae'r obsesiwn hwn, yr organig a'r anorganig, y canwd a'r arteffact, yn gyffelyb, er bod defnydd y ddau o'u dawn yn bur wahanol.

Fel cefndir i'r drafodaeth, o hyn ymlaen, rhaid cofio am yr enghreifftiau hynny o'r pwped, y sioe, consurwaith, tafleisiwr, y dewin etc yn ei waith.

Mae yna ddigonedd o enghreifftiau o gyfosod (yn yr ystyr eang – yn cynnwys cymhariaeth a chyfochredd) yr organig a'r anorganig neu'r peth byw a'r arteffact, a hynny'n greadigol iasol megis yn 'Calan Caled':

> Lle tynnwyd llun ei bedair pawen gan yr iâ
> Mae dwsin o galonnau'n curo'n chwimach
> Yn y gaer o rew.

Print cerddediad cadno yn y rhew a chynnwrf yng nghalonnau'r defaid! Cyn manylu ar rai enghreifftiau rwyf am wyro ychydig, mynd ar slent i ddychwelyd i'r un cylch. Yn y gerdd *vers libre* gynnar, 'Y Fyddin Garpiog', y mae corws y di-waith mor farwaidd a diobaith nes ymddangos yn rhithiol yn y cwm real:

> Pan godwn ein llef tua'r bryniau hyn
> ni ddaw ateb i'n herfeiddiol 'Baham?'
> namyn gwatwar y cerrig llefain
> o ddiddymdra'r cwm.

Rydym yn clywed y gwacter – yr eneidiau coll. Mae'r 'sgeileti pwl' yn emblem o'u llygaid marwaidd hwy ac mae'r nos yn 'anialwch'. (Rhaid nodi bod mwy o argyhoeddiad yn narlun Gwilym R. o'r di-waith o'i gymharu â chorws T. S. Eliot yn 'The Rock'. Mae 'na farweidd-dra litwrgïaidd yn nisgrifiad Eliot o'r rhai sy'n gweithio, heb sôn am y di-waith. Yn Nyffryn Nantlle, yn ei wreiddiau felly, roedd y profiad yn beth byw i Gwilym R., ac nid yw Eliot ar ei orau yn 'The Rock'. Roedd y sefyllfa yn un real, mewn cwm arbennig. Yn 'Cwm Tawelwch' er bod crybwyll pyst 'hen byrth' a'r 'tosturiaethau/Oedd dan ddistiau tŷ fy nhad' nid cwm arbennig, go-iawn ydyw. Dyma'r 'cwm tu hwnt i'r cymoedd' – y mae'r daith yn ddyhead *am*, a'r cwm yn ddiriaeth *o*, dirlun delfrydol y galon, o dawelwch meddwl. Yn y paragraff cyntaf, 'A'th gar salŵn yn hymian ar y rhiw' a 'rhwng bowlen fach o ddyffryn/Rhwng ymylon du y pîn' (ac er bod y gerdd wedi ei chyfansoddi'n ddiweddarach) ceir eiconograffi'r tridegau – cyffelyb i'r hyn a geir yng ngherddi Auden, Spender etc. (Yn ei lyfr safonol *Barddoniaeth y Chwedegau*, y mae Alan Llwyd yn nodi'r tebygrwydd rhwng 'gofid' y gerdd a'r gofid hwnnw yng ngherdd Auden, 'The Age of Anxiety', un o gerddi'r pedwardegau. Roedd y daith, y map, y ffin a'r cwm, oll yn sumbolau amlwg ac yn rhan o eiconograffi llenyddol y tridegau. Mae 'na flas Ewropeaidd i'r cwm hwn. Yn rhannol, defnyddir delweddau sy'n perthyn i gyfnod arbennig a chynharach yn y gerdd er bod y cymeriad yn lleisio ofnau a gofid oes ddiweddarach – oes y bom atomig. 'Ninnau/a welsom rai o'r pethau gwaethaf/a all ddigwydd i ddynion' meddai yn ei gerdd 'Pan Ddelo'r Dydd'. Mae 'na enghraifft arswydus o gyfosod yr organig a'r anorganig yn 'Cwm Tawelwch' – rhestr sydd wedi ei serio ar feddwl, a'i blannu yn *psyche* Ewrop ers diwedd yr Ail Ryfel Byd:

> Gwelsom mewn breuddwydion nos
> Y cysgod lamp a wnaed o groen
> A'r sebon a wnaed o floneg dynion …

Mae'n llechres neu restr sy'n eiddo i bob un ohonom. Er hynny, mae'n parhau'n ysgytwol a'r lleoliad yn gwbl addas mewn cerdd sy'n lleisio gofid yr Ewropead yn ail hanner yr ugeinfed ganrif. Ceir yr un rhestr, wedi ei defnyddio mewn dull mwy personol ac obsesiynol, yng ngherdd Sylvia Plath, 'Lady Lazarus':

> I have done it again.
> One year in every ten
> I manage it –
> A sort of walking miracle, my skin
> Bright as a Nazi lampshade
> …

Ash, ash –
You poke and stir.

Flesh, bone, there is nothing there –

A cake of soap,
A wedding ring,
A gold filling.

Er gwyched Sylvia Plath fel bardd, un donfedd gan amla' sydd ganddi – mae Gwilym R. yn fardd mwy amlochrog o lawer.

Yn ei gerdd ryfeddol, 'Y Rhai Sydd Ynom', mae 'na gyfosod unigryw:

Manach na llwch Hiroshima
Yw ei gwaddol yn ein clai;
Digyfrif y cromosomau
A benna ein bri a'n bai.

Mor od ac athrylithgar y cyfosod! Mor iasol y cyplysu! Sylwer hefyd mor gyfrwys y cyffyrddiad – mae awgrym yng ngradd gymharol yr ansoddair, 'manach', mai mwy sylfaenol y grym creadigol na'r elfen ddinistriol. (Nid wyf am geisio dadansoddi y gerdd ragorol hon, dim ond nodi'r personoli, y plismon – rydym yn gwenu efallai o weld am eiliad hen blismon y pentref, ond mi gredaf mai plismon tra gwahanol a sinistr sydd yma – plismon y deyrnas dotalitaraidd, megis un o'r Gestapo.) Mae yna gyfoeth iasol a chryndod dwfn i'r gerdd hon. Cawn ias gyffelyb o ddarllen ei gerdd fawr, 'Y Rhai Na Buont', lle mae'n cyfosod bywyd a marwolaeth rhithiol yr had a'n bywyd a'n marwolaeth ninnau oll:

Ni ddarfu amdanynt
Yn eu sêr-luosog lochesfeydd
Mwy na'r llwch is meini'r llan
Neu'r nwyon yn yr awyr.

Mae 'na gerddi cyfan lle ceir y *fibrato* o gyfosod y peth byw a'r peth marw. Un o'r cerddi hyn yw 'Y Parrot'. Mae Alan Llwyd (*Barddoniaeth y Chwedegau,* 609-11) yn dadansoddi'r gerdd yn feistrolgar, gan ddatguddio ei chyfoeth. 'Rwyf am nodi un enghraifft yn unig o'r cyfosod effeithiol a geir yng nghorff y gerdd:

Rhigymi eiriau heb deimlo mwy o'u hias
na'r tâp sy'n troi corfannau soned Bardd yr Haf.

Dyna'r agendor rhwng dau begwn – yr hollol ddideimlad a'r teimladrwydd mawr – y tâp ar y naill law a meddylfryd un o'n beirdd mwya' sensitif (a ffefryn Gwilym R.) ar y llaw arall. Mae'n werth cofio esiampl y bardd hwnnw, R. Williams Parry, wrth drin y gerdd hon – cerddi fel 'Y Gwyddau', 'Yr Ieir', 'Heffrod' a 'Hitleriaeth' a'r creaduriaid sydd ynddynt wedi eu dofi, yn ddideimlad ddihidio neu'n farwaidd a hurt. A rhaid cofio hefyd am gerdd arall gan R. Williams Parry, sef 'Gorthrymderau', cerdd nad yw mor gyfoethog â cherdd Gwilym R. ond sydd a'i choegni'n finiog. (Ac yn gyffelyb o ran thema hefyd – cerdd Gwilym R. yn gerdd am y Cymro di-Gymraeg a cherdd R. Williams Parry am Gymro Gŵyl Ddewi):

Gwladgarwr huawdl pan fo'i lond
O sêl a swper nos Gŵyl Ddewi.
...
Creadur dicra, cwta, cŵl,
Heb hiraeth yn ei wyneb pŵl
Na chlawstroffobia ar y ffŵl.

Heb sensitifiti, heb deimlad, heb sens! Yn 'Y Parrot', y cyfosod yw cwlwm iaith sylfaenol y gerdd – 'the figure in the carpet' chwedl y Sais.

Y mae yr un mor allweddol bwysig yn 'Gwna Imi Gân':

'Gwna imi gân,
            un lân ddi-liw,'
meddai hi;
'un siriol, heb saws-eiriau.'

Turiais
hyd wraidd fy ymadroddeg
am y gair cysáct,
am y fetaffor dawel, gyrhaeddbell,
am y berfau nad ŷnt wedi blino
a'r cymalau iaith
nas naddwyd hyd y mêr
o gynfyd y Gogynseiri
hyd bosfyd y Bobieurosiaid.

Rhois fy nghalon mewn cwpwrdd rhew
i oeri'r tân Gwilymeraidd.
Cymysgais sillafau
â gwin eu rhin wedi rhynnu –
rhyw baent o rew i beintio'r un
na châr y fflamgoch eiriau.

Mi dynnais lun camera ohoni,
pob crychni a brychni brith
a cholli golwg ar
ei hansawdd sawl-dimensiwn.
Ond 'roedd paladr ei gwên
yn meirioli cesair fy llinellau,
a dysgais mai gwell
na'r haniaeth oer ohoni,
na'r cofnod mewn inc
o feidroldeb ei benywdod,
fyddai dalen wag.

Mae ymdriniaeth ddiddorol o'r gerdd hon gan Mathonwy Hughes (*Awen Gwilym R.*, 104-5) Mae'n gerdd ddoniol, ymateb y bardd i her y 'gyfeilles ifanc, landeg, ddireidus ... cerdd sy'n enghraifft o ormodiaith chwerthinllyd a chlyfar'. Dyna farn Mathonwy, mae'n ddarlleniad dilys hefyd. Ond mae 'na wedd arall i'r gerdd sy'n ei chyplysu wrth gerddi fel 'Chwilio Gem ...' a 'Cerddi Coll'. Y mae'n gerdd sy'n delio â phroblem oesol y bardd – yr eneth, y realiti, yw'r cymhlethdod byw nas gellir ei sefydlu yn y gair, yr ansawdd 'sawl-dimensiwn' – 'pos-geiriau' na ellir ei gwblhau, 'ni wnaed y cnawd yn air'. Y mae'n gerdd am ddeunydd crai'r bardd. Ai gwell y *tabula rasa* na 'phinio'n dwt rhwng pedwar mur', yr 'haniaeth oer'? Ond ar slent fel petai, canys y mae cyfosod delweddau wrth wraidd ymadroddeg y bardd hwn, a thrwy gylch ar gylch o gyfosod, 'y fflamgoch eiriau' a 'rhyw baent o rew', 'yr ansawdd sawl-dimensiwn' a llun 'camera' a'r eneth a'r ddalen wag, fe ddiriaethir yr agendor rhwng y cnawd a'r gair. Y mae'r ddalen heb ei staenio fel y llyn heb ei grychu gan gylchoedd. Am na ellir gwneud defnydd o'r 'tân Gwilymeraidd' (yn y gerdd wrth gwrs) mae'r bardd yn talu'r pwyth yn ôl – mae'r ddalen wag, heb ei staenio, heb 'fibrato bysedd crythor dawns y cnawd' yn burdeb marwaidd, wedi ei 'startsio' (fel 'Y Lleian') neu fel piser 'sydd wedi cau/o gylch y ffynnon fyw'. Mae'n gerdd gymhleth na ellir ei 'phinio'n 'dwt rhwng pedwar mur.' Fel Robert Frost, bardd arall sy'n ymddangos yn fardd uniongrychol a chlir, y mae Gwilym R. yn gyfrwys ac yn ddwfn.

Un o'm hoff gerddi yw cerdd Gwilym R.:

Cerddi Coll

'Mae mwy o farddoniaeth y tu allan i gyfrolau o gerddi
nag sydd ynddynt' – Robert Frost.

Mae aur tu faes i gloriau'r glêr,
tan groen y tonnog ro,
yn lliw y lli,
fel y mae trydan
na ddaeth trwy rwydau
ein gwifrau gwâr.
Ni nyddodd compiwteri'n hymenyddiau
y clymau iaith
a ddatoda'r sêl.

Er pan sythodd dyn o'r llaid
yn flewog-fyngus,
llosgodd poethach heulwen yn ei ymennydd
na'r un a grinodd ei groen.

Pan ledo'r nos
ei chynffon-barcud uwch ein pennau
plyciwn y cortyn
ond ni ddaw'r paun o awyr
fyth i lawr:
ni wnaed y cnawd yn air.

I beth y pwya'r moroedd
dyrrau'r tir?
Nid oes a ddehongla'u gweryru tragwyddol;
er mynd o wŷr i fol y lli
mewn arch o long
ar herw anfad
ni ddônt â'r gair o'r dwfn.

Dwys yn y prif-eglwysi
y chwedleua'r clych
nes gyrru adar dieithr
ar wib trwy gelloedd y pen,
ond ni thry'r rhith yn air.

Pan fo siâp cân
i wên ar wyneb
a churiad llaes ei cherrynt
yn stŵr y storm
pa ddewin a wisga fyth
y sgerbwd cerdd â chnawd?

Mae rhawiau llym yr awen
yn chwysu yn y pridd
wrth durio am drysorau;
ninnau a wnawn sŵn i ffoi
o ddiystyrdod bod.

Diolch, i ti, Daliesin, Dad Awen,
am fod adar nas daliwyd
yn dy beithdir pell.
Llesg yw dawn llyfr
i ddala dim ond eiddilod.

Mae'r gerdd fel map o'r holl gerddi a ddarllenais a'u delweddau: 'Y Bwystfil', 'Ynys Enlli', 'Y Rhai Sydd Ynom', 'Y Treisiad', etc. Rwy'n cofio am 'Gwna imi Gân' pan ddarllenaf 'Pan fo siâp cân …' ac yn ei therfyn, 'Llesg yw dawn llyfr/i ddala dim ond eiddilod' rwyf yn ôl gyda 'Chwilio Gem …' y perffaith 'loyw ffrwd' a'r 'pryfed prin' wedi eu 'pinio'n dwt rhwng pedwar mur' – y ddeuoliaeth hon. Ac mae'r cylchoedd yn lledu i gynnwys cerddi nad wyf wedi eu crybwyll, 'Hen Wynebau' – 'Wedi'u diwarthu rhwng clasbiau pres/A chloriau bochiog yr hen albwm' neu 'Gofodwyr' –

'Nawr mae eu hwynebau
wedi eu pinio'n serchog
ar waliau
a'u hargraffu ar bacedi uwd.

Y cnawd a'r arteffact! Rwyf am ei gadael hi yn y fan yna, yn benagored, llestr heb ei gau, cylch sy'n lledu.

WALDO WILLIAMS
(1904-1971)

R. Geraint Gruffydd

Wrth ddiolch am y fraint o gael traddodi'r ddarlith lenyddol yng Ngŵyl Waldo yng Nghrymych, y mae'n rhaid imi'r un pryd gyfaddef mai'n anaml y teimlais mor annigonol wrth godi i annerch unrhyw gynulleidfa ar unrhyw bwnc. Y mae'r teimlad o annigonolrwydd yn codi o'r ffaith syml y gallai llu o bobl fod wedi gwneud y gwaith yn llawer gwell na mi: pobl a oedd yn adnabod Waldo yn well, pobl sydd wedi astudio'i waith yn drylwyrach. Wedi iddo farw, er enghraifft, ar wahân i rifynnau coffa *Y Genhinen* a'r *Traethodydd* fe gafwyd cyfrolau gwerthfawr arno gan y Parchg. Dafydd Owen, Mr James Nicholas ac yn ddiweddar iawn Mr Ned Thomas, ac fe olygwyd dwy gyfrol gasgl yr un mor werthfawr amdano gan Mr Nicholas a Mr Robert Rhys. Yn wir yr wyf yn credu'n gyd-wybodol mai anhawster dewis rhwng y rhain (ynghyd ag amryw feirniaid disglair eraill) a barodd i drefnwyr yr ŵyl hon yn y diwedd droi ataf i mewn anobaith! Fe welwch felly pam yr wyf yn teimlo'n annigonol.

Y mae gennyf, fodd bynnag, un cymhwyster bychan i leddfu rhywfaint ar y teimlad hwnnw. Ym 1956, pan oeddwn ar f'ail flwyddyn fel darlithydd cynorthwyol yn Adran y Gymraeg, Coleg Prifysgol Gogledd Cymru, Bangor, fe ymddangosodd *Dail Pren*, ac fe ofynnodd Mr Dyfnallt Morgan imi a wnawn ei hadolygu ar y radio, ynghyd ag un neu ddwy o gyfrolau eraill. Fe wneuthum hynny, a chael cyfle i ddweud fod Waldo Williams, yn fy marn i, yn fardd mawr iawn. Hwnnw oedd yr adolygiad cyntaf ar *Dail Pren* i'w gyhoeddi, fel petai, ac fe lwyddodd Waldo i'w glywed ar set radio ffrindiau iddo. Fyth wedi hynny, pan fyddwn yn ei gyfarfod, fe fyddai'n gafael yn fy llaw i gyda'i ddwy law ef, yn edrych ym myw fy llygaid ac yn fy nghyfarch gyda'r geiriau, 'Fy adolygydd cyntaf!' Nid oes

(Darlith Lenyddol Gŵyl Waldo a drefnwyd gan yr Academi Gymreig yng Nghrymych, 18-19 Ebrill 1986).

llawer o bethau yn fy mywyd yr wyf yn teimlo'n falchach yn eu cylch na hynny.

Fe soniais funud yn ôl fod llawer o waith da wedi'i wneud ar Waldo, yn bennaf (ysywaeth) wedi'i farw ym 1971. Yr hyn na chafwyd, fodd bynnag, fel y soniodd Mr Robert Rhys yn rhagymadrodd hynod dreiddgar y gyfrol a olygodd ym 1981, ydyw cofiant cyflawn; ac ni chafwyd ychwaith, fe ellir ychwanegu, gasgliad cyflawn o'i holl waith. Y mae hyn yn rhwystr difrifol i feirniadaeth ystyriol ar ei waith, gan fod amryw gerddi cynnar diddorol na chynhwyswyd mohonynt yn *Dail Pren*, yn ogystal, wrth gwrs, â'r cerddi a gyfansoddwyd wedi i'r gyfrol honno ymddangos. Nam arall ar y gyfrol, fel y darganfu Mr Ned Thomas wrth baratoi ei fonograff rhagorol ef, ydyw nad oes, drwy ddewis yr awdur, unrhyw ddyddiadau wrth y cerddi sydd ynddi. Y mae cryn dipyn o waith o'n blaen felly cyn y gallwn siarad yn gwbl hyderus a manwl am gynnyrch barddol Waldo ac am ei ddatblygiad fel bardd.

Ond y mae rhai pethau sydd eisoes yn eglur, diolch i'r gwaith sydd wedi'i wneud yn barod. Gadewch inni'n hatgoffa ein hunain i ddechrau am brifannau buchedd Waldo. Fe'i ganed 30 Medi 1904 yn Hwlffordd, yn fab i John Edwal Williams, prifathro Ysgol Gynradd Prendergast ar y pryd, a'i wraig Angharad, a oedd yn nith i Syr Henry Jones yr athronydd; fe anwyd i'r ddeuddyn dair merch a dau fab, ac y mae Dilys, y ferch ieuengaf, o hyd gyda ni ac yn bresennol yn ein plith fore heddiw – braint arbennig inni i gyd. Ym 1911 fe symudodd y teulu i Fynachlog-ddu (ryw bedair neu bum milltir i'r de-orllewin oddi yma) ac yna ym 1915 i Landysilio (ryw filltir ar ddeg tua'r de). Fe addysgwyd Waldo yn ysgolion ei dad, cyn mynd i Ysgol Sir Narberth ym 1917 a Choleg Prifysgol Cymru, Aberystwyth, ym 1923 lle y graddiodd gydag Anrhydedd mewn Saesneg a dilyn cwrs Tystysgrif Athro. (Cystal imi ddweud yma, fel na fydd raid imi ei ddweud eto, ei fod yn ddyn o alluoedd meddyliol cwbl anghyffredin a allai'n hawdd fod wedi esgyn i gadair prifysgol neu swydd gyffelyb petai wedi dymuno hynny, ond ei fod yn ymwybodol o'r cychwyn bron fod ganddo ddawn amgenach ac uwch, sef y ddawn greadigol.) O 1927 hyd 1942 fe fu'n dysgu mewn ysgolion cynradd yn Sir Benfro. Ym 1941-1942 fe ddigwyddodd tripheth iddo: fe briododd Linda Llywelyn, fe ymrestrodd fel Gwrthwynebwr Cydwybodol ac fe symudodd (yn yr haf) i ddysgu yn Ysgol Sir Botwnnog yn Llŷn. Fe fu farw Linda y mis Mai canlynol, a hwythau wedi bod yn briod am lai na deunaw mis, ac fe fu i'r golled bron â'i lethu. Ym 1944 fe ffodd i Loegr, i Kimbolton yn Swydd Huntingdon i ddechrau, yna i Chippenham yn Wiltshire ac yna, ym 1946, i Lyneham yn yr un sir (rhwng Chippenham a Swindon). Fe ddychwelodd i Gymru ym 1950, fel ysgolfeistr yn Sir Frycheiniog i ddechrau ac yna fel tiwtor achlysurol yn Adran Efrydiau Allanol Coleg Prifysgol Cymru, Aberystwyth, adran yr oedd Alwyn D. Rees yn Gyfarwyddwr arni: yn Sir Benfro yr oedd yn byw yn ystod y cyfnod hwn, fodd bynnag. Wedi dychwelyd fe ataliodd gyfran o'i dreth incwm fel protest yn erbyn Rhyfel Korea a gorfodaeth filwrol: fe'i carcharwyd ddwywaith am gyfnodau o chwe wythnos, ym 1960 a 1961. Er iddo gael ei fagu'n Fedyddiwr fe ymunodd â'r Crynwyr ym 1953. Ym 1959 fe safodd fel ymgeisydd Plaid Cymru dros Sir Benfro a llwyddo i ennill 2,250 o bleidleisiau. Pan ddiddymwyd gorfodaeth filwrol ym 1963 fe ddychwelodd i ddysgu mewn ysgolion cynradd yn Sir Benfro, yn bennaf fel athro ail iaith, gwaith yr oedd yn rhyfeddol o lwyddiannus yn ei gyflawni ond a oedd yn dreth drom arno. Bwriadai ymddeol ddiwedd 1970 ond fe'i cymerwyd yn wael y mis Hydref cynt ac fe fu farw yn ysbyty St. Thomas yn Hwlffordd 20 Mai 1971. Fe fu ei berthnasau a'i lu cyfeillion yn driw iawn iddo yn ystod ei waeledd olaf, ond ni fyddant yn gwarafun imi enwi tri a fu'n gefn arbennig iddo: yn flaenaf, wrth gwrs, ei chwaer Dilys; yna'r Chwaer Bosco, a oedd ar y pryd yn Brifathrawes Ysgol y Fair Ddihalog yn Hwlffordd; ac yn olaf Mr Teifryn Michael, yr ydym i gyd yn galaru oblegid ei farw disyfyd ychydig wythnosau'n ôl.

Dyna fraslun o yrfa allanol Waldo. Ac er mor fras yw'r llun y mae eisoes yn awgrymu llawer ynglŷn â'i fywyd mewnol yn ogystal: ei ddiffyg uchelgais llwyr, ei ymlyniad wrth yr hen Sir Benfro (fe dreuliodd bum mlynedd a deugain o'i saith mlynedd a thrigain yn byw ynddi), ei heddychiaeth ddiwyro, ei gariad at Gymru a'i cymhellodd i weithredu'n wleidyddol drosti; fe ddengys y braslun hefyd na fu'i fywyd heb ei siâr o drasiedi. Yr hyn yr hoffwn ei wneud yn awr yw ceisio mynd ychydig dan wyneb y braslun a darganfod beth mewn gwirionedd oedd egwyddorion llywodraethol bywyd Waldo. Nid yw'r dasg yn un anodd oherwydd ni cheisiodd erioed eu celu.

1. Ei gred sylfaenol yw fod dynion ymhob man yn frodyr i'w gilydd oherwydd eu bod yn blant i Dduw a bod Duw wedi plannu rhyw hedyn o'i anian ei hun – yr hyn a eilw'r Crynwyr y goleuni oddi mewn – yng nghalon pob un ohonynt; y gwadiad llwyraf posibl ar ein dynoliaeth felly yw ein bod yn barod i ladd ein gilydd. Fe ddysgodd Waldo'r egwyddor hon yn y lle cyntaf wrth draed ei dad a'i fam – deuddyn arbennig iawn – ac fe gadarnhawyd ei afael arni drwy ddarllen a myfyrio yng ngwaith athronwyr Idealaidd yr Almaen a beirdd Rhamantaidd mawr Lloegr, fel y dangosodd Mr. Ned Thomas mor wych;

fe'i cadarnhawyd hi ynddo hefyd gan brofiadau na ellir ond eu disgrifio fel rhai cyfriniol, ac fe fyddaf yn dychwelyd at y pwynt hwn cyn y diwedd.

2. Yn ail, ynghlwm wrth y gred ym mrawdoliaeth dyn yr oedd cred fod y gymdeithas ddynol wedi'i chyfundrefnu yn y fath fodd ag i fod yn elyniaethus i'r frawdoliaeth hon; hynny yw, y mae'r wladwriaeth, o leiaf yn ei heffeithiau, yn ddrwg. Yr athronydd Rwsiaidd Nicolas Berdyaev (1874-1928) oedd ei bennaf mentor ar y pwnc hwn, er ei fod yn credu hefyd fod tystiolaeth archaeolegol i fodolaeth cymdeithasau dynol anrhyfelgar cyn tyfu o'r gwladwriaethau dinesig ym Mesopotamia a mannau eraill tua chwe mil o flynyddoedd yn ôl. (Weithiau, gyda llaw, y mae fel petai'n cysylltu Cyfalafiaeth gyda'r Wladwriaeth fel grym difaol: yr oedd yn Sosialydd o hil gerdd).

3. Yn drydydd, yr oedd cred fod Cymru'n arddangos mewn modd arbennig y frawdoliaeth a goleddai, yn enwedig yn ei bywyd amaethyddol cydweithredol, bywyd y ffermydd bychain mewn ardaloedd megis gogledd Sir Benfro yng nghyfnod ei fachgendod, bywyd a ddisgrifiwyd yn wych odiaeth gan gyd-weithiwr i Waldo, David Jenkins, yn ei lyfr *The Agricultural Community in South-West Wales at the turn of the Twentieth Century* y flwyddyn y bu Waldo farw.

Dyma egwyddorion llywodraethol bywyd Waldo. Ac yr oeddynt yn llywodraethol. I raddau cwbl anghyffredin fe wnaeth fyw ei fywyd yng ngoleuni'r egwyddorion hyn: fe fu byw brawdgarwch; fe fu'n amheus o'r wladwriaeth ac yn barod i'w herio pan farnai fod rhaid; ac fe fu'n ddi-ffael deyrngar i Gymru. Mwy na hynny, i hyrwyddo'r egwyddorion hyn y cysegrodd ei farddoniaeth. Yn rhesymegol, o leiaf, yr oedd yr egwyddorion yn dod o flaen y farddoniaeth: oni bai fod y farddoniaeth yn iswasanaethgar i'r egwyddorion ni fyddai ganddo ef, y bardd, ddim diddordeb ynddi. Gorsymleiddio dybryd yw hyn, wrth gwrs, oherwydd nid ar dir rhesymeg y mae'r pethau hyn yn gweithio: yr oedd Waldo wedi'i eni yn fardd ac yr oedd yn rhaid iddo felly ei fynegi'i hun drwy farddoniaeth. Ond, pe gofynnid iddo, yn sicr fe ddywedai mai'r egwyddorion a oedd yn dod gyntaf.

Y mae hyn, gyda llaw, yn codi anhawster bychan o safbwynt beirniadaeth lenyddol, a chystal imi ei grybwyll yma a'i gael o'r ffordd. Oherwydd fy mod yn glynu wrth yr hyn y gellid ei alw'n safbwynt protestannaidd clasurol, yr wyf yn credu fod agwedd Waldo at ddyn yn rhy optimistaidd, a chan hynny'n ymddangos yn rhy ddibris o'r iachawdwriaeth a brynwyd ar gyfer dyn drwy dywallt gwaed Mab Duw, er bod rhaid imi gyfaddef ei fod yntau fel petai'n cydnabod ar brydiau mai'r tu allan i hanes y mae'n rhaid i Dduw ddwyn ei waith i ben. Yn ail, am yr un rheswm, yr wyf yn credu fod agwedd Waldo at y wladwriaeth yn rhy negyddol, er fy mod innau'n gorfod cydnabod fod perygl pob amser i unrhyw wladwriaeth droi'n ddemonig, a bod angen gwyliadwriaeth barhaus rhag i hynny ddigwydd. Ond nid wyf yn cael fod yr anghytundeb hwn yn amharu o gwbl ar f'edmygedd gwylaidd o Waldo fel person, nac ar fy ngallu i ymateb i'w farddoniaeth. Y tebyg yw y dywedai ef fod hyn yn brawf mai fy syniadau i sy'n anghywir!

Yr wyf wedi bod yn sôn am egwyddorion llywodraethol bywyd Waldo a phwysleisio mai'r rhain a gaiff fynegiant yn ei farddoniaeth. Ond, wrth gwrs, y *modd* y cânt fynegiant sy'n eu gwneud yn bwysig fel barddoniaeth. Nid wyf yn amau dim nad yw'r ffaith fod y rhain yn egwyddorion mor aruchel a chadarnhaol, a bod Waldo wedi gallu ymroi i'w gwasanaethu mor ddiymatal, yn elfen anhepgor yn ei fawredd fel bardd. Ond oni bai ei fod yn fardd wrth natur, a'i fod wedi llwyddo i ddarganfod ei lais ei hun – y ddau beth yna – marwanedig i raddau fuasai'r farddoniaeth er arucheled yr egwyddorion. (Nid oes ond rhaid edrych ar gynnyrch barddol ewythr Waldo, Gwiliamus, i weld hyn). Fe ddechreuodd farddoni – yn Saesneg – yn wyth oed dan gyfarwyddyd ei chwaer Morvydd a oedd ryw ddwy flynedd yn hŷn nag ef ac yn amlwg yn eneth athrylithgar iawn: fe fu ei marwolaeth ryw dair blynedd yn ddiweddarach yn ergyd drom i'r teulu cyfan. Pan oedd Waldo'n ddeuddeg oed fe ganodd ei gerdd Gymraeg gyntaf, am wrthryfel 1916 yn Iwerddon, a daliai'r awen i'w boeni pan oedd yn 'grwt yn Ysgol Arberth', chwedl yntau. Yn y coleg yn Aberystwyth, fodd bynnag, y daeth i'r amlwg fel bardd, a hynny fel cyfansoddwr caneuon ysgafn (gan mwyaf) yng nghwmni Idwal Jones. Fe barhaodd yn gynhyrchiol drwy gydol y tridegau, yn rhannol drwy symbyliad ei gyfeillion E. Llwyd Williams a W. R. Evans: ym 1936 fe gyhoeddodd ef a Llwyd Williams *Cerddi'r Plant* ar y cyd, ac y mae'r gyfrol honno'n glasur o'i bath. Cafodd ei waith cynnar groeso gan E. Prosser Rhys yn *Y Faner* a chan John Eilian yn *Y Ford Gron*, ac fe barhaodd *Y Faner* yn gyhoeddfan bwysig iddo am y rhan fwyaf o'i oes fel bardd. Ynghanol y tridegau fe ymaflodd o ddifrif yn y gynghanedd a dod yn ail ar yr awdl yn Eisteddfod Genedlaethol Abergwaun, 1936. Fel y nesâi'r Ail Ryfel Byd fe ddwysâi ei awen ac o 1939 hyd 1956 (er nad heb ysbeidiau o ddistawrwydd hunanordeiniedig) fe ymddangosodd cnwd o gerddi aeddfed a phroffwydol; pwysig iawn iddo ar ôl dychwelyd i Gymru ym 1950 oedd y gwmnïaeth glòs a fwynhâi â beirdd gwaelod Sir Aberteifi a gogledd Sir Benfro. Wedi casglu'r cynhaeaf ynghyd yn *Dail Pren* (1956), yn bennaf drwy anogaeth yr Athro J. E. Caerwyn Williams a'r Athro J. Gwyn Griffiths, cymharol ychydig a gyhoeddodd, er bod rhai o'r ychydig hynny yn gerddi gwych a phwysig. A bod yn fanwl, saith a thrigain o gerddi sydd yn *Dail Pren*, ac fe wn am ryw un ar ddeg (heblaw englynion) a ymddangosodd rhwng 1956 a 1971. Fe grybwyllais yn barod fod amryw byd o gerddi mwy neu lai cynnar na chafodd fynediad o gwbl i *Dail Pren*.

Fe soniais gynnau am Waldo Williams yn dod o hyd i'w lais ei hun fel bardd. Yr oedd honno'n broses hir ac fe olygodd lawer iawn o ddarllen a myfyrio, llawer iawn o ysgrifennu ac ymarfer, a llawer iawn o fyw a dioddef hefyd. A'r hyn yr hoffwn ei wneud am weddill y ddarlith yw olrhain y broses hon gystal ag y gallaf. A bod yn fanwl gywir, y mae ganddo fwy nag un llais – pedwar yn wir – ac y mae'n dal i lefaru â mwy nag un bron iawn drwy gydol ei yrfa. Ond fe fydd yn hwylus at ein pwrpas ni fore heddiw os cymerwn arnom fod yma ddilyniant.

I ddechrau, y bardd ysgafn. Gyda'r gân enwog 'Y Nefoedd' yn *Y Faner* (4. 2. 1926) y daeth gyntaf i sylw'r cyhoedd Cymraeg ac fe barhaodd yn feistr ar y gân ysgafn, hafal i Idwal Jones ei hun, am y rhan helaethaf o'i yrfa. Y mae hon yn ddawn fawr ac yn ddawn brin, ac nid oes angen gronyn o gyfiawnhau arni. Ond yr wyf yn credu'r un pryd fod llawer o sylwedd yn nacl Dr John Rowlands fod Waldo'n ystyried y cerddi hyn yn gyfraniad ar un lefel tuag at gymdogaeth dda, tuag at frawdoliaeth: y mae cydchwerthin yn gallu symud ymaith elyniaeth a dyfnhau cyfeillgarwch. Un o'm ffefrynnau i'n bersonol yn y maes hwn yw'r gyfres englynion unodl i'r crics (*crickets*) a ddiogelwyd gan W. R. Evans a'i chyhoeddi gan Bethan Llewelyn yn ei *Chasgliad o Englynion Digri* (1966). Dyma dri englyn cyntaf y gyfres:

> Yn y pentan, pa antics? – Alawon
>   Teuluol y mangrics.
> 'O mae'n braf yma'n y brics,
> 'R ŷm eto heb riwmatics'.
>
> 'Cadw o'n cwat y riwmatics – a'th ormes
>   A'th thermo-dynamics
> A'th atal ar esthetics
> Eon ein troeon a'n trics.
>
> 'Cawn yma economics – a ddysgwn
>   Ar ddesgiau'r athrogrics;
> Testun ein holl statistics
> Drwy haf brwd yw rhifo brics!'

A dyma dri thriban i Iwerddon nad ydynt, hyd y gwn i, wedi eu cyhoeddi o'r blaen. Gan y diweddar D. Myrddin Lloyd y cefais hwy. Y mae elfen gref o ddychan ynddynt, ond o gofio am serch Waldo at y wlad a'i hiaith, rhaid casglu mai dychan caredig yn ei hanfod ydyw.

Gwlad ryfedd yw Iwerddon,
Y siafft mor drwm â pholion,
Y calce ar bedole bla'n
A fowr o ra'n ar ddynion.

Gwlad plant yn mynd yn droedno'th
Heb fowr o iws i necloth
A gwlad menywod siole hir
Pe crase'r tir yn whilbo'th

Gwlad tadau heb ddim teulu,
Gwlad iaith a neb 'n ei medru,
Gwlad a ganmolir gan ei phlant
Sy'n rhyteg 'bant i Gymru!

Ymhell cyn diwedd y dauddegau yr oedd Waldo wedi dechrau canu telynegion a sonedau rhamantaidd, yn y traddodiad a sefydlasid gan feistri mawr dadeni barddol dechrau'r ganrif, yn enwedig Thomas Gwynn Jones. Fe gafodd amryw o'r rhain, yn arbennig 'Menywod' (1931) a 'Cofio' (1931) dderbyniad gwresog ar unwaith: fe gynhwyswyd y ddwy a enwyd, er enghraifft, gan Syr Thomas Parry-Williams yn ei *Elfennau Barddoniaeth* (1936). Ac y maent yn rhagorol o'u bath. Y drafferth yw fod y bath erbyn diwedd y dauddegau a dechrau'r tridegau wedi mynd braidd yn dreuliedig ac ystrydebol, fel bod bodloni i ganu yn ei herwydd yn tueddu i fygu dawn bardd mor gynhenid wreiddiol â Waldo. Mae'r mesurau, yr odlau, a hyd yn oed y rhythmau yn tueddu i fod yn syrffedus o reolaidd. Pan ofynnodd yr Athro Bobi Jones iddo unwaith pam y bodlonodd ar ganu fel hyn ei ateb oedd mai am ei fod yn hoffi canu (â'r llais) ond yn methu: ei ffordd ef o ganu ydoedd! Ac y mae llawer o'r telynegion a'r sonedau rheolaidd hyn yn hynod seinber. Fe barhaodd Waldo i arfer y llais hwn yn ei delynegion ymlaen hyd ddechrau'r rhyfel ac wedi hynny: tyst o hyn yw'r ddwy gerdd wych 'Y Tangnefeddwyr' (1941) ac 'Ar Weun Cas' Mael' (1942). Ac fe barhaodd ei sonedau, gydag eithriadau, yn bur reolaidd hyd y diwedd. Er enghraifft, ryw ddwy flynedd cyn ei farw y lluniodd y deyrnged olaf hon i gyd-fardd a edmygai'n ddirfawr.

GWENALLT

Crych fu ei ganu; yn y gwaelod, crwn;
Bethesda a gynhyrfid i'n hiacháu.
Ym mhoethni'r brwydro dros ein tegwch twn,
Amynedd y gelfyddyd sy'n boddhau.
Harddwch arswydus 'purwr iaith ei lwyth',
Rhoes angerdd dan ei bron a nerth i'w braich
A gosod difrod yn y meddwl mwyth.
Gwrolodd y Gymraeg i godi ei baich.
Nid rhyfedd hyn. Cafodd yr ennyd awr
Nad oes mo'i dirnad, a'r dychymyg drud
A wêl yn hen wrthebau plant y llawr
Y Breichiau praff yn crynu o dan y byd
Gan bryder santaidd; a'i ddyheu a roes
I Frenin Nef yn marw ar y Groes.

Trydydd llais Waldo, neu'r trydydd cam tuag at ddarganfod ei lais aeddfed, yw'r canu cynganeddol. Yn ôl ei dystiolaeth ei hun i'r Athro Bobi Jones, yr oedd Waldo'n 'ystyried y gynghanedd yn hanfod gwrthrychol, yn gymaint felly â chynghanedd mewn cerddoriaeth, ac nid yn sgema wneuthuredig. Darganfod y rheolau wnaeth y beirdd ...' Y mae digon o dystiolaeth fod creu englynion byrfyfyr yn ail natur iddo: ffordd oedd hon o 'gadw ei law i mewn', chwedl yntau. Fel y crybwyllwyd yn barod, fe aeth i'r afael â chynganeddu o ddifrif ganol y tridegau a llunio awdl 'Tŷ Ddewi' ar gyfer cystadleuaeth y gadair yn Eisteddfod Genedlaethol Abergwaun, 1936 mewn dau benwythnos yn ystod mis Mai 1935, yn ôl D. J. Williams. Yna fe aeth yn sâl, a D. J. Williams a drefnodd fod yr awdl yn cael ei theipio a'i hanfon i'r gystadleuaeth, lle y daeth yn ail anrhydeddus iawn i awdl fuddugol Simon B. Jones. Ar gyfer *Dail Pren* fe ailsgrifennodd y trydydd caniad, a oedd yn seiliedig ar brofiad lled-gyfriniol o unoliaeth â'r byd naturiol a gawsai ar Garn Llidi un prynhawn o haf yn gynnar yn y tridegau. Wedyn fe gafwyd y cywydd maith a phwysig 'Y Tŵr a'r Graig' a ganwyd ym 1938 yn brotest yn erbyn mesur yn Nhŷ'r Arglwyddi i ddwyn i mewn orfodaeth filwrol. Y Tŵr oedd Castell y Garn (Roch Castle) ac yr oedd y Graig ar Fynydd Treowman (Brimaston) ym mhlwyf Cas-lai — y ddau i'w gweld ar draws y sir o hen gartref Waldo yn Llandysilio. Yr oedd y Tŵr yn symbol iddo o ormes y wladwriaeth, a'r Graig o wrthsafiad y werin bobl a ormesid. Ar wahân i'r awdl a'r cywydd a thri darn ysgafn, y mae rhyw bum darn cynganeddol yn *Dail Pren* – tri chywydd, un gerdd ar

Gyhydedd Hir ac un arall ar Hir-a-Thoddaid – ac fe gyhoeddodd (heblaw englynion) hanner dwsin o gywyddau ac un dilyniant o Hir-a-Thoddeidiau wedyn. Anwastad y gwelaf i'r cerddi cynganeddol o'u cymryd gyda'i gilydd, ond ar ei orau y mae Waldo'n sicr ymhlith goreuon beirdd cynganeddol y ganrif – a honno, fe dâl inni gofio, yn ganrif hynod iawn am ei barddoniaeth gynganeddol. Ar ei orau y mae ganddo'r union ddawn i beri i'w linellau ymddangos fel pe baent wedi eu darganfod yn hytrach na'u llunio, a dawn brin yw honno. Fel enghraifft, yn hytrach nag un o'r cywyddau mawr, gadewch imi ddyfynnu ichwi'r gân ar fesur astrus y Gyhydedd Hir a ganodd tua 1952 er cof am Idwal Jones (a fuasai farw, fel y cofir, ym 1937). At Malachi Jones, un o gymeriadau brith drama Idwal Jones, *Pobl yr Ymylon* (1927), y mae'r cyfeiriad ar ddiwedd y pennill cyntaf, a'r ddrama honno ynghyd â'r *Anfarwol Ifan Harris* (1928) y cyfeirir atynt yn y trydydd pennill. Mor gywasgedig yw'r mynegiant fel bod rhaid craffu ar yr atalnodi er mwyn dilyn rhediad y gerdd.

Gyfaill, mi'th gofiaf,
Dy ben heulwen haf
A glyn y gaeaf galon gywir.
Ym mhob dyn mab dau
Gwelit y golau
Ac yng nghraidd y gau angerdd y gwir.

Llawr hud lle rhodiem
A gwawr fel gwawr gem
Am a ddadleuem oedd dy lewych.
Anian eneiniog
Isel dywysog
Yn ein Tír Na nÓg. Yno tau'r nych.

Dy chwerthin, gwin gwydr
Palas y pelydr
Pan lenwir ti fydr. Pan lunnit fyd
Hyder mawr dramâu
Gweld byw, gweld beiau,
Diogel faddau, dy gelfyddyd.

Rhin bardd trwy straen byd,
Treiddfa tua'r rhwyddfyd.
Ei dŵr a gyfyd wedi gofal,
Arffed i orffwys.

A chân a'i chynnwys
Hoen y Baradwys, hen wybr Idwal.

Ond er gwyched llawer o ganu cynganeddol Waldo, efallai mai ei gyfraniad pennaf (fel yr awgrymodd yr Athro Bobi Jones) oedd rhwyddhau'r ffordd i'r bardd ddarganfod ei bedwerydd llais, ei briod lais ei hun. O tua 1938 ymlaen fe ddaeth cyflwr y byd a chyflwr Cymru i bwyso fwyfwy arno, ac y mae'n dra sicr i'w ddwyster gael ei ddyfnhau pan gollodd Linda ym 1943: erbyn hyn fe ddwedwn i mai dyna drobwynt ei yrfa fel bardd. Fe wnaeth yr hyn a allodd yn ymarferol: fe ymrestrodd fel gwrthwynebwr cydwybodol ym 1942 ac fe wnaeth ei brotest bersonol dra chostus yn erbyn gorfodaeth filwrol yn ystod y pumdegau a dechrau'r chwedegau. Ond fe fynnodd ddweud ei neges am frawdoliaeth dyn, am werth Cymru, ac am y bygythiadau o du'r wladwriaeth a Milwriaeth a Chyfalaf, ar gân hefyd. Mor llethol oedd ei argyhoeddiadau, mor bwysig yn ei feddwl oedd yr hyn yr oedd am ei ddweud, nes i'r mowld telynegol a etifeddasai gracio dan y straen ac fe fabwysiadodd rai o nodweddion y canu caeth yn ei ganu rhydd. Y pwysicaf o'r rhain oedd afreoleidd-dra rhythm, ac fe ychwanegodd at hynny amrywiaeth yn hyd llinellau (peth sy'n anathema i'r canu caeth, wrth gwrs) a hefyd amrywiaeth yn yr odlau a ddefnyddiai: yn arbennig fe ddechreuodd wneud defnydd pur helaeth o *broest,* lle y bo'r gytsain mewn odl yn aros yr un ond y llafariad neu'r ddeusain yn amrywio yn ôl rheolau arbennig (hyd y sylwais, ni wnaeth ddefnydd o'r ddyfais wrthgyferbyniol *lled-odl,* lle y bo'r llafariad neu'r ddeusain yn aros yr un ond y gytsain yn amrywio yn ôl rheolau arbennig). Ar brydiau y mae'n ategu rhythm llinell â chyffyrddiad o gynghanedd neu â chynghanedd gyflawn. Y mae ei eirfa hefyd yn mynd yn foelach, yn llai ansoddeiriol: ac er bod yr enwau y mae'n eu defnyddio'n parhau'n ddiriaethol ar y cyfan, fel y mae'n rhaid iddynt fod, eto y mae'n caniatáu iddo'i hun ddefnydd cynnil o enwau haniaethol yn ogystal. Unwaith yn unig y defnyddiodd *vers libre* fel y cyfryw, yn y gerdd ysblennydd ac enigmatig 'Cwmwl Haf'. At ei gilydd yr oedd yn well ganddo lynu at y traddodiad, a oedd wrth gwrs yn ymestyn yn ôl trwy gydol canrifoedd barddoniaeth Gymraeg, a chreu o elfennau ohono ei synthesis ei hun. Wrth wneud hynny fe gyflawnodd gamp hafal i'r un a gyflawnasai Gerard Manley Hopkins mewn barddoniaeth Saesneg ddeng mlynedd a thrigain ynghynt. Y drwg yw fod yr offeryn mydryddol a luniodd Waldo iddo'i hun, y llais a ddarganfu, yn un priodol iddo'i hun ac efallai heb fod yn ddynwaredadwy iawn. Beth bynnag am hynny, fe ddefnyddir yr offeryn, fe glywir y llais yn ddifloesgni, mewn cymharol ychydig o'r cerddi a gynhwyswyd yn *Dail Pren,* ac mewn un gerdd neu ddwy a ymddangosodd wedi hynny. Y dyrnaid cerddi hyn yw cyfraniad unigryw Waldo Williams i farddoniaeth Gymraeg ac sy'n ei osod yn ddigamsyniol ymhlith y mawrion. Eisoes yn 'Y Plant Marw' (1944) y mae'r llais newydd i'w ganfod ond yn rhai o'r cerddi a ganwyd o 1946 ymlaen y clywir ef yn gwbl groyw: 'Preseli' (1946), 'Geneth Ifanc' (tua'r un adeg), 'Cymru a Chymraeg' (1947), 'Yr Heniaith' (1948), 'Wedi'r Canrifoedd Mudan' (1948), 'Yr Eiliad' (1956 mae'n debyg), 'Mewn Dau Gae' (1956 yn sicr), 'Y Dderwen Gam' (1969).

Ni wn a fyddai pawb yn cytuno â'r rhestr hon, hyd yn oed: yn sicr fe fydd gan bawb ei restr atodol i'w hychwanegu ati. Ond hyd yn oed fel y mae fe gynrychiola gamp farddol aruchel iawn. Amhosibl i mi yw dyfynnu mwy na dwy neu dair o'r cerddi hyn, ac y mae'r rheini mewn gwirionedd yn eu dewis eu hunain. Fe ganwyd 'Preseli' pan oedd y fro'n cael ei bygwth gan y Swyddfa Ryfel ym 1946, a Waldo'n alltud yn Lloegr. Y mae'r gân yn foddion iddo fynegi ei weledigaeth ar fywyd yn gyfan yn ogystal â'i gariad at Sir Benfro ac at Gymru, ac y mae'r llais newydd ynddi yn gwbl hyglyw a chroyw.

PRESELI

Mur fy mebyd, Foel Drigarn, Carn Gyfrwy, Tal Mynydd,
Wrth fy nghefn ym mhob annibyniaeth barn.
A'm llawr o'r Witwg i'r Wern ac i lawr i'r Efail
Lle tasgodd y gwreichion sydd yn hŷn na harn.

Ac ar glosydd, ar aelwydydd fy mhobl –
Hil y gwynt a'r glaw a'r niwl a'r gelaets a'r grug,
Yn ymgodymu â daear ac wybren ac yn cario
Ac yn estyn yr haul i'r plant, o'u plyg.

Cof ac arwydd, medel ar lethr eu cymydog.
Pedair gwanaf o'r ceirch yn cwympo i'w cais
Ac un cwrs cyflym, ac wrth laesu eu cefnau
Chwarddiad cawraidd i'r cwmwl, un llef pedwar llais.

Fy Nghymru, a bro brawdoliaeth, fy nghri, fy nghrefydd,
Unig falm i fyd, ei chenhadaeth, ei her,
Perl yr anfeidrol awr yn wystl gan amser,
Gobaith yr yrfa faith ar y drofa fer.
Hon oedd fy ffenestr, y cynaeafu a'r cneifio.
Mi welais drefn yn fy mhalas draw.
Mae rhu, mae rhaib drwy'r fforest ddiffenestr.
Cadwn y mur rhag y bwystfil, cadwn y ffynnon rhag y baw.

Nid oes dewis yn awr ond symud ymlaen at 'Mewn Dau Gae'. Dyma'n ddiamau gerdd fwyaf Waldo ac un o gerddi mwyaf y ganrif hon yn Gymraeg. Y mae Waldo wedi'i hesbonio ei hun i raddau mewn llythyr i'r *Faner*, 13 Chwefror 1958, ac fe gafwyd traethu golau iawn arni wedyn gan yr Athro Bedwyr Lewis Jones, Mr Dafydd Elis Thomas a'r Athro Gwyn Thomas – diolch iddynt hwy, y mae rhediad ac ergyd y gerdd bellach yn bur glir. Fe ymddangosodd gyntaf yn *Y Faner*, 13 Mehefin 1956 – yr wyf yn cofio o hyd y cyffro a gefais o'i darllen – ac wedyn yn *Dail Pren* at ddiwedd yr un flwyddyn. Efallai mai hon oedd y gerdd yr oedd yn rhaid ei hysgrifennu cyn y gallai *Dail Pren* gael ei gyhoeddi. Ei man cychwyn, fel y dywed y bardd ei hun yn *Y Faner*, oedd gweledigaeth y mae'n rhaid tybio unwaith yn rhagor fod iddi ansawdd profiad cyfriniol:

> Dau gae ar dir cyfaill a hen gymydog i mi, John Beynon, Y Cross, Clunderwen, yw Weun Parc y Blawd a Parc y Blawd. Yn y bwlch rhwng y ddau gae tua deugain mlynedd yn ôl [hynny yw, tua 1918, pan oedd Waldo'n bedair ar ddeg oed] y sylweddolais yn sydyn, ac yn fyw iawn, mewn amgylchiad personol tra phendant, fod dynion, yn gyntaf dim, yn frodyr i'w gilydd. Mae'r caeau yn annwyl iawn imi fyth wedyn, a'm cysylltiad â phobl y ffarm, fel y'i gwelir yn y pedwerydd pennill, yn elfen arall yn fy nheimlad at y lle.

Fe gymerodd y weledigaeth hon o frawdoliaeth dyn, gweledigaeth a oedd wrth gwrs yn dyfnhau fel yr oedd profiad Waldo o fywyd yn dyfnhau, ddeunaw mlynedd ar hugain cyn y gallodd ei mynegi, er iddo roi cynnig ar wneud hynny sawl tro cyn 1956. Erbyn 1956, fodd bynnag, yr oedd y profiad a'r cyfrwng angenrheidiol yn ei feddiant ac fe ddaeth y gerdd i fod. Y mae ei phwysigrwydd yn y gyfrol yn cael ei danlinellu nid yn unig gan y ffaith mai ohoni hi y cafwyd y teitl – ymadrodd sy'n tarddu o Lyfr y Datguddiad ac o sylw a wnaeth John Keats ynglŷn â barddoniaeth – ond hefyd gan y ffaith fod y llun ar y clawr, wedi'i dynnu gan Mr. D. J. Morris, yn darlunio pren uwchlaw'r bwlch rhwng Waun Parc y Blawd a Parc y Blawd. Yn y gerdd ei hun y mae'r bardd yn manteisio hyd yr eithaf ar y rhyddid mydryddol yr oedd wedi'i ennill iddo'i hun er mwyn cyfleu angerdd ei weledigaeth yn gyfewin fanwl: y mae hyd y llinellau'n amrywio (er eu bod ar y cyfan yn eithaf hir), y mae'r acennu yn dra amrywiol, fe wneir defnydd medrus o broest yn ogystal ag odl (neu, mewn un achos, diffyg odl), fe ddefnyddir cyffyrddiadau ysbeidiol o gynghanedd (ac yn y llinell olaf gynghanedd groes o gyswllt gyflawn) – hynny yw, y mae ei miwsig geiriol yn neilltuol o gymhleth a chyfoethog. O ran yr hyn a ddywedir, y cwbl y mae'n rhaid ei nodi yw mai'r un ydyw'r ateb i'r holl gwestiynau a ofynnir yn y gerdd, yn enwedig yn y tri phennill cyntaf, a'r ateb hwnnw ydyw: Duw. Duw dan wahanol rithiau – yn enwedig rith yr heliwr – sydd yn cyfrannu i'r bardd yn hanner cyntaf y gerdd Ei wirionedd a'i dangnefedd. Duw yn ail hanner y gerdd sydd yn cyfrannu'r awen a all gydio pobl yn gyffredinol ynghyd mewn brawdgarwch a chyd-adnabyddiaeth, ar waethaf galluoedd gwrthnysig y byd mae Ef wedi dianc oddi wrthynt. A Duw ydyw Brenin Alltud y llinell olaf – ffigur a fenthyciwyd gan y bardd Gwyddelig A.E. a'i gyfoethogi'n ddirfawr yr un pryd – a fydd ryw ddydd yn cerdded drwy ryw argyfwng mewn hanes a pheri i'r galluoedd gwrthnysig hynny hollti fel brwyn dan Ei droed.

MEWN DAU GAE

O ba le'r ymroliai'r môr goleuni
Oedd a'i waelod ar Weun Parc y Blawd a Parc y Blawd?
Ar ôl imi holi'n hir yn y tir tywyll,
O b'le deuai, yr un a fu erioed?
Neu pwy, pwy oedd y saethwr, yr eglurwr sydyn?
Bywiol heliwr y maes oedd rholiwr y môr.
Oddifry uwch y chwibanwyr gloywbib, uwch callwib y
  cornicyllod,
Dygai i mi y llonyddwch mawr.

Rhoddai i mi'r cyffro lle nad oedd
Ond cyffro meddwl yr haul yn mydru'r tes,
Yr eithin aeddfed ar y cloddiau'n clecian,
Y brwyn lu yn breuddwydio'r wybren las.
Pwy sydd yn galw pan fo'r dychymyg yn dihuno?
Cyfod, cerdd, dawnsia, wele'r bydysawd.
Pwy sydd yn ymguddio ynghanol y geiriau?
Yr oedd hyn ar Weun Parc y Blawd a Parc y Blawd.

A phan fyddai'r cymylau mawr ffoadur a phererin
Yn goch gan heulwen hwyrol tymestl Tachwedd
Lawr yn yr ynn a'r masarn a rannai'r meysydd
Yr oedd cân y gwynt a dyfnder fel dyfnder distawrwydd.

Pwy sydd, ynghanol y rhwysg a'r rhemp?
Pwy sydd yn sefyll ac yn cynnwys?
Tyst pob tyst, cof pob cof, hoedl pob hoedl,
Tawel ostegwr helbul hunan.

Nes dyfod o'r hollfyd weithiau i'r tawelwch
Ac ar y ddau barc fe gerddai ei bobl,
A thrwyddynt, rhyngddynt, amdanynt ymdaenai
Awen yn codi o'r cudd, yn cydio'r cwbl,
Fel gyda ni'r ychydig pan fyddai'r cyrch picwerchi
Neu'r tynnu to deir draw ar y weun drom.
Mor agos at ein gilydd y deuem –
Yr oedd yr heliwr distaw yn bwrw ei rwyd amdanom.

O, trwy oesoedd y gwaed ar y gwellt a thrwy'r goleuni y galar
Pa chwiban nas clywai ond mynwes? O, pwy oedd?
Twyllwr pob traha, rhedwr pob trywydd,
Hai! y dihangwr o'r byddinoedd
Yn chwiban adnabod, adnabod nes bod adnabod.
Mawr oedd cydnaid calonnau wedi eu rhew rhyn.
Yr oedd rhyw ffynhonnau'n torri tua'r nefoedd
Ac yn syrthio'n ôl a'u dagrau fel dail pren.

Am hyn y myfyria'r dydd dan yr haul a'r cwmwl
A'r nos trwy'r celloedd i'w mawrfrig ymennydd.
Mor llonydd ydynt a hithau a'i hanadl
Dros Weun Parc y Blawd a Parc y Blawd heb ludd,
A'u gafael ar y gwrthrych, y perci llawn pobl.
Diau y daw'r dirhau, a pha awr yw hi
Y daw'r herwr, daw'r heliwr, daw'r hawliwr i'r bwlch,
Daw'r Brenin Alltud a'r brwyn yn hollti.

Fe orffennwn drwy ystyried yn fyr y gerdd fawr olaf a ganodd Waldo, sef 'Y Dderwen Gam', a gyhoeddwyd gyntaf yn *Cerddi '69*, blodeugerdd a olygwyd gan Dr Gwilym Rees Hughes a Mr Islwyn Jones. Safai'r dderwen ar lan ogleddol afon Cleddau Ddu ryw chwe milltir o Hwlffordd, a byddai Waldo'n arfer aros dani er mwyn gweld gylfinirod (neu 'chwibanwyr' yn ei dafodiaith ef) ac adar môr eraill yn codi gyda'r wawr. Bygythiwyd cau ar ran uchaf afonydd Cleddau a thrwy hynny ddifetha cynefin yr adar a garai Waldo. Fel y gwelodd yr Athro Gwyn Thomas yn glir, fe drodd y bygythiad iddynt hwy yn symbol ym meddwl y bardd o fygythiad i fywyd ei hun ar y ddaear. Hynny sy'n cyfrif am rym rhyfedd y gerdd i ennyn teimladau y mae'n anodd iawn dod o hyd i eiriau ar eu cyfer.

Y DDERWEN GAM

(Pan fwriedid cau ar ran uchaf Aberdaugleddau)

Rhedodd y môr i fyny'r afon
  Y cyrliog serchog, pur ei drem
Unwaith, a myrdd o weithiau wedyn
  Cyn imi gael y dderwen gam.

Cyn imi ddod yr hydref hwnnw
  A sefyll dan y gainc a'u gweld,
Hithau a'i mynwes yn ymchwyddo'n
  Ardderchog rhwng ei gwyrdd a'i gold.

Yma bydd llyn, yma bydd llonydd,
  Oddi yma draw bydd wyneb drych;
Derfydd ymryson eu direidi,
  Tau eu tafodau dan y cwch.

Derfydd y llaid, cynefin chwibanwyr
  Yn taro'r gerdd pan anturio'r gwawl,
A'u galw gloywlyfn a'u horohïan,
  A'u llanw yn codi bad yr haul.

Yn codi'r haul ac yn tynnu'r eigion
  Trwy'r calonnau gwyrdd dros y ddwylan lom,
Yma bydd llyn, yma bydd llonydd
  A'r gwynt ym mrig y dderwen gam.

Fe ddywedodd Saunders Lewis unwaith mai Waldo oedd y Cymro a gerid yn fwy na neb o'i genhedlaeth, a bod hynny'n gwneud ei feirniadu yn dasg anodd iawn. Gan nad yw'r cariad wedi pylu dim ym mynwes y rhai ohonom a'i hadnabu, a gaf i gymryd hynny'n esgus dros gynnig darlith lenyddol mor dila ichwi fore heddiw? Ond diolch ichwi, yr un pryd, am eich gwrandawiad tra chwrtais.

Nodyn Llyfryddol

Y cyfrolau y cyfeiriwyd atynt yn y paragraff cyntaf yw:

Dafydd Owen, *Dail Pridd y Dail Pren* (Llandybie, 1972).
James Nicholas, *Waldo Williams* (cyfres 'Writers of Wales': Caerdydd, 1975).
Ned Thomas, *Waldo* (cyfres 'Llên y Llenor'; Caernarfon, 1985).
Waldo gol. James Nicholas (Llandysul, 1977).
Waldo Williams, gol. Robert Rhys ('Cyfres y Meistri'; Abertawe, 1981).

Y mae'n deg pwysleisio eto gymaint o ddeunydd gwerthfawr a geir yn rhifynnau coffa:

Y Genhinen, xxi. 3 (Haf, 1971).
Y Traethodydd, cxxvi. 4 (Hydref, 1971).

Ceir ymdriniaethau'r Athro Bedwyr Lewis Jones a·Mr Dafydd Elis Thomas â 'Mewn Dau Gae' yn y gyfrol a olygwyd gan Mr. Robert Rhys y cyfeirir ati uchod; ceir ymdriniaeth yr Athro Gwyn Thomas yn ei gyfrol *Dadansoddi* 14 (Llandysul, 1984).

PENNAR DAVIES
(1911-1997)

Bobi Jones

Peth anghyffredin a gorchestol yw ysgrifennu hyd yn oed un gerdd wirioneddol dda. Fe all y bardd pwysig (pan geir rhyfeddod o berson felly) lwyddo o bosib i ysgrifennu yn ystod ei oes hanner dwsin o'r cyfryw gerddi. Tasg gyntaf a hyfrytaf y beirniad wedyn – os gall ef drechu cenfigen yn y dyddiau dreng hyn – yw darganfod hynny, ac yn wir os gall ef, ei arddangos yn enghreifftiol.

Cyfrol ddisylw ydoedd cyfrol gyntaf Pennar Davies, sef *Cinio'r Cythraul*, 1946; ond ceir ynddi gerddi eithriadol braf megis 'Golud', 'Dieithriaid', 'Ar Lawr y Ddôl' ac 'Adduned'. Tair cân serch yw'r tair cyntaf, ac y mae a wnelont ill tair â'r dimensiwn ysbrydol sydd i briodas gorfforol. Dyma i ni'r anghydffurfiwr llencynnaidd, gŵr ifanc dwys yn ddiau, a chanddo gefndir pietistaidd y cyfnod, yn ymorchestu nid yn unig yn llawenydd ei nwydau, ond yn y canfyddiad od fod y profiad gorfoleddus hwn yn ganiatadwy – heb gywilydd – hyd yn oed i 'biwritan' bach gwrthryfelgar; ac nid yn unig hynny, ond bod y 'piwritan' llancaidd hwnnw bellach drwy fyfyrdod yn medru ymwybod yn briodol ac yn gywir â'r dimensiwn anfeidrol sydd i'r fath serch.

Dyma'r gân 'Golud' yn grwn, telyneg ysgafn ffri sy'n cael ei hundod yn y cyferbyniad cyfarwydd rhwng syniad arferol y byd hwn am gyfoeth ar y naill law a meddiant gwir ragorol y cariadon ar y llall:

Y fun hyfrydlais, paid â ffoi.
Tyrd, aros, a gad imi roi
  Llaw dyner ar dy fron.
Byth, byth ni chei di unpeth gwell,
Er mynd ohonot ti ymhell,
  Na'm cariad llym a llon.

Nid oes dim eisiau chwarae chwiw
Rhwng moethau'r India a Pheriw
I ennill tegwch byd.
Ac nid rhaid hedfan dros y sêr
Na chwilio'r holl ffurfafen dêr
I gael y trysor drud.

Gwn nad oes gennyf bres na swydd.
Ni allaf ddisgwyl bywyd rhwydd.
Ac eto nid wy'n dlawd.
Mae gennyf gred, mae gennyf gân,
Ac asbri glew yr Ysbryd Glân
A'r digywilydd gnawd.

Sonia'r pennill cyntaf am gariad 'llym a llon'; a'r cyfuniad paradocsaidd yna, efallai, sef yr asiad yna o wrthwynebiadau tyndra o fewn cyd-destun cadarnhaol cyson a byrlymus a soniarus, sy'n rhoi i'r tair cân serch hyn (ac i rai cyffelyb sydd bron yn cyrraedd yr un cadernid, sef 'I Barbara' a 'Trioled') eu swyn. Er gwaethaf y ffasiwn ar y pryd yn erbyn geirfa farddol a'r ieithwedd ganoloesol ramantaidd, caiff y bardd yn gyson yn y rhain ddigon o hwyl wrth gorffori yn ei gerddi yn fachog ac yn effeithiol gysurus eiriau gwaharddedig megis 'bun', 'têr', 'mad' ac yn y blaen.

Heriol hwyliog yw'r darn hwn ar ei hyd, yn ôl ysbryd y llanc a dyfodd o fewn disgyblaeth foesol cymdeithas a etifeddasai atgof am safonau a pheryglon rhywiol diamwys. Mae yna sigl a symlder uniongyrchol yma, ergydio diaddurn ac ymaddurno pleserus. Mewn ymadroddion megis 'chwarae chwiw' a'r tair llinell olaf, y mae'r bardd yn cronni ei hyder hydwyth.

Dyma'r soned 'Dieithriaid' (i Rosemarie):

'Cyffredin yw ein serch ni,' ddwedaist ti;
'Yr un, yr un, â serch cariadon hen,
Rhiannon, Paris, Dido, Antoni,
Ap Gwilym, Gwerfyl Fychan, Menna Rhên.
Mae rhagor, gwn rhwng serch a serch, ond un
Yw sylwedd serch bob amser; ac fe'i ceir
Yn holl gofleidwyr mud dinasoedd dyn,
Ac ym mhob ceiliog, was, ac yn yr ieir.'

'Na,' meddwn i, 'ni charwyd fyth fel hyn.
Fel hyn ni cherir eto.' Mawredd mwyn!

Dy chwerthin llon rhwng nos-grychiadau'r llyn!
'Ynom mae serch pob oes, pob bron, pob llwyn

Ond i'n cyfoeswyr mae ein serch yn straen,
Megis pe baent heb weled serch o'r blaen!'

Nid oes efallai neb a allai ddefnyddio'r rhediad pentyrrol fel a geir yn llinellau 2-4, 7-8, 12, y rhestru rhethregol chwerthinog, mor gysurus ffwrdd-â-hi ag a wna Pennar drwy gydol ei yrfa brydyddol. Try'r gerdd hon drachefn o amgylch cyferbyniad syml rhwng yr anghyffredin a'r cyffredin, y cyfarwydd a'r dieithr. Ac fe geir y naid annisgwyl iachus o fyd ecsotig a rhamantaidd ddisgwyliedig Dido a Menna Rhên yn y cychwyn i fuarth yr ieir yn fuan wedyn. Llaester soniarus eto yw nod amgen y gerdd, ynghyd â sigl o un sefyllfa gyferbyniol fel a geir rhwng yr afreal breuddwydiol a'r realedd digwafers i'r cyferbyniad rhwng 'ni charwyd fyth fel hyn./ Fel hyn ni cherir eto,' a thrachefn yn y cwpled clo. Rhethregol ddiymddiheurad yw dull gwaelodol Pennar fel arfer, y bardd sy'n ymollwng i fiwsig ac i hediadau cynodiadol heb ofni'r canlyniadau; ac ni raid iddo ef ofni yn ormodol, yn syml oherwydd ei glust effro sy'n ymdeimlo â phefriad geiriau, a'r dynodi canolog.

Nodweddiadol bentyrrol, ond heb golli dim o'r rhaeadru ganu, yw'r pwt dychanus 'Y Crefyddwyr' yn y casgliad nesaf, sef *Cerddi Cadwgan,* 1953. Ond at ei gilydd, modernaidd yw prif dinc y clwstwr hwnnw o gerddi, ac ni chaiff Pennar fel arfer mo'r un arddeliad hapus yn ei *vers libre* a'i ledarbrofi cysodol a'i gyfeiriadaeth academaidd – er gwaethaf rhai llwyddiannau gwir afaelgar – ag a gaiff pan fydd ef yn gantor hen-ffasiwn, diatalnwyd, perfeddlon, llawen – fel y mae ef yn ddi-os yn 'Y Bardd yn diolch i'w Gyfaill' (er gwaethaf un arddodiad), 'Cymundeb: I Angelo', 'Diffyg Traul', 'Yr Afradlon' ac 'Aletheia' yn *Naw Wffi,* 1957.

Dyma 'Cymundeb: I Angelo', sydd er gwaethaf peth odli gorgyfarwydd, ac ambell ymadrodd llac fel yn ail linell y pennill olaf, yn ymestyn at y lled-berffeithrwydd syfrdan hwnnw nas cyrhaeddir ond yn anaml gan gnawd meidrol:

Gallaf i dy glywed di
  Er gwaethaf clebar y dref.
A elli di fy nghlywed i
  Er gwaethaf clebar y nef?

Gallaf i dy weled di
  Drwy'r heulwen ar yr heli.
A elli di fy ngweled i
  Drwy harddwch hael Duw Celi?

Gallaf i dy deimlo di
  Drwy'r hen dywarchen drist.
A elli di fy nheimlo i
  Wrth deimlo clwyfau Crist?

Mi ddyfynnaf yn awr gân fach nid anghyffelyb, wedi'i chynllunio'n fedrus gaboledig, a'i hamrywio awgrymus (hyrdi-gyrdïaidd) ar y tri sylwedd yn symud yn ddeheuig oddi wrth y cwestiynau rhethregol tuag at ymateb dwys yr afradlon. Dichon fod yna'r mymryn lleiaf o bylu i'w gael yn nwy linell ganol y pennill olaf. Ond mae hon yn delyneg loyw a rhyfeddol lle y mae'r ailadrodd elfennol yn ddiwastraff a'r gelfyddyd yn iasol:

YR AFRADLON

Beth ydyw diben bywyd?
  Beth ond ei roi mewn blwch?
A chael cymdeithion hyfryd
  Sy'n Wynt a Dŵr a Llwch?

Pa draserch sydd i ddynion?
  Pa gyrchfan sydd i'w hynt?
Pwy ydyw eu cariadon
  Ond Dŵr a Llwch a Gwynt?

Mi dreuliais i fy sylwedd
  Mewn dicter ac ystŵr
Dros feirwon, dros gelanedd,
  Dros Lwch a Gwynt a Dŵr.

Swynwyd Pennar erioed gan yr esoterig a'r estron, y pellennig a'r anhygyrch, yr ecsotig a'r ecsentrig. Ni wn ai magwraeth rhwng cyfyngderau cynnes cwm Aberpennar, ac yntau'n clawstroffobig ymwybod â byd pellach draw, ai dyna sy'n cyfrif am y fath hiraeth dyfal â hwn am yr anghysbell a'r tramor. Yn bendifaddau, ffenomen ddyfnach o dipyn ydyw nag ymorchestu naïf y llanc addysgedig a gwybodus. Ymgysyllta fwy ac yn llawnach, dybiwn i, ag anghyffredinedd diamheuol anianawd Pennar a'r ymateb llawen gadarnhaol a greddfol bron sydd ynddo i'r newydd a'r rhyfedd – yn ogystal ag â'r awch bachgennaidd i synnu. Cysylltir teitl ei gyfrol gyntaf *Cinio'r Cythraul* â dysgeidiaeth ddiarffordd am y Diafol yn cael ei ddal 'gan fach a guddiwyd mewn abwyd: dwyfoldeb Crist oedd y bach, a'i ddyndod oedd yr abwyd'. Cyflwynir y gerdd 'Pibau Hud' er cof am Angelo, prydydd ifanc a laddwyd mewn damwain yn y cosmos. Yn y Pedair Diweddeb dyfynnir tameitiach Eidaleg, Lladin a Ffrangeg. Ysbrydolwyd yr ysblennydd 'Diferyn o Chwys' gan farddoniaeth serch yr hen Aifft. 'Quetzalcoatl' yw testun cerdd hwyaf *Naw Wfft*, ac 'Aletheia' (Gwirionedd) yw testun un o'r telynegion mwyaf cyrhaeddgar yn y gyfrol. Ceir dilyniant 'Caneuon Li, Bardd a Merthyr' yn *Yr Efrydd o Lyn Cynon*. ('Ofer fyddai chwilio am le'r bardd hwn mewn hanes.') Ac ni raid tanlinellu fod y dwyreiniol pell ym ymbresenoli eto yn *Y Tlws yn y Lotws*, cyfrol sy'n cynnwys cerddi am y 'Termes Nemorosus' a'r 'Geotrupes Stercorarius' – yn ogystal â 'Behemoth a Lefiathan', 'Dioscuri', 'Celen Veinwen', 'Nice Adeiniog Samothracia', ac 'Mewn Hospiz ym Munchen'.

Yn awr, fel yr awgrymais, y mae hyn oll yn fwy na rhyw 'ollwng enwau', neu ymorchestu llancaidd mewn dysg, neu gyffro'r newyddian wrth gyrraedd cyfandiroedd newydd, neu blentyn yn rhedeg at y siop losin. Dyma ran bendant o anghyffredinedd afradlon a chyndyn meddwl Pennar, ei gymeriad ar-wahân fel bardd, ei unigolyddiaeth gadarn, a'i anghonfensiynoldeb afieithus. Ac wrth geisio, yn sobor o gryno fel hyn, ddweud gair am gyfraniad cwbl arbennig Pennar i'n prydyddiaeth gyfoes, rhaid cofnodi mai rhan fawr o hyn yw annibyniaeth eithriadol ei ymateb eang a chynhwysfawr ef i fodolaeth.

Ymarferiad y bûm yn ceisio'i roi ar waith gyda myfyrwyr yn ddiweddar oedd casglu rhagdybiau dwl beirniaid llenyddol. Y rhagfarnau diarchwiliad hynny sydd yn rhemp yng ngwaith beirniaid (hyd yn oed rhai parchus, a hyd yn oed rhai 'addysgedig' yn y Brifysgol) sydd yn adeiladu rhwystr llai na goleuedig i werthfawrogiad. Ni raid imi fynd ar eu hôl hwy yn awr wrth eu henw, nac yn sicr arddangos prinder athrylith ein 'beirniaid' Cymraeg bondigrybwyll. Ond ymarferiad da ydyw hyn i brentis o feirniad – sef hel gosodiadau difyfyrdod a safbwyntiau braidd yn ddi-sail ... megis y rheini sy'n llond y lle yn y llyfr gogleisiol, hwyliog, awgrymog a hollol wirion hwnnw, sef *Forms of Discovery* gan y beirniad Americanaidd campus, Yvor Winters. Ni byddai Winters byth wedi gallu dygymod â cherdd orau *Yr Efrydd o Lyn Cynon,* 1961, sef 'Cathl i'r Almonwydden'. I Winters buasai'n rhy gynodiadol, yn rhy rethregol: does dim digon o'r plaendra rhagdybiaethol ynddi – mae'n rhy amleiriog ac 'anfanwl' a llac a haniaethlyd. Ond i mi y mae hon yn un arall, yn bendifaddau, o'r cerddi a enwn yn hyderus ymhlith fy ngherddi cyfain a gloyw yng ngwaith Pennar, cerdd orfoleddus gain a chelfydd, sydd hefyd yn dweud rhywbeth o bwys.

Pe bai Walters wedi ei diarddel hi, gallasai Pennar ymfodloni'n dalog ddigon am ei fod yn cael ei alltudio gan hwnnw yng nghwmni Wordsworth a Keats, sonedau Shakespeare a W. B. Yeats (a ddisodlwyd gan ddoniau megis Greville, Charles Churchill, E. A. Robinson a Bowers). Yn awr, y mae'r pwyntiau *cadarnhaol* a wneir gan Winters yn graff ddigon ac yn ddadlennol; ond fel sy'n digwydd yn fynych, fe'i cleddir ef, fel y cleddir cynifer o'n beirniaid Cymraeg hwythau, gan ragdybiau go anoleuedig, plentynnaidd, anarchwiliedig ac anarchwiliadwy.

Un arall o'r cerddi rhestrol, gorymdeithiol ydyw 'Cathl i'r Almonwydden'. Fe'i patrymir yn fydryddol ac yn gystrawennol o gwmpas ailadrodd syniadol cyfrodeddog. Ond y mae hon yn fwy cyfeiriadol na'r caneuon crwn gloyw eraill y bûm yn eu henwi ynghynt, ac i mi yn enghraifft o'r gyfeiriadaeth honno (sydd mor gyfarwydd yn llawer o waith Pennar) yn llwyddo'n groyw a chydag arddeliad.

Fel hyn y mae'r pennill cyntaf:

Caraf odreon Natur aml ei bronnau,
   A charaf 'r awron, ie 'n fwy na chynt;
Can's syllais, dro, fel Brendan ar ei thonnau
   Ac fel Elias ar ei thân a'i gwynt;
Fel Math a Gwydion gwelais flodau'r twyni'n
   Rhyw syn-ymrithio'n ffurf Blodeuwedd feddw;
A chyda Daffne gwelais brennau'r llwyni'n
   Gymdeithion galar i bob gwan a gweddw.
                  A gwelaf almonwydden
Yn chwifio'i gwynder nwyfus tua'r nen,
Y goeden ddewrwych, hyf, y mwyn, chwerthinog bren.

Dichon fod y llinellau cyntaf yn cyfeirio at y ffaith fod Atys wedi'i geni pan roddodd merch y duw afonaidd Phrygiaidd, Sangariws, almonau o goeden Agdistis rhwng ei bronnau. Agdistis, gyda llaw, oedd y duw Phrygiaidd, pan ddrylliwyd ef, y tyfodd almonwydden o'i organau rhywiol toredig; ac at hynny, o bosib, y cyfeiria'r llinell olaf ond un. Yn ôl Geiriadur Symbolau Steven Odett, 1986, arwydd yw'r almon o ddeffroad, gobaith a chymeradwyaeth ddwyfol.

Symudwn at y gyfrol *Y Tlws yn y Lotws*, 1971; a mentraf ddyfynnu cerdd hwy na'r un hyd yn hyn, a honno'n grwn, i gynrychioli gloywder camp barhaol Pennar yn ei gyfnod diweddaraf, sef 'Y Lloer'. Dyma'r unig gerdd mewn *vers libre* a gofnodaf yn yr ysgrif hon; a dichon ei bod yn adlewyrchu peth o'r gwahaniaeth a wna *vers libre* i arddull eang ac agored o fath Pennar. Cerdd fyrlymus odiaeth yw hi, a'r ddelwedd o'r theatr yn drawiadol effeithiol, gan sôn yn grafog am 'huodledd yr unig ddramodydd/

gwerth sôn amdano', fel y gwneid mor aml (gyda llaw) yng nghyd-destun y Gymraeg gyda Saunders Lewis. Gwelir yn achos llinell 17, fel y mae rhestru nas cynhelir gan fydr nac odl na thyndra o'r fath, yn cael cryn anhawster i fyw. Ac mae llinell 25 bron â chael yr un anhawster; ond pan ddown at brif restr y gerdd – y Gofrestr Swyddogol fel petai – gan ddechrau gyda'r eos a'r gwdi-hw, does dim anhawster i anadlu, a symudwn yn ein blaenau gyda'r cyrn yn chwythu, y consurwyr yn taflu'r cleddyfau i'r awyr, a'r syrcas anfeidrol i gyd yn ysblennydd befriol: dyma ni, ffrindiau annwyl, yn llond yr hewl –

Y LLOER

Noswaith dda, hen leuad, yr actores ddigymar.
Hyfryd dy weld di drachefn –
yn ymsymud yn ddi-feth
ar lwyfan un o'th hoff theatrau,
y derwyn drud hwn o Frycheiniog,
ar y ffin rhwng Cantref Talgarth a'r Cantref Mawr,
a'r hen Lyn Syfaddan a'r mynydd tegan acw
yn cydymgeisio am dy serch.
Mae dy wisg yn afradlon o hardd:
y glesni pur, felfedaidd
a chymylau macrell fel grisiau pyrth
Caer Arianrhod,
a rhodres digrif dy secwiniau smiciol,
y sêr nad oes eu coelio.
mae dy gynulleidfa'n dynn dan hud
gorchest dy gelfyddyd:
dolydd, meysydd, llethrau, cerrig, hesg, coed,
a su'r awel yn cogio tewi,
a'r tonnau, wrth sisial, yn ofni sisial.
A'r fath ryfeddod –
tros y llyn yr wyf yn taflu'n ysgytiol ddi-goll,
yn ymatalgar ysblennydd,
huodledd yr unig ddramodydd
gwerth sôn amdano.
A fu ymson taerach, cadarnach, cywreiniach
erioed?

Bod y fath lwybr arian rhyngof i a thi
dros y tonnau llamsachus a'r crychion diog –
dyna yw byw.
A minnau'n meddwl unwaith fy mod wedi gorffen â thi,
yr hen leuad gyfrwys;
wedi hen alaru arnat ti a'th holl baraffernalia:
yr eos a'r gwdi-hŵ,
y dyfrgi'n chwilfriwio'r ddysgl felen
yng nghrychiadau'r afonig,
y fantell dryloyw, eurwelw yn gweddnewid
craig a llechwedd, dôl ac aber,
y prydydd ar ei lin, yr iarlles wrth ei dellt,
fflachiau cleddyf a llurig a harnais,
hirgryn yr hydd rhwng y coed –
y deyrnas goll i gyd yn gaeth
o dan arglwyddiaeth
brenhines y sêr penysgeifn
yn ei llong arian ar gefnfor glas nen y nos,
Selene, Messiatz, Heng-ngo, Arianrhod.
Oeddwn, yr oeddwn wedi gweld trwy'r siwglaeth i gyd.
Ond yn awr y mae'r deyrnas yn ddiysgog
o'm hamgylch ac o'm mewn,
a thithau ar orsedd dy dangnefedd.

Anodd coelio claddu cymaint o hiraeth,
serch, addoliad, dedwyddyd, ymwystliad,
dan lwch a cherrig
a than draha'r homwncwli.
Druan â'r sawl a'th feddianno
i'th golli.

Ambell waith, bydd yna gyfeirio gan rywrai at gyfriniaeth Pennar. Am gyfnod go hir – rhy hir o bosib – bûm yn teimlo'n chwithig odiaeth am y ffasiwn go amheus ac ymhongar (weithiau) hwn o gyfrinydda a ymledodd fel madarch ymhlith llenorion agnostig neu ryddfrydol Cymraeg ac eraill yn yr ugeinfed ganrif. Goddrycha ffansïol. Cafodd Gruffydd ddôs go drwm ohono; mynnodd Parry-Williams yntau ei ddracht; cafodd Saunders Lewis bwl bach cynnil; a Waldo wrth gwrs. Ac ymhlith y cyfryw rai gwiw gan rywrai fyddai gosod peth o waith Pennar.

Nid wyf yn siŵr am hynny o gwbl bellach, na chwaith a ellid 'lympio'r' rhain i gyd yn yr un sach.

Dechreuodd diffyg cynnwys pantheistaidd 'pobl yr ymdeimlad a'r rhin' fel Gruffydd a Parry-Williams gael dylanwad amlwg yn y Gymraeg mor gynnar â gwaith Islwyn; ac nid oes lle yn y fan yma yn awr i olrhain y clefyd hwnnw yn bell iawn. Ond digon yw dweud i mi am un cyfnod gael ychydig bach o hwyl fachgennaidd yn ceisio archwilio'n feirniadol ansylwedd y gyfriniaeth ffasiynol ddiweddar honno, a'i chymharu'n grafog â chyfrinwyr dilys ac ystyrlon a chyfoethog cyn-Schleiermacher y traddodiad Cymraeg – megis Morgan Llwyd, Pantycelyn ac Ann Griffiths. Eithr ni raid ystyried o gwbl, gredaf i, fod y math o weledigaeth ar fywyd a geir gan Pennar yn tarddu o'r un ffynhonnell yn hollol â Gruffydd a Parry-Williams. Lle y bo'r hyn y gellir ei esgus ddynodi â'r term 'cyfriniaeth', adlewyrchu y mae hynny yr un math o anesmwythyd rhyfeddus ag a gynrychiolir gan y terebinth a'r pompiwn yn *Cinio'r Cythraul* a Glifieu fab Taran yn *Cerddi Cadwgan* a Zaratwstra yn *Naw Wffi*, a Li, Bardd a Merthyr, a'r Tlws yn y Lotws. Mae hynny oll, fe ymddengys, yn perthyn i weledigaeth sy'n wrthgydffurfiol ond yn ofalus athrawiaethol. Rhan gyfredol ohoni – rhan atyniadol odiaeth – yw'r ymhyfrydu yng ngwychder y ddaear, yr ymloddesta ar gnawd y greadigaeth, y gorohïan ynghylch bodolaeth.

Y mae Pennar wedi symud y pethau hyn i gyd, sy'n eglur ddigon wrth gwrs gyda beirdd rhamantaidd eraill, i'w gwisgo hwy'n llewyrchus ac yn hollol unigolyddol ac yn urddasol hwyliog mewn dillad nad ydynt o'r dimensiwn hwn. Daeth â gras y grotésg, ag ehangder di-ben-draw yr 'od', a sbort y chwerthinog ddifri a grym mawreddog y bychan, a gorchest gogleisiol serch, ynghyd â hiraeth mawr am Grist diriaethol i ganol ein meddwl prydyddol cyfoes: esgusoder mewn cyd-destun fel hyn y rhestru heintus. Ac am iddo wneud hynny yn fynych â chlust fain sy'n adnabod afiaith iaith, rhaid ei gyfrif ef ymhlith beirdd mwyaf nodedig a mwyaf byw ac arwyddocaol y ganrif.

ALUN LLYWELYN-WILLIAMS

(1913 – 1988)

Lowri James

Cymharol brin fu cynnyrch barddonol Alun Llywelyn-Williams. Cyhoeddodd *Cerddi 1934-1942, Pont y Caniedydd,* yna'r casgliad *Y Golau yn y Gwyll.* Adlewyrchir prif newidiadau cymdeithasol a llenyddol ei gyfnod yn ei farddoniaeth wrth iddo droi cefn ar y farddoniaeth Sioraidd encilgar a drafodwyd mor gampus ganddo yn *Y Nos, y Niwl a'r Ynys*. Rhoddodd gyfraniad gwerthfawr fel beirniad llenyddol, ac fel un a godwyd yng Nghaerdydd daeth ag elfen ddinesig newydd i'n canu na welwyd mo'i debyg ers awdl Parry-Williams i'r ddinas ym 1915.

Yn ei erthygl 'Barddoniaeth mewn Oes Ddiwydiannol' dangosodd fel yr oedd beirdd Lloegr yn y tridegau – W. H. Auden, Richard Ebehart, C. Day Lewis a Stephen Spender wedi tynnu 'athroniaeth gyffredinol bendant' o'u hoes ac wedi chwilio am 'fynegiant barddonol a fyddai'n addas i oes ddiwydiannol' (*Y Llenor XIV*, 1935). Roedd Josef Herman wedi peintio rhai golygfeydd diwydiannol a T. E. Nicholas wedi disgrifio Merthyr a mannau tebyg yn ei farddoniaeth ond parhau i droi i'r gorffennol wnaeth llawer o gyfoeswyr Alun Llywelyn-Williams ac unochrog oedd eu barn am ardaloedd diwydiannol. Gwnaeth ef ddiwydiant a'r awyrgylch trefol y'i magwyd ynddo yn genadwri iddo a cheisiodd asio llenyddiaeth ei gyfnod a newidiadau cyfoes (fel yr oedd Gwenallt a Saunders Lewis eisoes yn ei wneud). Yn 'Bryniau Morgannwg' rhoes gic i bob canu Ceiriogaidd fel hyn:

> Ni chlyw-wn mwy lais bugail yn y bore,
> a rhuo'r gwynt, 'dyw namyn gwae a gwawd,
> ond gwewyr dyn ni'm dawr.

Disgrifiodd hefyd y 'noeth simneau' a'r 'satanaidd wyll' gan gyflwyno craster llafar Gwenallt i'w ganu. Dewisodd yr amgylchfyd diwydiannol yn fwriadol oherwydd er gwaethaf 'trachwant balch a brwnt' y tipiau glo pwysleisiodd 'fod rhaid ffoi'n ôl i'r De'. Rhoddodd ddarlun realistig, ymhell o fod yn ddelfrydol, o'r gyfundrefn gyfalafol a'i gormes ar 'y tlawd a'r unig' gan gytuno, fel y gwnaeth Gwenallt, mai methiant fu'r ymdrech i Sosialeiddio'r cymoedd. Cyfaddefodd mewn sgwrs yn *Mabon* mai ei ofn yn ei gyfrol gyntaf *Cerddi* oedd ei fod 'yn dyst i ddirdyniadau olaf y drefn gyfalafol' (Gwanwyn 1978, 18) a hyn a ysgogodd nifer o'i ganeuon. Ond ni fedrodd ei uniaethu ei hun â thlodi'r gymdeithas lofaol, yn wahanol i Gwenallt' a syniadaeth wleidyddol yn hytrach na chyni personol a esgorodd ar y thema hon.

Trodd yn fwriadol rhag bro'r 'machlud haul' a 'phrancio'r wŷn' i'r fro a'i magodd sef Caerdydd. Ers cerdd Parry-Williams i ddinas Paris a chyfeiriadau T. E. Nicholas prin fu'r math o ganu trefol a welwyd yn Lloegr a'r cyfandir yn sgil moderniaeth. Torrodd Alun Llywelyn-Williams grib rhai o'r rhagfarnau rhamantaidd yn erbyn y dref yn *Tir Newydd* ac estyniad o'i ddadleuon yn y cylchgrawn sydd yn ei gerddi. Dywed yn ei hunangofiant mai 'alltud' ydoedd yn Aberystwyth (*Gwanwyn yn y Ddinas*, 128) ac mai'r ddinas oedd ei gyrchfan:

> Dewch fy nghyfeillion, gadwn Fwlch y Cwm
> a Choed y Wenallt, a'r holl hen fryniau hyn:
> awn fraich ym mraich, i lawr i'r ddinas draw.
>
> 'Ave atque vale' *Tir Newydd*, 1935, 3.

Cyfaddefodd yn *Mabon* mai o'r ddinas y tarddai ei 'ddelweddau' a'i 'gyfeiriadaeth' yn 'anymwybodol' fel ei fod yn hyfrydwch 'Pont y Caniedydd' yn sôn am y 'capel gwag' a'r 'pympiau petrol', darluniau hanfodol ddinesig. Hyd yn oed yn Eryri hafan dros dro yw'r wlad iddo nid paradwys arhosol i ganu amdani. Awgrymodd unwaith mai diffyg brogarwch oedd y tueddiad yma i ymhoffi ac ymffrostio yng Nghaerdydd, ond fel W. H. Reese ac Aneirin ap Talfan mae yma ymgais fwriadol i gefnu ar ganu gwledig y rhamantwyr. Cyfaddefodd Alun Llywelyn-Williams i'r ddinas ddod yn 'genhadaeth' iddo am mai dyma oedd y 'symbol o wareiddiad ar ei uchaf'. Eto mae'n ymwybodol o'r 'blaidd' yn crwydro ei strydoedd a'r 'gwyfyn a'r rhwd' yn ei bwyta a'i difa yn raddol bach. Ofnir ei dinistr yn 'Llundain, 1940', 'Weymouth 1942' (*Cerddi*) ac mewn cerdd ddiweddarach 'Yr Hen Ormes' (*Y Golau yn y Gwyll*). Rhan o ofn naturiol cyfnod a gysgodwyd gan gwmwl y rhyfel oedd hwn a thema gyfarwydd i feirdd Lloegr yn y tridegau. Peth dros dro felly yw hagrwch y presennol i Alun Llywelyn-Williams ac fe welir geni byd 'prydferthwch, teg a da' ('Ave atque vale') yn y dyfodol pell ac nid yn y gorffennol fel y bardd rhamantaidd.

Ar wahân i'r ddinas ddelfrydol y cyfeirir ati disgrifia Gaerdydd a threfi cyfoes eraill gan roi'r argraff o frwdfrydedd y dinesydd tuag at ei 'genhadaeth'. Disgrifia hi'n uniongyrchol fel hyn

> rhyfeddwn at fireinder
> cymalau dur y tyrau tal
> at ysblander lleufer yr offrwm llachar …
> Ddydd a nos mae fy ninas yn fyw. ('Ym Mharc Cathays')

a gwnaeth sawl cerdd fel 'Mehefin Sydd Drist yn y Dre' a 'Goleuadau'r Ddinas' yn rhan o'r un myfyrdod. Awgrymodd Geraint Bowen yn *Y Llenor,* XXVIII, mai'r bywyd dinesig diwydiannol a roes undod i'w waith.

Gofid mawr i'r bardd oedd effaith y rhyfel ar gymdeithas ac fel milwr yn y fyddin yn y pedwardegau bu'n llygad dyst i beth o'r dinistr. Ymateb llipa fu gan y Cymry i ddisgrifio'r rhyfel yn realistig fel y gwnaeth Picasso yn ei ddarlun enwog o 'Guernica', ac ni fanteisiwyd ar y math o ganu a fu'n rhan o'r traddodiad ers Cynddelw. Daeth y chwerwder a'r siomiant a ddisgrifiwyd fel canlyniad i'r rhyfel yn rhan o farddoniaeth Alun Llywelyn-Williams, ac yn goron ar ei besimistiaeth ei hun. Osgôdd y disgrifiadau realistig o faes y gad a gafwyd gan Edith Sitwell neu Ted Hughes, yn hytrach canolbwyntiodd ar y gwastraff amser ac adnoddau a achoswyd gan ryfela. Amser o 'alltudiaeth lwyd' (*Mabon,* 18) bersonol ydoedd ac yntau'n:

> syllu'n flin
> ar olion diffrwyth gwae'r gyflafan chwerw.

Gwelodd ardaloedd hardd fel Bethesda'r Fro a Blaen Cwm Gwdi yn cael eu defnyddio i bwrpasau milwrol ac ofnai fod 'gweriniaeth a gwareiddiad ei hun mewn perygl enbyd' o'r herwydd. Gwelwn y consyrn yn glir yn *Cerddi* a chydymdeimlad amlwg gyda'r rhyfel cartref yn Sbaen yn 'Pryder am Sbaen a Chymru' fel W. H. Auden yn ei gerdd yntau. Digwyddiadau a thensiynau mewnol yn hytrach na disgrifiadau allanol a nodwedda'r cerddi, ac mae'n bosibl mai'r pwyslais yma sy'n esbonio'r feirniadaeth arnynt eu bod yn brin o ffyrnigrwydd. Cerdd felly yw 'Ar Ymweliad' lle datgelir haenau'r stori yn raddol: awgrymir tawelwch y tŷ yn gyntaf, yna'r cyfeiriadau awgrymog at 'amdo anhygar y gogledd gwyn' a 'malltod llwyd' yr adeilad. Dywedir wedyn am farwolaeth mab y tŷ, colled a felysir am eiliad wrth chwarae cerddoriaeth Liszt a Chopin.

> nes suo'r sain yn gymundeb lle rhodiai angylion
> gan freinio'n briw a gosod ein horiau caeth yn rhydd.

Newidia'r poen a achosir gan y rhyfel o fod yn boen personol i fod yn dristwch dynoliaeth ac yn rhan o benyd ei bodolaeth. Yn yr un gyfrol cyfeiriodd yn 'Rhyngom a Ffrainc', 'Baled y Drychiolaethau' ac 'Yn yr Ysbyty' at brofiadau eraill o gyfnod y rhyfel gan bwysleisio mai dros dro yn unig y parodd y tristwch ac mai gwydnwch brawdgarwch a 'chwmnïaeth glyd' a oresgynnodd y gyflafan yn y diwedd. Er gwaethaf yr ymgais i fod yn wrthrychol yn 'Wedi'r Drin' a 'Nadolig Cyntaf Heddwch' ymdeimlir â sensitifrwydd a phoen y bardd sydd yn graith amlwg yn ei ganu.

Trodd oddi wrth y byd real i fyd plentyndod mewn sawl cerdd, byd diogel na ellir peri tramgwydd trwy ei drafod fel y profodd nifer o lenorion yr ugeinfed ganrif eisoes. Yr awgrym gan Alun Llywelyn-Williams yn 'Pan oeddwn fachgen' oedd ei fod yn ddihangfa hudolus rhag y presennol,

> Trwy'r dydd a phob dydd ymlathrai'r môr, gan fwydo'i lesni;
> ni frudiai'r haul stormydd yfory, ni wylai euogrwydd doe.

Arhosodd y 'golau'n y gwyll dros y bae' o'r un gerdd yn symbol o obaith iddo ac yn deitl awgrymog i'w gasgliad o gerddi. Yn y gerdd hon crynhoir holl obaith y bardd am dawelwch meddwl mewn myfyrdod a ddechreuodd fel profiad o wyliau fel plentyn ond a dyfodd a chymhlethu dros amser. Daw plentyndod yn ddihangfa dros dro iddo rhag 'tlodi a gormes, anghyfiawnder ac erlid, a chysgod rhyfel a dinistr' (golygyddol, *Tir Newydd*, 1935, 3) ac yn ddeunydd ar gyfer un o'i gerddi hyfrytaf.

Ychydig iawn o ymrwymedigrwydd i unrhyw achos a welwyd yn ei waith er bod ei gariad yn amlwg tuag at ei wlad yn ei lyfr taith *Crwydro Sir Frycheiniog*. Ni allai ymffrostio fel Gwenallt ac eraill yn y 'gwreiddiau haearn ym meddrodau'r fro' na chydymdeimlo gyda'r cenedlaetholdeb a gododd fel ymateb i ddylifiad y Saeson i gefn gwlad Cymru. Dewisodd osgoi'r byd gwleidyddol a phregethu mewn barddoniaeth gan wireddu, yn anymwybodol efallai, y syniad o'r trefwr diwreiddiau, diymrwymiad a gafwyd gan Parry-Williams yn 'Y Ddinas'. Gallai gyfeirio at 'gronni dyfroedd' yn 'Y Ffordd i Abergwesyn' ac adeiladu cronfa yno heb hiraethu am yr hyn a fu cynt. Anobeithiodd am ddyfodol yr iaith yn 'Y Byd a'n Blina' ac esboniodd pam yn 'Y Dewis' wrth bwysleisio fod yn rhaid i'r Gymraeg fod yn fwy na iaith llyfr ac yn gyfrwng i bobl fyw trwyddo bob dydd. Parhad oedd hwn o'r ddadl a welwyd yn gynharach yn ei waith sef y dylai'r iaith ymysgwyd o'i chefndir gwledig er mwyn dod yn rhan o ferw ardaloedd diwydiannol Morgannwg a Mynwy. Gwireddwyd y gobaith yn 'Tynyfedw' gan mai 'plant dychweledigion y dre' sydd yn ei siarad bellach, ac yn ennill y blaen ar ardaloedd di-Gymraeg Sir Frycheiniog.

Perthyn i orffennol ei genedl a wna'r traddodiad Cristnogol a fu mor amlwg ym mywydau a gwaith nifer o gyfoeswyr Alun Llywelyn-Williams. Fe'i rhestrodd ei hun yn un o'i gerddi ymhlith nyni, 'ddi-fryd stoiciaid moel' ('Bryniau Morgannwg') ac mai gwell oedd ganddo ddefnyddio 'ffrwydrad na ffydd' i symud y 'mynydd maen' ('Dwy Genhedlaeth'). Does dim rhyfedd iddo ddweud mai methiant fu ei ymdrech i 'gyrchu gwyddfod y Gwrandawr' a chymharu hynny gyda'r sicrwydd ffydd a fu'n eiddo i'w rieni. Cyfyd nifer o'i themâu o ganlyniad i'r dieithrwch hwn rhwng dyn a Duw a'r pwyslais cynyddol ganddo bod y byd yn Fedlam abswrd a'i thrigolion fel 'deillion' i anghenion eu cyd-ddyn am eu bod hwythau'n byw mewn 'ofn a dychryn'. Geiriau fel 'digarennydd', 'digyfaill' ac 'unigrwydd' sy'n digwydd dro ar ôl tro yn ei gerddi, a'r pwyslais mai creadur 'hanfodol unig' (*Mabon*) sydd yma. Ymdeimlir â'r unigrwydd yma hyd yn oed mewn cerdd i'w wraig 'Tydi a Minnau'. Daeth unigrwydd yn gyfystyr â'r awyrgylch trefol iddo, a datblygodd y thema a boblogeiddiodd Baudelaire o unigrwydd hanfodol yr unigolyn mewn cymdeithas. Darluniodd blant yn 'ofni'r unigrwydd' wrth chwarae mewn tref gan awgrymu trwy'r teitl 'Yn y drych o'n mewn y mae llun' fod yr un profiad yn eiddo'r ddynoliaeth, a dangosodd ddifaterwch cymdeithas tuag at wraig a niweidiwyd gan fodur mewn tref yn 'Wrth Hir Ymloetran Gyda'r Nos'. Ymateb nodweddiadol Stoicaidd a rydd i'r holl ddioddef gan nad oes

> dim dianc
> mi dybiaf, rhag cur ein geni, rhag hyder bod
>
> 'Branwen a'r Ffoadur Arall'

'Gorthrwm' yw gwerth Gosen iddo ('Gwyn fyd na bai'r geiriosen') a thristwch terfynol yw'r Groes fel y dywed yn 'Yr Aethnen' ac nid ffordd o achubiaeth a gwaredigaeth bersonol. Ni newidiodd y safbwynt dyneiddiol hwn trwy gydol ei gerddi a hwn sy'n cyfrif am y naws o dristwch sy'n isalaw iddynt i gyd.

Rhan o'r tristwch yw'r ofn a fynegai'r bardd wrth orfod wynebu angau yn ei gerddi rhyfel gan amlaf. Pwysleisia hefyd freuder bywyd dyn ac amser yn ei gerddi myfyrdod sydd yn cynyddu mewn angerdd wrth wynebu profiadau henaint yn ei gerddi diweddaraf. Diflanna amser iddo wrth gymharu dau ymweliad ag Abergwesyn yn 'Y Ffordd i Abergwesyn' a bwlch o flynyddoedd yn eu gwahanu. Llwyddodd i gyfleu darfodedigrwydd pethau yn 'Seren Bethlehem', cerdd sy'n crynhoi paradocs bywyd iddo o fod yn ddiflanedig ond eto yn wyrthiol o arhosol mewn rhai munudau prin. Mae'r canu hwn, fel gan Parry-Williams, yn gymysgedd o forbidrwydd rhamantiaeth ac argyfwng yr unigolyn wedi eu hasio i wneud y thema yn gwbl gyfoes.

Ar wahân i themau amrywiol y cerddi gwelir fod crefft barddoniaeth yn cael lle pwysig yng ngwaith Alun Llywelyn-Williams. Elwodd ar grefft y gynghanedd a'r traddodiad llenyddol Cymraeg ond amcanodd at fod yn gwbl gyfoes wrth gynnwys y *vers libre*, symbolaeth a chyfeiriadaeth yn ei gerddi. Yn sylfaen i'r pethau hyn mae yma haen gref o eironi, elfen a ddaeth yn gynyddol boblogaidd i fynegi'r dadrith a deimla llenor, neu ddyn, tuag at ei amgylchfyd. O fewn y fframwaith hwn defnyddiodd Alun Llywelyn-Williams eironi llenyddol i wahanol amcanion yn ei waith. Yn y gerdd 'Taith yng Ngroeg' y cyd-destun cyfoes sydd yn peri i'r darllenydd chwerthin wrth weld yr enwau Socrates ac Odyseus, ond tipyn yn fwy crafog yw'r cyfeiriad at y 'Sais o Salford' yn 'Din Lligwy'. Yn ei gerddi rhyfel ceir amwysedd bwriadol wrth ddisgrifio bom fel 'bendith fawr' yr awyrennau neu 'waredigaeth gre' ('Bethesda'r Fro') ac fe'i cynorthwyir gan eironi i feirniadu'r gymdeithas wallgo y teimlai ei fod yn rhan ohoni. Megir rhywfaint o wrthrychedd tuag at ei bwnc gan eironi a ymddengys fel sgrîn i guddio safbwynt a dyfnder teimladau emosiynol.

Mae'n bosibl fod Alun Llywelyn-Williams yn closio at feirdd Lloegr yn y tridegau a'r pedwardegau wrth chwilio am gyfoesedd yn ei symbolau a chymysgedd o hynny a'r traddodiad Cymraeg a ymestynnodd yn ôl at Beredur sydd yn ei ganu. Dyna a welir yn y symbolau o ffin, pont a gorsaf lanio. Dirgelwch yw'r ffin iddo yn 'Glyn Cywarch', symbol o angau yn 'Wedi gwrando cyngor y meddyg' a 'Zehlendorf'. Cyfaddefodd yn *Crwydro Sir Frycheiniog* fod ymweld â ffin yn rhoi 'ias' arbennig iddo a rhwydd y gwelir hynny yn ei gerdd 'Pont y Caniedydd'. Ef ei hun sy'n rhoi cyfoesedd i'r gerdd sy'n troi'n symbol o ddewis Cymru a'r Gymraeg, oherwydd rhaid iddo gefnu ar hiraeth y gorffennol a chroesi'r bont i fentro bod yna ddyfodol iddo fe ac i'r iaith. Cydir y gorffennol a'r presennol yn y symbol dinesig o orsaf hefyd gan eu bod yn lleoedd sy'n gwahanu yn ogystal â chysylltu. Mewn dwy o'i gerddi, 'Ym Merlin – Awst 1945' a 'Ffarwel yr Orsaf Lanio' cyfleir pryder ac ansicrwydd unigolion sy'n byw bywyd digyfeiriad, pobl ydynt na ŵyr pryd mae 'cychwyn taith na'i therfyn' a'u hunig obaith yw cydio am ychydig yn yr 'anweledig edafedd' cyn dychwelyd i 'sadrwydd y stryd'. Soniodd y bardd unwaith am y 'dioddefaint ... a hagrwch' a wyneba ddyn heddiw a theimlir yma mai mynegi profiad personol trwy gyfrwng y symbol a wneir. Profa gwaith Alun Llywelyn-Williams fod llawer mwy o ôl canu symbolaidd ar ein llenyddiaeth nag a feddyliwn er na chydiodd yn y canu symbolaidd Ffrengig (a drodd hefyd yn swreal-aidd) a ddylanwadodd ar waith T. Glynne Davies ac eraill. Symbolau traddodiadol o fannau arbennig fel 'Cefn Cwm Bychan', 'Glyn Cywarch' ac 'Ystrad Fellte' sydd ganddo i gynrychioli gorffennol hynod o brydferth a rhamantaidd ei naws. Yn 'Yr Aethnen' symbol traddodiadol Gristnogol sydd ganddo pan gyfleir 'euogrwydd y brad' gan y goeden ac mewn man arall daw'r 'bwystfil' yn symbol o fygythiad y rhyfel. Hoffa gyferbynnu rheolaidd-dra natur gyda'r ansicrwydd a ddaw i fywyd dyn adeg y rhyfel yn 'Gwyn Fyd na bai'r Geiriosen' a 'Gwyn Fyd y Griafolen'. Natur ang-hyraeddadwy sydd i'r gobaith a gynigir i ddyn trwy 'r symbol,

> Uwch galar y ddaear ddig
> hi fynn fyw yno'n unig
> ei bywyd deoledig.
> ('Gwyn Fyd y Griafolen')

ac er hyfrydwch y symbol o obaith yn 'Seren Bethlehem', oerfel, difaterwch ac angau a ddisgrifir fel diwedd pob dyn a thristwch sy'n cysgodi ei symbolau.

Sylwodd Pennar Davies fel yr oedd 'y beirdd pwysicaf i gyd' wedi mynd 'yn fwy cyfeiriadgar na chynt' ac yn eu plith gellir rhoi Alun Llywelyn-Williams. Ychydig iawn o wir ddieithrwch a gawn ganddo ond cawn adlewyrchiad amlwg o'i ddysg yn ei gyfeiriadaeth. Cyfeiria at chwedloniaeth Arthur, Branwen, Elen, a Heledd ac Inge yn uniongyrchol, ond awgryma'r hanes yn fwy cynnil mewn mannau eraill. Yr un awgrym o gyfoeth y gorffennol a'r hiraeth amdano a geir yma felly nid yw ei ddefnydd o gyfeir-iadaeth yn y cerddi hyn yn wahanol i ddewis y Sioriaid o'i flaen. Adleis-iodd yn Hen Ganu yma a thraw tra bo 'tâl', 'elwch', 'nwyfre' 'lwys' 'alawydd' a 'brochgáu' yn cyflwyno elfen lenyddol glasurol i'w gerddi. Yn wahanol i'r Sioriaid ni throdd llawer o'i gyfeiriadaeth Gristnogol yn eironig gan mai *angst* y dyn modern sydd yn fframwaith iddynt a'r tristwch o wybod y geiriau heb adnabod y Gair, chwedl Gwenallt. Yn wahanol i Euros Bowen llwyddodd i osgoi dieithrwch neu orbentyrru yn ei gyfeiriadaeth at y clasuron (gweler 'Orffews', 'Chloe' ac erthygl ddiddorol J. Gwyn Griffiths, *Y Traethodydd*, Gorffennaf, 1957 am 'Dan y Bont') er mai'r un fath o ddysg a adlewyrchir ganddynt. Diddorol sylwi ei fod yntau fel beirdd Cadwgan a'r Ddau Lais yn defnyddio peth cyfeiriadaeth gyfoes at lenyddiaeth – cerdd R. Williams Parry i 'A. E. Housman' yn y gair 'caead-frig', yn 'Dechrau'r Daith' neu Cynan yn 'Bítola', neu at ddigwyddiad cyfoes yn 'Zehlendorf' sef Belsen. Adlewyrchiad o'i ddiddordeb yn ei gymdeithas oedd hyn a thuedd a ddaeth yn gynyddol boblogaidd yn y pedwardegau a'r pumdegau nes ei dderbyn yn naturiol i lenyddiaeth erbyn ein cyfnod ni.

Yn ogystal â defnyddio symbolaeth a chyfeiriadaeth, rheidrwydd i Alun Llywelyn-Williams oedd closio at rythmau'r iaith lafar a dewis mesur y *vers libre*. Cyfyngwn ein trafodaeth yma i'r *vers libre* er bod y bardd yn defnyddio amrywiaeth o fesurau eraill hefyd. Dadleuodd mai'r *vers libre* oedd yr unig fesur i gyfarfod ag anghenion cymdeithasol y cyfnod ac edrychodd ef ac eraill fel W. H. Reese ac Aneirin ap Talfan ar ddisgyblaeth ac ymatal beirdd fel T. S. Eliot yn Lloegr wrth ddefnyddio'r *vers libre*. Cydnabu mai hi oedd 'y ffurf brydyddol fwyaf anodd a pheryglus a ddyfeisiwyd erioed' wrth feirniadu yn yr Eisteddfod Genedlaethol ym 1960 gan nad penrhyddid oedd ystyr y *libre* i'r bardd hwn ond asiad perffaith rhwng cynnwys a chrefft. Fe'i defnyddiodd i ddisgrifio diwydiant yn 'Bryniau Morgannwg II' ac i fynegi pryder am enaid y gymdeithas gyfoes yn 'Pe Bai'r Glaw yn Peidio, Gyfaill'. Gallai hefyd gyfleu hyfrydwch a thristwch trwyddo yr un mor llwyddiannus yn 'Ar Ymweliad' a 'Pont y Caniedydd'. Dyma ran o'r gerdd honno:

> Rhaid croesi; y mae rhyw adlais yma,
> rhyw gytgord hŷn nag amser,
> yn sŵn y nant, yn naid y gwynt
> dros simdde'r Fan; dyma'r sonata
> a glywsom yn carthu'r ofn yn y siambar syber
> y nos cyn cyrchu'r cadau;
> dyma isalaw'r gwynfydedig gylch
> o leufer pur diderfyn a welodd
> prydydd doe'n disgleirio fry.

Dyma ddarn sy'n hynod o gryno ac yn ofalus wrth ddewis ei eiriau ac yn cynnwys crefft cyseinedd a chyflythreniad o fewn uned ystyrlon y llinell. Gosodwyd 'Seiliau'r Vers Libre' (*Nes na'r Hanesydd*) mewn mwy nag un ffordd gan Alun-Llywelyn Williams.

Closiodd yn amlwg hefyd yn ei waith at naturioldeb yr iaith lafar gan greu awyrgylch cartrefol a sgyrsiol yn ei farddoniaeth. Wrth ddefnyddio'r ffurf 'ti' mewn sawl cerdd ac annerch y darllenydd mewn teitlau fel 'Pe Bai'r Glaw yn Peidio, Gyfaill', llwyddodd yn ei nod i 'lafareiddio' ei arddull.

Yn ôl T. S. Eliot ym 1963 yr idiom lafar fodern a roesai werth arbennig ar farddoniaeth yr ugain mlynedd cyn hynny – yr arddull a welir mor naturiol 'Ym Mharc Cathays' a 'Tynyfedw' gan Alun Llywelyn-Williams. Ceir nifer o idiomau llafar ganddo a symlder iaith sydd mor glasurol ei apêl â darnau o'r Mabinogi. Ni throdd ei gefn ar yr arddull lenyddol (fel y gwelsom wrth drin cyfeiriadaeth) ond rhoddodd hynodrwydd arbennig i'r cywair llafar yn ei farddoniaeth.

Arbenigrwydd Alun Llywelyn-Williams yw ei fod wedi llwyddo i asio ei farddoniaeth gyda'i feirniadaeth lenyddol. Bardd â chenadwri ydoedd ond nid bardd protest, bardd heb 'fro i berthyn iddi ac ymffrostio ynddi' ond un sy'n mynegi penbleth ac ofn dyn yn wyneb y cread a'r byd hwn.

MOSES GLYN JONES
(1913 – 1994)

Einir Jones

Ar y lawnt fach yng nghanol y sgwâr – 'y cwad' – yn hen adeiladau'r coleg ym Mangor slawer dydd, roedd cerflun metel od yr olwg. Peth cwafriog ydoedd, cylchog hefyd os cofiaf. Peth bach digon byr a sgwat a disylw ar yr olwg gyntaf a dweud y gwir, yn rhywbeth rhwng cyrlar metel hen ffasiwn wedi ei ddatgymalu a darn o olwyn beic wedi ei ddidynnu. Ond oddi tan y peth yma a edrychai fel pe crewyd ef o ddarnau o hen sbring cloc rhad mae yna eiriau ysgytwol wedi eu cerfio'n gelfydd ar fetel fflat, a hwnnw wedi'i sticio yn ofalus ar y plinth carreg. Dyma'r geiriau i chi. Fe'u dysgais pan nad oeddwn yn gwybod yn iawn beth oedden nhw'n ei feddwl – hynny ydi, pan nad oeddwn i'n ugain oed:

> Ehed Amser
> Meddi, Na.
> Erys Amser
> Dyn A.

A dyma'r union eiriau a ddaeth yn ôl i mi sawl gwaith wrth ddarllen pedair cyfrol o farddoniaeth ardderchog Moses Glyn Jones, sef *Y Ffynnon Fyw* (1973), *Mae'n Ddigon Buan* (1977), *Y Sioe*, (1984) a *Y Dewin a Cherddi Eraill* (1993). Ynddynt fe gawn weld datblygiad graddol y bardd. Ynddynt hefyd fe grisialir i ni brofiadau gwyddonydd ac athro, sy'n edrych ac yn synnu at harddwch byd o amser, ac sy'n sensitif i freuder a darfodedigaeth, creulondeb a rhaib y byd amser hwnnw, ac uchel dician y cloc sy'n treiddio drwy bopeth.

Mae'n amlwg fod Moses Glyn Jones wedi bod yn ymddiddori ym maes yr awen am flynyddoedd cyn iddo gyhoeddi ei gyfrol gyntaf. Roedd yn un o'r bobl athrylithgar hynny oedd â'u diddordebau'n eang. Gwyddoniaeth oedd ei faes dewisedig mae'n wir, a bu'n athro yn y pwnc hwnnw ym

Mhwllheli. Ond er iddo gael ei addysgu i fod yn wyddonol, ffeithiol ac oer, eto mae'r maes yn cynnig iddo bosibiliadau ehangach. Ar y darlleniad cyntaf mae rhywun yn sylweddoli ei fod yn gwirioni ar natur, a'i fod am gofnodi yr holl agweddau arni sy'n bosibl. Mae'n sôn am goed drain gwynion, am y lleuad, am y môr a'r traethau, anifeiliaid, adar a blodau yn eu holl agweddau. Cawn ganddo bortreadau o natur sy'n sensitif a threiddgar. Yn ei gerddi hefyd fe gawn brofi bywyd ar ei ddycnaf, ar ei greulonaf ac ar ei harddaf hefyd. I Moses Glyn mae natur yn rhywbeth nid yn unig i arsylwi arni a'i nodi, ond ar yr un pryd yn destun sydd yn orlawn o ogoniannau perffeithrwydd y cread, yn rhywbeth i synnu ato, ac i'w fwynhau. Felly mae'n mynd ati yn ei gerddi i gofnodi'r peth anwyddonol hwnnw, angerdd tuag at yr hyn na ellir yn hollol ei fesur. Dywed John Gwilym Jones yn ei ragarweiniad i'r gyfrol gyntaf, *Y Ffynnon Fyw:* 'Mae ei synhwyrau fel mynawyd, a'i sylwgarwch yn gwneud inni weld a chlywed hen bethau cynefin am y tro cyntaf erioed'. Gweld gwyddonol yw hwnnw. Ond llwyddodd y bardd ynddo hefyd i gyfleu y profiadau yma a chreu angerdd yn y darllenydd tuag at y gwrthrychau hyn y mae'n tynnu ei sylw atynt, nid mewn traethodau oer, ond mewn barddoniaeth dda iawn. Mae'r gwyddonydd o fardd yn nodi bod digwyddiadau erchyll yn y byd yma, bod amser yn pasio heb i ni allu gwneud dim ond cofnodi'r ffaith a derbyn y drefn. Ond mae'r bardd o wyddonydd yn llwyddo i ddal y teimlad a'i gyflwyno i ni nes ein bod yn deall o waelod ein heneidiau beth yw ystyr breuder ein bodolaeth ni a'n hardal a'n gwlad a'n byd. Mewn gair, mae'r gwyddonydd oer yn dalp o deimlad, yn gwybod bod y 'byd yn boen o stormydd ac ysgerbydau a gwaed', ond ar yr un pryd yn gartref i 'hyder ehedydd' a 'thegwch llinos'. Mae'n cofnodi digwyddiad cyffredin iawn yng nghefn gwlad yn ei gerdd 'Anfarwoldeb' (*Y Ffynnon Fyw*). Sôn y mae am danio eithin ym Mawrth. Ffeithiau a gawn ni ar ddechrau'r gerdd; dyddiad, digwyddiad, achos ac effaith, ac ôl-effeithiau'r hyn a ddigwyddodd:

Ym mis Mawrth
bu tân ar wyneb y tir
o droed yr allt ar hyd y rhiw.

Ei drain hi un gyda'r nos
a'i heithin a aethont
yn yr awel i'r awyr.
O un wreichionen,
un yn unig, ffyrnigodd
y glog lwyd
a lle'r niwl yn lloeren olau.

Ond rhywsut, hyd yn oed mor fuan â hyn yn y gerdd, mae'r bardd wedi cripiad allan o'r gwyddonydd. Erbyn diwedd y gerdd mae'r crefyddwr hefyd yn dangos ei ochor. Mae'n wir y gallem ddadlau nad oes cerddi crefyddol sy'n pregethu eu neges yn uniongred ffanaticaidd i'w gweld yn y gyfrol ... ond fe gawn ... 'A'r glog wedi'r glaw/ildiodd/i anfarwoldeb'. Nid anfarwoldeb natur yn unig a geir yn y cerddi wrth gwrs, er mor gryf yw'r cyfeiriadau at y ffaith fod natur yn goroesi dyn i lawr y cenedlaethau. Na, mae awgrym yn y cerddi trwy'r adeg hefyd o ryw gynllun uwch, y tu hwnt i ddeall gwyddonol a dynol y meddyliau gorau. Dim ond yn yr enaid y gellir dirnad y teimlad, ac mae'n anodd iawn ei roi mewn geiriau. Ond cawn gip arno dro ar ôl tro yng ngwaith Moses Glyn. Yn 'Llanfaelrhys' (*Y Ffynnon Fyw*), mae'r bwa maen sy'n ffosil ym mhared yr eglwys yn symbol o ryw fath, fe'i codwyd 'o'r wtra i oleuni' am gyfnod. Y 'cerrig yw'r geiriau' sy'n siarad, hynny ydi, mae Duw ac anfarwoldeb o'n cwmpas ym mhobman. Allwn ni ddim mo'i fesur na'i ddadansoddi'n wyddonol mae'n wir, ond fe allwn ei deimlo'n cyffwrdd â ni, petai ond wrth ail-fyw'r profiad trwy ddarllen y cerddi. Ceir yr un peth yn union yn digwydd yn *Y Sioe* yn y gerdd 'Bethel'. Ar un olwg disgrifiad ffeithiol sydd ynddi ar y dechrau o draeth Pentywyn. Mae niwl ar y môr ac mae ehedydd yn canu. Ond trodd yr awyr yn 'oruwch ystafell' erbyn y bedwaredd linell, ac mae'r gân yn 'ddagrau gobaith'. Tybed â phwy mae'r bardd yn siarad a dadlau wedyn? Ai ag ef ei hun? Ai â chydymaith gwyddonol sy'n nodi nad yw'r sŵn oddi fry 'yn ddim ond sŵn:/sŵn garglio, clinegol, anweledig aderyn/yn golchi y nos/o gonglau tywyll ei lwnc'. Teitl y gerdd sy'n arwyddocaol wrth gwrs fan yma. Teitl sy'n dod ar ei union o lyfr Genesis, a stori Jacob yn cysgu ym Methel ac yn breuddwydio am yr angylion ar eu hysgol nefol. Wedi iddo ddeffro mae'n synnu iddo gael gweledigaeth mewn lle mor gyffredin, ac meddai 'Diau bod yr Arglwydd yn y lle hwn, ac nis gwyddwn i'. Dweud mae'r bardd wrthym bod Duw ar draeth Pentywyn y bore hwnnw, a bod ysbryd Duw yn treiddio trwy ei gread yn ddiddiwedd. Ni sydd yn ddall. Ni sydd yn methu sylwi ar bresenoldeb y dwyfol yn y tymhorol. Nid yw Moses Glyn, mwy na neb ohonom yn deall nac yn gallu cofnodi pob teimlad crefyddol, dim ond ei fod fel Job yn 'Seren Gynffon', yn cyffwrdd weithiau â phroblem bodolaeth a phwrpas bywyd dyn ar y ddaear. Does dim pendantrwydd crefyddol a Christnogol yn perthyn i waith Moses Glyn, ond y mae yma waith dyn sydd wedi meddwl yn hir am ystyr bywyd, a ffrwyth synfyfyrion y sawl sy'n adnabod ei Feibl yn dda. I ddyfynnu Job ei hunan fan yma gan ei fod yn addas wrth drafod syniadau Moses Glyn am y byd ac am ryfeddodau'r cread astrus, ac am fodolaeth Duw. 'Eto nid yw hyn ond ymylon ei ffyrdd; prin sibrwd a glywsom am yr hyn a wnaeth ...'. Ymylon ei ffyrdd mae Moses Glyn yn eu cofnodi wrth drafod 'Robin Goch' a 'Machlud', 'Storm' a 'Myshiarwms', pethau byd amser sydd wedi eu lliwio â'r tragwyddol.

Pobl wedyn, dyna i chi agwedd arall ar waith y bardd toreithiog yma. Pobl sy'n rhoi iddo wreiddiau. Pobl sy'n ei glymu wrth orffennol, presennol a dyfodol ei fro. Dyna i chi 'Huw' yn *Y Dewin a Cherddi Eraill*, yn dderyn brith o'r gorffennol, yn llun sy'n araf lwydo, y perthynas pell sy'n achosi cywreinrwydd yn y bardd. Ond mae'r ebol broc yma yn cael ei gofnodi mewn cerdd er hynny. Neu gymeriad arall, hen forwr oedd yn adnabod tad y bardd a foddwyd yn ystod y Rhyfel Mawr. 'Mêts' yw teitl y darn yn *Mae'n Ddigon Buan*. Yma fe gawn ddisgrifiad cryno o ymddangosiad allanol:

> Dyn bychan ydoedd
> a'i gymalau wedi'u morteisio'n ffein,
> pob asgwrn wedi'i naddu i drwch y blewyn,
> hyn
> a'r halen yn ei waed
> a'i gwnâi.
> Dawnsiai'r môr yn ei lygaid …

Delwedd o fyd y saer coed a ddefnyddir i ddisgrifio'r cydymaith byr yma i'w dad, delwedd effeithiol dros ben hefyd. Wrth i'r hen ŵr fynd ymlaen â'i atgofion … 'Roeddem ni'n dau ar yr un llong …' fe gawn deimlo gyda Moses Glyn, ac arogli a chlywed a phrofi'r hiraeth am orffennol nad oedd ef ei hunan yn gwybod llawer o ddim amdano. Er hynny, mae'r cyswllt â'r gorffennol diflanedig yn cael ei wneud ar un prynhawn:

> Daeth tar a phitsh a gwich o floc
> i'r awyr o rywle …
> chwibanodd yr awel trwy'r riging
> a sesnodd yr heli yr oriau …

Llwyddodd y bardd i gyfleu sgwrs ac atgof yn ddeheuig iawn yma. Llinell olaf y gerdd sy'n bwysig wrth gwrs. Mae'n disgrifio'r gŵr yma oedd yn adnabod y tad nas cofiai ef mohono ei hunan fel 'un gainc o hen raff'. Dyna yw dynoliaeth i'r bardd ar un olwg, mae yn ein genynnau raff sy'n mynd yn ôl i ddechrau esblygiad neu greu dyn wrth gwrs. A hefyd, mae'r rhaff yn bwysig oherwydd ynddi a thrwyddi hi y mae dyn yn rhan o deulu ac o gymdeithas ac o fro ac ardal, ac o fyd wrth gwrs yn y diwedd. Rydym ni yng ngolwg Moses Glyn yn Gymry, ac yn rhan o genedl ac iddi wreiddiau unigryw y dylem eu parchu a'u cadw. Ar yr un pryd rydyn ni'n perthyn i'r ddynoliaeth sydd y tu hwnt i ffiniau cenedl, iaith a gwlad. Mae'r gerdd 'Gorffennaf 1978' yn *Y Sioe* yn sôn am waed yn cael ei golli yn Sbaen:

> Yn Tarrangona mae pyllau dŵr
> y creigiau'n goch
> a rhwd ar dywod gwyn y Costa Blanca …
>
> I Tarrangona daeth angau:
> un awel o wynt ag ymyl o dân
> a rhedodd y gwaed i'r pyllau
> yn y creigiau.

Dynoliaeth y bardd a welir yma. Mae ei alar yn amlwg er bod testun ei gerdd ymhell o Bentywyn a'r Ambre Solaire sydd yno. Nid Cymry sydd wedi eu llosgi mae'n wir. One er hynny, mae Moses Glyn yn cydymdeimlo â'r ddynoliaeth yn ei thrallod. Dewch yn ôl wedyn i Ben Llŷn yn 'Hydref', *Y Sioe*. Ceir yma ddisgrifiad o ddau yn eu hydref hwythau, henaint a gwaeledd a diffyg cof yn breuo y naill, a gofal a dycnwch yn amlwg yng nghymeriad y llall. 'Sawl gaeaf eto?' gofynna'r bardd, ac mae yntau fel ninnau yn gwybod yr ateb yn iawn, dim llawer. Rydyn ni i gyd yn adnabod y sefyllfa os nad yr union gymeriadau yma. Does gan y bardd mwy na ninnau ddim ateb i'r broblem sylfaenol a dagrau pethau, treigl amser a ddiddymdra angau, ond mae'n eu cofnodi i ni. Ymddengys yr un ddawn yn 'Henaint' (*Mae'n Ddigon Buan*). Rydym ni bawb wedi siarad geiriau cyffredin ond arwyddocaol gydag eraill, ac wedi trafod amser wrth siarad am y tywydd. Ar ddechrau'r gerdd mae'r bardd yn dangos rhosyn bychan i'r hen ŵr ar ddiwedd haf. Nid y blodyn sy'n tynnu sylw yr henwr er hynny, ond oerni'r awel. Awel angau yw hi wrth gwrs, ac mae ef yn ei theimlo. Er i'r bardd geisio siarad am wres haul yn y cysgod, fe ŵyr yr hen ŵr beth fydd ei ddiwedd, a phryd hefyd, oherwydd sylwodd ar y barrug cynnar y bore hwnnw. Delweddau sydd yn y gerdd, ac fe'u cofnodir yn gelfydd mewn sgwrs gyffredin sydd yn siarad â ni ar ddwy lefel. Erbyn rhan olaf y gerdd mae amser ac angau wedi lladd

> a thrannoeth 'roedd petalau rhosyn
> yn waed
> ar y pridd.

Trampod wedyn, dyna destun arall sy'n hoff gan Moses Glyn, y creaduriaid od hynny oedd mor gyffredin hyd ganol y ganrif yma. Mae ei gyfeiriadau atynt yn niferus, a'i gydymdeimlad tuag atynt yn profi ei ddynoliaeth ynghyd â'i Gymreictod. Trampod yw'r 'Marchogion', Gethin a Ffred (*Mae'n Ddigon Buan*). Fe gawn ddisgrifiad ardderchog arall o dramp yn '*Y Ffynnon Fyw*'. Cof plentyn efallai sy'n gweld â syndod ieuenctid:

> Diferodd o'i locsyn fel bargod pin
> rhyw hen, hen iaith …
> yr oedd mwd a gwaed ar wyneb hwn
> a chrwst yn ei lygaid corn …
> Ysgutor briwsion anifeiliaid gwyllt
> a'i din ar garreg noeth …

Bron na allwn ni deimlo'r oerfel yma, a gweld y baw a'r budreddi, ac eto fe gawn ein llygad-dynnu gan ryfeddod bodolaeth y dyn od yma. Creadur arall hollol wahanol yw Melws, mab Martinws, sy'n gorwedd ym mynwent Llangian (*Y Dewin*). Bu'n gorwedd yno ers mil a hanner o flynyddoedd, ac mae'r bardd yn galw heibio i'w weld bob tro mae'n pasio'r fan. Pam tybed? Beth yw'r sens mewn galw heibio i hen feini a hen feddau? Un rheswm sydd, yn ôl yr hyn alla'i weld; oherwydd y ffaith fod carreg tramp a charreg fedd yn ein cydio wrth ein gorffennol fel cenedl ac fel aelodau o'r ddynoliaeth. Mae'r lleoedd yma a'r bobl sydd yn gorwedd yno yn geinciau yn y rhaff sy'n ein gwneud yn ddynol, yn bobl ac yn Gymry.

Mae'n ddigon gwir felly i nodi fod Moses Glyn yn un o'r beirdd hynny sydd yn eangfrydig tuag at ymgais dynion i fyw yn eu byd a cheisio cadw cyswllt â'u gorffennol a'u dyfodol, gan geisio cadw'r pethau gorau yn y presennol ar yr un pryd. Ond mae'n casáu rhaib a dinistr eu hardal gan ddieithriaid, ac mae'n galaru o weld y gymdeithas wâr Gymreig yn cael ei thanseilio gan Seisnigrwydd a chynnydd a difaterwch y Cymry eu hunain. Cawn hyn yn *Y Dewin*, mewn cywydd ardderchog o drist,

> Ni allwn guddio bellach
> y mae'r iaith fu gynt mor iach
> A chneuen, o dan annwyd.
> Ym Mhen Llŷn y mae hi'n llwyd …
> Rhoed ei chorff dan y porffor
> Huna mwy yn sŵn y môr.

Mae'r iaith ym Mhen Llŷn ar ddiwedd y ganrif wedi marw, dyna neges foel ac arswydus y gerdd. Yr un neges sydd i Fôn ym 1993 ar achlysur Cyhoeddi'r Eisteddfod (*Y Sioe*):

Llanwodd estron ei llannau
A nos iaith sy'n agosáu ...
Pe gwelit Fôn, Goronwy,
A ddwedit nas mynnit mwy?...
Ynyswyd yma Saeson
A phwy mwy yw gwŷr mawr Mon?

Neges dywyll sydd ganddo i ni sydd yn goroesi. Neges sy'n gyrru iasau i lawr cefn rhywun wrth feddwl am dranc ein geiriau bach a'n tafodiaith, a fu gynt mor gryf – geiriau a thafodiaith a ddefnyddiwyd mor helaeth gan y bardd ei hunan, nid oherwydd ei fod am arddangos ei wybodaeth ond oherwydd ei gariad tuag at ei fro a'i hiaith a'i thraddodiadau. Mae ei edmygedd yn fawr o Syr John Morris-Jones '... y llawfeddyg geiriau/a ddaeth i'w chlafdy ...' ddechrau'r ganrif hon i gael gwared â'r fratiaith oedd yn bwyta enaid y genedl fel cancr. Mae'r fro yn colli ei gafael ar bobl ac mae ei dristwch yn amlwg wrth iddo edrych ar y sefyllfa yn 'Chwalfa'r Wilings' (*Y Dewin*). Meicrocosm yw'r chwalfa yno o'r hyn sydd wedi bod yn digwydd ers amser i'r genedl – Macrocosm. Aiff pethau ar goll pan fydd chwalfa fawr yn digwydd. Collir y sbring naturiol sydd yn y ffynnon pan gleddir hi gan gynnydd, ('*Y Ffynnon*' yn *Y Sioe*):

Ni welodd y rhai sydd heddiw'n cloddio
  mo'r ffynnon,
  y mae'r ffyniant
– fel olew eu pydewau –
yn difwyno ei defnynnau.
A'r aur a'r arian
a ddaw i'r wyneb o gloddio'r Wenallt
yn newid ei gogoniant
  ac yn niweidio ei gwanwyn ...
  Yfory holant yn y machlud diferol:
Ym mha le'r oedd y ffynnon honno?

Galar sydd yma am werthoedd gwâr sy'n cael eu colli, am hanes a thraddodiadau sy'n mynd dan draed, am ddifaterwch cenhedlaeth gyfan sy'n fodlon gwerthu treftadaeth a natur er mwyn elw. Y tristwch oesol wrth gwrs ydyw bod dynion wedi malu a dinistrio a niweidio eu byd, naill ai trwy ryfel neu lygredd neu ddaliadau crefyddol, neu chwant personol ar hyd y cenedlaethau. Cofnodi hyn mae Moses Glyn, a thynnu ein sylw at freuder bodolaeth a harddwch y byd cyn ei bod hi'n rhy hwyr arnom ni fel unigolion ac fel cenedl ac fel dynoliaeth. Yn ei gofnodi mae'n llwyddo i gyffwrdd â'i gynulleidfa, a'i thanio hefyd.

Wrth derfynu hoffwn ddyfynnu un o gerddi Moses Glyn yn ei chrynswth, oherwydd hon, yn fy marn i, sy'n crynhoi holl gynnwys ei ddaliadau a'i gredoau ynghylch bywyd dyn yn y byd. Soned yw hi, o'r gyfrol *Y Sioe*, sef 'Ymson â Baban'. Deallwch hon ac fe ddeallwch bopeth am y bardd arbennig hwn mewn gwirionedd. Trwy ei chynnwys fe gewch gip ar ei galon fawr ac ar ei ddynoliaeth eang, ac fe welwch y gwerthoedd hynny yr oedd ef yn eu trysori. Byddai'n fyd gwell arnom ni i gyd pe baem ninnau yn eu trysori hefyd fel ag yr oedd Moses Glyn. Roedd y bardd yma'n wyrdd pan nad oedd hi'n ffasiynol i fod felly a dweud y gwir. Fe ddylai ei gerddi felly apelio yn fawr atom ni sy'n byw mewn cyfnod pan yw pobl wedi dechrau sylweddoli pa mor uchel yw ticiadau'r cloc mewn gwirionedd. Ac er bod dyn yn mynd, a'i holl ogoniant yn darfod ac yn chwalu a dadfeilio, mae amser yn aros, ac fe fydd harddwch byd natur yn parhau i roi pleser i genedlaethau sydd heb eu geni eto os byddwn ni yn gofalu am ein byd.

YMSON Â BABAN

Cei weled harddwch lliwiau blodau'r allt,
Y wawr yn torri a'r enfys wedi'r glaw;
Cei deimlo'r awel ar dy rudd a'th wallt
A phluen eira'n dadmer ar dy law.
Arogli'r rhos a phersawr llwythi gwair,
Ac os bydd ffawd o'th du, aroglau'r mwsg.
Pan gano adar cerdd ym miri ffair
Y mêl fydd ar dy wefus yn dy gwsg.
Ysywaeth, clywi'r hiraeth sy'n y gwynt
Pan deimli'r prudd-der yn nadfeilio'r clai
Cyn dydd arafu'r hoen wybuaist gynt
A chlywed chwaon hydre' ym mlagur Mai.
Rhwng cloeon drysau llwyd dy fynd a'th ddod
Cei wylo a chwerthin dagrau craidd dy fod.

R. J. ROWLANDS
(1915 –)

A. Cynfael Lake

Cymheiriaid cymwys yw'r gŵr â'i gryman a'r deial haul ar siaced lwch *Cerddi* R. J. Rowlands, canys cynigiant i ni gipolwg megis trwy ddarlun ar ddwy thema sy'n hawlio lle canolog yng nghyfansoddiadau'r bardd hwn. Yn ogystal â phortreadu'r hen ffordd o fyw yn y Gymru wledig, ymroes RJR i gofnodi'r newidiadau a welwyd yn ei fro yn ystod y ganrif hon ac ail hanner y ganrif ddiwethaf. Os rhywbeth, y mae'r duedd i edrych yn ôl yn amlycach yn y gyfrol gyntaf o'i eiddo (Cyfres Beirdd Bro, Rhif 2, 1976) nag yn yr ail (*Cerddi*, 1976). Yn ystod y deng mlynedd rhwng cyhoeddi'r ddwy gyfrol, aeddfedodd ymwybyddiaeth RJR o swyddogaeth gymdeithasol y bardd, ac o ganlyniad fe'i gwelir yn *Cerddi* yn ymateb yn gadarnhaol – a beirniadol – i'r newidiadau y cyffyrddodd â hwy yn y gyfrol gyntaf ac y manylodd ynghylch eu goblygiadau yn yr ail. Wedi dweud hynny, rhaid cydnabod mai hiraeth am y gorffennol yw thema lywodraethol y farddoniaeth. Dyma'r 'adlais y tu hwnt i'r gerdd' ('Hen Gymdogion'). Yn y byd hwn, y mae cannwyll yn fwy atyniadol na golau trydan, a cheffyl a throl yn ennyn mwy o barch na cherbyd. Hyd yn oed pan â'r bardd ati i lunio ei soned 'Golau', i ganhwyllau ei nain y rhydd y lle blaenaf. Bardd a'i wreiddiau yn ddwfn yn naear ei gymdogaeth yw RJR, ac nid yn aml y mentra y tu hwnt i ffiniau'r byd sy'n gynefin iddo. Gellid tybio ei fod yn torri tir newydd yn y soned 'Y Gofod' wrth iddo fyfyrio ar le dyn yn y greadigaeth; ond yma drachefn cynhelir yr awyrgylch cartrefol, braf, sy'n cyniwair trwy'r farddoniaeth am i'r bardd ddewis lleoli'r myfyrdod ar 'ben y Garth':

> Fy nigon i yw gweld, o ben y Garth,
>   Clystyrau'r Llwybr Llaethog yn eu rhod.

Nid ardal a chymdeithas yw unig ddefnyddiau'r bardd hwn. Y mae'n effro i ddylanwadau natur ac i dreigl y tymhorau. Dyma thema 'Yn Iach i'r Haf' a 'Torri Cŵys'. Gall oedi i werthfawrogi prydferthwch digwyddiadau cyffredin ('Llwydrew'), dotia at y panorama tymhorol o liw a sain yn 'Adar mewn Albwm', a mynega ei hiraeth pan wêl fwlch ar y gorwel lle bu unwaith goeden yn ymgodi'n urddasol ('Y Goeden'). Ond ymglyw â'r caledi yn ogystal â'r mwynderau, ac â deuoliaeth natur y mae a wnelo 'Adladd' a 'Deuddydd o Dachwedd ger Llyn Tegid'. Â'r bardd ymhellach ar hyd y trywydd hwn yn y tair cerdd y mae'r griafolen yn destun iddynt, sef y delyneg, yr englyn a'r gerdd *vers libre* ('Y Griafolen'). Pair ei hystum i'r bardd uniaethu'r goeden â'r frwydr barhaus â'r elfennau:

A'i gwreiddiau ymdrechgar
Yn gwrthod gollwng y graig,
A'r gwanwyn fel pe'n gomedd
Ei wyrdd i'w harddu.

Ni rwystrir y goeden gan hyn rhag ymwisgo'n ddeniadol:

Ond er ei chaledi
Myn ddehongli'r hydref
Mewn ysgarlad!

Yn y caniadau hyn, ymgyferfydd dwy o themâu pwysicaf y bardd, sef yn gyntaf, ei ymwybyddiaeth o'r grymoedd naturiol sy'n y greadigaeth, ac yn ail, yr ysgogiad hiraethus sy'n fan cychwyn i gynifer o'i gerddi.

Dengys y bardd mai trwy eu hymdrechion hwy eu hunain a'u dyfalbarhad y llwyddodd y gwladwyr i ddygymod â'u hamgylchfyd, ac fel yn achos y griafolen, priodolir iddynt hwythau rinweddau sy'n cymell parch ac edmygedd. Cyfeiria'r bardd at ei ddwy nain, y naill ag 'ystyfnigrwydd y dyddiau gwydn/yn ei hewyllys', a'r llall â'r 'dwylo garw,/hen ddwylo'r styllen olchi/a'r cerpyn llawr' ('Atgofion'). Hwy a'u tebyg

... a roddodd ffin i'r mynydd
A llwybr i'r dŵr o'r tir brwynog ('Gwyn eu Byd')

Bu'r tylwyth gwydn gynt yn herio ffawd
  Wrth wasgu cwysi'r ceirch yn uwch ac uwch,
A cheibio ceiniog o'r eithindir tlawd ... ('Cwm Eithin')

Un sydd mewn 'brwydr barhaus â'r elfennau' yw'r amaethwr:

> draw acw
> o wawr i wyll
> ar dy ffridd bell,
> y storm yn dy ddannedd
> a'r ceunant yn ochain. ('Amaethwr')

Tystia profiad yr henwr nad oes na seibiant na dihangfa i'r neb y mae ei fywoliaeth yn ddibynnol ar y tir:

> A tharo'r haearn torri mawn
> Yn yr hofel
> A'i bladur ar y trawst,
> Sgrafellu'r wedd,
> Iro'r strodur,
> Plygu'r berth,
> Sychu'r weirglodd,
> Diwreiddio'r eithin,
> Cynaeafu'r rhedyn,
> Toi'r das … ('Hen Ŵr')

Pwysleisia'r llinellau hyn pa mor ddi-dor yw dilyniant y gorchwylion, ond ail gymwynas y gyfres o ddatganiadau moel yw cyfleu parodrwydd yr henwr i dderbyn yr holl gyfrifoldebau a oedd ynghlwm wrth ei alwedigaeth, a hynny'n gwbl ddirwgnach.

Nid yw'r portread manwl hwn yn nodweddiadol o'r farddoniaeth. Nid â RJR allan o'i ffordd i ddyrchafu'r ymdrech i gael deupen llinyn ynghyd, ac ni wneir môr a mynydd o'r anawsterau y gorfu i'r trigolion gwledig ymgodymu â hwy. Dim ond yn achlysurol y tynnir ein sylw at amgylchiadau bywyd, ac er nad yw'r darlun yn amddifad o bobl, teipiau yn hytrach na chymeriadau y priodolir iddynt bryd a gwedd ac osgo sydd amlycaf yn y farddoniaeth. Y mae hyn yr un mor wir am y teulu agos: y rhieni, y ddau daid, a'r ddwy nain. Nid yw eu rhinweddau'n eu dyrchafu uwchlaw eu cymdogion a'u cydardalwyr. Ran fynychaf, bodlona'r bardd ar gyfeirio'n gyffredinol at yr amryfal weddau hyn. Os cynnig amlinell a wna, nid yw'r darlun yn llai cyflawn o'r herwydd. Tystia'r cerddi i adnabyddiaeth y bardd o gymdeithas a oedd yn endid byw a chyflawn. Un wedd ar y cyfanrwydd yw'r swyddi a restrir a'r diddordebau sy'n hynodi trigolion y fro:

Beirdd, cerddorion, haneswyr;
Merched yn gwthio coed tân a chlecs
Mewn pram;
Gweddïwyr,
Ac ambell feddwyn
Yn actio Tomi Ffar ar nos Sadwrn. ('Pentref yn y Cof')

Ymglywir yn y gerdd hon â bwrlwm y gymdeithas gyfan; cymdeithas a'i bywyd wedi ei liwio gan arferion ('Y cwsmeriaid wedi treulio stepen y drws/I siâp pedol ceffyl'), a chan ymateb i ffasiynau ('hen dafarn wedi sychu/Yng ngwres gweddïau'r saint'). Ceir yma wrthdaro yn ogystal â chyd-dynnu, a gwelir y salw a'r syber yn cyfochri.

Ond mae'r rhod yn troi, a man cychwyn y chwaer-gerdd 'Y Newid a fu yn fy hen Fro' yw'r dirywiad na ddewisodd y bardd ei amlygu yn y gerdd gyntaf. Y tro hwn, dewisodd ganolbwyntio ar sefydliadau a symbolau: pafiliwn, yr orsaf reilffordd, yr ysgol, y golofn hanes yn y papur lleol, a'r cloc. Y mae'r dechneg hon yn sicrhau na chollir golwg ar y cyfanrwydd a roes unoliaeth i 'Pentref yn y Cof'. Arweinir yn naturiol at y newidiadau, ac fe'n gwahoddir i ystyried goblygiadau'r newidiadau hyn, yn gyntaf, yng nghyd-destun fframwaith y gymdeithas, ac yn ail, yng nghyd-destun ansawdd ei bywyd. Os dathlu'r hydref 'mewn ysgarlad' a wnâi'r griafolen, trwy ei diwylliant yr arddangosai'r gymuned wledig ei harddwch hi. Fe'i hamlygid ar ffurf chwedleua a barddoni, ac ni allai'r naill na'r llall oroesi mewn cymdeithas nad oedd iddi sylfaen gymdogol gadarn:

Hwy a fu'n llenwi y gwacter mud
   Â diddanwch yr oriau mân,
Eu rhadlonrwydd cyson yn llenwi fy myd,
   A'u storïau yn wreichion o dân. ('Hen Gymdogion')

Nid yr anfanteision ymarferol yn gymaint â'r golled i ddiwylliant a flinai'r bardd pan gaewyd y lein, gan fod y tri a arferai ennill eu tamaid trwy weithio yn yr orsaf yn garedigion llên:

Mae'n chwith heb driwyr lifrog
   hen orsaf fach y Llan;
am gynganeddu lliwiog
   o focs y 'signalman'. ('Pan Gaewyd y Lein')

Rhan annatod o'r diwylliant yw'r iaith yn ei disgleirdeb a'i naturioldeb cynhenid. Telir teyrnged i'r henwr ar gyfrif ei eirfa gyhyrog a'i lefaru gloyw; cydnebydd y bardd i'w rieni yntau

> … sgleinio hyfrydwch ar lain fy moreddydd,
> A chlytio fy mharabl ag idiomau iaith. ('Fy Rhieni')

Etifeddiaeth i'w throsglwyddo o'r naill genhedlaeth i'r llall oedd hon. Dywed RJR am ei nain:

> Ei Chymraeg a roddodd i hwiangerdd ac emyn,
> Disgleiriodd ei hidiom ein ffurfafen ni. ('Fy Nain')

> 'Roedd blas y fro uchel
> ar ei hidiom hi …
> a sbectol fach loyw
> ar ei Beibl agored. ('Nain 2')

Cynrychiolir gwedd ysbrydol y diwylliant gan grefydd y trigolion, a'u gwerthoedd dyneiddiol. Cyplysir iaith a chrefydd yn y dyfyniad uchod, er na roddir yr un pwyslais ar yr ail. Yr amlygiad cliriaf o ffydd y trigolion yw iddynt lynu wrth eu crefydd er gwaethaf caledi bywyd:

> Gwyn eu byd
> Y rhai a ddaliodd i gredu
> Trwy erwinder eu blynyddoedd
> Wrth dafellu treftadaeth y goleuni
> I'w plant. ('Gwyn eu Byd')

Mae'n anochel y byddai unrhyw newidiadau yng ngwead y gymdeithas yn bygwth y rhinweddau y dangosodd y bardd ei barch tuag atynt trwy roddi iddynt le mor ganolog yn ei farddoniaeth. Gellid tybio y croesewid y gwelliannau amaethyddol a'r dulliau newydd, ond gan eu bod yn creu pellter rhwng y gwladwr a'i amgylchfyd a dieithrwch rhwng cymdogion a'i gilydd, gresyna RJR pan genfydd fod y peiriant medi yn disodli'r gweision a'r 'Goleiath-dractor' yn prysuro machlud dyddiau'r ceffylau gwedd. ('Y March', 'Gwellt', 'Moliant i'r Ceffyl Gwedd', 'Cywydd Moliant i Hen Drol'). Os o wirfodd y mabwysiadwyd y gwelliannau hyn, ni ellir na rheoli nac ymwrthod â'r dylanwadau dinistriol hynny sy'n tarddu o'r tu allan i'r gymdeithas. Cyflwynir y rhain hefyd ar ffurf symbolau gweledol, sef y coed ('y coniffer,/A'r tywyllwch a lusgodd ei bruddglwyf hyd lethrau fy mro', 'Y Dderwen'), a'r dŵr llonydd ('Darniwyd y deyrnas./I'r tir gwâr gwthiwyd argae' 'Dyfroedd'); a'r pwysicaf o'r tri, yr ymwelwyr neu'r ymfudwyr:

> A phob gwehiliach heddiw'n hawlio'r plwy,
> A ninnau'n ildio, fesul darn, ein stad. ('Ymwelwyr Haf')

Nid dylanwadau o'r tu allan yn unig sydd ar waith. Gŵyr y bardd fod gwead mewnol y gymdeithas yn ymddatod. Er nad eir i'r afael â'r achosion, y mae'r canlyniadau i'w gweld yn glir: y capeli'n cau, y drain yn gorchuddio'r llwybrau a fu'n dramwyfa rhwng cymdogion a'i gilydd, a'r cloddiau a fuasai'n cadw'r tyfiant gwyllt draw yn cael eu hesgeuluso ac yn dymchwel. Ymddengys fod rhyw farweidd-dra wedi ymafael yn y gymdeithas, a lle bu unwaith fwrlwm ffyniannus ni cheir mwyach namyn syrthni a llesgedd. Tynghedir gŵr yr Hafod Fraith i fod:

> Fel un ar goll yn crwydro rhwng dwy nef
> Mae'n llusgo'i 'sgidiau mawr ar hyd y dref. ('Diwreiddio')

ac y mae'r crefftwyr:

> Gwehydd, melinydd a chraswr
> Wrth eu henwau,
> Graddedigion crefft
> Wedi ymddeol
> I boeri baco ar y bont. ('Pentref yn y Cof')

Nid cyflwyno hynafgwyr yn mwynhau seibiant haeddiannol wedi oes o lafurio a wna'r bardd. Y mae oferedd eu bywydau yn ddrych i wacter a diystyrwch y gymdeithas yn ei chyfanrwydd. Ni ddaw neb i arfer yr hen grefftau, ac nid oes ddilyniant, oblegid ni sonnir am na phlant na disgynyddion. Yn fwy na hynny, dilornir urddas traddodiadol y crefftwyr a'r ymhyfrydu mewn campweithiau mirain:

> 'Roedd hwyrddydd yn cau am urddas
> a noswyl hen grefft yn nesu. ('Parri'r Gof')

> Y grefft ffwrdd â hi yn narbodaeth y drefn a wna'r tro.
> ('Y Dderwen')

Fe'n cyfeirir gan y farddoniaeth at yr argyfwng sy'n wynebu'r gymdeithas oherwydd ei musgrellni ac oherwydd y dylanwadau o'r tu allan sydd megis halen ar y briw. Ymateb greddfol RJR yw closio at y cyfan sy'n annwyl iddo. Gweithred fwriadus ar ei ran yw dychwelyd at ei wreiddiau a mawrygu'r cyswllt rhyngddo a'r gorffennol:

> … chwilio'r di-syfl uchelion
> Am yr heddwch lle bu'r ymwareiddio,
> Anadlu hanes fy nghenedl innau
> Wrth honni'r berthynas. ('Af i'r Mynydd')

> Weithiau, ar duth atgofus, yno'r af
> Yn ôl ymhell, ymhell i'r dyddiau gwyn.
> ('Capel Pennant, Llandrillo')

Y ddolen gyswllt bersonol yw hanfod yr uniaethu hwn. Trwy ei hynafiaid y daw'r presennol a'r gorffennol yn un. Uchafbwynt yr atgofio yn y gerdd flaenorol yw croeso 'nain i ŵr y goler gron,/'Rwy'n gweld y llestri'n pefrio'r funud hon'. Paid yr Amgueddfa Werin â bod yn symbol o orffennol amwys a gwag am i'r bardd ddewis lleoli ynddi 'Parri'r gof', y 'melinydd gwyn' a 'thyrpeg nain'. I'r cof yr ymddiriedir y gorchwyl ymlynol ac y mae'r gynneddf hon yn amlwg a gweithredol yn y farddoniaeth. Daw'r 'melinydd gwyn i lenwi'r cof' yn 'Sain Ffagan' ac nid y lleiaf pwysig o rinweddau'r hanesydd ydoedd 'ei gof/a'i lên'. ('Yr Hanesydd Lleol'). Dywed RJR am ei ddau daid:

> gallai'n hawdd fod wedi llithro
> dros erchwyn y cof
> heb imi sylwi ei fod o yno …
> Dyna'r cof. ('Taid 1, Atgofion')

> dyna fachau'r cof amdano. ('Taid 2, Atgofion')

Trwy weithgarwch y cof yr ymgysylltir nid yn unig â'r gorffennol agos sydd yn rhan o brofiad yr unigolyn, ond â'r gorffennol sydd yn rhan o brofiad y rhai y cofir amdanynt:

> daeth hithau ar draws y blynyddoedd
> efo'i stori hir …
> wrth fynnu agor drysau
> ystafelloedd pell y cof
> cyn ein gadael
> a'i chanrif efo hi. ('Nain 2, Atgofion')

Y cof sy'n galluogi'r bardd i uniaethu â dyheadau oesol ac i amgyffred arwyddocâd digwyddiadau'r gorffennol:

> O lannau Irfon draw hyd Benarlâg
> Mae'r cof yn cerdded eto'n ôl a blaen,
> Hen gof sy'n gafael am ganrifoedd gwag
> Ein byw di-ffrwt ... ('1282')

Yn yr un modd gellir priodoli cof i'r pridd ('Yr hen deuluoedd a lynodd yng nghof y pridd' ('Gwyn eu Byd') ac i'r mynydd ('Mae henaint yn y mynydd,/Gwae a fu yw ei gof hir' ('Af i'r Mynydd'). Creir cytgord rhwng dyn a'i amgylchfyd. Am fod Cwm Tryweryn wedi ei foddi ni all y bardd gydio'r cof sydd ganddo am ei nain wrth unrhyw leoliad diriaethol. Ei golled bersonol ef sy'n lliwio'i ymateb i'r hyn a ddigwyddodd yn Nhryweryn.

> 'Does gen i 'run maen adnabod
> yno bellach
> na phren cyfarwydd
> na chwm ... ('Nain 1')

Y mae'r tir yn gyswllt dolennol, yn ogystal â'r bobl y mae iddynt le yn atgofion y bardd. Cyhyd ag y pery'r cyswllt â'r tir, galluogir dyn i uniaethu â phrofiadau ei hynafiaid ac i feithrin y gwerthoedd y rhoes y cenedlaethau fri arnynt. Yr ystyriaethau hyn yn ddiau sy'n cymell RJR i ymateb mor ffyrnig pan wêl ei gydnabod yn gwerthu eu genedigaeth fraint. Cyflwynir y neges hon yn 'Priodas Aur', 'Ymwelwyr Haf', 'Capel Gwag', 'Y Llanw' a 'Hagrwch':

> Ildiasoch, er eich lles, y dreftad wâr,
> Gan noethi'r cwm i selio'r fargen ddrud.
> Cewch syllu'n ôl yn awr hyd eitha'r grwn,
> A gweld na fedr aur adennill hwn. ('Priodas Aur')

Awgrymir mai materoldeb sydd wrth wraidd yr argyfwng sy'n bygwth y gymdeithas. Onid hyn a gymhellodd y gweinidog i fynd 'i hela clecs i'r Bibisi'? ('Capel Gwag') Y mae'r cywasgiad llafar 'gw'nidog dwytha' yn cyfleu'n odidog duedd yr oes i fychanu crefydd. Ac ni ellir osgoi'r feirniadaeth gynnil (ond miniog) sydd yn ymhlyg yn yr ymadrodd 'hela clecs', canys fe'n gorfodir i ystyried y gweithgarwch gwacsaw hwn ochr yn ochr â'r darllen, y myfyrio, a'r barddoni a âi â bryd cydnabod RJR. O golli'r gwerthoedd hyn, collir y cyfrwng dyrchafol sy'n cynnig i'r trigolion ddihangfa wâr rhag caledi eu hamgylchiadau beunyddiol. Gwacter a erys. Y mae 'hela clecs' mor ddi-fudd â 'phoeri baco ar y bont'. Pan gyfosodir y presennol a'r gorffennol fel hyn, daw hiraeth y bardd am gymdeithas na welir fyth ei hail-greu fwyfwy i'r amlwg:

> Oherwydd mae fy stori,
> A hiraeth oes wrthi hi,
> Fy noe gwyn a'i fannau gwâr
> Doe cynnes fy myd cynnar,
> Y ddoe uniaith hamddenol,
> A'i drai yn dilyn y drol.
>
> ('Cywydd Moliant i Hen Drol')

Nid gresynu wrth weld colli hynodion a wna'r bardd, ond teimlo i'r byw am fod ffordd o fyw yn darfod. Yn hytrach na manylu ar rai agweddau dethol, dewisodd ddarlunio'r gymdeithas yn ei chyfanrwydd, ac y mae'r trychineb, o'r herwydd, gymaint â hynny'n fwy eithafol. Cywair galarnadol y bardd sy'n rhoi unoliaeth i'r cerddi yn y ddwy gyfrol. Nid oedd y dechneg hon heb ei manteision, oherwydd yn sgil y cyffredinoli dyrchafol hwn gallai'r bardd sicrhau ymateb cytbwys ac urddasol a gwastrodi'r duedd reddfol-ddagreuol. Trwy amlygu rhinweddau cymeradwy – ond cyffredin ddigon – ei rieni, ei ddau daid a'i ddwy nain, rhoes wedd fwy amhersonol i'r cerddi. Cyfrwng arall sy'n disgyblu'r emosiwn yw'r symbolau, a hawliant hwy le pwysig yn y farddoniaeth, boent symbolau diriaethol (y drain a'r heicar yn 'Llwybrau'), neu symbolau trosiadol, estynedig ('Y Dderwen', 'Y Llanw'). Yn olaf, nid yw'r bardd yn euog o wangalonni yn wyneb yr anobaith a'r gwacter. Gŵyr y gall y gymdeithas brysuro ei difodiant ei hun trwy werthu ei thai a'i thiroedd i estroniaid, a thrwy anwybyddu'r gwerthoedd traddodiadol a fu'n swcwr iddi mewn hawddfyd ac adfyd, ond gŵyr hefyd y medr y gymdeithas ei hun atal y llanw, os ewyllysia hynny. Mynegir y gobaith yn drosiadol:

> A bugail llesg
> Yn ymlusgo
> I ddarllen awyr y bore
> Cyn ailosod y tân. ('Hirlwm')

ac yn fwy di-flewyn-ar-dafod:

> Mae ddoe yn ddiogel, da y gwn,
> Ond yn ein dwylo ni mae'r heddiw hwn. ('Sain Ffagan')

Y nodwedd amlycaf a ganfyddir pan ddarllenir cerddi RJR yw gwastadrwydd y farddoniaeth. Ni chanodd farddoniaeth fawr, ond ni adawodd y bardd hwn o'i ddwylo ychwaith ddim na thystiai i'w barch at iaith a mesur a saernïaeth, ac i'w fawr ofal am wedduster o safbwynt y mynegiant a'r cynnwys. Canodd ar y mesurau caeth a rhydd, a lluniodd gerddi *vers libre* yn ogystal. Ymddengys ei fod yr un mor gartrefol yn cyfansoddi cywydd a thelyneg, englyn a soned. Pair y feistrolaeth hon ar ffurf fod y gwastadrwydd y cyfeiriwyd ato yn lliwio iaith y farddoniaeth yn ogystal â'r mesurau. Y syndod yw fod cyn lleied o flas llafar ar iaith y bardd a fu'n hael ei deyrnged i'r gwladwyr a arferai'r priod-ddulliau naturiol, ac a roddodd iddo yntau 'fy mharabl' a'i 'idiomau iaith'. Yn olaf, ceir gwastadrwydd syniadol a saernïol. Y neges sy'n bwysig, ac ymwrthodir ag addurniadau ac ymorchestu geiriol er sicrhau eglurder. Y mae'r amharodrwydd i ddwyn amlder o themâu ynghyd mewn un gerdd i'w ddehongli yn yr un modd. Rhaid dibynnu felly ar arfogaeth fwy uniongyrchol ei hapêl: trosiadau megis brenin/brenhiniaeth a'u hamlder yn hwyluso'r dasg o amlygu urddas y gymuned wledig; ansoddeiriau cyffredin megis 'mawr' a 'maith' – er bod tuedd i'w gorddefnyddio yn enwedig at ddibenion odl; a symbolau y gellir uniaethu â hwy yn ddidramgwydd. Digwydd y rhain yn fynych pan fyn y bardd gyfosod neu gyferbynnu. Yn wir, prin y gallasai fod wedi osgoi'r dechneg hon yn y cerddi sy'n ymdrin â'r newidiadau cymdeithasol. Hwylusir y cyfosod gan raniadau parod mesur y soned, ac o ganlyniad y mae'r gwead syniadol hyd yn oed yn fwy amlwg yn y sonedau nag yn y cerddi eraill.

Y bardd gwlad traddodiadol sy'n moli cynheiliaid y gymdeithas a'i chymwynaswyr, boed geffyl neu drol neu bont dros afon. Ond cân RJR i'w fro yn ogystal â chanu amdani, a myn dynnu sylw at yr elfennau sy'n bygwth y gymdeithas a hithau heb fod yn ymwybodol ohonynt neu'n dewis eu hanwybyddu. Er gwaethaf yr anobaith sy'n cyniwair trwy'r farddoniaeth, gall RJR edrych tua'r dyfodol a gweld llygedyn o oleuni, diolch i'w grefydd ac i'w ffydd yng ngallu dyn:

> Ein gobaith ydyw y gall llef y doeth
> Ffrwydro o feudy llwm neu gomin noeth. ('1984')

W. LESLIE RICHARDS
(1916 – 1990)

Cefin Campbell

Y hyn sydd yn taro person yn ei dalcen wrth ddarllen barddoniaeth W. Leslie Richards yw ei brudd-der. Profiad poenus ac ingol yw darllen y pum cyfrol a gyhoeddwyd ganddo, nid am fod y farddoniaeth yn sâl, yn wir mae ef yn grefftwr cywrain ac yn gyfathrebwr rhwydd, a chanddo lais unigolyddol pendant, ond am fod yr hyn y mae'n ei ddweud a'i ddarlunio'n peri loes. Mae hi'n awen drist a melancolaidd, yn deillio o gariad, colled ac ofn – cariad at ei iaith, ei fro a'i genedl, y chwithdod o'u colli, a'i ddychryn rhag i'r ddynoliaeth ei dinistrio'i hun yn y byd gwallgof, digyfeiriad hwn.

I W. Leslie Richards, y mae'r newidiadau mawr a 'sgubodd ar draws y Gymru wledig, amaethyddol o ddechrau'r ganrif hon ymlaen yn gyfystyr â cholled enbyd, a mynegiant o ddadfeiliad cefn gwlad, y gymdeithas uniaith, ddiwylliedig, ysbrydol yw'r rhan helaethaf o'i ganu. Gorfod byw drwy'r profiad o weld datgymalu ar yr hen drefn a fu'n ddigyfnewid i bob pwrpas am genedlaethau lawer a barodd iddo ganu'n fwyn-atgofus am y bywyd hwnnw. Dyma'r cyfnod pan fu Cymru'n crwydro'r tir diffaith wedi ei drysu a'i dal ar groesffordd simsan rhwng y gorffennol sefydlog a'r dyfodol ansicr. Yr oedd popeth yn newid, dyfodiad y dechnoleg fodern i fyd yr amaethwr, ymlediad materoliaeth ddeniadol, mewnlifiad o estroniaid Saesneg eu hiaith i gefn gwlad, a hyn oll yn ysigo a thanseilio diwylliant a thraddodiadau cysefin y gymdogaeth, sef y cwlwm dynol hwnnw a sylfaenodd batrwm o safonau a gwerthoedd arbennig. Noda David Jenkins yn ei *The Agricultural Community in South-West Wales at the turn of the Twentieth Century* natur y newidiadau hyn a'u heffaith ar y gymdeithas wledig. Ar ôl sôn am ddylanwad y dechnoleg newydd, ymhelaetha – 'The interests and sentiments which had given meaning to and sustained the earlier relationship between the people and the land were orientated to the locality, to local standards and to the local values. But changes ... such as those which resulted from movements of population, together with developments in education and in agricultural organisation as well as the political and economic changes in the nation at large, affected people's interests and rendered local standpoints and local evaluations of circumstances and events less meaningful than they had once been'. Lladmerydd y genhedlaeth honno yn y Gymru wledig a welodd fwy o newid sylfaenol yn eu dull o fyw na nemor yr un genhedlaeth arall yn ein hanes yw Leslie Richards a beirdd cyffelyb iddo. Ganwyd hwy pan oedd yr iaith a'n diwylliant yn eu hanterth a byw wedyn i weld eu darfodedigaeth raddol. Cawn weld yn y man enghreifftiau o'r modd yr amlygir y dieithrwch ymwthiol hwn yn ei gerddi, a'r modd y gweir ei themâu mwyaf o'i gwmpas.

Pe baem am labelu W. Leslie Richards yn dwt fe fyddai llawer o feirniaid mae'n siwr yn dadlau mai bardd traddodiadol (beth bynnag yw ystyr hynny erbyn hyn) neu fardd Sioraidd ydyw, bardd yn llinach anrhydeddus Ceiriog, Crwys a Wil Ifan. Awgrymir y fath gategoreiddio, nid ar sail y ffaith ei fod yn canu telynegion pert i fyd natur a chywyddau mawl i bentrefi bach gwledig, eithr am ei fod yn gwneud hyn yn null y Sioriaid. Ni fwriedir unrhyw sen wrth ddefnyddio'r termau hyn, er eu bod wedi magu ystyron dirmygedig yn ein beirniadaeth ddiweddar, oblegid gall y bardd medrus, amryddawn hwn droi ei law at atgynhyrchu mwy nag un patrwm mydryddol, a hynny'n grefftus a hyderus; gall lunio telynegion swynol, englynion a chywyddau digon praff a sonedau ac emynau cofiadwy. Ond wedi dweud hynny, ceir nifer o enghreifftiau o ganu eithaf ysmala ganddo. Y diffyg mwyaf yn y cerddi hyn, hyd y gwelaf i, yw ei duedd i ganu'n ystrydebol ac yn arwynebol, yn arbennig yn rhai o'i delynegion. Fe fyddai nifer o'r cyfrolau ar eu hennill yn sylweddol o chwynnu'r cerddi gwantan hyn allan ohonynt. Cynhwysant ormod o lawer o linellau ac ansoddeiriau stoc, cyfarwydd wrth ddisgrifio byd natur neu atgofion sentimental. Byddai ychydig bach mwy o weiddioldeb yn y delweddau a dewis mwy catholig o ansoddeiriau yn ychwanegu tipyn at apêl y cerddi hyn, sydd i raddau helaeth ar destunau pur hen ffasiwn beth bynnag. Ceir enghreifftiau o'r hen agweddau treuliedig at bwnc, megis natur, yn y llinellau hyn:

> Ar lannau'r llynnoedd llonydd
> Mae noddfa f'enaid i,
> A murmur hen afonydd
> Yn swyno'r nos a'u si.

('Ar Lannau'r Llynnoedd Llonydd')

Gwelaf y blodau tanbaid,
A'r dail yn cuddio'r coed,
Ac ar y bryn yn campro
Mae'r ŵyn yn sionc eu troed.
('Breuddwydio')

Fe ddaw'r Gwanwyn glas i'r coedydd
Gan roi iddynt lifrai newydd;
Dwg i'r wlad ei flodau lliwgar,
Prancio ŵyn a pherlais adar.
('Llawenydd y Tymhorau')

Gorfoleddwn
pan fo gobaith gwyrdd y gwanwyn
yn canu yn y coed,
a'r dail irion yn dawnsio i fiwsig adar.
('Gorfoleddwn')

Ie, deil y dail yn 'irion' a'r ŵyn tragwyddol i 'brancio', a'r nentydd a'r afonydd i 'furmur'. Ac wrth gwrs, daw'r gwcw fythol a'i 'pherlog odlau' i 'hidlo llawenydd' i'r byd. Ond diolchwn fod ganddo gerddi mewn cywair amgenach na'r rhain sydd yn arbed y cyfrolau rhag cyffredinedd. Dyma a ddywed Bryan Martin Davies am yr agweddau barddonllyd, syrffedus a geir yn ei gerddi wrth adolygu *Dail yr Hydre* – 'Ar y gorau fe ellir dweud fod sicrwydd crefft ynddynt, ond sicrwydd a ddaw o hir arfer yr un hen ddefnyddiau ydyw, sicrwydd y cymysgwr concrit, ac nid sicrwydd creadigol y pensaer sydd wedi meistroli posibiliadau llawnaf ei gyfrwng ac wedi cyflawni gwaith unigryw o'i weledigaeth eu hun!'

Ond beth am ei ganu aeddfetach a phraffach? Cyfeiriwyd eisoes at ei ganu melys-atgofus am ffordd o fyw ddiflanedig ac at ei brofiad personol, unigol o fod yn rhan o'r broses araf, boenus honno o ddirywiad ieithyddol a diwylliannol. Gallasai yn sgil ei dueddiadau 'traddodiadol' telynegol fod wedi cael ei demtio'n fawr i ramantu'n wynfydus am y gorffennol braf a delfrydu rhinweddau'r cyfnod, a hynny heb ymdeimlo ag effaith andwyol grymoedd politicaidd ac economaidd yr oes, na chwaith gydnabod realiti annorfod y newidiadau er gwell a ddaeth i ran y cymunedau gwledig. Mewn un pennill yn ei gerdd 'Clwy'r Beirdd' (*Dail yr Hydre*) ceisia amddiffyn ei hun, fel petai, rhag unrhyw gyhuddiadau o'r fath, a chael ei labelu'n rhamantydd gwlanog:

Paham y mynnwch hiraethu
  Am wynfyd y dyddiau a fu
Pan oedd bywyd yn syml, yn onest a glân,
  A chymdogaeth dda ar bob tu;
Pan dyrrai'r werin i'r capel
  A'u ffydd yn goleuo'u hynt;
Onid ffrwyth eich dychymyg rhamantus chi
  Yw dedwyddwch y dyddiau gynt?

Llwyddodd Leslie Richards i raddau helaeth i beidio â chael ei ddal yn y fagl hon yr oedd ef wedi ei rhagweld; yn hytrach, cofnododd anrhaith y bygythiad philistaidd, lleisiodd ei chwerwder a'i rwystredigaeth, poerodd ei ddicter ac wylodd ei anobaith llesg. Ac yng nghysgod y bom difaol a safonau bas y cwthwn hwn, arswydai ynghylch dyfodol Cymru a dyfodol y ddynoliaeth, ac ar brydiau, yn ei fŵd mwyaf pruddglwyfus, dymunai adael y byd hwn a'i hurtrwydd a'i anghyfiawnder:

Ymrithiai drwy fy meddwl
Ffolineb hyn o fyd,
A daeth dyhead am ryddhau
O'i wae a'i wegi i gyd. ('Ar Lan Cothi')

Ond yn ei gerddi i Gymru y ceir barddoniaeth orau Leslie Richards. Ieithgarwr, brogarwr a chenedlaetholwr ydyw yn ddi-os, ac ynddo ceir y rhuddin cyfoethog hwnnw o deimladrwydd gonest a gerfiwyd allan o wreiddiau dycnaf ei genedl. Mynnodd fod yn ddrych i gyffro'r cyfnod gan fod y dolur a deimlai i'r byw wrth weld 'y fro anwylaf is y nen' yn gwegian a 'hen geidwaid cedyrn traddodiadau'r fro' yn diflannu un ac yn un. Dyma ddarlun ganddo o'r 'cydymdreiddiad iaith a thir' y bu ef yn gyfrannog ohono yn ei gerdd 'Cymry' (*Cerddi'r Cyfnos*, 1986):

Pridd Cymraeg
oedd pridd y llethri hyn
a phob coedlan a pherth
a chraig a chilfach
wedi atsain erioed i acen yr iaith.

Cymraeg hefyd oedd iaith yr anifeiliaid ('Cymraeg oedd cyfarth y cŵn') y tyddynwyr a'r capelwyr. Rhamantus? Cyfeiliornus? Boed a fo am hynny, yr hyn sydd yn drawiadol am y gerdd yw'r pennill clo sy'n datgan ei ddymuniad gwirioneddol i ymadael â'r fuchedd hon rhag iddo orfod bod yn dyst i ddadfeiliad terfynol 'yr hen ffordd Gymreig o fyw':

> O na foed i minnau fyw
> i weld tynnu'r hufen o'r llefrith
> a'i droi'n lastwr Seisnig –
> dileu doethineb deir
> Cymraeg y pridd.

Ac yn yr un cywair lleddf y mae ef yn taro'r nodyn hwnnw eto yn ei soned 'Cymru' (*Telyn Teilo*):

> A bennwyd mai ni sydd i'th weled fel hyn yn dihoeni,
> A gwylio dy gystudd wrth dynnu dy olaf chwyth?
> A ragordeinwyd mai ni sydd i'th weled yn poeni
> Cyn tewi a marw o ŵydd y cenhedloedd am byth?

Adleisir yr anesmwythyd hwn gan Angharad Tomos yn ei nofel/dyddiadur ysgytwol *Yma O Hyd* lle y mynegodd hithau hefyd arswyd yr hunllef, yn y modd mwyaf dirdynnol, o orfod gwylio cenedl yn difa o flaen ei llygaid – 'Mae 'na ofn mawr yn fy meddiannu i nes dwi'n crynu. Peth ofnadwy ydi ofni'r dyfodol. Sgin i ddim gymaint o ofn gweld diwedd Cymru ag sydd gen i o orfod byw drwy'r broses. Achos proses ddychrynllyd ydi gorfod gwylio rhywun yn marw. Biti na faswn i wedi cael fy ngeni genhedlaeth yn hwyrach. Unrhyw adeg 'blaw rwan. Dyna 'di'r nodwedd mwya Cymreig sydd yno i – awydd i osgoi'r presennol. A dyma 'nghosb i am fethu ei wynebu fo – gwylio'r wlad 'ma'n marw. Fasa'n well gen i tasa hi'n marw chwap – fel 'na!'

Dyna yw sentiment W. Leslie Richards hefyd, y rhyddiaith fel y farddoniaeth yn cyfleu mor ddigamsyniol o sobor drawma'r dihoeni cenedlaethol. Catalogir y symptomau yn rhai o'i gerddi fel 'Y Gymru hon' (*Adledd*) ac 'Yr Ychydig Weddill' (*Bro a Bryniau*). Yn y ddwy gerdd yma, ceir enghreifftiau o'i ganu mwyaf grymus, diflewyn ar dafod. Yn 'Y Gymru hon', egyr y gerdd gyda darlun o oedfa cyrddau mawr yn un o gapeli gwledig godre'r hen Sir Gâr.

> rhyw un fan hyn a'r llall fan draw
> ar lawr y capel,

yn wrthgyferbyniad llwyr i'r oedfaon 'slawer dydd pan oedd y capel dan ei sang:

a'r bobl hwyr-yn-godro
yn gorfod rhoi pwys eu stiffrwydd
ar ffwrymau di-gefn yr aleion.

Heddiw, dim ond 'ysbrydion hen grefftwyr a thyddynwyr' oedd yn llenwi'r seddau gwag. Ond beth am eu plant? Meddai'r bardd yn chwerw:

Fe aethon hwythau
i'r ysgol dre ac i'r dre i fyw
i chwilio am frasach byd a swyddi sicr
y pecyn-pae wythnosol.

A phwy a ddaeth yn eu lle i'r gymdogaeth i fyw?

Estroniaid aliwn sy'n prynu pob tyddyn
ag arian benthyg y banc –
pobol heb wybod dim,
heb ddysgu dim,
heb falio dim
am hir amynedd y pridd.
Gwehilion dinasoedd Lloeger
yn byw fel anifeiliaid,
ym mythynnod bach y wlad.

Gallwn deimlo ei waed yn berwi erbyn hyn, a'r *vers libre* yn cael ei defnyddio'n feistraidd i ddannod ac i floeddio'n groch ei wrthwynebiad i'r mewnfudwyr haerllug hyn, a

Hipis a dropowts –
pobol heb orffennol yn gefn
na dyfodol yn obaith –
lle bu gweithwyr a'u gwragedd gwerinol
yn meithrin gardd a thyfu blodau
a llysiau llesol
yn dreftadaeth
i'w plant ac i blant eu plant
ers cyn cof.

Er gwaethaf yr adlais amlwg yn y geiriau olaf hyn, ni chollir effaith syfrdanol ei rethreg cras a'i deimladau dwys, diffuant ynghylch dileu diwylliant a gwareiddiad pymtheg canrif dros nos gan y bobl ddŵad hyn, 'a'u hacen anwar' yn –

> puteinio enwau gwerinol
> pob bwthyn a thyddyn a thŷ –

Nid yw am ymatal rhag protestio'n chwyrn fod eu presenoldeb a'u gwawd yn erbyn capelwyr am arfer ffydd canrifoedd yn peri loes calon iddo. Yr un ymosodiad miniog oedd gan Gwenallt yn 'Rhydcymerau':

> Coed lle bu cymdogaeth,
> Fforest lle bu ffermydd,
> Bratiaith Saeson y De lle bu barddoni a diwinydda.

Y mae W. Leslie Richards ar ei orau pan fydd yn dangos ei ddannedd a'i ddicter, fel y gwnaeth hefyd yn y gerdd 'Yr Ychydig Weddill'.

Consyrn am Gymru a'i hiaith yw byrdwn y gerdd hon unwaith eto. Llunnir delwedd ganddo o garedigion y genedl yn ceisio atal y llifeiriant Seisnig rhag ymledu'n fwyfwy i dir Cymru drwy adeiladu gwrthglawdd o dywod i 'warchod eu gwareiddiad'. Ond ofer yw'r dasg:

> Oherwydd oni wyddom
> Am y miloedd bylchau yn y mur,
> Heb neb yn codi llaw i'w llenwi,
> Neb i alw arno pan ddiffygiom ni,
> Neb i wneud dim.

Y mae'r fintai sy'n gwrthsefyll y llif pwerus hwnnw yn lleihau o hyd ac o hyd, nes ei bod hi'n rhy hwyr, nes bod yr argae yn torri a phob ymgais gyndyn a safiad unplyg yn seithug:

> Mae'r mur o gylch ein Cymreigrwydd
> Yn datod fodfedd wrth fodfedd,
> Droedfedd wrth droedfedd,
> Llathen wrth lathen,
> A chlytiau melynion mawr
> Yn syrthio'n ddiymadferth swrth
> I ferw'r llif.

Ond pery'n ddi-ildio ac yn gadarn hyd at y diwedd:

Ond parhawn ni yr ychydig weddill
I godi tywyrch â'n dwylo llegach
I atal y llif.

Y mae rhywbeth pathetig ynglŷn â darlun fel hwn o edrych arno'n wrthrychol, diemosiwn, rhyw ferthyrdod nobl, chwerthinllyd; ond ni allwn ninnau chwaith sy'n darllen y geiriau osgoi eu perthnasedd a'u harwyddocâd.

Parha ar yr un trywydd yn ei gywydd 'Melltith Fo Ar Ein Malltod' (*Bro a Bryniau*), pan gyfeiria ymhellach at ddylanwad niweidiol Seisnigrwydd:

Miloedd yn goddef malais
Yn swrth dan bawen y Sais
A'i difrod yn ein tlodi,
Ein gwasgu, gwanychu ni ...

Ei oludoedd a'i lediaith
Eofn, hy sy'n difa'n hiaith.

Hefyd yn ei gywydd 'Colli'r Iaith' (*Cerddi'r Cyfnos*):

Hafog o lif anghyfiaith
Heddiw'n wir sy'n boddi'n hiaith, –
Llif lleidiog, llif all lwydo
Pob dyffryn a bryn a bro.

Ond nid yw W. Leslie Richards yn rhy unllygeidiog a gwleidyddol naïf i sylweddoli nad llif Seisnigrwydd yn unig sydd yn arwain at dranc yr iaith, eithr difaterwch y Cymry hefyd:

Aberth afrad y tadau
I'w bri am byth i barhau
Mewn bedd o dristwch heddiw –
Bedd difaterwch y byw.

Y mae ef yn ogystal, yn llawdrwm ar y to ifanc am gefnu ar eu hiaith a'u diwylliant wrth iddynt anwylo a rhoi bri ar betheuach estron, ac am fyw am yfory heb brisio gwerth traddodiadau'r gorffennol. Wrth gyfeirio at yr ieuanc adleisia'u safbwynt:

'Beth yw eich doe i ni? meddan nhw,
'A'ch echdoe chi?

Nid erys i ni ond yfory,
Ac nid oes i'ch gorffennol chi
Na rhan na chyfran yn hwnnw.' ('Yr Ychydig Weddill')

Fe fyddai rhai beirniaid yn gweld beirniadaeth gudd yn y llinellau hyn o Farcsiaeth ddi-halen yr oes, gyda'i phwyslais ar heddiw ac yfory, a'i hystyriaeth mai creiriau mewn amgueddfa yw pethau fel hanes, diwylliant, traddodiadau a balchder mewn teulu a thylwyth. Ond erys y cerydd a'r siom, ond serch hynny, nid ydynt yn drech na'i ysfa i frwydro ac i ddyfalbarhau yn wyneb y fath ddadrith, ac y mae'r anian orchfygol honno yn cael ei mynegi orau yn un o'i delynegion mwyaf hydeiml, 'Y Bröydd Hyn' (*Adledd*):

O Dduw, na foed i'r heniaith farw fyth
yn Libanus, Pant-teg a Bwlch-y-corn;
Dy ganolfannau cysegredig Di
na sathred unrhyw Sais dan droed ei sgorn.

Cri o'r galon ar ffurf gweddi a geir yma, yn dwyn i gof gyfraniad y cenedlaethau a fu, a'u perthynas â'u Duw, ac yn gorffen gyda dymuniad syml ond cwbl ddiffuant:

Mewn rhyw oes bell pan ddêl y byd i ben
a chau y drws am byth ar hanes dyn,
bydded i heniaith bêr y broydd hyn
hebrwng eu deiliaid hwy i'w holaf hun.

Chwalu trefn oesol, ddigyfnewid y bröydd Cymraeg eu hiaith oedd effaith mewnlifiad y di-Gymraeg i'r ardaloedd hynny, dymchwel sefydlogrwydd y gyfundrefn glòs, wladaidd a wnaeth dyfodiad materoliaeth, ynghyd â disodli ffydd a rhuddin ysbrydol y gymuned. A diweddu cyfnod arbennig yn ein hanes, darfod dull arbennig o fyw ac o amaethu oedd gwawrio oes y periannau. Sylwebydd effro y cyfnewidiadau sylfaenol hyn oedd W. Leslie Richards.

Parlyswyd Cymru am ennyd yng nghyffro'r trawsnewid hwn. Yr oedd y croeso i'r yfory esmwythach a moethusach mor dwymgalon â'r hiraeth am y gorffennol dycnach ond cyfoethocach ei ansawdd, ac er bod yr oes newydd yn cynnig llawer o fendithion a manteision, cofnodwyd chwithdod colli'r hen ffordd o fyw a diflaniad ambell arfer cefn gwlad. Cofnodwyd yr hiraeth hwn yn weddus gan Alun Cilie yn ei soned gampus 'Sgrap'.

Bu casglu relics doe o bob rhyw fan
Yn ddolur llygaid drwy'r prynhawn i mi,
Hen geriach nad oedd iddynt mwyach ran
Na lle'n hwsmonaeth ein hoes fodern ni.

Llinellau awgrymog, cynnil yn mynegi'r sadrwydd mewn modd disgybledig:

Ond er i'r bois gael hwyl yn eu crynhoi
Wrth gwt y tractor mor ddi-ots o chwim, ...

Aeth rhywbeth mwy na sgrap drwy iet y clôs
Ar lori Mosi Warrell am y rhos.

I'r un cyfeiriad ac yn yr un cywair yr aeth W. Leslie Richards wrth ganu ar y thema hon. Yn ei gywydd 'Hen Gyfeillion Mwynion Mud' (*Telyn Teilo*) sonia am geffylau gwedd sydd bellach yn segur wedi dyfodiad y tractor, a hynny gyda thinc o gondemniad:

Pan ddaeth tractor a lorri,
Diddawn waith ein dyddiau ni,
Mae'r hen ffrindiau gorau i gyd
Yn ango yn diengyd ...

Och f'einioes, mor groes mewn grwn,
Pan gocher gwynder gwndwn,
Yw peiriant yn darparu,
Yn lle'r pâr, y ddaear ddu.

Ac meddai am 'Y Gof' (*Telyn Teilo*) a fu unwaith yn rhan mor annatod o'r gymdeithas wledig, ond a oedd bellach mewn perygl o golli ei statws wedi diflaniad y ceffylau trwm:

Ond heddiw 'does ebol i'w bedoli
Na gwreichion ar d' einion du,
Ac ei dithau'n angof heb neb yn wylofain
I fwg yr oesoedd a fu.

Gyda'r gof yr aeth crefft arbennig i ddifancoll, dawn wedi ei meistroli gyda'r gofal pennaf dros nifer fawr o flynyddoedd; hyn ni ellid gosod gwerth arno.

Dadfeiliad cefn gwlad Cymru yw thema ei gerddi mwyaf trawiadol, ynddynt ceir yr angerdd dwysaf a'r moliant mwyaf gwresog. Gogoniant y wlad a roddai iddo flas ar fyw, a mynych yw ei gerddi (gor-ramantus efallai) sy'n nodi'r cytgord perffaith rhyngddo a byd natur. Yno mae ef hapusaf, yno y caiff ysbrydoliaeth a thawelwch meddwl:

Pe cawn i fyw yn bumcant oed
Flinwn i byth ar y blodau a'r coed,
Ac ni chawn i ddigon yn hen, hen ŵr
Ar furmur afon a sisial dŵr. ('Pe Cawn i Fyw')

Pe rhoid im adenydd y gwynt,
A heno gael dewis fy hynt,
Mi chwiliwn am gilfach ynghanol y coed
Lle na sangodd undyn erioed,
Erioed. ('Pe Rhoid im Adenydd y Gwynt')

Ei ddymuniad hyd yn oed ar ôl marw fyddai huno yn nhawelwch un o fröydd gwledig ei filltir sgwâr:

Od oes dychwelyd
Pan elo'r corff a'r ysbryd ar wahân,
Na cheisiwch monof fi
Ymhlith y miloedd brwd ar draethau'r haf, – …
Ond ceisiwch fi
Ar lan rhyw nant ynghudd dan gangau'r coed
Yng nghwmni hen gyfeillion dyddiau gynt,
A'u melys gofion; ('Od Oes Dychwelyd')

Ond yn llechu'n fygythiol barhaus fel cysgod angau dros y bywyd gwledig 'delfrydol' hwn oedd dylanwad andwyol y dref a phob agwedd Seisnig ymwthiol a berthyn iddi. Yr oedd y gymdogaeth unffurf Gymraeg ei hiaith, lle yr oedd pawb yn adnabod ei gilydd a lle yr oedd balchder mewn perthynas ac achau, mewn perygl o ddiflannu gyda threiddiad y gwareiddiad dinesig, diwreiddiau. Yn anochel, arweiniodd hyn at dyndra. Lleisiodd nifer o lenorion a beirdd eu gwrthwynebiad diamod i'r bygythiad niweidiol hwn, yn eu plith, Islwyn Ffowc Elis – 'Wedi oesoedd maith o fywyd sylfaenol amaethyddol a theuluol, lle nad oedd dyn byth ymhell oddi wrth gae glas ei daid, mae'r byd wedi mynd yn lle croch, llachar, di-stop … Yn ei arswyd diarwybod yn ddiau – mae'n naturiol ei fod yn cydio'n dynnach yn yr ychydig dealladwy sy'n weddill o fywyd a fu'. (*Taliesin*, 10.) Yr agwedd amddiffynnol hon sy'n britho i'r wyneb ym marddoniaeth W. Leslie Richards, yn enwedig y pwys a roddai ar wreiddiau teuluol wedi eu plannu'n ddwfn yn y tir amaethyddol; yn ei achos ef, yn yr ardal o gwmpas Llandeilo a Chapel Isaac:

> Yn y wlad fe wyddent pwy oedd pwy,
> a gwyddent gadernid eu gwreiddiau'n y gro;
> adwaenent bob trigfan a choedlan a chae,
> a'r plant a'r hen bobol, o do i do;
> ond estroniaid oeddynt draw yn y dre
> ar goll yn llif seisnigrwydd y lle. ('Gwladgarwch')

Parhad y llinach a gwerthoedd y diwylliant gwledig, cyfoethog a goleddir ganddo, a'i ddymuniad yw y bydd ei blant a phlant ei blant yn trysori'r gwerthoedd hyn:

> I chwi yr ewyllysiaf
> fy ffydd yn fy nghenedl a'm bro
> i'ch cynnal holl ddyddiau eich bywyd,
> a'ch clymu wrth eich gwreiddiau'n ei gro.
>
> Fel y byddo gennych chwithau
> gariad a gobaith a ffydd
> yn dreftadaeth o werth i'w chyfrannu
> i'ch plant pan ddêl eu dydd. ('I Chwi, fy Mhlant')

Serch hynny, try ei agwedd amddiffynnol yn aml yn un ymosodol, ffyrnig yn erbyn y bywyd dinesig, a phoera ei atgasedd ato mewn cerddi brathog, digyfaddawd. Ni welai unrhyw ddaioni mewn bywyd trefol, nac unrhyw fanteision i Gymru drwy ymserchu yn ei safonau bas, estron. Gwelir bod yr elyniaeth, neu'n hytrach y ddrwgdybiaeth, draddodiadol rhwng y wlad a'r dre, a welir yng ngweithiau nifer o'n beirdd a'n llenorion, yn amgenach discord yn rhai o gerddi W. Leslie Richards. Gellid dadlau bod ei safbwynt parthed y diwylliant dinesig yn ymylu ar fod yn gasineb cibddall, a bod daliadau ystyfnig o'r fath yn dangos naïfrwydd peryglus a rhaniadaeth wrthgynhyrchiol, ond mae hi'n safbwynt a gefnogir gan nifer o dystion y tir glas dyrchafedig. Nid syndod felly bod beirniaid fel Gwynn ap Gwilym yn cynnig hyn o sylw am y swbwrbia anniwair – 'Canlyniad bodolaeth y ddinas yng Nghymru, mae arnaf i ofn, yw distrywio cefn gwlad a'i ffordd draddodiadol o fyw, dinistrio'r iaith, ac ysgaru'r Cymro oddi wrth ei wreiddiau. Yn y wlad y mae iechydwriaeth Cymru. Ynddi hi yn unig mae gwir werthoedd Cymreictod yn dal i ystelcian. Ni wnaeth y gwareiddiad concrid ddim cymwynas â hi. Dyna yw baich a byrdwn ein holl lenyddiaeth Gymraeg ddiweddar' (*Barn*, 203/204). Y 'cyfrifoldeb' barddol a chymdeithasol hwn felly a esgorodd ar gerdd megis 'Does Dim Barddoniaeth' (*Dail yr Hydre*), sydd yn cydsynio i'r dim â damcaniaeth Gwynn ap Gwilym:

> 'Does dim barddoniaeth
> Yn ein bywyd trefol ni,
> Dim ond tarmac a choncrit
> A thail cŵn-anwes yn drewi dan droed;
> Llond ysgyfaint o fwg diesel gwenwynllyd
> Bob tro'r elo heibio lefiathan o lori
> Gan grynu'r palmant
> A thagu pob ymgom â rhyferthwy ei sŵn.

Fe wêl y trefydd mawrion yn lleoedd anghynnes a ffals, ac mewn cyfres o symbolau grymus mae ef yn darlunio'r gwacter hwnnw. Y mae i'r gair 'barddoniaeth' gysyniadau amrywiol yn y cyd-destun hwn. I W. Leslie Richards mae'n gyfystyr ag awen wladaidd wedi ei gwreiddio yn y pridd, ac yn 'iraidd' o ran traddodiad ac yn 'sboncio' o ddychymyg gwerinol. Ni pherthyn y nodweddion hyn i fywyd tref, honna'r bardd, gan fod y Cymry wedi ymddieithrio oddi wrth eu gwreiddiau a cholli golwg ar sylfaen bywyd:

> 'Does dim barddoniaeth
> Yn ein bywydau sbaddedig, fflat.
> Gwadasom y gwreiddiau
> A rydd nodd i'n heneidiau,
> Ac yn ein mawr-ofal am fyw
> Collasom fywyd.

Fe fyddai llawer, mae'n siŵr gen i, yn anghydweld yn go chwyrn â'r fath dybiaeth, ac yn ei gyhuddo o gyffredinoli'n simplistig ynglŷn â'r gwahaniaethau rhwng gwlad a thref, ond fiw i ni, serch hynny, amau diffuantrwydd y bardd a'i weledigaeth. Mae ei farn yn gadarn yn hyn o beth:

> Alltud yw'r Cymro sy'n siarad Cymraeg yng Nghymru
> Yn strydoedd a siopau Seisnigaidd sidêt y dre,

Mae bron mor henffasiwn heddiw â sucran a llymru, –
Rhyw anachronistiaeth ac odrwydd i bawb yw efe.

('Alltud')

Y mae ei gariad at y wlad, mae'n amlwg, yn ddigwestiwn, ac fel bardd sy'n frogarwr ymroddedig, try'r hoffter hwn yn wasanaeth i'r fro honno wrth iddo ysgwyddo dyletswyddau'r bardd gwlad. Prisia werth a chyfraniad rhai o unigolion ei gynefin, cyfeiria at ddigwyddiadau sydd o ddiddordeb i'r gymuned, ac mae'n canu clodydd llwyddiannau'r ardal. Y mae ganddo nifer o gerddi yn y dull hwn sydd yn lleol eu naws, er enghraifft – 'H. R. Yn Bedwar Ugain Oed', 'Ffair Llandeilo', 'Er Cof' (Am y Parch H. R. Morgan, Crwbin), 'Côr Telyn Teilo' (Yn ddeng mlwydd oed), 'I Ysgol Teilo Sant' (Yn 25 mlwydd oed), 'Ar ymddeoliad Dr I. K. Thomas', 'I Gyfarch Eisteddfod yr Urdd'. Cyflawni ei swyddogaeth fel bardd ei gymdogaeth a wna wrth roddi bri ar y lleol a'r distadl.

Ar ddechrau hyn o lith, dywedais fod awen W. Leslie Richards yn awen drist sydd yn deillio o'i gariad at gefn gwlad a'r gwewyr enbyd o'i gweld yn dadfeilio'n raddol, a'i ofn ynglŷn â dyfodol y ddynoliaeth. Cyntefigrwydd cynhenid dyn a'i greadigaethau milain sydd yn peri i nifer o'i gerddi fod yn besimistaidd eu naws. Ofna y byddai natur anwar, reddfol dyn yn arwain at ddinistr ac at ddiwedd y byd. Gwelai bod cariad rhwng cyd-ddyn yn llinyn bregus. Mynega ei anobaith yn un o'i gerddi mwyaf cyrhaeddgar, chwerw, 'Meddyliau Dydd Nadolig' (*Bro a Bryniau*):

Heddiw, a'r dychryn arnom,
dangoswn ein dannedd,
a noethi'n hewinedd,
i gyfarth ar ein gilydd,
genedl ar genedl, a brawd ar frawd,
fel bwystfilod ysgyrnygus dialgar.
Ni leddfir ein dig ond drwy waed,
gwaed ein gilydd,
ac ni fynnwn ymysgwyd o hualau'r cynfyd,
a'i ysgithrog gyntefigrwydd,
a Duw yn ei nefoedd
yn dawel fodlon.

Yn yr un cywair y mae'r gerdd 'Cadwynau' (*Dail yr Hydre*):

Ynom mae nwyd yr anifail
Yn drech na'r Ysbryd Glân a'r Goleuni, –

Y rheibus nwyfus anifail
Fu'n llercian yn nhywyll–leoedd
Fforestydd y cynddydd caeth;
Ei ewinedd ar annel
A'i ddannedd yn noeth
Ar drywydd cyntefig brae.

Mor braf fyddai, meddai W. Leslie Richards, pe baem yn medru ffoi am ysbaid rhag byd mor farbaraidd â hwn ac anghofio am bob gofid a galar, a byw yn hapus fodlon fel rhai o anifeiliaid y greadigaeth:

Hen hwyaden ar y glaw
Sy'n ffidl-ffwdlan yn y baw
Sy'n ffidl-ffwdlan yn y baw
Wyddost ti ddim fod y sawl sy'n dy wylio
Yn dyheu am fod fel tithau'n ddihitio,
A llwyr ymgolli am orig fechan
Gan anghofio'r byd a'i anghofio'i hunan,
Pob atgof am ddoe sydd yn ei lethu,
Pob gofal am heddiw, pob ofn am yfory,
Pob arswyd merwinol am dynged dyn
Sy'n prysur gloddio'i fedd ei hun.

('Hen Hwyaden ar y Glaw')

Y mae hyd yn oed yn ei hanwybodaeth gysurus yn rhydd o'r ofnadwyaeth honno sy'n gysylltiedig â'r bom niwclear sydd fel cwmwl brawychus yn hofran uwchben y ddynoliaeth. Drych o baranoia'r oes ynglŷn ag uffern cyflafan niwclear yw'r cerddi am y bom, ac yn ei gerdd gythryblus 'Arswyd y Bom' (*Bro a Bryniau*) yn fwyaf trawiadol. Cyfres o gwestiynau rhethregol yn llawn dychan sydd ganddo, a hynny mewn *vers libre* sy'n cynnwys cyff-yrddiadau cynganeddol, un o'i hoff ddyfeisiau.

Ai er mwyn hyn
Y buom yn tolach plant bach y byd,
Eu magu a'u meithrin
A'u cadw rhag cam?
Er mwyn llygru eu llaeth,
Gwenwyno gwaed eu gwythiennau,
A'u braenu yn y bru?

gorffen y gadwyn o ofyniadau – 'Ai er mwyn hyn?' gyda'r cwestiwn pwysfawr ond dychrynllyd ei arwyddocâd:

> Ai hyn yw terfyn ein taith,
> Nefoedd ein hynafiaid …?

Pery'r hurtrwydd iddo anobeithio a thristáu a cholli ffydd yn y natur ddynol:

> Mor drist yw gweld creuondeb dyn at ddyn
> A holl anfadrwydd lloerig arfau tân
> Sy'n lladd a dryllio cyrff diniwed rai
> Yn wragedd, gwŷr a phlant yn ddiwahân.
>
> Beth ydyw'r ysfa wyllt am dywallt gwaed,
> Chwalu cartrefi a'r dinistrio blin,
> A'r holl gasineb dieflig a di-drai
> Heb ddim ymddiried mwy rhwng dyn a dyn?
>
> ('Mor Drist')

Crynhoir ei holl bryder mewn cwpled epigramatig deifiol:

> Dawnsio uwch ben y dwnsiwn
> Yw bywyd hurt y byd hwn. ('Y Dwnsiwn')

Ni wn ai barbareiddiwch dyn ynteu cysgod y bom, neu'n hytrach gyfuniad o'r ddau, sydd yn gyfrifol am un nodwedd anesmwyth yn ei waith, sef ei obsesiwn â marwolaeth. Ceir nifer o gyfeiriadau ganddo at fyrhoedledd bywyd, ac mai 'un naid fer rhwng dwy nos faith' yw ein taith ni i gyd:

> Dim ond darn o'r tir
> A wnaed yn fyw am ennyd ŷm i gyd,
> I deimlo dwfn gyfaredd gwynt a lloer
> Cyn suddo eto'n ôl i'r ddaear oer. ('Pridd')

Y mae tinc o 'Dychwelyd' T. H. Parry-Williams yn y llinellau hyn, yn eu terfynoldeb absoliwt, ond nid yw 'Bywyd' serch hynny yn darfod:

> A phan fôm ni yn bydredd yr yw
> Bydd deuoedd eraill yma fyth yn fyw.
>
> ('Bywyd Tragwyddol')

'Bywyd nid ydyw'n marw. Hyn sy'n fawl', meddai Euros Bowen:

> Ac nid wyf fi ond llaw a ddeil y lamp
> am orig fer, i'w hestyn yn fy nhro
> i'r rhedwr nesaf yn y gyflym gamp,
> cyn uno â'm cyndeidiau ym mhridd fy mro'

meddai W. Leslie Richards yn ei gerdd 'Gwehelyth' (*Adledd*).

Ond yn wyneb gorffwylltra'n byd cyfoes ni a'r ffaith nad oes i ferroes 'yfory/A thren
nydd a thradwy/Mwy nag i'r dail' ('Dail yr Hydre', *Bro a Bryniau*), fe roddai W. Leslie Richards ei ymddiredaeth yn Un sydd yn angor ac yn gynhaliwr iddo. Ceir nifer o gerddi ganddo sydd yn datgan ei ffydd yn yr efengyl ac yn arweiniad Duw. Y mae nifer o'r cerddi hyn ar ffurf gweddïau sydd yn ymbil am gallineb mewn byd mor ddwl. Y mae rhywbeth dyngarol iach yn niddordeb effro ei gonsyrn am y blaned hon a'r meidrolion hynny sy'n rhygnu byw arni. Dyma hir-a-thoddaid o'i eiddo sy'n mynegi ei ofid a'i ddyhead :

> O Dduw, sy'n gwrando ein dwys weddiau
> A dyfnion ofalon ein mud ofnau,
> Dod ddiwedd ar lygredd ein taflegrau,
> Arswyd yr atom, dinistr y bomiau,
> Difa'r sôn am gyfoedion ofidiau,
> Eco lawenydd drwy ein calonnau,
> A rhag yr ing trugarhau, – rhag egrwch
> Inni dy heddwch rho yn ein dyddiau. ('Gweddi')

Pan geir cyfuniad o fardd ac athronydd, mae'r cynnyrch yn amlach na pheidio yn hynod o ddiddorol (am bob math o resymau), a phan fydd bardd yn ceisio mynd i'r afael â holl ddirgeledigaethau'r cread hwn a cheisio'u dirnad, yna gall y myfyrio hwn esgor ar sylwadau sy'n datgelu personoliaeth gymhleth, ddadansoddiadol:

> Rhyw ddarnau bychan o'r Ymwybod Mawr
> ydym ni oll–weithiau yn hanner-gweld,
> bryd arall yn cael golwg fel drwy niwl
> ar ran o ryw wirionedd. Nid i ni
> mae gwybod popeth. ('Ni wyddom')

Y mae'r dirgelwch hwnnw'n aros, ac Un yn unig a all gynnig esboniad arno. Er bod yr holl anghyfiawnder, creulondeb a'r tristwch sydd o'n cwmpas yn peri i fardd o argyhoeddiad Cristnogol, cadarn fel W. Leslie Richards amau ar brydiau ei ddaliadau crefyddol (e.e. 'Ein Tad', 'I'r Duw Nid Adwaenir'), erys ei ffydd yn ddiysgog:

Ti ffynnon pob daioni – Duw, ein tad
A'n tŵr mewn trybini,
Dy rinwedd dyro inni,
A'th nawdd yn gymorth i ni. ('Duw, Ein Tad')

Wrth gloi'r sylwadau hyn ar farddoniaeth W. Leslie Richards, ni allwn ond peidio â chael ein taro gan ei onestrwydd a'i ddidwylledd. Canodd ar ffurfiau traddodiadol fel y delyneg, a'r cywydd pan oedd confensiwn mydryddol y cyfnod yn tueddu at ffurfiau mwy arbrofol a dyfeisgar. Canodd ar destunau a ystyrir erbyn heddiw yn hen ffasiwn, a mynegodd deimladau rhamantus a delfrydol eu gogwydd na fyddent yng ngolwg ein beirdd modern ni yn rhoi llawer o hygrededd barddol iddo. Gofidiai am dranc yr iaith, dadfeiliad cefn gwlad, dyfodol y ddynoliaeth ac achosion teilwng eraill, ond teneuach eu hapêl i'n hoes ni o bryderon mwy radical, chic. Ond, dewisodd eu gwneud yn themâu canolog yn ei gerddi, waeth beth oedd tueddiadau poblogaidd y dydd, am ei fod yn fardd o argyhoeddiad ac am eu bod yn bwysig iddo. Cyffroasant deimladau cryfion a barodd fod rhaid i W. Leslie Richards ymateb iddynt yn y modd mwyaf uniongyrchol, diffuant. Y mae'r gerdd 'Apologia' sydd ar dudalen gyntaf ei gyfrol gyntaf, *Telyn Teilo,* yn ymgais at gyfiawnhau hyn ac at amddiffyn ei hawl i wneud. Y mae hi'n gerdd sydd yn fynegiant o'i deimladrwydd a'i uniongyrchedd, sef yr elfennau hynny sydd yn rhoi bri ar ei ganu gorau.

Er imi ryfygu beirniadu'r beirniaid
Nis beirniadaf mwy,
Fe all nad yw'r gofid a gyffry fy enaid
Yn ddim iddynt hwy.

Fe all na chefais y ddawn i fynegi
Trueni'r byd;
Fe all fod bywyd a'i drafferth a'i wegi
Iddynt hwy yn wynfyd i gyd.

Ond un o gyfreidiau fy myw oedd croniclo
Profiadau'r daith;
Fe all y rhônt obaith i rywun sy'n crwydro
Drwy'r 'anial maith'.

JOHN RODERICK REES

(1920)

A. Cynfael Lake

Un a fu'n barod i arddel swyddogaeth gymdeithasol y bardd yw JRR. Uniaethodd â'i gydnabod yn eu galar a'u dathliadau trwy gyfansoddi cerddi defodol yn y mesurau caeth a rhydd. I gylch yr athro ysgol y perthyn y rhan fwyaf o'r rhain o ddigon: cerddi yn cyfarch cyd-athrawon, yn cydnabod hir wasanaeth ac yn dymuno'n dda ar achlysur ymddeoliad. Ond perthyn JRR i gymdeithas ehangach, ac yn ei gyfrol *Cerddi* (1984) cymer y penillion 'I Mari Lewis, Cefnllwyn, Llangeitho, Crefftreg gwëyll a nodwyddau, yn 88 mlwydd oed' eu lle yn naturiol ochr yn ochr â'r hir-a-thoddaid 'Er cof: B. T. Hopkins' a'r gerdd sy'n dathlu buddugoliaeth Dafydd Jones, Ffair-rhos, yn Eisteddfod Aberafan ym 1966.

At ei gilydd, mydryddu a chynganeddu ffeithiau personol a chyfyng eu hapêl a wneir yn llawer o'r cerddi hyn. Perthyn mwy o gamp i gyfansoddiadau'r gwladwr er eu bod yn cynrychioli cyfnod cynharach yng ngyrfa'r bardd. Ysgogir yr awen hon gan dreigl y tymhorau, gan baradocsau natur a chan olygfeydd cyfarwydd. Addewid o atgyfodiad y gwanwyn yw thema 'Y Deryn Du' a 'Chwefror', a gwrthrychau i glosio atynt a ddarlunnir yn y cerddi 'Carreg Filltir', 'Y Pistyll' a 'Llwybr y Mynydd'. Dichon, fodd bynnag, mai yng nghwmni creaduriaid y caiff y bardd hwn y wefr fwyaf. Agorir y portread o'r march cob Cymreig, Brenin Gwalia, â'r dilyniant hwn o ddatganiadau canmoliaethus:

> Dy gôt llaeth-a-chwrw'n felfed-goronog,
> Cryman y war yn fwa melltennog
>   Ac asgwrn fel astell o dan y ben-lin.

Beddrod Carlo'r ci sy'n rhoi amlygrwydd i flodau'r gors na welsai'r bardd yn dda i sylwi arnynt yn flaenorol. Pleidia'r gwaddod rhagor y 'Dynionach gwancus yn dyfeisio cur', er iddynt fod yn 'dyfal greu/Anghyson batrwm ar y cefndir glas', ac yn yr un modd gall ddehongli ymateb y fuwch yn y mart:

> Pa ryfedd dy fod di'n strancio wrth y benwast,
> Yr hen fyswynog goch,
> A ddiddyfnwyd o bridd dy wreiddiau
> Gan y gyrru croch? ('Dydd Mart')

Y mae dyn ac anifail yn deall ei gilydd, 'A'r anifail yn dyfod wrth eiriau anwes'.

Yn achlysurol, mentra JRR i feysydd mwy dieithr, ond ni olyga hynny ei fod yn ymwrthod â'r byd y perthyn mor llwyr iddo. Arwydd o afael y byd hwnnw arno ef ac ar ei ddull o'i fynegi ei hun yw'r ddelweddaeth wledig sy'n rhan annatod nid yn unig o'r cerddi defodol lle y sonnir am weithgarwch hau ac arddu ac am faeth, cnwd, a gwraidd, ond o'r cerddi sy'n ymdrin â themâu serch, gwladgarwch ac amser hefyd. 'Iâr fach yr haf' yw ei gariadferch yn 'I'm Hanwylyd' ac awgrymir clydwch, diogelwch a sefydlogrwydd gan y gorlan drosiadol y mynnai Owain Glyndŵr ei chreu:

> Gwelaist trwy ddrych dy Gymru gymalog
> Yn gorlan gymen, un-arglwydd badog ...
>
> Er dewrfloedd drwy gymoedd a dyfal gymell
> Daeth yr anifail bras ar war dy ddiadell:
>
> Ei bawennau dichellgar yn rhwygo dy garfan
> A drabio rhithlun y genedl gyfan. ('Glyndŵr')

Naturiol fod y bardd hwn yn cydio yn y syniad traddodiadol am angau, y medelwr, ond llwydda i ddatblygu delwedd a hir arferwyd mewn modd sy'n rhoi dwyster newydd ac unoliaeth i'w soned 'Amser':

> Bodlonwn pan syrthio'r aeddfedwyr yn dawel fel hodwair,
> A phersawr eu hirdwf yn chwyddo'u hystodau braf,
> Ond teimlwn y gwae sy'n dy swae yn sydyn gyniwair
> Y durfin drwy'r ieuainc ar lanw'u hanturus haf.

Ond nid yw 'gwladwr' ychwaith yn ddisgrifiad cyflawn o JRR. Lladmerydd ei filltir sgwâr yw ef yn anad dim. Daearyddiaeth a chymeriadau y cynefin gwledig yn ardal Pen-uwch yw craidd ei fyd barddonol, a ffordd o fyw ei thrigolion sy'n pennaf ddenu ei fryd, ffordd o fyw a oedd ar ddarfod pan gyfansoddai ei gerddi ym mlynyddoedd y pedwardegau a'r pumdegau. Os cyfyngir y cerddi gan amser a chan le, diau y dywedai'r bardd fod ei neges yn dal yn amserol a'i ymateb ef i'r sefyllfa a ddarlunnir yr un mor berthnasol, gan iddo ddewis cynnwys yn *Cerddi* holl ddeunydd ei gyfrol flaenorol, *Cerddi'r Ymylon*, a gyhoeddwyd chwarter canrif ynghynt ym 1959. Ni allai'r bardd osgoi thema'r darfod a'r segurdod: yn wir rhoddir iddi fynegiant grymus, nid yn gymaint mewn cerddi unigol, ond mewn cyfres o gerddi lle yr amlygir y dirywiad yn ei amryfal weddau. Yn ogystal â gresynu at y cyfnewidiadau, telir teyrnged haeddiannol i'r tyddynwyr a adnabu: Siôn y Goetre, Siâms yr Hafod, a chymeriadau hafal na roddir iddynt enwau namyn cyfeirio atynt fel 'tad', 'taid', neu 'Hi'. Dichon fod sylweddoli fod dull o fyw ac arferion yn dirwyn i ben yn dwysáu gwerthfawrogiad JRR o arwriaeth ddiddiolch cynheiliaid yr hen drefn. Gwladwyr syml ond syber yw'r rhain. Fe'u portreëdir yn dygymod â'u hamgylchfyd digyfaddawd lle y tyf 'y blewyn brau' 'Ar ryw acer foel o fawnog' neu mewn 'cleien deugain acer'. Pwysleisir caledi'r bywyd. Trwy nerth ei fraich y llwydda'r tyddynnwr i droi daear anhydrin yn gyfrwng cynhaliaeth iddo ef ac i'w deulu. At hyn, rhaid wynebu gerwinder yr elfennau naturiol a chilwg y meistr tir. Tystia tir Siôn y Goitre i lafurwaith corfforol a blynyddoedd o ymdrechu dyfal:

Rhoes lanw'i drigain gwanwyn
  I gaib ac arad' fain;
Daeth ysgub lle bu ysgall
  A glaswellt lle bu drain.

Yn droetrwm ddeg-a-thrigain
  Cerddodd ei gwysi mân,
A beichiog geirch llwyd cwta
  Yn ei lywionen lân. ('Gweithio')

Gall y gŵr hwn edrych ar lafur ei fywyd a'i gydwybod yn dawel, canys gŵyr iddo ymdrechu ymdrech deg. Gweld y cynnydd sy'n deillio'n uniongyrchol o'i lafur ei hun sy'n rhoi boddhad a gwefr iddo. Lle y byddai bardd arall yn gaeth i'r hud sy'n cyniwair o gylch enwau lleoedd, yn enwedig y rhai hynny y perthyn iddynt arwyddocâd chwedlonol a hanesyddol, dotia'r bardd hwn ar enwau'r planhigion a'r gweiriau:

'Roedd nodd cenhedlaeth yn y priddyn du
Pan ddaeth Sioni'r mab yn ŵr y tŷ;
Meillion pengochion a chynffon-y-gath
A gwair troed-y-ceiliog na bu ei fath. ('Y Winllan')

Ni ddigwydd cynnydd yn ystod oes un genhedlaeth bob tro. Hoff gan y bardd bwysleisio'r dygnwch trwy olrhain y cynnydd tros flynyddoedd a chenedlaethau lawer. Rhinweddau i'w dyrchafu yw dyfalbarhad ac ymroddiad, ac amodir sefydlogrwydd y gymdeithas a'i pharhad gan ddilyniant y rhinweddau hyn o dad i fab. Perthyn i'w dad-cu pedwar ugain oed union nodweddion

Yr hirymaros dewr a'r ffydd
  A gerddai 'ngwythi 'slawer dydd. ('Pedwar Ugain')

Ni chais y bardd nac egluro na dadansoddi'r dirywiad a ddaeth i ran y gymdeithas y mynegodd ei barch tuag ati mewn modd mor ddiffuant. Cyfeirio at yr arwyddion ac at ganlyniadau'r newid a wna ef, ond efallai fod rhai awgrymiadau cynnil ynghudd yn y farddoniaeth. Er cael gan y critig ofyn i'r bardd,

Pam 'rwyt ti'n mynnu canu
  Yn dy acen wledig, ddof,
A mydru'r gwres a'r rhamant
  A fu yma er cyn cof? ('Y Critig a'r Bardd')

amddifad yw'r cerddi o asbri ac o frawdgarwch a chynhesrwydd cymdogol. Rhoes y bardd y pwyslais oll ar y caledi a'r rheidrwydd parhaus i frwydro i gael deupen llinyn ynghyd. Deuir wyneb yn wyneb felly â byd moel, cyfyng a digysur. Y mae'r cymeriadau hwythau yn oedrannus ac yn unig:

Mae heno'n llwm bentymor,
  Heb ern na chyffro cist;
Cydymaith dau dyddynnwr
  Yw gwyfyn henaint trist. ('Calan Gaeaf')

O'r braidd nad oes tynghedfen anochel sy'n gwahardd y cariadon ifainc rhag profi dedwyddwch yn y bywyd hwn:

'Roedd y cariad cynnar yn wyn dros eu tlodi
  Fel lluwch Mai ar ddrain yn cuddio'r colyn,

A dechrau byw yn rhyfyg annwyl
  Ar gaseg gloffrw'm, buwch a gwaddodwyn. ('Hi')

Saif JRR yn yr olyniaeth, a'r Cob Cymreig yw'r ddolen gyswllt rhyngddo ef a'i dad ('Am hanner canrif weithgar teithio siroedd/Yn fawr ei ofal am ei boni a'i farch') a'i dad-cu ('Oes gyfan bu'n ymgolli/Ym mabinogi'r march'). Ond gŵyr mai amlygiad cyntaf y dirywiad yw toriad y dilyniant hollbwysig hwn. O golli'r ddolen uniongyrchol â'r tir â dyn yn greadur di-hid sydd yn ddibynnol ar gysuron materol. Sylweddolir graddfa'r cyfnewidiadau pan gyfosodir y meddalwch newydd hwn a dygnwch y to hŷn yn 'Y Winllan'. Yma hefyd y ceir gan y bardd un o'i gyffyrddiadau dychanol prin:

O druan Ddafy'r Hafod
  Fu'n benwyn ar ei lain,
'Rôl ymlusgo trigain mlynedd
  Drwy eithin mân a drain.

Bu gwarchod mêr ei winllan
  Yn oes o chwysu'r gost:
Caiff Dai ei faeth yn bensych
  A rhad ar gownter post.

Gwelir arwyddion gweledol yr esgeulustod yn 'Poni a Thrap', 'Carreg Filltir', 'Murddun' ac yn y pistyll a fuasai'n gyrchfan i wyryfon y fro ond bellach:

Mae pibell dan falltod
Anghofus rwd,
A drain a drysi
Yn tagu'r ffrwd. ('Y Pistyll')

Disgrifir natur yn graddol ailfeddiannu'r llecynnau a gymerwyd oddi arni gan awydd dyn i ddiwyllio cylch ei gyfannedd. Pen draw y dirywiad yw hunanoldeb dyn. Rhaid iddo ei werthu ei hun bellach i gael modd i fyw. Ni thâl ymboeni ynghylch ansawdd a chanlyniadau ei waith. Yr unig beth a brisia mwyach yw'r gydnabyddiaeth ariannol, ac felly gall ymroi yn dawel ei feddwl i baratoi bomiau ac arfau rhyfel â chymorth gwyddoniaeth, gan gynllunio angau ar gyfer ei gyd-ddyn a dinistr i'w amgylchedd. Daw'r bardd i'r casgliad mai ymwrthod â gwerthoedd y gorffennol a roes fod i argyfwng y dyn cyfoes:

Ni fynnwn droedio'r llwybr
A ddilynasant hwy
Y tadau dewr, diwyro
Yn heddwch llwm eu plwy …

Ai penyd ein tramwyo
Ffordd y briallu cyd
Yw ysu trist y goelcerth
Sy'n sgubo dros y byd? ('Y Ffordd')

Bardd y llinellau byrion yw JRR. Cerddi syml o ran geirfa ac adeiladwaith yw ei hoff gyfrwng a thestunau cyfarwydd – os cyfyng – sy'n ffurfio cnewyllyn ei farddoniaeth. Digon cynrychioliadol o'i awen felly yw'r dyfyniadau a gynigiwyd uchod. Mae i gerddi o'r fath eu perygl, wrth reswm. Hawdd tybied na pherthyn iddynt unrhyw sylwedd na ellir ei ganfod pan ddarllenir hwy am y waith gyntaf. O'r safbwynt hwn, amheuthun o beth yw cael at ein gwasanaeth gasgliad cyflawn o weithiau'r bardd, canys trwy ddarllen y cyfanwaith yn unig y mae ymgyfarwyddo â'r patrymau syniadol a ddisgrifiwyd, patrymau sy'n rhoi arwyddocâd i gerddi unigol ac yn peri bod pob cerdd yn rhan o frodwaith helaethach.

Y mae'r bardd yn dra dibynnol ar adnoddau cyhoeddus, cyffredin yr iaith. Awgryma'r iaith honno a'r odlau 'greddfol' mai canu yn ddiofal a diymdrech a wna. Ymdodda'r fformiwla ansoddair & enw hyd yn oed yn rhan o'r un rhwyddineb ymadrodd, amled y'i defnyddir (ni lwyddodd hanner canrif o brydyddu i ryddhau'r bardd o'i gafael, fel y prawf ei gerddi *juvenalia*). Ond hir gynefindra â'i gyfrwng sy'n galluogi JRR i byncio fel y gwna, ac i gynnig cerddi sy'n unedau cryno ac ystyrlon. O'r herwydd, nid yw'r darllenydd ar ei wyliadwraeth, a chaiff beth syndod pan ddaw wyneb yn wyneb â'r geiriau a'r ymadroddion hynny sy'n rhoi gwefr i'r farddoniaeth. Disgrifir y graig yn 'brigo'n *groenllwm* yng ngŵydd y nefoedd'; y mae hen wraig yn 'ffaglu'r *uwd-ŷd-cardod*' a'r prynwr yn y mart 'A'r llygaid *pwys-o-gnawd*'. Ymdeimlir ag ymdrech y tyddynwyr sy'n 'digroeni' eu tir, a chân y llwch '*Cythreuliwn* eich ysgyfaint'. Gellid amlhau enghreifftiau. Ar dro bydd blas yr iaith lafar ar yr eirfa yn cyfoethogi'r ymateb synhwyrus, megis pan ddisgrifir gelynion Owain Glyndŵr yn 'rhwygo dy garfan/A *drabio* rhithlun y genedl gyfan'. Effeithiol hefyd yw '*honcian* y tanciau', ond gresyn i'r bardd ddefnyddio'r union air ar dri achlysur wedi hynny.

Techneg arall sydd yn symleiddio ac yn cyfoethogi yr un pryd yw'r arfer o rannu'r cerddi yn adrannau pan fydd y bardd am ehangu cylch ei sylwebaeth trwy gyfosod neu trwy gyferbynnu. Gwneir hyn yn grefftus yn 'Calan

Mai – Calan Gaeaf' ac yn 'Arddwr – Heuwr – Medelwr,' ond efallai fod tuedd i orddefnyddio'r dull hwn ac o ganlyniad cyplysir golygfeydd gwasgarog lle nad yw'r naill o angenrheidrwydd yn cyfrannu dim at ein gwerthfawrogiad o'r llall. Ond nid oes amau nad yw'r dechneg yn gweddu i'r storïau y mae'r bardd yn gymaint meistr ar eu hadrodd. Cerddi baledol ydyw 'Y Winllan' a 'Y Llwch', y ddwy yn cynnwys dilyniant o chwe adran, a dyrnaid penillion pob cyfran yn ennyn cywreinrwydd y darllenydd wrth iddo ddilyn y datblygiad anorfod o'r naill olygfa i'r llall. Nodweddir adeiladwaith y cerddi hyn gan dechnegau eraill sy'n creu amrywiaeth, megis ailadrodd fformiwla, ac amrywio mydr a rhythm, er nad yw'r rhain mor amlwg. Dilyniant y cenedlaethau sy'n agor 'Y Llwch' a phob pennill yn cyflwyno un cam yn yr olyniaeth:

> Aeth dy daid dan faich ei gryman …
>
> Aeth dy dad i lwch y Rhondda …
>
> Curiaist tithau, yn dy hirnych …

Gwelir yr union dechneg ar waith yn 'Y Pistyll' a 'Ffordd y Wlad'; y tro hwn creir fframwaith pendant iawn i'r penillion trwy ailadrodd 'Lle bu … Lle bu … Mae …'. Trwy ehangu'r llinellau ar ddechrau ail ganiad 'Y Llwch', a defnyddio geiriau dwysill a theirsill llwyddir i gyfleu yn gampus gadernid diysgog y graig:

> Rhowch orau'ch cyhyrau i'm herio
>   A chwys eich talcennau wrth ddyfal gynio.
> Myfi ydyw'r feistres …

Y mae ansawdd yr iaith ac adeiladwaith y cerddi yn sicrhau ymateb uniongyrchol i'r farddoniaeth. Amodir yr ymateb gan y cynnwys yn ogystal. Yma drachefn ni ellid cyhuddo'r bardd o osod rhwystrau yn ffordd y darllenydd. Testunau cyfarwydd yw yr eiddo ef, ac at hyn tuedd y bardd hwn yw symleiddio'i ddarluniau trwy ddefnyddio lliwiau du a gwyn. Y mae'r to newydd yn gwbl amddifad o'r rhinweddau a berthynai i'r hen dyddynwyr, a diwinyddion yr oesau wedi diwinydda'n ofer:

> Canys gwaed gwinwydden
>   Yr un Golgotha
> Sy ym Methel-y-rhos
>   A phrifeglwys Minefia. ('Gwin')

Un a lwyddodd i amgyffred ei fyd yw JRR, ac y mae'r hyn a ddisgrifir ganddo yn wrthrychol drefnus. Cofnodi a wna'r bardd fynychaf, ac o ganlyniad ni ŵyr y darllenydd i ba raddau y disgwylir iddo ef ymateb. Rhoddir llais i'r ofnau cydnabyddedig yn y cerddi rhyfel y tystia eu hamlder i brif gyfnod creadigol y bardd, a dangosir effeithiau'r Rhyfel:

> Nid oes yma mwyach na hau na medi,
> Anghofiwyd arwriaeth yr hir galedi;
> Lle bu su y grawn y mae si bwledi. ('Y Llwybrau Gynt')

Y mae'r cyfosod yn rhagdybio condemniad y bardd, ond nid ar hyd y trywydd hwn y dirwyn ei gerdd. Ei phrif thema yw goruchafiaeth natur (ac amser), a dinodedd cymharol dyn. Yn y pen draw nid ymddygiad dyn sy'n cyfrif, canys:

> Daw hafau ar hafau yn feddal felyn
> Eto i gyfannu y meysydd sarn,
> A hil arloeswyr yn eu heddwch arfog
> I ailgwiltio'r tyddynnod, ddarn wrth ddarn. ('Y Llwybrau Gynt')

Nid ar bob achlysur y bydd y farddoniaeth yn gwasanaethu'r ystyr yn ufudd a darostyngedig. Ar dro bydd rhwyddineb yr odl wedi twyllo'r bardd. Yn 'Stryd y Dref' disgrifir torf 'Yn ciwio am awr am y seddau rhad' (gan odli â 'promenâd'), ond ymhen dau gwpled gwelir yr union gynulleidfa yn ymlacio, y tro hwn mewn 'seddau coeth' (sy'n odli â 'hanner-noeth'). Dro arall bydd cynganeddu geiriau â'i gilydd wedi cymell JRR i gyfosod syniadau anghydweddol. Deisyfodd am hedd y Nadolig a'r adeg y byddai pawb 'Dan gelyn gyda'n gilydd'. Ar brydiau bydd yr ymchwil am y gair naturiol neu'r awydd am gywirdeb yn peri bod bardd yn cael ei ddisodli gan gofnodydd ffaith a gwybodaeth. Geilw ei dad yn 'Feistr y ceffylyddol bwy-yw-pwy', llinell sy'n gwbl amddifad o farddoniaeth, felly hefyd 'Yn nyddiau mabolgamp yr wniadyddes' yn 'Hi'. Yn y cerddi hynny sy'n canolbwyntio ar ddirywiad y gymdeithas, nid digon ganddo ymddiried yn nychymyg ei gynulleidfa mwy nag yn y symbolau grymus hynny y gallai beirdd mor wahanol i'w gilydd ag Ieuan Fardd, Alun a B.T. Hopkins eu cymeradwyo. Rhaid iddo ychwanegu atynt fanylion sy'n llesteirio pob ymateb synhwyrus, megis 'dadfeiliedig hedd' neu 'Yr enwau cofgolofnaidd/A gerfiodd dwylo doe'.

Os rhydd y gyfeiriadaeth wledig ei nod ar gerddi a themâu digon gwahanol i'w gilydd, nid yw'r cyffyrddiadau a dynnwyd o feysydd eraill yn llwyddo bob tro. Atodiad yn hytrach na rhan organig o'r gerdd yw'r cyfeiriad at Olwen yn 'Gorffwyso', a chwithig ac annifyr yw'r modd yr uniaethir aberth Crist ar y Groes ag afiechyd y chwarelwr:

> Hyd gefnffyrdd y cnawd yn gnydiog drist
> Cerddodd pasiannau fy Nghalfari. ('Y Llwch')

Mwy anfoddhaol yw ansensitifrwydd y bardd i'r cyfoeth o awgrymiadau sy'n cyniwair o gylch geiriau ac ymadroddion digon cyffredin, canys mewn barddoniaeth perthyn i eiriau haenau o ystyr nad ydynt o angenrheidrwydd yn weithredol ar wastad mwy ffurfiol byd rhyddiaith.

Yn ei soned 'Gwaddod' fe'n tywysir gyda JRR i ddilorni'r 'Dynionach gwancus yn dyfeisio cur', ond oni bydd y farddoniaeth yn ennyn tosturi tuag at y creaduriaid, neu o'r hyn lleiaf, yn cyfiawnhau cydymdeimlad y bardd â hwy, ni fydd y gerdd yn gwbl lwyddiannus. Prin felly mai'r clo priodol i'r soned yw'r pwyslais ar 'flys anniwall eu diwydrwydd dall'.

A throi at y gerdd 'Mewn Ysbyty', disgrifir yma y cynnwrf ym mynwes y claf pan ddaw awr derbyn ymwelwyr. Uchafbwynt y gerdd yw'r deisyfiad yr adferir i ruddiau'r claf liw hafal i un o'r ffrwythau a ddygir yn rhodd iddo:

> Uwch offrwm ffrwythau y doethion hyn
> Cawn eto aileni'r gobeithion gwyn.
>
> A dyheu am gyfran o'r afal coch
> Sydd gan y dianaf yn lliwio'i foch. ('Mewn Ysbyty')

Ni ellir llai na thybio bod y ffrwythau hynny yn cynrychioli addewid am ddyddiau gwell. Yn wir ni ellir amgyffred dehongliad arall yn sgil y gyfeiriadaeth offrwm – doethion – aileni, ond perthyn i'r afal a gyplysir yn anorfod wrth y dilyniant oblygiadau ysgrythurol yr un mor neilltuol sy'n gwbl anghyson â'r dymuniad am adferiad ac iachâd.

Ambell waith bydd defnydd o air yn magu arwyddocâd arbennig yng ngwaith un bardd nas ceir bob tro yng nghyfansoddiadau ei gyfoeswyr. Arwydd gweledol a chanlyniad diflannu'r hen ffordd o fyw yw 'rhwd' ym marddoniaeth JRR, ac fe'i defnyddir yn y cyd-destun hwnnw ar bedwar achlysur. Mewn ymgais i ddisgrifio plentynrwydd di-chwaeth y llanciau yn y gerdd 'Hi' trawodd JRR ar yr ymadrodd cynhyrfus 'chwerthin gwyrdd':

> A'r chwerthin gwyrdd yng ngyddfau 'rheini
>   Heb arno arlliw o rwd yr hydref.

Cynrychiolir yr aeddfedrwydd na wyddai'r llanciau ddim oll amdano gan y trosiad 'rhwd yr hydref'. Y mae newydd-deb y ddau ymadrodd a'r modd y cyfosodir y lliwiau trosiadol yn gwarantu llwyddiant y trawiad, ond yng nghyd-destun helaethach cerddi'r bardd erys cysgod y dadfeilio:

> Mae pibell dan falltod
> Anghofus rwd ... ('Y Pistyll')
>
> Segurdod hir yn rhwd ar bâl a chaib. ('Murddun')
>
> Egr rwd ar wifren grog,
> Diallu glawdd rhidyllog,
> Lle cwningen a llwynog. ('Y Winllan').

Ni all y darllenydd a ymgyfarwyddodd â cherddi byrion JRR lai nag ymateb yn gadarnhaol pan ddaw wyneb yn wyneb â'r pedair pryddest eisteddfodol. Bydd yn adnabod y ddaearyddiaeth, bydd moelni'r amgylchfyd ac arwriaeth ddiymffrost y tyddynwyr wedi eu hargraffu ar ei feddwl, a bydd eisoes wedi ei gyflyru ei hun i ddisgwyl diflannu ffordd o fyw a disodli graddol ar y gwerthoedd y rhoddai'r gymdeithas fri arnynt. Nis synnir ychwaith na chan yr iaith na chan yr arddull. Bydd aml i ymadrodd yn canu cloch, a bydd atseiniau pellach oddi mewn i'r pryddestau eu hunain yn sicrhau rhyw undod iddynt hwythau.

Y mae Sara'r forwyn y mae ei hanes yn fframwaith i'r gerdd gyntaf 'Unigedd' yn gynrychiolydd teilwng i'w chymdeithas. Nid rhaid mynd ymhellach na'r testun am ateg i rai o'r sylwadau a gynigiwyd eisoes ynglŷn ag ansawdd bywyd y gymdeithas honno. Portread o'r gymdeithas yn ei chyfanrwydd a gyflwynir yn 'Ffynhonnau' ac mae'r gerdd o'r herwydd yn fwy amryliw. Caled ddigon yw'r bywyd 'Ym mrwydr y bara du' a 'Rhwng ffibrau'r tir du', ond yn wahanol i'r cerddi byrion awgrymir fod y fath beth â chlydwch cymdogol, cymwynasgarwch ac asbri. Ond y mae newidiadau ar droed. Daw technoleg â gwellhad i ansawdd bywyd y trigolion, a dengys y bardd nad yw mangre mor anneniadol anghysbell â Chors y Cŵn y tu hwnt i gyrraedd bendithion, hyd yn oed y rhai yr esgorir arnynt gan bolisi llywodraeth. Yn y ddwy gerdd y mae dyfodiad yr estroniaid yn bwnc sy'n teilyngu ei grybwyll.

Dichon na roddai'r bardd o'i wirfodd i'w gerddi y penawdau 'Unigedd' a 'Ffynhonnau'. Addasu ei ddeunydd at ddiben cystadleuaeth a wnaeth yn y ddau achos. Mor fynych y gwelir mewn awdlau a phryddestau eisteddfodol ailadrodd gair, syniad neu drosiad, nid yn gymaint er mwyn elwa'n greadigol ar hynny ond ar gyfrif mawr awydd y bardd i argyhoeddi'r beirniaid ei fod yn canu'n destunol. Ceir mwy o ffynhonnau nag sydd yn angenrheidiol i gyflawni gwir amcan y gerdd, sef cyflwyno darlun o gymdeithas a chynefin. Y mae'r ffynnon ar yr un pryd yn 'Llonydd fel llygaid bustych' ac yn llawn '... berw/A'u mabinogi yn fwrlwm ...'. Gall y bardd sôn am 'surni'r ffynhonnau' ac am 'surni'r dŵr llonydd' cyn crybwyll 'Dŵr y ffynhonnau/I'n golchi ni'n lân'. Serch eu cyfansoddi ar gyfer Eisteddfodau Caerdydd (1960) ac Abertawe (1964), aralleiriad a helaethiad o gerddi byrion yn perthyn i'r pedwardegau ac i'r pumdegau ydyw'r ddwy gerdd hyn yn eu hanfod. Diau fod hyn yn mennu ar yr ymateb. Tynnu darlun heb gamu i mewn iddo a wnaeth y bardd. O ganlyniad yr ydym yn gweld heb deimlo, yn deall heb uniaethu.

Yn y ddwy gerdd gofiadwy 'Llygaid' a 'Glannau', a enillodd iddo goronau Eisteddfodau Llanbedr Pont Steffan (1984) a'r Rhyl (1985), y gwelir awen JRR yn cyrraedd ei huchelfannau, er i'r bardd, yn baradocsaidd, fabwysiadu union batrwm y ddwy gerdd flaenorol aflwyddiannus. Disodlwyd Sara 'Unigedd' gan forwyn arall, Jane, yn 'Glannau', a chyflwynir ei gyrfa ar lwyfan yr amgylchiadau a'r ddaearyddiaeth gyfarwydd. Nid cefndir ond canolbwynt yw'r gymdeithas yn 'Llygaid', ac fel yn 'Ffynhonnau' cynhwysir y tirlun a'r trigolion yn y portread, a rhydd y bardd ei sylwebaeth ar ansawdd y bywyd gwledig ac ar y newidiadau a ddaeth i'w ran.

Y tro hwn, fodd bynnag, y mae'r testun a'r cynnwys yn anwahanadwy. Lle y buasai'r bardd yn y cerddi blaenorol yn hwyrfrydig i'w ddatgelu ei hun, y mae yn awr yn hyglyw, a'i brofiad digamsyniol ef sy'n miniogi'r cynnwys. Amodir llwyddiant 'Glannau' gan barodrwydd JRR i awgrymu, ond yn 'Llygaid' y mae yn fwy dibynnol ar gyfres o olygfeydd graffig, llym a gyflwynwyd yn y fath fodd fel na allant lai na chyflyru:

> Hen orsaf wag
> A phosteri'r wibdaith
> Yn fflip-fflapian yn y cyntedd,
> Yn cyhoeddi cwrdd y Gymdeithasfa
> Flwyddyn 'nôl.

Ni ddylid dibrisio'r cysylltiadau sydd yn ymhlyg yn yr eirfa a'r gyfeiriadaeth, ond nid ar y gwastad hwn yn unig yr ymatebir i'r golygfeydd. Perthyn iddynt ddimensiwn synhwyrus, a dônt yn fwy byw pan osodir ynddynt gynrychiolwyr un o'r dosbarthiadau torfol triphlyg sy'n ffurfio fframwaith y gerdd, a hwythau yn eu tro yn ymgorfforiad o safonau a gwerthoedd digon cymysgryw. Yna rhoddir i'r golygfeydd ddimensiwn mewn amser, gan ein gorfodi i gyfosod lletchwithdod y presennol a sadrwydd y gorffennol. Trwy frodio'r golygfeydd â'i werthoedd yntau a'i ddyfarniad ar ansawdd bywyd y gymdeithas gyfoes, dangosodd JRR pa bris y rhaid ei dalu am barhad y gymuned wledig gan led-faentumio na ddeuai neb o blith ei gyd-Gymry i ysgwyddo'r baich.

I un syniad canolog yr ymddiriedir y gorchwyl o allanoli profiad ac ymateb y bardd yn 'Glannau'. Cymwynas gyntaf y llong sy'n ymbellhau o olwg y tir yw sicrhau unoliaeth y gerdd, ond dewisodd JRR syniad trosiadol a'i galluogai i gofnodi yn ffyddlon flynyddoedd olaf bywyd y wraig oedrannus, ac i olrhain ei gwaeledd cynyddol heb ddiystyru'r adferiadau ysbeidiol. Yr un syniad sy'n caniatáu cyfosod amgylchiadau'r ddau gymeriad, y wraig ffwndrus ar drugaredd yr elfennau ac yntau'r bardd a'i draed yn gadarn ar y ddaear, ac arwain hyn yn ei dro at bortread o'u perthynas fel y mae ac fel y bu. O'r braidd nad yw hon yn fwy teilwng o'r teitl 'Unigedd' na'r gerdd gystadleuol gyntaf, gan mai yr hyn a wneir yw dilyn dau gymeriad nad ydynt ond yn braidd gyffwrdd â'i gilydd, lle y buasai gynt gyfathrach glòs. Nid yw cynnig amlinell o'r gorffennol hwnnw y tu hwnt i gyraeddiadau'r trosiad ychwaith. Megis trwy niwl ymrithia atgofion sydd yn ddrych i gymeriad a phersonoliaeth yr hen wraig, ac yn sylwebaeth ar y byd a fuasai'n gynefin iddi, byd capel ac ysgol, a byd llafurwaith corfforol:

> Llong hwyliau oedd hi
> o weithdy troad y ganrif
> cyn dyfod ager
> i esmwytho ysgwydd a meddalu llaw.

Fe'n hatgoffir am amgylchiadau cyferbyniol y byd cyfoes mewn cyffyrddiadau achlysurol, ond nid goblygiadau beirniadol y sylwadau sy'n ennyn ymateb yn gymaint â'r ymdeimlad cynyddol fod y ddau 'fyd' yn graddol ymbellhau y naill oddi wrth y llall.

Cymwynas olaf y trosiad yw mynegi ymateb y bardd. Llwyddodd i ddisgyblu ei brofiad a'i gyflwyno ar ffurf darlun sydd yn driw i amgylchiadau unigol yr hen wraig ac i'r modd y bu iddo yntau dderbyn a dygymod â'r dynged anochel. Myfyrdod y bardd a'i galluogodd i gadw ei deimladau o hyd braich, ond nid i'w hanwybyddu ychwaith. Awgrymir ei brofedigaeth gan y gwacter yn union fel y tystir i'r agosrwydd rhwng y ddau gymeriad gan y portread bratiog o'r berthynas a'r oruchwyliaeth dyner dros hir amser. Daw'r dyn a'r bardd ynghyd yn y cerddi hyn, ac y mae canlyniad yr ymdoddiad yn wir gynhyrfus.